王 畅◎著

审美视角的
艺术赏鉴

砺石斋文艺评论集

河北出版传媒集团
花山文艺出版社
河北·石家庄

图书在版编目（CIP）数据

审美视角的艺术赏鉴：砺石斋文艺评论集 / 王畅著
. -- 石家庄：花山文艺出版社，2022.11
ISBN 978-7-5511-6311-8

Ⅰ. ①审… Ⅱ. ①王… Ⅲ. ①文艺评论－中国－当代
－文集 Ⅳ. ①I206.7-53

中国版本图书馆CIP数据核字(2022)第187779号

书　　名：**审美视角的艺术赏鉴**——砺石斋文艺评论集
　　　　　Shenmei Shijiao De Yishu Shangjian Lishizhai Wenyi Pinglun Ji

著　　者：王　畅

责任编辑：梁东方
责任校对：李　伟
美术编辑：王爱芹
出版发行：花山文艺出版社（邮政编码：050061）
　　　　　（河北省石家庄市友谊北大街330号）
销售热线：0311-88643299/96/17/34
印　　刷：北京一鑫印务有限责任公司
经　　销：新华书店
开　　本：880毫米×1230毫米　1/32
印　　张：12.375
字　　数：260千字
版　　次：2022年11月第1版
　　　　　2022年11月第1次印刷
书　　号：ISBN 978-7-5511-6311-8
定　　价：58.00元

深切的忆念：重读张光年先生给我的信（代序）

◎ 王　畅

近日整理旧藏，发现了多年不知去向的两封信，一封是张光年先生的，另一封是臧克家先生的。张光年先生的信是 1962 年 11 月 14 日写给我的，也就是说，这封信距今已近六十年了。然而，这封信虽然一直挂记在我的心头，但却已经多年不见踪迹，我生恐经过多次搬家，这封信被裹夹在旧书报中被当作垃圾处理了，倘若果真如此，那可真是要遗憾终生了。那时我二十岁刚出头，而今我已是八十四岁老人，张光年先生则更是早已作古了，可见这一封信的弥足珍贵。

现在的年轻人可能对张光年这个名字已经很陌生了，但说起《黄河大合唱》大家还是很熟悉的，而《黄河大合唱》组诗歌词的作者光未然就是张光年。张光年（1913—2002）先生不仅是著名诗人，还是著名戏剧家、文学评论家，著作等身。

张光年先生一直是我尊崇与仰望的大人物。我自幼爱好文学，一心想着长大后当诗人、当作家，读小学时就看了不少课外书，包括一些当时流行的读物和剑侠小说等。读完小学五年级刚升入六年级，我的家乡最好的一所中学涿县第一中学（那时叫河北省立涿县中学，简称"省中"，或"省立涿中"，是当时涿州一所初、高中俱全的最高学府）招录候补生，于是我以"同等学力"资格报考并被录取，但因为农村家庭生活很艰难，我为此差点儿失去来之不易的入读初中的机会。在省立涿中，课余时间，我成了图书馆的常客，图书馆不仅藏书丰富，阅览室里的报纸杂志也像是一个知识的海洋，我从这里拼命地汲取。见我这样，当时的图书管理员徐老师对我格外关心、照顾，并成为我的良师益友。初三的时候，我的一篇作文被我的班主任兼语文老师推荐到《中学生》杂志发表，这在全校师生中引起一场小小的轰动。按照个人心愿，我当然希望升高中，上大学，学习中文，圆我的文学梦；但是家庭条件不好，父母无力供我继续读高中，所以我只能选择了基本上不用花钱的中等专业学校，于是考取了中央冶金工业部所属的北京钢铁工业学校，学的是冶金机械专业。我虽然不太喜欢那些专业课程，如起重运输机械、抽水送风设备、金属工艺学等纯属工科的学习内容，但为了将来的工作我也不敢懈怠；而课余时间，我则一直坚持着文学爱好，读中外文学名著，读著名作家、艺术家传记，啃文艺理论专著等，那时要说是废寝忘食绝不为过，这就造成了我的高度近视。这期间发生的一件事让我颇为感动，永生难忘。学校医院在给学生进行体检时，医院院长同时也是眼科大夫发现了我的眼睛严重近视，表现得很是着急，立即把情况反映给学校教务处，而教务处又立刻通知我的班主任老师，班主任老师和我谈话后，很快告知我：经教务处研究，校长批准，由学校出钱马上为我测配一副近视眼镜，我当时就感动得流出眼泪。这在如今看来可能不算什么大事，但那个年代特别是在我这样一个贫困农民家庭的学生看来，这可是件大事。戴眼镜，在那个年代还不是很普遍的事，即使是眼睛有疾患的学生，也不是谁都戴得起眼镜，不像现在，不用说眼睛有毛病，即使好眼睛也要佩戴一副养目镜。现在想想，那时的学校是怎样关怀、爱护学生的？是怎样支持、帮助贫困学生坚持学业的？日后我和我的好友以及我的孩子们讲起此事时，特别是和现在学校情况相比较时，仍然禁不住感慨唏嘘。1958 年毕业，我被留在冶金部北京钢铁研究总院工作，同年我因个人志趣，报考了北京师范大学中文系函授部。

1961 年底，我把积累的一沓习作诗稿，贸然地寄给了张光年先生，我当时想，如果能获得这位早已享誉文坛的大人物对我的诗歌习作给予指导，那对我的文学之路的进步，将会是多大的促进和帮助，多大的鼓舞和激励！我也想到，或许他根本无暇理会像我这样一个既无才气、又无名气的普通青年文学爱好者，但如果他能把我那些不成熟的东西转荐给哪位知名诗人，我想至少会被认真对待，而不会被敷衍搪塞。可令人意想不到的是，1963 年 1 月，我竟然收到了张光年先生写给我的亲笔信。信是用《文艺报》的宽边竖行稿纸写的，页面共分三部分，第一部分是正文，墨笔竖排自右至左书写，内容为：

王森同志：

首先向你道歉，你的诗集被我压了很久，并不是不想看，有一次旅行中还把它带着了。总有些这样那样的事情，有许多急债要还。你这笔债，人不在面前，催得不厉害，就耽误了，实在不应该！

除散文诗未全看外，其他看过两遍，有些零碎意见，用红笔批在稿子上了，不重复。我希望你继续保持对诗歌的热情和经常写作的习惯，尽管受到冷遇（包括我的积压）也不灰心。我建议，多有点儿实生活的具体描写，少发些众所周知的空论。你在生产战线上，经常会有些新的感受，为什么不多写些更有生活特色的东西？写完了，念给朋友听听，人家听不懂的句子，就要修改，能少写几句可以的，决不多写。至于思想感情上力求健康，我想你以后会更注意到的。

夜深，不多写，请原谅！

张光年

十一月十四日

说明：这里张光年先生所署的日期，是"1962 年的 11 月 14 日"。

信的第二部分是写在页面右下角的文字，也是墨笔书写，内容是：

你说新近写了些从生产战线产生出来的新作，我愿意看看，请把你的得意之作抄出几篇寄来，而不是一本，我当尽量抽时间拜读，请自留底稿，以免因疏忽而遗失。也许不能很快回答（因积件多，要依次处理），但必定会经常放在心上的。

信的第三部分是用钢笔写在页眉上的：

　　王森同志：

　　此信又压了两个多月，因觉写得太简单了，想把意见说得清楚些，但一忙、一病又拖下来了。看起来短期间重读一遍是没有空的，所以就此寄出，请原谅。

光年

一月十八日

这个信发寄之前所署的时间，已属 1963 年之初了。时隔近六十年重读这封信，感慨良多！

撇开当事人的身份，以旁观者的角度看，当时正在任职《文艺报》主编的张光年先生，是没有责任审阅一个毫不相干的青年诗歌爱好者的作品的，除非他发现了天才，否则他是完全可以不去理会这个人的，但是他却在百忙中抽暇看了这个青年的作品，而且是看了两遍，不仅在那些诗稿上做了红笔批注，而且还认真地写了回信。何谓认真呢？先看那信笺上格式规范的毛笔字，那简直就是在欣赏一幅书法艺术作品，令人愿意珍藏；再看那不同时间在页面右下角和页眉上分别以毛笔和钢笔加写的内容，说明张光年先生对这个青年绝无一丝一毫的敷衍搪塞。还有那些平易朴实的话语，没有半点儿权势者对待草民的盛气凌人的气息，有的只是一个长者对一个年轻人的耐心、细心的点拨与引导，这是一个何其令人尊敬、令人感到亲切的长者！

可惜我的那些诗稿，由于年代久远和世事变迁，都没有能够保存下来，不然张先生在那些稿子上面的红笔批注，不仅对我是永远的教诲，也会给其他文学爱好者很多启示。不过张先生在信中对我的希望，我却始终不渝地坚持下来。他说："你在生产战线上，经常会有些新的感受，为什么不多写些更有生活特色的东西？"的确，我因读书驳杂，除了中国古代与近现代诗人的作品之外，还读了不少欧美诗人如拜伦、雪莱、歌德、席勒、普希金、泰戈尔等人的作品，受他们的影响，也写过一些欧式抒情诗，情绪抑郁，内容空泛，属于无病呻吟之类，有点儿像"少年不识愁滋味""为赋新词强说愁"的情况。这样的作品确实脱离了现实，不是来自生活的真实感受，更谈不上具有什么"生活特色"。

"我希望你继续保持对诗歌的热情和经常写作的习惯"，这一方面是鼓励，一方面也是要求。此后，我仍然写诗，既写新诗，也写古体，其中也有小部分得以在报刊发表。但我的"经常写作的习惯"却已不局限于写诗，因为我把更多的精力花在读书上，所以就写了不少读书札记类文章，并以"文艺随笔"的形式在报刊发表，而那些写得长些、有头有尾的东西，就被别人称作"论文"得以在报刊问世，最早一篇名为《漫话"譬喻"》的"论文"发表在云南《边疆文艺》1962 年第 6 期上（署名：卯文），跟着又写了《杨朔散文的艺术美》《短篇小说中的"小道具"》等"论文"，这些文章都是我二十多岁时于二十世纪六十年代初写的。1979 年我加入省作协，1991 年加入中国作协，不是因为我写了诗或写了其他文学作品，而是因为我写了一些文艺理论和评论文章，以及出版了相关著作。

"文化大革命"结束时，我为报考中国社会科学院的美学研究生，集中精力读了几本美学书籍，虽然最终未被录取，但我的美学理论知识更加扎实和系统化了。于是就陆续有了一些美学论文的产生，以及从美学观点欣赏、评价文学艺术作品的文艺理论和评论文章见诸报刊。1983 年调入河北省社科院当年，我即获邀参加了厦门全国美学研讨会并加入了中华全国美学学会，后来写的几篇美学文章多次被人大复印资料复印，被《新华文摘》与《文摘报》摘编。在出版了几本美学著述后，又被 1997 年光明日报出版社出版的《中国当代美学名人志》收入，直至退休后被河北师范大学美术学院聘为研究生导师，教授美学。因为后来我又搞了点儿红学，所以有人称呼我是"红学家"，却忽略了我原本是搞美学的。

张光年先生当年希望我"继续保持对诗歌的热情和经常写作的习惯"，可以说我既做到了，又没有做到。说做到了，是因为我确实一直没有减退对诗歌的热情，特别是我一直保持了"经常写作的习惯"；说没有做到，那就是我此后虽然仍然关注诗坛动态，自己也常写些和发表几首诗作，但是我最终没有能够成为诗人，"经常写作"的也是理论性的东西。其实这一点我当初也是受到张光年先生的启发，他就不仅仅是一位诗人，同时也是一位著名的文艺评论家。

应该说，张光年先生六十年前写给我的信，对我人生的影响是巨大的。我终于走上了文学之路，成为"中国作家"，成为"文艺理论家""美学家""红学家"，这和他给我的引导、点拨是分不开的。这封信即使丢失了，张光年先生的话，也永远铭记在我心中。现在这封信终于重见天日了，我想这不仅对我，或许对今天的许多年轻人，都是有指导和启示意义的。

谨以此文表示我对张光年先生的深切忆念！

2022 年 2 月 9 日于石家庄砺石斋

目 录

岩石的风骨与画家的情韵

　　——论画家梁岩和他的绘画艺术　/1

哲理　意念　象征

　　——谈申身诗歌创作的美学追求　/11

论刘章诗歌的美学特色　/27

湖海襟怀大雅情

　　——王充闾诗集《鸿爪春泥》读后　/41

美　爱　生命与诗

　　——女诗人林姿伶《不爱不休》序　/58

悠悠故乡路　拳拳爱国心

　　——晓帆新作漫议　/62

秉刚正之气　发忧患之情

　　——林桐诗集《倾心集》序　/67

从教条主义的束缚中解放出来

　　——铁凝《灶火的故事》读后　/77

至丽而雅　大巧后朴

　　——李文珊小说艺术　/86

民族灾难与传统文明的真实写照

　　——谈杨润身长篇小说《九庄奇闻》的思想艺术特色　/91

短篇小说中的"小道具"

　　——兼谈杨苏《绿谷》　/108

作品的历史意识与作家的文学观念

　　——郑熙亭长篇小说《汴京梦断》（第一部）读后　/115

作家的理想与作品的观念

　　——长篇三部曲《风雨五十载》漫议　/132

文学观念的变革与审美意识的更新

　　——河北省1983—1984年度获奖短篇小说简评　/144

继承　思索　突破

　　——韩映山作品阅读随想　/152

发生在老根据地的故事

　　——读申跃中短篇小说《脊骨》　/160

可贵的探索　有益的启示

　　——读长篇小说《望婚崖》　/168

民族风格、现代意识及其他

　　——长篇小说《韩猛子传奇》漫议　/183

莫以成败论英雄

　　——长篇历史小说《夏王窦建德》代序 /192

道德风尚与人性美的颂歌

　　——谈赵新的小说《他还没个媳妇》 /206

荒诞的真实与真实的荒诞

　　——《A主任的奇症和白胡子医生》漫议 /212

哲学　文化　作家

　　——读《山寺》随想 /218

文学：作家对人生的审美探求

　　——《古巷碧云》序 /226

漫话"譬喻"

　　——兼谈小说《开课》的不足之处 /236

论笔记小说《女才子书》的作者与写作年代

　　——兼与林辰等几位先生商榷 /241

叛逆与桎梏

　　——简论《女才子书》的思想和艺术 /270

杨朔散文的艺术美

　　——美文赏鉴漫笔 /283

文之精粹　美不胜收

　　——散文集《创造美的世界》初读 /290

奉献爱心　呵护百花

　　——尧山壁《带露赏花》读后 /294

诗情蕴哲理　真美出平凡

　　——谈刘维燕的散文创作　/299

深入生活与超脱生活

　　——傅新友作品漫议　/302

卉木耀英华　缯帛染朱绿

　　——曹继铎散文读后　/311

淡淡的馨香

　　——散文集《多味人生》序　/317

人间正气　时代风神

　　——周喜俊中篇故事《辣椒嫂后传》读后　/321

在笑声中向贫穷告别

　　——喜听广播剧《橛柄成亲》　/327

曲艺创作要有新的开拓

　　——河北省曲艺汇演观后感　/334

传统艺术放异彩　书坛群花斗芬芳

　　——河北省首届工商银行储蓄杯"空中书擂"大奖赛

　　简评　/339

中篇鼓书《落花情》漫议　/343

探索、创新、蜕变

　　——谈中篇评书《锁龙案》的审美特色　/351

重弹旧曲意翻新

　　——听重播《双开锁》《送蜜桃》有感　/361

芦苇丛丛布刀枪

　　——评《雁翎队的故事》 /366

无情未必真豪杰

　　——读《三国演义补传》感言 /371

曲艺理论研究的新收获

　　——《西河大鼓史话》读后 /376

岩石的风骨与画家的情韵

——论画家梁岩和他的绘画艺术

梁岩小时候的名字叫"青江"，十六岁那年他上班当了工人，自己把名字改为梁岩。为什么要改名？他说他从小立志不做那种"青青的江水"，而要做"惊涛骇浪冲刷过的岩石"，因为他爱着并且具有岩石的顽强性格，具有"北方汉子"的那股"勇劲、憨劲、犟劲"。梁岩出生于燕赵大地，成长在太行山区，有句古话说："燕赵多慷慨悲歌之士。"梁岩不愧是燕赵大地的儿子，他的名字就像他的人，诚如他自己说："'岩'的魅力就在于自强！"他确如太行山上的一块岩石，虽历经风雨而永远坚实、倔犟；他的名字就像他的画，他的画具有岩石的风骨，更确切地说，那就是哺育他、熏陶他、造就他的"燕赵风骨"。

梁岩曾用"苦乐斋"作为他的室号，他说："苦与乐总是伴随着人的一生，尽管人们拼命地追求着幸福和欢乐，但'苦'还是紧紧地跟在后头。苦中有乐，乐中也有苦的自然生活规律永远也不会被哪一个人去超越。哀与乐的变奏曲在人生中是吹不尽的……如果人们内涵着一股和命运之神拼搏的力量，那么，苦就会变成乐，幸福就会充满人间。"这些话体现着荆轲式的慷慨悲歌精神，但这是具有新的时代气息的"慷慨悲歌"。因为梁岩不仅追求着悲壮，还追求着力量。所以他又给他自己筑的新巢题名为"石屋"，他自己解释说："石屋是意志和力量的象征，内涵着一种坚定、信念和不懈的追求！"这话既阐释着他的人，也阐释着他的画，他的人和画都体现着一种人文精神：燕赵风骨。

这里所说的"燕赵风骨"，不是指的一种狭隘意义的地域文化观念，而是中华民族传统中的一种文化精神，这种文化精神的主导方面，就是那种高亢激越、雄强豪放、侠义壮烈、慷慨悲歌的阳刚之美。这种阳刚之美，的确构成了梁岩的中国水墨人物肖像画的艺术之美的主导方面。这在他的表现太行山区农民与煤矿工人的肖像画作品中，体现得最为深切，而这些画在他的全部作品中所占比例是很大的，并且是最能代表和体现他的独特的艺术风格的，像《日浴》《阳光下》《庄稼汉》《山农》《北方冻土地》《暮》《老伴》《吹不尽的人间苦乐》《山情》《茫茫大地》《地下星》《矿灯》等，无不独特地体现出一种"燕赵风骨"的阳刚之美。当然，这种阳刚之美不仅表现于艺术对象的精神气韵中，还体现在艺术家所运用的艺术形式中。这又说明，在画家梁岩的创作中，艺术作品的内容与形式是有机地统一在一起的，是密不可分的。或者说，以上述这些作品为代表，所体现的梁岩的艺术风格中的阳刚之美，无论在内容方面还是在形式方面，都得到特殊的和突出的表现。艺术家梁岩着重表现与善于表现艺术对象的精神蕴含的特殊性，与其创造、掌握和运用的方法技巧的特殊性这二者的一致性，也就构成了他的艺术风格的独特性。

有人说，是太行山的峻伟崇高与煤矿矿工的沉重负载和艰险生涯的磨砺，建构了梁岩的感情模式，那么这种感情模式实际上就正是我们所说的"燕赵风骨"在画家梁岩身上的具体体现，画家的这种具有"燕赵风骨"的人文精神的感情模式，不可能不体现于他的全部作品中，但燕赵风骨的美学蕴含也不是单一的和凝固的，而是丰富的和变易的。同时画家的艺术创作中既表现出燕赵风骨的主导性方面，也表现出其丰富性方面，而画家在艺术的探索与创新之路上，既无时无处不带有他的感情模式的印记，也无时无处不表现出他对于丰富的审美境界的追求。

请看《暮》《老太行》《岁月悠悠》《庄稼汉》（之三）等作品，那人物肖像的面孔是倾注着画家心血的主要部分，不难看出，这里所表现的是：人就是山，山就是人；是太行山造就出来的人，从人的精神气韵中体现出了太行山的性格，这里的山与人是契合一致的，内容与形式也是契合一致的，这种契合一致在《饱经沧桑》中得到更为突出与更为奇特的表现，这幅画的肖像轮廓与山石的背景完全熔铸在一起，画中慈祥的老妇的满脸皱纹与山石轮廓纹路皴擦渲染是一以贯之和一气呵成的。人似乎隐现于山中，山已被人化，人已被山化，人和山都是历尽人间苦难和饱经沧桑的，看得出画家是以极其深切的挚爱之情画这幅作品的，这位没牙老妇就是画家的母亲，就是太行山人的母亲；或者说，这位老妇人就是太行山，而太行山就是哺育太行山人的母亲，也就是哺育画家梁岩的母亲！

这固然是一种极有特点的艺术表现，如果说这种表现手法更偏重于追求神韵之美，因此拓宽了现实主义的艺术表现的话，那么这并非艺术家梁岩的唯一的艺术方法。同样体现出燕赵风骨与太行风韵的《秋悦》，所画的虽然也是一位山村老妇的肖像，但这幅画从表现技巧上则更多地具有传统的现实主义特征，画家把西洋的人物素描技巧与国画的表现方法是那么妥帖巧妙地融合在一起，画面显得十分和谐得体，人物描绘得形神兼备。画家表现秋收的喜悦，不像其他画家那样去画一些盈盈累累的玉米、高粱、谷穗等，而完全是通过人物的神态来画出的，这种凝练的处理也同样体现出画家独特的艺术风格，与《秋悦》风格相近的还有《阳光下》《瑞雪》《种田人》等，而《山里人》《日浴》《山农》《茫茫大地》等作品，则又在形神关系的处理上各不相同，《山里人》以更为写实的手法塑造出不同年龄、性别、性格的人物群像；《日浴》则虚实相生，更着意强调和突出某种情韵、某种意趣；《山农》与《茫茫大地》则重在写神而不甚求形似。同样体现出强烈的阳刚之美的描绘矿工生活的《地下星》和《矿灯》等，则重在通过对人物肖像与画面背景的艺术处理，达到一方面突出表现不同性格人物的精神风貌，一方面创造出一种既和谐又独特的艺术意境的目的。可见，同是表现带有主导性的阳刚之美的美学境界，艺术家也不墨守成规，不走单一不变之路，而是有着多种尝试、探索，采用着丰富的艺术手段的。

由于画家的特殊的感情模式的原因，他往往选择那些最能体现燕赵风骨与燕赵人文精神的现实生活内容作为他的艺术表现对象，这自然就使艺术对象与艺术家主体的感情模式达到契合一致。而作为艺术对象的客体的人，在梁岩的画中既表现出客体对象自身的主体性，又熔铸着艺术家对对象的认识、理解与表现的主体性，这两个主体性的统一，构成了梁岩绘画艺术的独特的美学意蕴。

也由于画家主观的感情模式的原因，他往往能够从纷纭万状的现实生活中发现与他的审美理想、审美情趣相契合的美。这就是说，艺术家往往从别人并未感受到或现实客体对象并不突出地具有的方面，感受到、寻找到符合他的审美理想与审美情趣的艺术对象，这时，在画家的作品中就更能显示出其艺术个性的特点。例如描写云南白族少数民族渔民生活的《岁月悠悠》、表现新疆少数民族人物的《朝拜的人群》《维吾尔老人》《戴红佛珠的人》等作品，其表现对象并非燕赵人物，但在这些画中所体现出来的美学意蕴，仍然带有明显的画家感情模式中的"燕赵风骨"的神韵。因为艺术作品所体现的美学意蕴，就是艺术家主体的审美理想、审美情趣与艺术对象客体所具有的（或能够被发掘出来的）美学品格、美学蕴含的交融与契合。由于艺术家按照他的审美观去审视、发现、发掘和表现着与他的审美理想、审美情趣相一致的客体对象的美，所以艺术家的主观的审美意念就一定会熔铸进他的艺术作品中。有时候，客体对象本身所具有的美学特征未必完全和艺术家的主观审美理想或审美情趣相一致，而画家却能够也可以按照他的感情模式、审美理想、审美情趣去"改造"他的艺术对象。如果说那种主客体的完全契合在艺术作品中表现为一种表面看来是"无我"的艺术境界的话，那么那种主体与客体的原初的不完全契合或完全不契合，而最终在艺术作品中仍表现为统一与契合的情况，则在艺术作品中表现为一般"有我"或强烈的"有我"的艺术境界。其实艺术中并没有什么真正的"无我"境界，梁岩画太行山人，画矿工，这种对于艺术对象的选择本身就是"有我"，何况那种特殊的情致、气韵与特殊的艺术处理，当然就更非"无我"。如果抛开艺术形式中的个性特征不谈，仅就艺术内容方面来看艺术家的强烈的"自我表现"，乃至艺术作品本身的艺术上的和谐，绝非艺术家主体观念中的审美理想与客观对象之间本身的和谐，那么这种作品中的艺术家主体观念的强烈，要在作品中表现出艺术的和谐，往往需要借助于变形、夸张等特殊的艺术处理，梁岩的《三峡情》就是这种情况的一个很好的说明。

《三峡情》是一首诗，是一幅熔书法与绘画于一炉的充满激情的艺术杰作，画家的"我"在这幅作品中以观念的形态被突现了出来，画家以其对于艺术对象的感受与理解而艺术地改造着、处理着人物，那变形的、写实的图画笔墨中饱含着画家的激情与感慨。满载游客的船队驶进小三峡的双龙镇，"欢迎队伍"中

"老者有七八十岁，少者有几岁的娃娃，还有身背竹篓抱着婴儿的妇女，他们举着五彩斑斓的石子向游客兜售，他们向游客投以期待的眼光"，这场面使画家"想了许多许多，尤其是土墙上那大幅标语：'扫除文盲，提高素质'。使我想到旧的文盲没有扫除，新的文盲正在接班，这是多么严峻的现实……"。这种思想体现在画面上的卖石子女孩和仅露半身的光头赤膊男儿的形象身上，是一种同情、焦虑和沉思，是一种忧国忧民的情绪，是一种人民艺术家的责任心与良知。是思想内容决定着画家所采用的漫画化的、速写式的形式技法，这幅画与关良、韩羽的艺术在神髓上有着相通之处，它在梁岩的作品中也属特殊，具有一种特殊的观念情趣与艺术之美。我这里想说的是，这幅画在形式上似乎看不到前面所说的按照画家的情感模式通常所表现出来的燕赵风骨的美学蕴含，但我认为这幅画在思想意蕴上又恰恰体现出画家情感模式中的燕赵风骨与人文精神。

然而，"燕赵风骨"的美学蕴含，其本身就是丰富多彩的，它并非仅仅包容粗犷豪放、朴实敦厚、雄强有力、刚健挺拔的阳刚之美的一个方面。它在以这种阳刚之美为主导的多样性中，还包容着清丽明艳、温柔细腻、敏慧隽雅、轻捷韶秀的阴柔之美方面。而画家的审美视界不仅能对燕赵风骨的主导方面有深切透辟的体验、观察，也注意到美的复杂性与多面性。画家受燕赵山河大地哺育、熏陶出来的审美情趣，以及画家在对客观社会现实的审美关注与审美思考中所寄寓于艺术作品中的审美理想，也从来不是单一的，而是有主导性的、丰富多彩的。在梁岩的作品中，既有许多表现岩石般坚韧顽强的太行山人与矿工形象的内容，也有不少表现女性特别是少女形象的题材。如果说长卷《日浴》及《山妹子》《静静的夜》《少女的眼睛》等作品中的少妇、少女，在韶秀、娇羞中仍不乏太行山人的清淳朴实的话，那么在《萌萌》《与少女的对话》《少女》《小妹》《江城女》《乡恋》《演员》《人像速写》等作品中的少妇、少女形象，则更多了些城市型、文化型、知识型的女性的隽雅、含蓄、矜持、妩媚的情致。《山妹子》作为画家的早期作品，严格恪守现实主义的表现方法，在表现人物神态上已很准确，山妹子的俊美朴实与画风的干净朴实很为一致。《日浴》中的少妇、少女部分以及《静静的夜》，在写实的基础上更侧重于神韵的把握，手法更加挥洒了。《萌萌》对少女肖像面部的虚中有实的艺术处理，以及对少女俏皮神态的表现，还有整个画面以虚代实的极其凝练的构图，都使作品具有了特殊的美感。《与少女的对话》是一首诗，是一支抒情乐曲，小姑娘头上包裹着的白色纱巾使画面产生出一种神奇的效果，映衬着少女的探寻与凝思的神情，以及那白皙稚嫩的面庞，可谓相得益彰，而整个背景的那些带有水墨晕染效果的稚拙字体，更增强了画面的诗情与律动感，整幅画面显得十分和谐，并产生出一种特殊的艺术魅力。《江城女》与《小妹》都表现出了文化型的现代少女的飞扬的神采。如果说这些以少妇、少女为题材的画表现了某种阴柔之美的话，毋宁说在这些画幅中同样灌输着画家情感模式中的一种阳刚之气，这也就是说，出自同一位画家之手的作品尽管可以表现为异彩纷呈、风格迥然的形态，但其中仍然都可以寻找到发展、变化着的艺术家"自己"。

艺术创作固然离不开艺术家的自我，离不开艺术家的性灵、气韵，但单凭艺术家的性灵、气韵却绝难产生具有意识意蕴的艺术（如果把人体的滚爬与大猩猩的涂抹也称作艺术的话）。梁岩的画来自现实，来自生活，连画家的"情感模式"也来自现实，来自生活。如果说没有太行山的哺育、熏陶与北方煤矿的矿工生活，就没有画家梁岩笔下的太行山人与表现矿工的艺术作品的话，那么没有太行山与北方煤矿的生活，也就没有梁岩的特殊的情感模式与特殊的审美情趣。实际上，艺术家的情感、性灵，艺术家的"自我"也是由客观世界所造就。梁岩谈道："是什么魅力促使我一次又一次踏上太行山麓——是那里的石屋、那里的一草一木，那里的父老乡亲！一位艺术家只有立足于本土，去画自己熟悉和热爱的，魂系在祖国这块大地上，那么，他的作品才能独具个性，才能产生凝聚力和无限的生命力。我是矿工农民的儿子，我应该是他们的代言人。"是生活哺育了画家，是人民哺育了艺术，所以艺术最终也不能离开生活、离开人民。当然这也并非说艺术就可以离开艺术家"自我"。因此梁岩又说道，他的画"是属于这土地和她的人民！是属于大众的，也是属于我的"。既然艺术离不开生活，离不开人民，那么艺术其实也就离不开政治，因为现实的生活和人民都不是抽象的概念，这些概念的具体的内涵中都交融着政治的内容。有些艺术家要搞远离政治的纯艺术，要搞纯粹人情的、人性的、人道主义的艺术，这实际上无异于一个人要自己拨着头发离开大地，最终还是要生活在现实的大地上。梁岩的艺术创作并不走回避政治的路（当然他也并未走一切"为政治服务"的路），他早些年曾画过《申请入党》，近些年他又画过《总设计师邓小平》，他画带有政治内容的作品，并非出于某种政治的考虑，而是出于要表现人民的（也是他自己的）愿望和情感，这其实也可以说是画家的一种"自我表现"，不过这"自我"有时是熔铸着人民性的"大我"与"小我"的统一体。

梁岩虽然是一位坚持现实主义艺术观的画家，但他却不是一个因循守旧的画家，他具有很强的探索与创新意识，这从我们前面对他的艺术作品的分析中已可看得很清楚。在新潮艺术的冲击下，梁岩既不热衷于赶时髦，也并不拒绝汲取新潮艺术中的有益营养，他在走着一条既坚持又拓展的现实主义的艺术之路，他在社会生活与艺术现象纷繁迷乱的现实环境中并未迷失，这或许正是梁岩作为一位艺术家的最重要之点。

（此文系与白玉民先生合作，原载《长江》（湖北）文艺双月刊 1993 年第 3 期；收入《梁岩画集 1993》，河北美术出版社 1993 年 11 月出版。）

哲理　意念　象征

——谈申身诗歌创作的美学追求

一

目前，由于文学观念和审美观念的急遽变革，人们对于我国近几年来诗歌创作的情况看法不一，有人认为现在的诗坛很不景气，诗歌没有人读，诗集卖不出去，诗人改行去写小说；有人认为情况并非如此，喜欢诗歌的人仍然很多，如果说有的诗人也写了小说，而有的小说作家也在写诗；还有的人说，现实主义诗歌和革命浪漫主义诗歌，以及"两结合"的诗歌已经过时了，诗歌将是"现代派"的天下，诗人要表现"自我"，诗歌要写诗人自己的"直觉""梦幻"，写"非理性的神秘的内心体验"；又有人说，现实主义和革命浪漫主义诗歌仍然具有无限的活力与强大的生命力，它们也在发展中，绝不会为现代主义诗歌所取代……究竟谁是谁非呢？我认为要评价这种文学现象，简单地加以判断和轻率地下结论是并不合适的，因为，这是在我国的特定历史时期内出现的一种极其复杂的文学现象，它的内涵既是一个文学问题，又不是一个单纯的文学问题，当然更不是单纯的文学方法问题。

最近，读了申身同志的诗集《山高水长》，使我更进一步思索了这些问题。

申身同志二十世纪五十年代末开始从事诗歌创作，七十年代末曾出过一本短诗集，《山高水长》是诗人的第二本诗集了。

从收在《山高水长》中的七十多首诗中，我们可以看到诗人申身同志诗歌创作的基本面貌，反映出了诗人的基本的美学追求。应该说，每个诗人都有自己的创作特色与美学追求，过去教条主义地用一两种理论原则去硬套某些诗人的创作往往显得十分勉强，诗人自己不以为然，读者也难于全盘认可。申身同志的诗自然少有一般人所说的浪漫主义气息。若说他的诗是属于现实主义作品吧，我倒感到他的诗颇有象征趣味。但如果说申身同志是位象征主义诗人，他曾受到波德莱尔等人的影响，诗人自己不会首肯，读者也不会承认。然而申身同志的诗作所具有的象征性特色又确实是很突出的，所以，你如果说他完全是一位"再现"型诗人，显然不太恰当，而说他是一位典型的"表现"型诗人，也仍然未必准确。其实，用传统的文学规范方法往往"框"不住一个诗人，而用"时髦"的现代主义方法去认识所有诗人当然更为不通。一句话，在我们当前的诗坛上，每一位诗人都应有着自己的美学追求。

二

那么，申身同志诗作的美学追求究竟是什么呢？这先得从他的诗作的象征性特色谈起。

诗集《山高水长》里的诗，不属于那种汪洋恣肆地抒写情怀的作品，整个集子里的诗都是短诗，这种"短"，本身就是诗人的一种刻意追求，一种美学特色，而这种形式上的追求是与诗人对诗歌思想与艺术的追求和谐一致的。诗人在每首短诗中都力图表现一种思想、一种哲理、一种意念，而这种思想、哲理、意念，从来不是抽象地、概念地予以表现的，它是与客观的景物和主观的情怀融合在一起的，诗中缺少了"情"就不会是好诗，而诗歌没有形象（诗歌的形象是广义的，包括对客观事物的直接摹写或变形的、扭曲的摹写，以及联想、比喻等的刻画、描写），也就不成其为诗。申身同志诗作的思想、哲理、意念，是通过对景物与情感的形象表现出来的，这确实近乎西方现代派中"象征主义"诗派的主张：象征主义诗歌"要使观念具有触摸得到的形貌"。（莫雷阿斯：《象征主义宣言》）诗歌通过形象表现某种哲理与意念，也即使客观事物与主观思想、意念相"对应"，这其实也就是我们所理解的诗歌的象征性。请看诗集中的《庐山三叠瀑布》：

      …………

      三叠瀑布，

      叠着深思三层，

      一条长流，

      伸开透明的启蒙：

      曲折不平，才是征途的永恒；

      不畏艰险，才为真正的英雄；

      奔腾不息，才算可贵的一生；

      前赴后继，才有到达的成功。

    这首诗里，情与景合，而哲理自情景交融中脱颖而出，诗中的景物与情感融合所象征的哲理、意念，是通过诗人的主观感受而得到的，客观景物为诗人经过思索得来的意念、象征提供了基础，但这种意念、象征，并非是客观景物本身所具有的。

    再请看《月照石林》中所写的：

      失掉气节的弱石，

      已做了古老海浪的俘虏。

      互不相顾的散沙，

      早为狂风暴雨所除，

      只有这山世界的坚强核心，

      在中华大地立身万古。

…………

对石林的气质有了深知，

才能更好地理解我们民族的风骨。

在这首诗中，诗人凝视万物，洞察幽微，把我们民族不畏惊涛骇浪、不惧雨暴风狂的大丈夫气概与坚强的风骨这样一种思想，赋予了"挺身、昂首"的石林，想象何其丰富、深远，比喻何其自然、贴切！

三

以上两个例子都是随手拈来的，因为如果说景物、形象与哲理、意念的"对应"即是诗歌的象征性特点的话，《山高水长》中的绝大多数诗作都具有这种象征性特色。诗歌的哲理与意念，有的是诗中所写的自然景物与社会事物本身所具有的，诗人不过是给予了"揭示"，如《这里，曾是黄河泛区》一首，写诗人"来到黄河曾经决口的泛区，／被果林吸住了诗意"，表现出"恶者的狂暴——毕竟短命，／善者的抗击——终归胜利"。这样的思想，就是我国人民在党的领导下，战胜自然灾害，重建自己美好家园这样的事物本身所蕴含的。

另外一种情形，是自然景物与社会事物并不具有某种明显的思想、意念，但通过诗人的"挖掘"，发现了某种思想和意念，这种情形，像前面所提到的《庐山三叠瀑布》就是一例。另如《铁索桥上的回顾》一首，写到诗人看到泸定桥：

> 今看铁索桥，不是默默铁链，
> 它分明是弹奏智勇的琴弦；
> 大渡河，也不只是养育浪花，
> 它还是成长信心力量的摇篮。

于是诗人写出这样一层思想：

> 且慢，我们决不是，
> 满足昨日，沉醉当年，
> 但我们有了强渡的智勇和信心，
> 就不怕新长征中的万水千山。

这层思想、意念，并非泸定桥这一景物本身所明显具有的，而是诗人通过抒情、联想，从客观事物上"挖掘"出来的。

还有一种情形，是自然景物与社会事物本身并不涵括某种思想、哲理与意念，而诗人通过自己的主观想象，焕发出某种思想的火花，萌生出某种意念，并把这种思想与意念"赋予"了他所写的景物与事物，如前面提到的《月照石林》就是这种情形的一个例子。又如《黄山迎客松》一诗所写的："只要他们（指黄山游人）向着美的境界进发，/你一律以温馨苍色热情相迎。""只要他对无限风光失去追求，/你便与他们远隔水复山重。"从写黄山迎客松对游客的不同态度，又写道："为什么生命的长短会不均等，/——有的早就消失在锯声斧影之中，/——有的却能郁郁葱葱万古长青。"这层哲理，是诗人在客观物象的启示下，通过自己的主观联想与思索所得，是从诗人心灵中焕发出来的意念，是诗人作为创作主体，对诗中直观客体的主观的"赋予"。

但是，无论是"揭示"也好，"挖掘"也好，还是主观的"赋予"也好，都需通过诗人的情感的抒发，以及丰富的想象与联想而后才能得到，而诗人在他的诗作中，颇多奇思妙想，因此他就能够在客观景物与事物的面前，揭示出其所蕴含的思想，挖掘出其所深藏的哲理，赋予其所能够负载的意念。

四

《山高水长》中诗作的象征，其思想、哲理与意念，有的是十分明朗与清晰的，如《高高的纪念碑》把首都人民英雄纪念碑比作一条"至高的国尺"，"竖在众目焦点的时空，/量着你，量着我，/量着每个人的人生"，以及《太阳颂》写太阳"光辉洒给花木"，"送暖千家万户"，"落下去，/运筹明天宏图，/升上来，/唤醒奋斗民族"，最后写到太阳"具有这般心肠，才算真正公仆"。这类诗所象征的思想、哲理与意念，就都是明白易懂的。

而另外有的诗，其象征意义则比较含蓄、朦胧，如《看乐山大佛》一首，写游人在大佛下面，"无不感到自己的身躯，／受到最大的凝缩"。由此而引申出"谁愿自己的形象高大起来，／请冲破狭窄禁锢——／快与祖国江山融合！"以及《神女遐想》一首，写长江巫山神女峰是：

> 只有被向往的美德，
> 只有被敬慕的心灵，
> 才会被祖国的群山众岭，
> 举到这样一个美的高峰。
> ………………
> 她受神话的委托，
> 她受现实的叮咛，
> 年年月月世世代代，
> 与江上过客——对视人生。

以上两诗的象征意义，就不像前面所举的几首诗那样清晰、明朗，而是稍为蕴藉、令人琢磨了。

明朗、清晰的象征，诗味在于奇思妙想，发前人所未发，想前人所未想，请看《这，就是长城》一诗中，诗人说长城："它不是缆绳，／它不是长缨，／它不是山鞭，／它不是巨龙，／也不是古砖砌垒，／也不是条石铺成。"这一连串的排比，是对前人

给长城的"比喻"的否定，那么，在诗人的眼中，长城究竟是
什么呢？

> 是众位戚继光，
>
> 是众位郑成功，
>
> 是众位林则徐，
>
> 是义和团的众位大师兄，
>
> …………
>
> 是他们胳臂挽着胳臂，
>
> 站在这山巅岭顶。
>
> 正义砌在正义，
>
> 神圣砌在神圣，
>
> 愤慨垒着愤慨，
>
> 英勇垒着英勇，
>
> 弯曲起伏，
>
> 伸向苍穹。
>
> …………

　　这种奇思妙想，是对前人比喻与想象的出新，同是写爱国主
义，这首诗却能够写得不落俗套、脱颖而出，它新就新在有新的
联想、新的比喻、新的革命英雄主义感情与爱国主义情操，新在
不是把长城比作物，而是把长城比作人，比作历史上英雄人物与

英雄群体。还有《珠穆朗玛峰一瞥》一诗中的"你应该纵身跳下大海，／把世界最大的深渊填平"，的确是妙想；以及"冬夜沉沉，／险将一轮明月冻裂"（《梅园新村的梅花》），的确是奇思。诗集中的这类"妙语惊人"之句，是不胜枚举的。

申身同志诗中象征的含蓄、朦胧，又不同于目前常见的那种朦胧诗的含蓄、朦胧。写得好的朦胧诗，往往有较深的思想与意念层次，而不少朦胧诗所表现的思想与意念，又具有不定向的多义性的特点，即往往含有逆反性因素。而申身同志的较为含蓄、朦胧的作品，有时虽也具有思想、意念的多义性，但其多义性是定向的，是不包含逆反性因素的，读这样的诗，虽也需要读者作"再创作"性的联想与补充，"仁者见仁、智者见智"，不同的读者所得可以是各有不同的，而由于诗作给了读者以导向性的暗示，所以读者不会去胡思乱想、盲目猜测，所得的结果（思想与意念）也不会具有相反的结果，即不会是非褒非贬、亦褒亦贬的。

五

申身同志诗中，象征的朦胧、含蓄，与我们通常所说的朦胧诗不同，这种不同，不能以孰优孰劣来划分，因为不同流派、不同风格的诗人各自有其美学追求。那么，申身同志诗作的美学追求的特点究竟是什么呢？这还需从诗人对"象征"特点的不同理解谈起。

　　西方象征主义诗人虽然也认为观念应通过具体的形貌来表现，但他们认为："创造这种形貌并非写诗的目的，其目的在于表达观念，而形貌则处于从属地位……自然景物，人的活动，种种具体的现象都不会原封不动地出现在象征主义艺术中，它们仅仅是些可以感知的外表而已，其使命在于表示它们与原始观念之间奥秘的相似性。"（莫雷阿斯《象征主义宣言》）按照这种理论，表达观念是写诗的目的，而客观事物的具体形貌在诗中则是处于从属地位的，这自然也是说得通的，因为诗歌要表达某种思想，当然不能停留在对所写的客观事物本身的模仿上，为了表达某种思想，可以对客观事物的形貌进行"变形"的描写，"白发三千丈，缘愁似个长""莫道不销魂，帘卷西风，人比黄花瘦"即属此类，西方现代派诗歌对"具象"的变形描写更令人感到扑朔迷离。问题并不在这里，而在于诗歌所表现的"观念"究竟所自何来，难道观念是人的头脑中天生固有的，而不是来自我们的历史与现实的社会生活之中吗？就"自然景物""人的活动"本身"形貌"中所能具有的"观念"被诗人"揭示"出来时，是先有现实生活在诗人头脑中形成的"观念"，而后在诗人眼前的景物与事物的"形貌"的感召与唤发下重又萌生出来，清晰起来的，这就是"观念"与事物形貌的"对应"，在这种"对应"关系中，事物的"形貌"并不是完全处于从属地位的。从客观事物的"形貌"中"挖掘"出来的"观念"也是一样，没有客观事物的"形貌"，"观念"无处去挖掘。当然，当诗人把"观念""赋予"客观事物的"形貌"身上时，客观事物的"形貌"只不过是"观念"的"载体"，这时"观念"倒可以认为是"目的"，而诗中所写的"事物形貌"确乎处于了从属的地位，但这仍然不等于说"观念"是诗人的心灵中凭空产生的，或是属于诗人先天具有、与生俱来的，"观念"仍然还是诗人在现实生活的思索中得到的，亦即它是后天的而非先天的，这样，"原始观念"则根本无从谈起。

读《山高水长》的诗，其中那种与事物形貌有着"奥秘的相似性"的"观念"，使人清楚地看出它们乃是来自历史与现实的社会生活，特别是来自深入生活之中的诗人，将一己之"小我"融入人民这个"大我"之中的"自我"，而非如西方现代派诗人那种与世隔绝、背对现实的一己"小我"之"自我"。所以申身同志的诗，没有西方象征主义诗人的作品的那种颓废色彩、失望情绪与唯美主义倾向。这里，我并不否认诗中有"自我"，相反，我认为无"自我"无以成诗，关键是申身诗中的"自我"，不是那种远离尘世，超然于时代之上的"自我"。所以他的"自我"与我们当今的时代、人民、"四化"建设与"改革"事业息息相关，正因为如此，他的诗中虽然具有明显的象征性特色，但那情绪是昂扬向上的，基调是清丽健康的，他的诗中没有彷徨、茫然、踟蹰与犹疑，有的是对真、善、美与假、恶、丑的明显的爱憎与褒贬。例如他歌颂帆的劈风斩浪的力量，谴责帆的不能坚持自己既定的方向，而对"风"逆来顺受（《帆》）；对于河卵石离开高山，随波逐流，丧失本应具有的坚强意志、磨光自己棱角的讽喻

（《河卵石》）；赞扬"让天下一切一切，都成为糖中之糖"的"原把大地所有苦汁，都吸在自己身上"的黄连，从而褒誉说"世界上最甜的不是蜜，而是黄连的情肠"（《黄连心》）；等等。可以说，在诗集《山高水长》中，无论是第一部分"山高水长"写风光、名胜，还是第二部分"昨天·明天"写革命圣地，抑或第三部分"花香·竹影"写花草虫鱼，以及第四部分"天上·人间"写自然景物，都有着对于人生的理想、价值，对于崇高、正义、坚贞、诚实、勇敢、雄健、善良、美好的讴歌，以及对于拙劣、秽恶、狭隘、自私、虚伪、矫饰、怯懦的贬抑。由于诗人能够站在新的时代的角度观察事物，以及诗人的强烈的爱憎感情，加之诗人的凝视万物、沉思默想，还有诗人的特定的生活经历与文化素养，决定了他的诗歌的美学追求具有他自己的明显特色，这种美学特色既不同于西方象征主义诗歌，也不同于我国近些年来的朦胧诗。有人可以喜欢西方象征主义诗人作品中的那种"象征"，有人可以喜欢我国朦胧诗的那种"象征"，这都不妨碍有人也去喜欢申身式的"象征"，人们的审美趣味各有不同，诗人的美学追求各有不同，我们不能因为有人喜欢申身诗作的象征，而把朦胧诗的象征及西方象征主义诗歌的象征视为异端，我们同样也不能因为有人喜欢朦胧诗或西方象征主义诗歌的象征，而把申身诗作的象征视为"可以休矣"。文学艺术的繁荣，诗歌创作的繁荣，表现为"百花齐放"，而非"我花开时百花杀"，亦不该为厚此花而薄彼花。

六

诗歌的思想、哲理、意念，由于诗人的历史、时代、社会的不同，以及性格、情操、修养的种种不同，对于不同的诗人，会有一个基本情调的区别。辟如在古今中外的诗人中，有人只看见欢乐、温馨、轻松、和谐、纯洁、崇高，有人又只看见哀愁，以及只见光明与只见黑暗，都具有片面性。作为社会主义诗人，作为人民的诗人，是应该克服这种片面性的。申身同志是位时刻系念着社会主义祖国的命运、时刻追踪时代的步伐的诗人，他热爱光明、奋发前进，追求思想的解放与自由，鼓励冲破牢笼，反对封闭禁锢，他看到了真与善，发现着美与爱，但他同时也看到了创伤，看到阴影，所以他的诗既非一味歌颂，也非一味暴露，上述的种种思想、哲理与意念，在《山高水长》里的诗中，都给予了象征性的表现。申身在这些诗中，既不盲目乐观、粉饰太平，也不为霾暗所迷而悲观失望。

申身同志诗作中的思索所具有的鲜明的时代精神，乃是一种必然，因为任何一个诗人都不能脱离他所生活的时代。但这又不仅仅是一种必然，还是一种自觉，因为如果诗人仅从"自我"的"非理性的神秘的内心体验"中发掘诗情，那就没有了这种必然。申身同志是自觉地抒人民之情，展望社会主义四化大业的光辉前程，渴求奋进与改革，而非单凭下意识，无理性去创作。这就是说，诗人进行创作的主观意识是清晰的，但这却并不妨碍作品内涵的丰富与多义，或具有某种模糊性。

《山高水长》中的诗，少有金戈铁马、气吞山河的豪壮之作，却自有其细腻观察与沉静思索的特点。"诗如其人"，申身的诗也如他的为人一样，是属于敦厚与细腻型的；诗集中也没有情节曲折、广为铺陈的叙事之作，象征性的特色与短小精悍的特色共存共生，形成一种和谐统一的独特风格；诗集中也少有回肠荡气的抒情之作，诗人是把景与情，情与理密切交织在一起了。特别是具有象征特色的诗，很难进行纯粹的抒情，正如诗人在《趵突泉沉思》一诗中所写的"有道触景生情，何不触景生理"，这似乎可以看作诗人进行创作的一个主导意识吧！

七

申身在诗集《山高水长》中的美学追求，自有其独特个性，然而任何独特性同时也就是不完美性，独特性不能是全面性，所以也就未必全是优点。例如诗集中的有些篇章，单个来看，堪称精品，但总体来看，则嫌形式过于整一，思路不够广阔，手法也可以更多变些。有的诗，还存在"理胜于情""理性大于形象"的弊病。诗人如果能够在保持自己的美学追求的基础上，开拓一下自己的艺术视野，读一点儿西方象征主义诗歌，从中汲取一些有用的营养，同时也从我国年轻诗人的作品中那种大胆的艺术探索里面，寻求一些可以丰富自己诗思的东西，申身同志诗作的美学特色也许不是减弱，而是会更强烈些的。

1985 年 11 月 17 日于石家庄

（原载《河北大学学报》1988 年第 2 期；收入《申身诗歌评论文选》，远方出版社 2004 年 8 月出版。）

论刘章诗歌的美学特色

　　刘章诗歌有着自己独具的美学特色。在今日中国绚烂的诗歌百花园中，刘章的诗歌以并不有意媚人的韶秀，展现着自己绰约的风采，喷吐着自己清幽的芬芳。刘章对诗美的追求与他的诗美特色，令人深思而又耐人寻味。

　　俗话说，"千人不同面"，这话对于诗人的创作来说也是一样。有一千个诗人，他们的诗歌就有着一千种面貌（这还不包括学步的或尚未成熟的诗人的创作）。一个诗人的创作所以能够具有与他人不同的特色、面貌，原因是复杂的。一般地说，这与诗人的出身、成长的自然环境与社会环境，诗人的性格、气质、文化教养、人生阅历、世界观、审美观、艺术欣赏经验与创作实践等诸多因素有密切的关系。

　　刘章诗歌创作的独特面貌，表现为对现实美的深入发掘，对人情美的热情讴歌，对形式美的多样探求。下面我想就刘章的诗美特色做一初步评说。

一

　　无论从广义的角度还是从狭义的角度来看，说刘章是位现实主义诗人，似乎都不会有太多的争议。这是因为，刘章的诗歌创作，表明他是一位深深地植根于生活沃土的诗人，他有着燕北山村长期的生活经历，他有着对于这种生活的深刻的、独特的感受，而他的许多诗思、诗情与诗境，都具体地表明了他的这种生活感受。即便以后他离开了他的故乡，住进城市，及至"行万里路"，踏遍祖国的名山大川，但他的诗思、诗情与诗境，仍然与他以往的生活感受有着密切的联系。他的诗，有的也具有深刻的哲理，但很少有那种纯粹的哲学思辨，所以也就从无空泛、抽象的弊病。也就是说，他的诗，无论抒情、叙事、寓意、论理，都是通过具体可感的事物与生活场景来写出的。有人曾说他的诗太"实"，大概就是指的这一点而言，而这却正是现实主义诗歌创作的基本特色。前两年，有人讥讽现实主义是机械反映论，是"照镜子"式的纯客观的描摹现实生活的创作，其中没有创作主体的"自我"。但如果不是把"自我"看成是脱离社会、脱离人民、脱离现实的、纯精神性的抽象的"自我"的话，那么刘章的现实主义的诗歌创作，恰恰否定了上述那种有意歪曲或凭空臆说。在刘章的诗歌中，无论是显而易见的，还是退隐，幻化了的，都有着作为创作主体的诗人的"自我"存在。可以说：刘章没有"无我之境"的诗，尽管他对诗的意象处理的确较"实"，但却绝非对现实生活的"照镜子"式的机械反映。刘章诗歌的"实"正是他的美学追求的一个特点，即他对现实生活美的深刻发掘与表现。

刘章自己说："我于诗，追求的是为时为事而作，有感而发。"因此，他的诗作大都是贴近现实的，如果说刘章的许多诗作都具有田园诗风的话，那么他的田园诗不像陶渊明那样是远离现实和超脱现实的；他的诗美来自现实生活之美，故乡的山是美的，故乡的花是美的，故乡的人也是美的；乡音是美的、乡情是美的，乡亲也是美的。他的诗以诗人主体的审美发掘，表现出了这种美，因此他的诗也是美的。这就是说，他的诗美与他所表现的现实生活美是同义的。但是诗美也有与现实生活美不同义的时候，这一点刘章自己是意识到了的，他说："诗是神圣、诗是美，写血泪、写死亡，都是为了让世界更美丽，让人心更良善。"这就是说，现实生活中不美的，乃至丑的事物，也可以化为诗中的美。这也就是说，诗美与现实生活中的美有不同义的或反义的情形。这种情形的形成因素很多，抛开诗歌的形式美因素不谈，单从内容方面来说，从不美的乃至丑的现实生活内容，到诗歌的美的思想意蕴内容，这是需要诗人"自我"对现实生活的感受、认识与评价的。这种感受、认识与评价，虽说在诗中表现为一种强烈的情感意象，但它是离不开理性统御的，这绝非像有些人所说的那样是一种非理性的纯情感的活动。人不同于动物，人的情感活动与理性认识有着密不可分的关系，不然人性也就等同于兽性了。由于诗人这种理性统御下的对生活的感受、认识与评价，所以诗人才能够从美的、不美的，以及丑的现实生活事物中发掘和表现出美来。基于这样的理解，刘章又说道："诗不允许展览疮疤，传播浊气。"这种认识我以为是完全正确的。刘章的诗歌创作是着意追求表现现实生活之美的，综观他的创作，他的诗美与他所描写、表现的现实生活之美属于同义的作品居多，而如他所说的"为了让世界更美丽，让人心更良善"也可以去"写血泪，写死亡"的属于不同义或反义的作品则较少，这构成了刘章诗美的基本特色。对于刘章诗美的这一特色，应予以充分注意，因为他在描绘与表现现实主义生活之美时，他的文笔是那么娴熟，他的诗思与诗情是那么旺盛、强烈并得心应手，请看《北山恋，故乡》：

　　巍峨群山，百花烂漫；／小溪流水，弯弯、闪闪；／林中鸟儿，喧喧、翩翩；／朴实的乡亲，憨厚的笑靥，／当时英雄两鬓斑，／还有虎羔似的青少年……／故乡啊，／你是我心中的好诗篇！

再看《北山恋，乡音》：

　　八方语，／乡音亲！／男带泥土味，／女有山石音。／小伙说笑水出山，／姑娘唱歌鸟在林。／大娘的唠嗑，婶子的哄孙，／声声也带好音韵！

此外，还有许多写乡情、村景的诗，以及写山川、名胜的旅游诗等，也都是如此。

当然，刘章诗美的这一特色，从另一角度来看，也有他的不足之处，这就是，当他在贬斥与鞭挞假恶丑时，显得不够有力。他的诗，似乎多柔美之情而略少豪放之气，他自己说他论大气磅礴不如浪波，也许正是这个意思。固然，前面已经说过，每个诗人都有自己的特色、面貌，不能强求一律。就浪漫与写实而言，如果说浪波的诗具有李白风范的话，那么也可以说刘章的诗具有杜甫风范。但是，每个诗人的特色、面貌也并非一成不变，每个诗人要永葆创作的青春，都需要不断地汲取、熔铸、求新、求变，刘章的诗歌创作就是如此。他自己说他是"师前人，师洋人，师同辈，师青年"的，他的诗歌特色的确也是在不断丰富，不断发展的。但由于他倾注于现实之美的柔情多，使他对于具有悲剧意蕴之美的揭示显得笔触较为委婉。例如他写《谎花》，是通过写瓜类的雄花被诬称为"谎花"而鸣不平，进而为其平反昭雪的。但这不平之鸣与平反之意并非通过正面的、直率的申述，而是通过迂回的反诘式进行的。又如他写《云雀之死》，在于歌颂一个"永远是高贵而美丽的精灵"，但这种讴歌虽深沉却柔弱，对于云雀之死的悲剧意蕴没有进行激情澎湃的揭示。诚如张学梦说刘章的《朽木词》"深刻暴露了诗人悲剧意识的存在"一样，《云雀之死》也"由于诗人特殊的精神结构的牵制，也许由于胆怯和坚毅，诗人立即或者说匆匆就超越了这一层面，使之叫它没有充分的机会表现和发挥。这一习惯的滑脱，应该说，给对刘章诗歌抱有更大希望的人们，造成一种遗憾"。或者，刘章在此类诗中的这种所谓"习惯的滑脱"，是未能被清楚意识到的，一旦诗人觉察到这一点，那么他给读者所留下的"遗憾"就可能不复存在。

二

追求诗美与现实美的同步，也是构成刘章诗美自家面貌的主要之点。刘章有自己诗歌创作的艺术思维方式，尽管后来他走的地方多了，眼界开阔了，诗歌的内容变化了，但他的创作思维方式并没有发生根本变化。他的诗歌创作艺术思维方式的特点是：以尽可能完美的诗歌艺术手段，表达出他对于现实生活真善美的发现、感受与评价。其中也时有哲理性的思考，以及对于假恶丑的谴责。他的哲理性思考，都保持着与现时代政治思想观念的一致性；他对于假恶丑的谴责，往往不是他创作意旨的锋芒所向，所以他的诗少有横眉怒目、声色俱厉。或者说在他进行诗歌创作的艺术思维方式中。较少有慷慨激昂、锋芒毕露的内容，他的诗更多的是对于美与爱、善与真的讴歌、礼赞（即前面所说的同义之美），所以，尽管不乏深挚与热烈，但更多的仍是清丽与柔美。刘章诗歌创作艺术思维方式的这一特点，同时也显示出他的弱点。固然，他未必要趋同于张学梦式的深沉思辨，以及边国政式的"冲浪"探索，但他的诗思在不失其基本特色的基础上，还是可以更丰富、更多样些的。

诗与生活，可以是同步的，也可以是超前的，还可以是滞后的，诗不因其对于现实生活的超前思索而格外伟大，也不因其对于现实生活的滞后思索而显得渺小。超前、同步、滞后都可以产生好诗，也都可以成为平庸的或不好的诗。诗对于现实生活的超前可能流于空泛、脱离实际，那种廉价的"浪漫主义"诗作就是如此；诗对于现实生活的滞后可以更冷静、更全面、更准确地揭示其本质、真谛，因而也可以更启人心智，发人深思。例如以现代视角审视过往的现实生活，表现历史的内容，以今天的思考写抗日战争、解放战争、抗美援朝战争的诗，以及"文化大革命"过后反思"文化大革命"的诗等。有人以为与现实生活同步的诗好写，其实不然，因为诗人要使自己的自觉意识与时代的发展方向合拍，这需要诗人具有极高的政治热情与极强的政治敏感，以及头脑、眼光的极其睿智与犀利。事实上，我们前些年的诗坛上所呈现的所谓与时代和生活同步的创作，实际上并非真正同步。一方面，在"文化大革命"及其以前的年代，以现时的政治、政策观念来代替诗人的思考，这种所谓"同步"是产生公式化、概念化及说教性弊病的原因之一；另一方面，是近年来一些人以西方"进口"的思想、观念来代替诗人自己的思考，把生吞活剥来的东西以"新观念""新思维"的面貌塞进自己的诗作，这实际上是从逆向方面而来的所谓与时代"同步"。前者的"同步"，因为当时诗人、作家的主观能动意识常常招致祸患，有的遭到无情

"批判"，有的甚至被划为"阶级敌人"。所以这种"同步"使这一时期的大多数诗人、作家都难以超脱。而在那个年代里成长起来的诗人刘章也未能完全摆脱这种"同步"论的羁绊，这从他的一些前期作品中可以看得出来。当然，仅此并不足以损害刘章的许多早期诗作成为好诗，因为并非所有受当时政治、政策观念统御的诗就都是"图解政治"的"观念形象化表现"的诗，在许多时候，诗人的自觉意识与当时的政治政策观念本来是一致的，只有在政治、政策观念有问题的年代，那种"紧跟时代潮流"的作品才可能与诗人的自觉意识相背离，或使诗人的思想处于盲目状态。另外，作为"好诗"的标准，思想观念仅是其中的一个因素（尽管有时的确是重要的因素），而作为艺术作品的"好诗"还有其他许多因素，如哲理意蕴与技巧性、形式美因素等。因此，尽管刘章的早期诗作未能超脱时代的政治、政策观念的制约，但其中不少佳作至今仍然具有很强的艺术生命力。

问题是，在这一时期形成的诗歌创作的习惯性思维方式，或多或少地桎梏了诗人的创作，使刘章的某些晚近诗作也有某些观念化的弊病。如《山花赋》写乡情，固是真情，热爱家乡是诗人爱心的一个方面。但诗人热爱现实、热爱生活、热爱祖国所有的山川风物，以四海为家，而不局限在狭隘的家乡观念中，这也是诗人爱心的一个方面，二者的高度统一，才是爱祖国、爱家乡之爱的更高境界。另外，"花中生来花中长，百草千花将我养""山花成海又成山，劳动生活在花间"，这是真情，也是矫情。山村有花香也有粪臭，有净土也有污泥，有清溪也有浊流，美和丑无论何时何地都不是单一的存在，当写到爱时就只有"山花烂漫"和花香馥郁，这种真实未必全面，诗人在山村的生活感受大概也未必只有爱和美，而没有对不美与丑的事物的恨和恶。又如《毛驴之歌》在思想蕴含上亦有观念化之嫌。

三

刘章说："我写普通人的人性之美，人情之美，写山水和小花小草之美……这都出自我心，是真实的。"诗人的自白是坦诚的，他的作品对于人性与人情之美的热情讴歌，可以说是贯彻始终的。诗歌人情美的力量，不仅仅在于客观现实生活中的人情之美本身，而在于诗人以其诗歌所展示出来的或蕴含着的创作主体与描写对象之间的人情关系之美，即如刘章写妻子、写儿子、写女儿、写乡亲叔婶，都不是简单地对客观对象本身所具有的人情美的描摹。刘章诗作的人情美，在于作品中所体现出来的诗人与他的描写对象的关系之中，在于诗人对于人情美的审视与描写对象所具有的人情美的融会贯通之中。这样，在刘章的诗中的人情美，就不是那种纯粹客观存在的人情美，诗人也不是冷漠地在写人情美，而是在热情地讴歌人情美，因此在诗中无不包容了诗人的"自我"在内。例如《乡情三唱》中，《门前的垂柳》写故乡屋门前有垂柳两株，垂柳"丝条飘秀发，分外风流"，固然很美，但垂柳之所以能体现出人情之美，却不在于它的美本身，而在于它"扑朔迷离，时时向我招手——/就像妻子在家乡的日子，/眼睛常望我归去的沟口……"。这是写垂柳与"我"的关系，进而写妻子与"我"的关系，人情之美从这种关系中而得到表现。更进一步，是"四乡人随意去采种"，于是"故乡到处是她的身影，/横河川、洒河川；梁前，梁后……""故园垂柳在故乡行走"。读这几句诗，可以体察到诗人有一种能为故乡人做一点儿小小贡献的自豪感。它虽不及"安得广厦千万间，大庇天下寒士俱欢颜"的明确诗思，但诗人"自我"的人情之美，却也由此透露出"个中情味"，因而才有最后两句热情的讴歌与赞颂："呵，她才是我最好的诗句，/吻故乡土地，百里，千秋……"《乡情三唱》中的《血肠》写乡情之美、之深，可谓真挚而动人。乡亲谁家杀了猪，要请长辈去吃"血肠"，可是，"分明把最好的肉煮在锅里，/却说：'妈妈请您去吃血肠……'"。客观事实本身已具备深切的人情之美，但诗人的任务不仅在于发现它、描摹它，而在于诗人以"自我"的人情美的眼光去审视它，评价它，而就在这种审视、评价之中，表现出诗人的爱（与憎）："山里人总是用廉价的语言，/把珍贵的感情深深埋藏。/（我憎恶用闪光语言兜售秕糠!）"而诗作的人情美的升华，正表现于诗人"自我"的人情美与乡情美的人情美的关系之中："我敢说，西安泡馍，昆明米线，/都没有故乡血肠味儿香! /山乡人纯朴，山乡人真诚，/才最值得人们慢慢品尝! /呵，愿世代相传永远流芳!"这种崇高的人情之美，正是体现于诗人以崇高的人情美的眼光对客观事物（这一客观事物可以是充满人情美的也可以不是充满人情美甚至是充满人情丑的）的审视与评价的关系之中。

如果说诗人对于人情美的热情讴歌之中，也还有一点儿美中不足的话，我以为就是诗人在表现人情美时，对于不是充满人情美甚至是充满人情丑的客观事物注意不够，也许从这种客观事物中写出人情美来，即从诗人的"自我"与客观生活事物的关系中写出人情美来，可以使诗人达到一个更高的境界。我想只要诗人主观上意识到这一点，自然不难达到。如果只写客观现实中的人情美，即诗作所体现的人情美与所写的客观生活对象的人情美总是同义的，则给人以"乡情都是美"的一片升平气象的假象。乡情中的人情之美固然是真实，但也只是一方面真实，乡情中自然也会有人情恶，将乡情中的人情美与人情恶比较来写，或除去表现乡情中的人情美之外，也从乡情中的人情恶中写出崇高的人情美来，这或者是更臻上乘的诗作吧！

四

刘章之于诗歌形式美的追求，可谓孜孜不倦，用力颇著，而其成绩，亦可谓卓然矣！刘章诗歌的形式美，是采撷百花酿成之蜜，但这蜜香中，虽亦有采自外国诗花之美味，但更主要的还是采自中国诗园的百花之上，因此这蜜一嗅一尝，便知产自中华民族。刘章不同意那种"内容是中国的，语言是欧化的"诗，他是努力将唐诗、宋词、元曲及明清民歌的色味吸收入现代汉语新诗而孕育成刘章自己的诗歌形式之美的。可以说，刘章在诗歌形式美的选择与驾驭上，是得心应手、游刃有余的。他的诗歌形式，有的出自燕北民歌，有的融入陕北道情；有的全学五、七言古诗，有绝句、有律诗，或又非绝非律，化古成今；有的注入宋词、元曲甚至戏曲唱词的韵味；有的是自由体新诗，无拘无束；有的是新格律诗，格式、句式、用字都极严谨，考究。请看《牧羊曲·牧场上》："花半山，/草半山，/白云半山羊半山，/挤得鸟儿飞上天。羊儿肥，/草儿鲜，/羊吃青草如雨响，/轻轻移动一团烟……"还有《燕山歌》："燕山峰，穿九霄，/燕山水，波浪高，/搬来燕山当大坝，手提燕水挂山腰。"这里有多么浓重的民歌风，以及新时代新民歌的畅朗、明快的韵律、节奏！请看《夜登厦门天界峰》："漫步紫云径，直向天界峰。茶香云滴露，泉静地生星；笼身夜色淡，拂面海风轻。遥望台澎远，俯首万家灯。"以及《东湖二咏》之一《登行吟阁》："落霞一湖水，百尺春风楼，屈子行吟处，长江日夜流！"这不正是古体诗五律、五绝的形式的采用？更不用说明确题为《五言绝句二首》的《山行》和《晚秋山中》及《望海潮·端阳诗会》《水调歌头·重阳诗会》，是借古体诗词形式的"旧瓶"来装"新酒"了！再请看《绿遍山原白满川》《朽木词》《一路野花开似雪》等诗，形式却又是这般自由，当行则行，当止则止，字句不拘长短，韵脚自然天成，别是一种体裁、形制之美。而像《我的一文》中,《妻子》:"二十年荆钗布衣,/泥土作粉黛,青丝雨洗,/风吹野花落满头,/瘦影飘在小溪。(那时使我惭愧,辜负了她青春年纪!)五年身居大城市,/穿衣要处理品,买菜要论堆的,/还常在楼上楼下,/广播这些消息。(如今使我骄傲,爱她的乡土气息。)……"《大小子》则是自始至终四句一段;《丫头》则是:"生在立春那天,/取名儿向春,/满月那天爸爸被造反,/妈妈生气,留下病根。/迎来春,/春降温! 在乡村,夏天献给妈妈,/一天猪草三大捆;/冬天献给爸爸,/拾柴生火,让我夜读诗文。/读书事,谁过问……"这是六句一节,每节四长句、两短句,基本上是一贯到底;《三小子》则又是四句一段格式。又如《摄影》:"清灰瓦房白粉墙,/半亩畦田一排杨,/白菜秧子半人高,/花金黄,蝶金黄。嫂子站在花丛里,/要我拍照相一张,/又是此地与此时,/不思量,/谁能忘……"这又是五句一段,三长句,两短句,长句皆七字,短句皆三字,两短句皆缩格,一贯到底。再如《北山恋》中,《序歌》为二长二短四句一段式,短句亦皆三字;《故乡》则基本上是九句一段式,每段末二句采取复沓变幻式;《乡音》则是二句段、六句段、二句段、六句段,二句段皆三字,一贯到底;《湖光》则又是每段二句,又基本上是每段第一句分两个三字短句,第二句分为一二字,七字两个短句;《点豆》《汲水词》则虽是每段四句,但每段的第三句又都是三个三字短句,一贯到底;《春歌》则为两段,每段六句,每段第一、二句均为三字句;《北山恋》组诗七首,《序歌》一篇,每首(篇)都有自己的独特形式结构。由此可以看出，诗人不仅在诗的立意（思想、情境）上有着深刻的思虑，在构思、谋篇的形式美方面，也有着精心的安排，确实体现了他"努力将唐诗、宋词、元曲及明清民歌的色味吸收入现代汉语新诗"的意图，而且力求变化、多样，创造出属于他自己的并无固定程式的新格律体诗。这种诗歌的形式是对于中国传统诗歌的借鉴与发展，是为广大读者所喜闻乐见的新诗形式美。可以这样说，刘章的所有诗作，在形式美上都从不疏忽，毫无懈怠。他善用诸般兵器，从不以固定的形式禁锢自己。当然，他在形式美驾驭上能够达到娴熟的程度，与他的勤学苦练是分不开的，从他的许多作品中，可以明显看出他在锻字炼句上所下的苦功，所以，称他为"苦吟"诗人，是并不夸张的。前辈诗人臧克家说他的有些诗"既不是新诗，也不是旧诗"，这话似乎可以做如下的理解：（1）刘章的诗，既不是那种朦胧的、现代派的、欧化味甚浓的新诗，也不是固守成规、全学前人、泥古不化的旧诗；（2）刘章的诗，吸收了今人新诗的技巧、手法，却非模仿照搬他人新诗写法的新诗，他学习、熔铸古代诗歌节律、神韵，又能脱出窠臼，自成一家。"艺无止境"，何况刘章自觉"童心未泯，诗意未急"，他肯定"还能写出更好一点儿的诗"。那么对于形式之美来说，刘章自然也还有更高一层的境界，需要他去追求。

（原载《承德师专学报》1992 年第 1 期；收入《刘章诗文研究》，黄河文化出版社 1993 年 5 月出版。）

湖海襟怀大雅情

——王充闾诗集《鸿爪春泥》读后

王充闾先生古体诗词集题名为《鸿爪春泥》，这当然一下子就让人想到它是"雪泥鸿爪"这个成语的化用，由这个成语又马上让人记起苏东坡的《和子由渑池怀旧》一诗："人生到处知何似，应似飞鸿踏雪泥。泥上偶然留指爪，鸿飞那复计东西!"自然，这"雪泥"上留下的人生的奔波际遇如"飞鸿"掠过所留下的"指爪"的痕迹，是很轻微细碎的，但就是在这轻微细碎的"爪痕"中，我们却也可以辨识出诗人的人生历程，我们甚至从这些"爪痕"上所透露出的信息中，还可以了解到诗人的心灵历程与情感寄寓。

常言说，诗如其人。我与王充闾先生至今未曾谋面，但通过他的诗和文，已可谓是知其人，知其人的思想境界与性格操守，知其人的志向情趣与美学修养。也就是说，读过王充闾先生的诗文，直如谋其面矣!

《鸿爪春泥》共收作者诗词六十二题一百六十八首，写作期间系从 1980 年年初至 1992 年年底，约计十三年，而诗作在集子中的顺序，则是从 1992 年 11 月至 1980 年 4 月倒叙排列，诚如诗人沿着自己走过的路循踪蹑迹，追怀往事，忆念旧情，别有一番品啜人生的滋味。当然，诗人的经历、际遇、处境与情怀，有着自己的特殊之处，故而在他追怀往事与品味人生的时候，不像其他古今诗人常多悲辛凄婉之作，那显然是另外的时代与另外的人生的另一种境界，它并不是任何一个诗人都该有或必有的境界。我们谈论诗人和他们的诗的时候，总喜欢谈到个性，那么王充闾先生和他的诗，自然也有其不同于他人的个性。

一

王充闾先生的诗究竟是怎样一种具有"个性"的境界呢？打开他的诗集，你会一下子就感受到的。请看开篇第一首《贺"海内外中华诗词大奖赛"》：

> 湖海襟怀大雅情，千门红紫竞峥嵘。
> 侬家笔弱无奇韵，且向诗坛送掌声。

"湖海襟怀大雅情"是指参加"海内外中华诗词大奖赛"的诸位诗人及其诗作的，但这"湖海襟怀"当然也包含了诗人自己在内，因为诗人自己也具有如此的襟怀，他才在"千门红紫竞峥嵘"的琳琅满目、美不胜收的诸多诗作面前，谦虚地说自家"笔弱无奇韵"，而对于参赛诸君诗作所取得的成绩，诗人感到由衷的高兴，故而能够"且向诗坛送掌声"。读罢此诗，你不难感受到诗人谦逊的人格，以及他的"待到山花烂漫时，她在丛中笑"的"俏也不争春"的高标逸韵与仁者风范。由于诗人以此种情怀、此种境界看取人生，所以他笔下的"园丁"（《菩萨蛮》之二《园丁赞》）就是：

> 涤污荡垢林园美，豪性涌似开闸水。瘁力育英贤，
> 何辞雪满巅！辛勤劳日夜，沥沥倾心血。桃李竞芳菲，
> 丛中笑展眉。

此中的"园丁"，显然也具有"她在丛中笑"的风范。而诗人在这里歌赞的，又是一种甘做人梯、甘于奉献的更高境界。

人的思想境界来自人生经验与对事业的信念，饱经磨炼而又信念坚定的人才可能进入更高的人生境。诗人在《沁园春·题电视剧〈荒路〉》中写道：

> 七色人生，初涉世路，勇辟荒莱。喜雏鹰亮翅，搏
> 击励志；精钢淬火，磨炼成才。际会风云，因时乘势，
> 改革平添大舞台。凭谁料，竟龙蛇翻转，境界新开！
> 直须抖擞尘埃，任荣辱升沉不介怀。纵征程迢递，

> 常坚信念；难关层叠，尽可推排。往事千端，哲思万缕，
> 一曲清歌亦壮哉！如椽笔，为荧屏增彩，玉剪珠裁。

这当然不仅仅是对改革开放事业的坚定信念与热情歌颂，而且是对于青年开拓者的赞美与鼓励；电视剧中所表现的人生际遇与诗人所体验过的人生哲理相契合，于是他发出了"往事千端，哲思万缕，一曲清歌亦壮哉"的感叹！而"直须抖擞尘埃，任荣辱升沉不介怀"，又是何等深沉的人生哲理！何等超迈的人生境界！有了这样的境界，才能在迢递的征程中"推排"重重难关。电视剧《荒路》表达出了这一思想，所以诗人才有了"如椽笔，为荧屏增彩，玉剪珠裁"的肯定与称誉。

写途中遇雨，在一般人笔下，常要写出雨中景色之奇丽，或滂沱浩渺大雨如磐，或云山雾水四野迷茫；或山洪断路怨艾凄凄，或雨后虹霓情怀朗畅……此固非无诗也，是诗之别一番境界也，请看王充闾先生写《定西遇雨》：

> 烟雨茫茫过定西，干禾扑地望中迷。
> 秋霖纵美成何用，施惠由来怕失期！

诗人没有仅仅从"烟雨茫茫"中来觅诗情，他一下子注意到"干禾扑地"的情景，这在他人可能是视而不见的现象，诗人却竟意外地写出"扑地"的"干禾"在"烟雨茫茫"中的"望中迷"

的形态，这是诗人的独特发现，这是诗人移情于此！诗人非不知
"茫茫"烟雨之"秋霖"之美也，诗人的情怀之美、境界之美远
远超越了此"烟雨茫茫"的"秋霖"之美也！由于有了这种超
越，所以这种"秋霖"之美只能令人徒生怅惘，徒生惜惋！何也？
此雨"失期"，来之晚也！你能说诗人这首《定西遇雨》不奇绝？
奇就奇在他以独特的眼光与思致，发现与联想到这场"纵美"的
"秋霖"，对"扑地"的"干禾"，已然无济于事了；绝就绝在他
以更高的审美理想，从"秋霖"之美中看到了美中不足！诗人的
这种奇绝的发现与联想，绝不是诗歌写作本身的事情，所谓"功
夫在诗外"也！由于诗人胸中装着农业生产的消长与人民生活的
苦乐，所以他在"遇雨"时所产生的感怀、联想，绝非一个纯粹
诗人的"眼前景"的即景、即兴的情怀，更不会是一己之私的羁
旅之思了，这难道不正是诗人的情怀境界之"个性"吗？

诗人有此情怀、境界之"个性"，他对于改革开放中所呈现
的经济繁荣景象，就一定会给予热情的歌赞：

> 灯海星河百万家，三台阁上阅繁华。
>
> 金城不夜全开放，待泛银潢八月槎。
>
> ——《皋兰山夜景》

诗人有此种审美理想，他面对祖国的名山胜水，就会情通古
今，怀古而颂今，就不会厚古而薄今了（需知这是许多怀古、旅

游诗中所常表现出来的情绪）：

> 高路入云端，飞车岭上盘。
>
> 凝眸寻渭水，俯首瞰秦关。
>
> 诗圣情长注，将军梦未还。
>
> 千秋人换世，佳果满林峦。

——《秦安道中》

"诗圣情长注"，指杜甫陇东诗中有"迟回度陇怯，浩荡及关愁""西征问烽火，心折此淹留"之诗意。昔日诗圣之"怯"与"愁"，之"心折"于烽火连天，已大不同于今日诗人的心境了，今不同昔今胜昔，"于秋人换世，佳果满林峦"。这充满着诗人对新社会、新气象的赞美之情！

二

我们说"诗言志"，也有人说诗是"宣泄"。"宣泄"也是一种"志"吧，只不过那是一种消沉的、灰色的、低级的人生之"志"罢了。我们所说的志，是积极向上的，是关注社会、关注人生的，是充满理想并为理想而奋斗的，是既有"自我"又有人民的"小我"与"大我"相统一的。王充闾先生诗中所言之志，即此也。

请看他的《迎春风筝比赛》：

> 的是今春乐事浓，花灯赏罢又牵龙。
> 千般妙品争雄处，万丈晴空指顾中；
> 兴逐云帆穷碧落，心随彩翼驾长风。
> 只缘寄得腾飞志，翘首欢呼众意同。

> 彩蝶金龙荡碧空，营川儿女竞豪雄。
> 巧裁形体夸新态，稳上云霄见硬功。
> 创业有怀凌健翮，拈毫无技捕春踪。
> 芳时莫抱蹉跎恨，万里鹏程正好风。

诗中那种"争雄"意绪、"晴空指顾"、兴穷碧落、心驾长风，那种"鹏程"好风，都寄寓了诗人自我及诗人所代表的群体——营川儿女的腾飞之志。还有《赞老红军植树》中，诗人所赞美的身经百战的老红军战士，"豪情未减"，"清荫留与他人赏，皓首林国种稚松"，此种奉献精神，也正表达了诗人之志。

在《棒棰岛遣怀》中，诗人更兴会淋漓，突发奇想："高楼纵目兴偏豪"，有此豪气，才有以下的"欲驾飞舟凌碧落"之壮志，也才有"问天"式的"银河渤懈可通潮"的浪漫。豪情与壮志，在诗人笔下往往得以统一，有此统一，就又有了《集张问陶句》中的"英雄肝胆依然在，尽向毫端滚滚来"。诗人有了此种豪情壮志、英雄肝胆，就又有了浩然之正气、廉洁之清风。在《参加中华诗词学会成立大会感赋·七律》中，诗人写道：

> 裁红晕碧逐时新，五月京华别有春。
> 奔兢此间无俗客，推敲今日尽诗人；
> 齐挥白也生花笔，竞写灵均报国心。
> 志在乾坤存正气，翕张舒卷任天真。

诗人们真情报国、志在乾坤，故能以生花妙笔，摹写其浩然正气。在同题的另一首《七古》中，诗人又写道："官清不碍吟哦兴，奋袂低回气尚遒。"又表现出诗人廉洁之清风。诗人笔下有时是在写他人，其实当然也在写自己。诗人的壮志豪情，到老犹然，请看他的《对镜》一诗：

> 对镜初惊雪渐浸，劳劳不觉又春临。
> 人生好景中年后，不到中年不解勤。

再看他的《为友人题三十年前旧照》：

> 卅年回首感千重，旧梦如烟一笑空。
> 且莫伤怀悲老大，青春犹在画图中。

这里面都蕴蓄着一种奋发向上、进取自励之意，而绝无悲秋叹晚、悼亡伤逝之情。在《题老同志书展》（五首）中，更有一种"老骥伏枥，志在千里""年华虽逝，青春永在"的情怀。"毫端饱蕴腾波势，临镜何须感岁华！""戎马平生存浩气，纵横墨沈写尧春。""投老才情胜北时，凌云笔阵浩然诗。腾波犹有蛟龙势，桃李春风看满枝。""老来奋扫如椽笔，悟出灵机别有天。"这都与"对酒当歌，人生几何"是迥然意趣的。

诗言志，即指诗人言自己之志，即使在写他人，其实也是在写自己，故诗人的诗中离不开自我。诗中有"我"，本无可非议，但诗中之"我"，也离不开社会、离不开现实，他是人民中的一分子。这本也不该有歧义，但却有人把诗中的"自我"看成是与社会历史无关、与生活现实无关、与人民大众无关的"如遗世而独立"的"自我"，这就难于令人接受了。事实上，这种绝对的、纯精神性的、抽象的"自我"也是并不存在的。以此种"自我"观念来写诗，这种诗就一定会脱离生活、脱离人民、脱离读者，最终走入死胡同，使此种"自我"的存在也难以为继。我们反对此种"自我"论，但却又坚持认为诗中应该"有我"，王充闾先生的诗，亦正作如是观。请看他的《夜半哦诗》：

> 缒幽探险苦千般，夜半吟哦入睡艰。
> 永记船山惊世语："诗中无我不如删！"

此诗人以诗论诗之句也。诗中"有我"，诗才能有个性、显示独特风格；表面看来似乎是纯粹客观记叙、描摹的诗，其真"无我"耶？非也！事件、景物之选择，视角之确定，真、善、美之发现、持论之立场，皆有"我"也。至于由事生思、景总关情，更是"有我"之表现。王充闾先生写《松花湖泛舟》：

> 江山信美悔来迟，五十年华鬓有丝。
> 翠嶂四围青玉案，澄波千顷碧琉璃。
> 敲诗虎岛酬今雨，立雪程门忆昔时。
> 却却尘劳成小憩，乘槎直欲上天池。

这是诗人五十岁左右来松花湖泛舟时所写的诗，故对松花湖之美有自"悔来迟"之感，此即显然之"自我"。以下写"翠嶂"如"青玉案"，"澄波"似"碧琉璃"，以及"敲诗虎岛"。以"酬今雨""立雪程门"，回"忆昔时"；还有泛舟当"小憩""直欲上天池"，皆"有我"之境也，其信然乎？

诗人写出"有我"之境，诗人之个性即得以显示出来。请看一首《翠湖》：

> 陌上花飞客到迟，翠湖烟柳已垂丝。
> 浮云净扫天光碧，万点群鸥乱撞诗。

　　昆明翠湖，每当傍晚常有群鸥云集，此一奇景，在诗人笔下，更写出特殊体验，岂止"浮云净扫天光碧"，更有"万点群鸥乱撞诗"，不是诗人，何能撞出诗来？不是此诗人，何能以诗而撞鸥鸟？"有我"之情境，巧妙之文辞，非王充闾先生莫属矣！似此，更有《写怀寄友》中的"宦况诗怀一样清"句，《沙海蜃楼》中的"休怪蜃楼多幻景，尘埃野马本模糊"句，皆独特而有个性之美的吟哦也！

三

　　诗中有意境。意境是诗人在情、景、思的融合过程中的发现与创造。情与景的关系，一为触景生情，是先有景而后生情也；一为以情观景，是情在先而景在后也。但无论触景生情还是以情观景，在诗中都需是情景交融。思与情的关系更为至密，由于这两者都属诗人的主观方面，它们在与客观的景（或事）进行融合时，就会有诗人的联想，就会产生出诗的意境。由于诗人的情与思的各异，所以不同诗人对同一景物（或事物）所产生的联想与所发现或创造的意境也就不同，这正是诗人独特的个性与风格所由发生的原因。

　　王充闾先生的诗中，常有奇异的联想与美妙的意境产生，正是其个性化的情与思而使之然。请看《中秋节登千山"天外天"》所写：

难得人圆月也圆，名山佳节会群贤。

灵丹何必嫦娥窃，饱饮泉汤也上天。

从中秋之月圆联想到朋友相会之"人圆"，从饱饮矿泉水而联想到喝灵丹妙药，从嫦娥窃药升天而联想到饮用矿泉水后登上高山而为"上天"，实联想之奇与意境之妙也！

再看《龙羊峡水电站》：

千里游龙一剑横，涡轮转得万方明。

轻车下坂频回首，过此黄河不再清。

以"千里游龙"喻黄河，未必出奇，但以"一剑横"而喻大坝，则不可谓不奇。第一句谓之"起"，则第二句"涡轮转得万方明"可谓之"承"，此"承"句可谓写得才敏而思捷。第三句"轻车下坂频回首"，是"转"句，形象、生动而有情也。末句"过此黄河不再清"是"合"句，颇有思致与思理。这首诗的联想之奇崛与意境之深远，是诗人落笔不凡之风格也。

在诗的情、景、思中，思，可谓诗之灵魂；情，可谓景与思之中介，亦诗之生命也。无景（或事），则情无以托，思无以寄；但只有景（事）与思，则不能成诗。故情之于诗，是第一要素也。诗人之情或浓或淡，诗中之情或隐或显，均非无情之诗人与无情之诗也。

《祁连雪》四首，可谓情之显者。第一首第一句"断续长城继续情"，直点出一情字；第二句"屋楼堪赏不堪凭"，则因情而有哲理之思；第三句"依依只有祁连雪"，显中而有隐之情也；第四句"千里相随照眼明"，情与景融了。第二首第三句"相将且作同心侣"，炽情也；第四句"一段人天未了情"，又直点出情字，以情字而作结。第三首第二句"阳关分手尚萦情"，亦直点出情字；第四首第二句"日断遥山一脉青"，是青也，亦情也。四首通贯一"情"字。

又一首《阳关口占》：

> 浊酒一杯寄意深，诗文千古贵情真。
> 如山典籍束高阁，三叠《阳关》唱到今。

亦直点一情字，以诗、酒而寄怀古之幽情也。

《滇行杂咏》七首中的《沈阳—昆明机上》，其情尤烈亦尤隐者也：

> 漫道凭高眼界宽，白衣苍狗幻千般。
> 云涛翻滚披猖甚，藏裹江山不放还。

机上之感情体验，颇不一般。本欲凭高放眼，饱览祖国大好河山，怎奈云涛翻滚、千般变幻，障人眼目，终不能如我愿。"藏裹江山不放还"，是遗憾之情，是炽爱之情。充分写出诗人热爱祖国多娇江山之情，真挚而深切也！此情只合机上有，此情只合诗人有，虽不着一"情"字，而令人感到情之尤烈。

诗人之情与诗中之情，有俗与雅之分。所谓俗，非鄙俗也，是人之常情之俗也；所谓雅，是高雅，乃智识者之情也。王充闾先生在诗作中，即常有此智识者之情。《滇行杂咏》中的《登龙门》写道：

云水苍茫画幅间，大观今古漫凭栏。
楼台低窄嫌遮蔽，还向龙门险处攀。

昆明西山龙门，在高山险峰上，登上龙门，春城风貌、滇池景色，尽收眼底。诗人借昆明名胜"大观楼"之名而写西山胜境，幻化出"大观今古"之奇句，颇得借用、联想之妙趣。第三句中之"嫌"字，尽写出了诗人竞向更高处攀登之豪情雅兴。

《白族三道茶》与《山茶花》，也都写出别一番雅趣与另一种境界。细品《山茶花》所写人的盲明愚智之意味，直可令人心旌摇动。《白族三道茶》写道：

未经世路千重境，且饮人生三道茶。
消受个中禅意味，岩峣险阻漫嗟讶。

"三道茶"的头道为苦茶，二道为甜茶，三道为回味茶。由此写到人生世路，消受此中之"禅意味"，其中人生体验、哲理思致，令人感到诗中联想的丰富而贴切，诗情的高雅而深沉。

再看《洱海》：

> 吞天一海揽滇云，水阔风高荡俗氛。
> 白雪千层冰万叠，清波织作碧纱纹。

头一句出语即不俗，写足滇池气概。第二句明写诗人高雅之致。第三、四句写白雪层冰、清波碧纱，写尽诗人淡雅清静之心曲与情趣。

《苍山》更把眼中景物与胸中境界融而为一，末二句"缩取银峦但画本，归来冰玉满胸间"，把诗人冰清玉洁之心性和盘托出了。

诗情并非只有浓淡隐显、雅俗浅深之义，还有高扬与沉郁、欢乐与悲伤、赞美与贬斥之分。《域外行吟》五首，写苏联解体后的景象，其情感之悲抑，思致之低回，又是别一番韵味。

如《红场抒怀》写道：

> 无言抑塞对宫墙，游子伤怀叹海桑。
> 鸦噪云飞风瑟瑟，红星千载阅兴亡。

其"抑塞""伤怀"之情,溢于言表;感叹、惜念之思,倾向鲜明。鸦鸣鼓噪,乱云飞渡,我自从容,表现出诗人对于共产主义事业的坚定信念。

《圣彼得堡纪感》写"悠悠涅瓦咽涛声",其痛也哀,皆因"楼阁依然世已更"。当年"洒血抛颅捍列京,三年固守一朝倾",而今桑田沧海,"诚知裂变非因战,自古攻心胜举兵"其感也深,"盟解基倾",何以致之?发人深省!

综观王充闾先生的诗,可以看到,诗人所采用的虽然是古体诗词的形式,但所写的内容,均具有很强的时代感,看取生活的视角与认识问题的观点都是新的。所以,诗人不是像有的人那样,为写旧体诗词而写旧体诗词,甚至不惜把现实生活"古典化"。王充闾先生写古体诗词,是"新瓶装旧酒",是旧形式的利用,是"百花齐放"中的一花。毛泽东同志曾认为:"旧诗可以写一些,但是不宜在青年中提倡,因为这种体裁束缚思想,又不易学。"这是说旧诗的形式不易掌握,掌握不好,则这种形式就会"束缚思想"。但如果你能够熟练地掌握它,并达到运用自如的程度,那么你也就能够从必然王国走向自由王国,它也就不会再"束缚思想"。毛泽东同志本人的旧体诗词,就是反映新的现实生活,抒写新的革命者情怀的典范。王充闾先生的旧体诗词,由于确有才华与功力,所以也并无"束缚思想"之弊病,倒是很能抒写出丰富的思想与情感。

如果说收在《鸿爪春泥》中的诗还有什么美中不足的话,那就是对于广大人民群众所关心的社会问题涉猎甚少，即使是"美刺"一类的东西也不多，那么，让我向诗人提一点奢求吧：多代人民立言，为人民鼓与呼！

1995 年 6 月 2 日

（原载《王充闾诗词创作论集》，辽宁人民出版社 1996 年 4 月出版。）

美　爱　生命与诗

——女诗人林姿伶《不爱不休》序

　　美是什么？林姿伶小姐在她的新诗集《不爱不休》（这是林姿伶的第四本诗集。此前她已出版了《钟爱一生》《维纳斯的诞生》《生命之河》三部诗集）的"自序"中说："有美学的范畴如是说：文学向上帝招手，美术与上帝握手，音乐与上帝挽手。音乐是上帝的语言，文学是上帝的脚步，美术是上帝的手势。"这说法似乎表明，在艺术之美中，音乐较之美术与文学更美。这是因为音乐较之美术与文学更抽象吗？还是音乐较之美术与文学更关情？抑或是音乐更容易触动人们的思致、情绪？如果是这样的话，那么诗应该是与音乐等同的。

　　有美学家说："美是难的。"无论说美在心，还是说美在物，抑或是说美在心、物之间，都没有把美说明白。美不可言说，所以难。但美又是容易的，美就是爱，美就是生命，美就是诗。林姿伶小姐在她的诗集《不爱不休》中做了这样的回答。你读完这本诗集，或者会说：美在于斯！

在林姿伶小姐的诗中，那形象（还有那意绪，那思致），或恍惚、或游移、或跳跃、或定格、或闪断、或淡隐……你欲捕捉它吗？其实不必。诗人之笔，并不停留于具象，而是超乎具象之上的。诗人不想建构某种定型的窠臼，因为那不是诗人的目的。诗人所要表达的，是一种源于爱的情思，是一种源于生命的爱。情思是美，真爱是美，它们都是生命之美。

爱，是生命最绚丽的花朵；爱，是生命最崇高的价值。而诗，是生命之爱的放射与迸发。《不爱不休》里的爱，既有绮红火艳、刻骨铭心的深爱，也有垂天如岚、波澜壮阔的大爱。或许是诗人既经历了和风拂面的春光，也经历了酷热难耐的炎夏；既经历了硕果飘香的金秋，也经历了冰封雪冻的严冬。所以诗人之爱，既有悠扬/灿烂/倾奔/花雨……也有哀愁/凄婉/惊心/恐怖……这不是柏拉图式的理念之爱，这是人生之真爱，这是涵容以自我为放射点的一切情爱在内的真爱。人的生命历程多不相同，悲欢离合与崎岖曲折在所难免。即使有形之路较少坎坷，其心路历程也往往复杂、丰富。把爱写得一味清纯美好，一味悲切无奈，一味崇高神圣，一味千劫万难，恐怕都是一种单纯的体验或造作的呻吟，而不是人生真爱的多重或整体的深切感受。所以，诗人之爱既有荡气回肠/生死相许，也有金刚怒目/北斗罡风。

有纯情之爱，又不耽于纯情之爱，这是诗人在情思中融入理性的必然。诗人自述："理性与感性在人工智慧里相互残杀……为筹措思想、灵感需要在您这儿打工。"理性与思想，曾经被有些诗

人所鄙弃，但林姿伶却绝不如此，她写道："我的诗情中有种东西
吩咐我，喧闹的字汇必须避讳，在大量繁殖的字中，不伤害到思
想。"诗情与诗思本来是孪生姐妹，没有思想的诗会是什么？请看
林姿伶的描绘：

> 思想　饥寒交迫
> 失重的肢体瘫在格纸里，
> 平仄不能呼吸。

由是可知，思想，乃诗之魂灵，诗人怎能规避它？诗人写道：
"有一种蛊惑/左冲右突的思想/不断在雨横风狂中奔湍/思索染上
了/固执的自由/情不自禁裸裎空气中——飞檐走壁/你没有办
法，/可逼它投降。"由于诗人具有"深埋的意识"，诗人的"心
斋"中蕴蓄着"澎湃的思潮"，于是诗人宣告：让"缺乏思想的
血管全部殉难"。

诗人的思想修养、人格境界，无疑得益于丰富的阅历与文化
知识的陶冶。诗人写道：

> 书，那是我唯一的粮食
> 我需要它们来抵抗庸俗
> 香郁要精纯的诗谱来配制。

　　诗人在她 1994 年出版的诗集《生命之河》一书的《序》中就曾说过，人生最终的追求，应是参会妙悟人生的依归和超越的心境。唯有以恩宠中刹然觉醒，才能探触到刻骨与不幸的生命。而人的"心智的袋囊"应该装进"人格与智慧"，因此诗人又写道："我必须每天学习，宁可痛苦地学习。也胜过由神来审问自己，只有经由省思，体识内在，往真理的道路上去，才能……把自己往心灵深处安放。"应该说，是深厚的学养，精进的理性，使诗人能够拒绝浮躁，拒绝庸俗，从而也使诗人的诗情更香郁、更精醇，诗思更睿智、更敏慧。同时，正是因此产生了林姿伶诗歌所独具的特质。

　　美就是爱，"最美的遗产"是不休（或曰不朽）之爱；美就是生命，"生命以这芬香的深吻漾开"，而"恐怖如端绪"之生命亦有美在；生命垫在悲怨的诗河中洗濯旷达，拓一隙雄浑壮澜美哉！此诗之美也，美就是诗。

　　然而，美并没有一个固定的模式，诗情是变幻的，诗句更是灵动的。而诗人的爱与生命的灵魂，却是铸造诗美的准则。这准则乃是用"活泉之水"经过"半个世纪"而"焖出"的"净化"了的"晨露清圆"，魂归于此而已！

2001 年 7 月 16 日

悠悠故乡路　拳拳爱国心

——晓帆新作漫议

　　像许多旅居海外和港澳的同胞一样，香港诗人晓帆也无时无刻不在眷念着家乡，眷念着祖国，关心着祖国的发展与繁荣，这种爱国怀乡的深情在他的新作《悠悠故乡路》（《诗刊》1992 年第 4 期）中也流溢出来。

　　《悠悠故乡路》一组五首诗中，第一首《寄望》是写香港的，或说是从香港写起的："香港的天／被切成／凌乱的碎片""香港的路／被压成／喧闹的声带"，在这种拥挤、凌乱、鼓噪与喧闹的现代都市生活中，既"不见云雀飞掠"，又"没有草木青青"，香港的现代都市文明使诗人感到窒息和压抑，他向往着超脱于"荣华富贵"的、充满自然天趣的、民主、自由的田园生活。于是诗人"寄望今宵"，期待着"昔时的明月"将"我"引领到陶渊明所憧憬的"桃花源"中。这是个诗人的"理想国"，在此他可以"采菊东篱下，悠然见南山"，他可以在"轻风拂袖"时"闲庭信步"，他可以"邀来三五知己／把酒话桑田／挥笔涂诗篇"。这种借寓于世外桃园的向往，表现了诗人对于香港生活现状的一种心理反驳，以及对于未来前途的"寄望"。

诗人对于"理想国"的"寄望"，在他的大陆故乡得到"实现"。诗中第三首《问路》，写诗人回到故乡的见闻感受："山上"花香蝶舞，"山下"鸳鸯戏水，"山前"飞燕穿云，"山后"荷塘蛙鸣，"垄头"老人闲话，"枝头"黄鹂啁啾。这俨然是一幅"桃花源"式的理想国图画，但又确实是诗人耳闻目睹的现实景况。家乡的巨变，使诗人"在桥上驻足／不知乡居何处"。无疑，诗人笔端凝聚着无限的眷念与深挚的爱恋，而这，又不仅仅是出于一颗游子的赤心，重要的还因为诗人看到家乡有"春的脚步走过"，所以才"绿了原野""醒了峰峦"，这实际上是诗人对于大陆实施改革开放政策的一种歌赞。

这种歌赞在组诗的最后一首《圆明园》中，又变成了对改革开放中前进的祖国的殷切期望。圆明园，这个曾遭受过西方列强劫掠焚烧的"万园之园"，而今它"烽火"虽熄，但"废垣"仍"咽咽凄泣"，"狼嗥"虽过，但"残柱"仍"呜呜啼血"，那屈辱的岁月，对于每一个热爱祖国的人来说都难以忘记。岁月蹉跎，时光流逝，历史，在中国"误了整个世纪"。但是，那"废垣／犹如沉舟"，那"高耸的残柱"，犹如中华民族的"脊梁"，"睡醒的盘龙／该有一番图腾"，现在，"不管风吹浪打"，沉舟侧畔，"该有千帆驶过"。祖国要改革开放，祖国该有大的进步、发展，祖国会有新的繁荣、昌盛！诗人的悠悠思乡情、拳拳爱国心，化作了

"一缕寄望":"圆,是月",由缺而圆的月;"明,似朝阳",改革开放,使祖国如旭日初升,现出无限光明的前途;"园,有鸟语花香",这是诗人向往的理想之园,是"桃花源"式的理想之国,但这又不是陶渊明式的凭空臆想,祖国,一定可以成为一个充满鸟语花香的乐园,一定能够成为一个真正民主、自由、繁荣、昌盛的国家。诗人从"圆明园"中发掘出的诗情、诗意,寄托了多少侨胞的多么深切、真挚的期望!

《圆明园》与《寄望》,作为组诗的一尾一首,是多么自然地、合乎感情发展逻辑地呼应着。而《问路》作为前后呼应的"中介",也是那么必不可少。但是,排在《寄望》与《问路》之间的第二首《龙眼树》,以及排在《问路》与《圆明园》之间的第四首《圆规》,在组诗的宏观结构中,又具有怎样的诗的美学意蕴呢?

《龙眼树》写诗人思念故乡的炽烈情愫,从向往"乐土"的《寄望》至回到故乡亲见"乐土"情境的《问路》,间以怀乡情深的《龙眼树》,这结构安排显然是很自然也很巧妙的。但"龙眼树"究何所指?是泛泛的怀乡之情,还是怀念昔日恋人的特定之情,抑或是一种曾经触动情怀历久难忘的感情记忆?这里当然有着情的含蓄与诗的朦胧。但这含蓄与朦胧恐怕主要是对读者而言,在诗人方面却未必如此,因为那棵"龙眼树""是故乡井边的""七月的树",它"垂挂着/盛夏的情愫""飘洒着/轻柔的甘露",那"诱感"也是属于"七月的",可见诗人情之所钟、意之所指,都非泛泛。而"发言为诗"，则必具诗味，其情其旨，当需能够令人咀嚼，耐人寻味，此为诗之一境界。

《圆规》的格调，则又迥异于《龙眼树》。《龙眼树》重在写情，其意象是较为具体的，在美学蕴含方面，它更多的是无限的深情与无尽的意绪。而《圆规》则重在表意，或说重在写一种人生哲理，其意象是较为漫漶的，在美学蕴含上，它更多的是深沉的求索与不尽的遐思。这里当然也就有了诗意的含蓄与哲理的朦胧，而这含蓄与朦胧又不仅是对读者而言，在诗人方面，恐怕也是久久探求而未获全解的问题。此为诗之又一境界。圆规，"世世代代/在人生的画面上/绘制了无数/色彩缤纷的圆"，丰富多彩的人生，不少欢心惬意、志得情舒之时，但也有"人生在世不称意"之处，如这"圆规"，"就是/画不好/月亮"！月有盈亏圆缺，它时时在变化之中，生活也是在时时变化着，难以用既成的、固定的规矩来描绘，几度亏缺之后的月，而今可圆否？诗人对于"花好月圆"的"寄望"，寓于对"圆规"的遗憾之中；诗人对于祖国海峡两岸统一的"寄望"，寓于"月圆"即至之时。这种"寄望"，既照应于组诗第一首的《寄望》，而它的"就是/画不好/月亮"的"天问"，又承接了前面第三首的《问路》，至其"月圆"之思，则与其后第五首《圆明园》中的"圆是月"紧相连接、紧相呼应。可见，《悠悠故乡路》组诗五首，在结构上都有匠心独运的巧妙安排，在诗思上也都有合乎逻辑的内在关联。

诗人探求着诗的变动不居而又有矩可循的形式之美。语言形式要服从于感情的抒发与思想意念的表达，所以诗人不应让某种固定的形式束缚住自己的手脚。但过分恣肆与放任的形式也容易失掉诗歌应有的形式美韵味，有时还会大大减弱诗的感染力与艺术的魅力。《悠悠故乡路》在形式上既不因循、拘谨，又不漫漶、放任。如在《寄望》中，"香港的天"与"香港的路"各三句，句、字、意均对称；下面的"天空""地上"也是如此，但又与前两节的对称有变化。这极像古体格律诗的对仗，而又不拘泥于古诗的用韵，它采用了较为直白、自然的形式。以下句式既有考究处也有变通处，重在质朴、流畅，既在字句、形式的运用中注意到结构、节奏、韵律之美，又不搜奇觅怪。又如《问路》中的"山上""山下""山前""山后""垄头""枝头"六节，每节三句，每节第一句皆二字，每两节字、意皆相对应；每节后二句皆空二格，各四字，形式十分严整。《圆明园》前三节各三句，字、句、意的处置都甚考究。如每节第一句皆四字，都以"没有"开头，第二句又都以"只"字开头，第三句亦皆四字，都以"没有"开头，第二句又都以"只"字开头，第三句亦皆四字，前二字皆重声："咽咽""呜呜""声声"，极富娱目悦耳的声律之美；至第四节而变格，为四句，但此节自身前后二句，对仗也极严整。此后几节在形式美上也都另有讲究，但又并不沿用前面几节之格局，全从表情、达意的需要出发。这种重形式而求变化的形式美风格，构成了诗人晓帆自己的特色。

秉刚正之气　发忧患之情

——林桐诗集《倾心集》序

一

"诗言志"，志者，说的是人的志向与意志。但"人各有志"，这就是说，每个人的"志"各不相同。这样，每个诗人的诗所言之志亦各自不同。因此，对于"诗言志"，就不能做笼统的、抽象的理解，而要因人而异，因诗而异。

林桐的诗集《倾心集》中的诗，心之所倾，志之所向，就可以让人感到完全属于他的、明显的、突出的个性。诗能够写出个性，写出特点，并非易事。一方面，诗人的灵魂境界、情操涵养、性格特征，都会表现于诗作的思想内容之中；另一方面，诗人的审美水平、艺术技巧、遣词用字，也都会表现于诗作的构筑形式之中。所以，诗的个性特点，就是诗人的心灵、品格、性情的映像，是诗人艺术修养的映像。俗话说，"诗如其人"，此言信哉！

林桐是个性情刚强、倔强、正直的人，他内蕴敏秀，但绝非

"老谋深算"的人；他外向率真，但绝不稚拙单纯。这就是说，他虽然对生活、事物有睿智的识见，也从不隐瞒自己的观点，但他言谈之间，持之有度。由于具有宽仁厚爱的襟怀，加之涵养的造就，他对朋友、故旧在人前人后多言其长而不言其短，多扬其善而不曝其丑。这固然是做人的一种道德，一个原则，但真正能做到这样却不容易。而林桐是认真地以这样的道德原则来处世的，他这样做是自觉的。唯其因为自觉，所以他就并非一味如此。一味如此，难免就有是非不明、善恶不分之嫌，而林桐却是善恶是非了然于胸的。正因为他分辨善恶是非的敏锐与深刻，他在小是小非小善小恶上可以做到"难得糊涂"，而在大是大非大善大恶上可就从不糊涂。岂止一般的不糊涂，他简直是扬善而讴歌之，揭恶而惩惩之。这就又有了他性格中疾恶如仇的一面。说他疾恶如仇，这可不是个抽象的、原则的用语，对于他认准了的坏人坏事，他常常是激愤无比，直陈怒呵，乃至面红耳赤，毫不留情。即使是他的顶头上司，他也并无顾忌。他的这种性格，就又造成了他人生经历中难以避免的坎坷与厄运。所有这些，从他的诗作中都可以查看得出，感受得到。

二

林桐是个事业心很强的人，他在事业上不停拼搏，勇于奋进，不屈不挠，至老犹然。他在《述心》之二中写道："历经坎坷未

沉沦，一腔热血化诗魂。人生如同天边月，不问圆缺自求真。"而
他笔下的《松》，更道出了他"耿耿忠心护大山"之志，以及
"雪压霜欺浑不顾，只将绿叶唤春天"的决心。在《五十自寿》
中，他写道："人生五十刚半生，还有半生好拼争。不信霜雪能经
久，春来依旧满枝红。"虽经坎坷、挫折，永葆积极向上的锐气，
不停拼争，坚信霜消雪化之后春天定会来临。他的《观澜赋》，也
写出了虽身处逆境却自信"真理在胸"，因而能够"我自从容，
相信光明在前""日出云散""看谁输赢"的必胜信心。

借山川而言志，许多诗人皆擅长之，林桐自不例外。他在
《山川冶情》辑中，多有此类佳作。如《溪流》写道：

> 终年山里绕弯弯，透彻清凉自甘甜。
> 只因细浅无声息，思归大海作波澜。
> 梦里虽曾思蝌蚪，醒后志在扬巨帆。
> 人生原是一滴水，愿将天地再拓宽。

人生虽然可以普通、平常，但却需有"思归大海作波澜"之
想；蝌蚪虽小，亦应有"扬巨帆"之志；诗人颇有自知之明，认
识到"人生原是一滴水"，但却不因此而自我拘囿，"愿将天地再
拓宽"，志大而不空，需集沙而成塔，集腋而成裘，集跬步而至千
里，是真切质实之大志也，非大言空想之志也。似此"言志"者，
《青岛行》之"人生有幸当击水，志在惊涛万里游"亦同此类。

《日本行》中，爱国之情，尽在言中；强国之志，意在言外。

人生常有少年怀壮志、老来而无成的感叹，林桐虽历经厄运与磨难，但即使已老，其志弥坚。《哦哦感叹》中之《感怀》一首这样写道：

> 老夫小疾"五十肩"，始知人生振臂难。
> 白发丹心思报国，黑面冷眼对庸官。
> 雪压霜欺竹留节，流离漂泊崇尚贤。
> 明知世间知音少，依然倾心弄琴弦。

巧矣哉！因患肩周炎而知"振臂难"，是身体动作之难，但诗人却说的是"人生"，是"壮志难酬"之意也。此意借"五十肩"而出之"振臂难"，实是诗人联想之巧妙、自然也。诗人常怀报国之"丹心"，故有"黑面冷眼"之坚毅，坎坷境遇，如雪压霜欺，但却难改竹之有节；虽世间知音甚少，但"倾心"弄弦之志"依然常在"。此一思想，在《我的心，对大海吟唱》之中亦甚突出。诗人写道："虽然如今已两鬓银霜，纯真的心还像顽童，总想当个打头阵的小兵！""洒一身热汗，献满腔赤诚；去勇敢地开拓、拼搏、进攻……""请给我一匹战马，还有一条缰绳；没有马鞍也行！""哪怕跌得粉身碎骨，自古男儿就该跃马出征，纵然一死，也面带笑容。""谢谢，煽旺我心火的海鸥的亮翅，/谢谢，催人奋起的涛声。/还有那大海的白帆，雨后的彩虹……"读过这些诗句，你立刻就会想到曹操"老骥伏枥，志在千里。烈士暮年，壮心不已"的诗句。林桐虽已过"知天命"之年，但非真老，然其人生之颠沛，命运之乖舛，很容易使人变得萎靡不振、老气横秋，而林桐却完全没有如此，反之，他却有一种少年重登征程之气概，此诚难能而可贵也！其人也，童心永在、青春永驻、壮心长存，信乎哉！

三

诗人胸怀壮志、襟怀坦荡，而对强暴与邪恶无所畏惧，敢于抗争。此种襟怀与境界，集中表现于他所写的《读史·说文》之中。

《读〈西游记〉三打白骨精一节，赞孙行者》中，写孙悟空由于"坚存灭魔心""几经头痛终不悔，铁棒终于荡妖氛"，因为他"无私"而"忘我"，所以"一片丹心万古存"。一种讴歌、颂扬之情溢于言表。诗人赞颂荆轲为"真壮士""头颅虽输掉，千古美名扬"；诗人崇敬鲁迅为"直笔春秋敢抗争""谁道文人多弱质""如椽铁笔扫苍穹"。从这些赞誉与崇敬中，可以明白诗人的价值取向。《虎门炮台怀古》一诗，对"一身正气"的林则徐感佩不已，"敢为家国生死已，不替自己避灾星"。对林则徐的遭际，诗人为之抱恨叫屈，"为何忠良多磨难，漫漫伊犁路不平"。《夜读偶思》对于 1957 年充满历史的感慨："谏者缄其口，贤者隐其名。""一顶帽子重如山，遍野遗贤报国难。百家争鸣鸣不得，从此无人敢直言。"刚直磊落的诗人林桐亦是直言的"贤者"，故有如斯的感触与情怀。《读宋史》中所写的岳飞，既"可敬"而又"可怜"。可敬者，"忠君报国""直捣黄龙"；可怜者，"刚直不揣赵构心""忠君报国惹祸根"。诗人认为，忠臣遭害，固有奸佞陷害，而真凶手却是皇帝赵构，而后人却不明真相，所以"不骂皇帝骂奸臣"，可见诗人有自己独到的认识。

歌赞真善美，鞭答假恶丑，也表现于诗人诗作的正气与真情之中。他笔下的松和竹，都有着对真善美的寄寓与发现。《松》是正誉的，《说竹》是反讽的，"世人赞竹岁寒友，细访明察不敢同"，一反古人赞颂之意，而写真我之人生，诗人说竹"落魄倒地顺流水，得意呈威向高空""空虚亮节无结果，枉取君子好名声"。此是诗人眼中、心中之竹耳，并非一味顺从古人，人云亦云，可见具有独立人格的诗人从不随波逐流。《回乡感赋》对改革开放以来我国东北松辽平原上的大好形势予以歌赞，很有现实意义。《落英缤纷》中的《感赋》一诗，是诗人的自我写照，也是诗人所追求的真善美的境界。"自慰此生无媚骨，不屑去唱马屁歌""重情重义重事业，爱诗爱画爱小说"，此是诗人真性情！讲求实干而不求"官"场"攀升"，"可惜唯有官念差，只管低头去拉车"。

《南调北侃》中的《上庙》，揭露丑恶可谓具有传神写意的功力："提着猪头敲山门，只见和尚不见神。相见虽然不相识，笑看猪头请进门。""端庄正座喜吟吟，笑口常开是好神。原信菩萨只吃素，今知神仙更爱荤。"笔下的诙谐幽默与一针见血的无情揭露浑然一体，读来既轻松愉悦又发人深思，实在是不可多见的好诗。再如《落英缤纷》中的《读书偶思》之二，表现诗人对人世间的虚伪、残忍充满愤怒，发出"难怪太太怀抱狗，忠诚可靠胜先生"的深沉感慨。《杂诗五首》之《感事》，发人生之感慨，说"认真缘痴昧，糊涂最相宜"，是正话反说也，是对因认真而得不到理解与公正待遇的无限感慨。

四

　　情真意切，是林桐诗作的最大特点。他的诗，没有纯粹描摹他人他事之作，皆"有我"之作也。且诗中之"我"，绝无矫揉造作、虚情假意之我，而皆"真我"之真情实感的抒发与宣泄。

　　"男儿有泪不轻流，意恐泡涨胸中愁。事业应忘偏难忘，金钱该求却懒求。读书志在云霄外，参政意为解民忧。一腔情怀无处诉，独对残阳唱晚秋。"这首《秋日抒怀》是诗人志向、情怀、境遇之写照，是悲愤、沉痛、无奈之真诗。"明知前途有寒冬，敢笑花草易凋零。任它霜重疾风劲，破土抽芽我自青。"有道是愤怒出诗人，逆境出诗人，没有生活历程的坎坷，恐怕林桐难以写出这样一首《咏麦苗》。世态炎凉，非亲身经历者或认识不深，或只能停留在理性的认识上。林桐对人生坎坷与人情冷暖的体验是深切的,他的《行前有感》就具体记载了这一人生关口,因而使他在万千感慨中顿有所悟。又如《秋日郊外》写孤雁离群之感受与流放、寂寞之体验,景中有情,物中有我。这一类诗作,都是写自我人生感慨之情的。

诗集中还有不少如《答赠故乡友人》《贺夏眉丞同志六十大寿》《哭忆寿海兄》《忆少年时的好友》《忆陈凤楼老师》等写友情的诗,《重访衡阳》《望归》《忆 1958 年寒假从伊通镇步行回公主岭老家》《逛花市归来感作》《寒冬雨夜于广州街头遇东北老乡,纪之以诗》等写乡情的诗,都写出了情浓于血的深切情怀。而特别感人至深、令人难忘的,是他的大量的写亲情之作,如《梦祖父》,写得如出山之泉,不择地而流淌,琤琤琮琮,行所当行,止所当止;开合自如,联想无穷,其思之挚、念之深的敬老亲情,真可谓发自胸臆。《献给父亲的歌》《母亲》《家事》等也都情真意切,朴诚可诵。《写给子女》五首,不论是与子女谈人生,谈前途,或是谈读书,谈文章,无不是鼓励子女奋发自强、拼争进取、艰苦磨砺、正直做人的谆谆教诲,表现出诗人舐犊情深的内心世界,也大都颇堪诵读。尤其难得的是,他写夫妻感情的诗,是其袒露情怀心迹的少见之作。林桐与小红,是一对"忘年恋"的贴心伴侣。诗集中《落英缤纷》辑内的《牵挂》外四首,写夫妻间其情之真与深,不禁令人钦羡:"朝暮常亲热,相伴影不离。彼此掏心肺,互相不猜疑。"这种两人相敬如宾,共乐如一,兄妹复师生,夫妻又良朋的忘年伉俪,世间或许不少,但我亲睹直见者，却唯此无多。还有《和红妹结婚五周年纪念日有作》《次韵和爱妻小红原诗》《天河会》等多篇诗作，都有关于夫妻情深的写照，都写出了夫妻间的志趣相投、患难情深、互敬互爱、鸾凤和鸣的真切感人的亲情。

林桐的诗，大都并非就情写情、就事言事，他无论言志、写景、抒情，都浸透着一种深沉的思考，因而他的诗大都具有较强的哲理性。如《禅语》写的岂是禅语，是对不平世事的哲理之思、人生之慨也。"禅"亦非禅，是牢骚，问"苍天有眼"乎？无眼也！斥苍天无眼，却又并不狂怒、暴跳，偏能自我解嘲，求得身心平衡，躲进小楼成一统，安享天伦之乐，欣赏田园风光，学隐士闲适陶然之机趣，此亦一种哲理。《咏花四首》皆关哲理，其中《咏荷》感慨莫要占尽春色，《赏桂》指出莫把春色锁闭在平民百姓家之外，《咏杏花》更告诫人们"春色满园关不住"，其意之所指，更有自身之体验在内。《机上偶拾》说："原信居高眼睛明，洞察脚下阴与晴。变幻浮云偏遮眼，居高未必知下情。"其辩证思考之独特，于此可见一斑。《千手千眼佛》更有别样发现和新奇之思，"本来一双眼睛就能看清世界，一双手就能取得富足"。手多、眼多是神仙"爱形式主义""貌似精明，心却糊涂"。"舍掉那些多余的吧！轻装实干，缔造幸福"。此真可谓司空见惯者，可研思的问题尚多，未可以约定俗成之见而论短长。

林桐诗歌的形式，大多为仿古的五、七言歌行体，但也有自由体新诗。无论何种体裁、形式，皆能写出清新隽永之新意。诗的语言，大都直白通俗、顺畅无滞，不事用典，不咬文嚼字，故有一种自然洒脱、其文浅显、其意隽永之美。这有点儿像白居易的诗风，以直白之语而写出好诗，是诗的一种更难的境界。当然，林桐的诗并非只有直白，他同时还有雅驯，很有书卷气。因此，他的诗是有一种明确的美学追求的。

　　因为是挚友，所以就有许多说不完的话，忘了这是在为《倾心集》写"序"了。好在写序也没有什么定规，想到什么就写下什么吧！

王畅　丁丑端午于石家庄

（原载《倾心集》，花城出版社1998年1月版。）

从教条主义的束缚中解放出来

——铁凝《灶火的故事》读后

一

《灶火的故事》取材于冀西山区，作品写了老根据地山区的贫穷，写了一个外号名叫"灶火"的共产党员的悲剧与"党的原则"的联系。在"灶火"的人生信条中，"按照党的原则"如何如何，是坚定不移的。灶火的这一人生信条，过去他就已朦胧地懂得了，在讨论他入党的会议上，小蜂的发言使他对这一信条更彻底地清晰了、明确了："按照党的原则"我同意灶火同志入党。从此，"按照党的原则"就成了独立团的老战士、村里的支部委员灶火的人生准则。"按照党的原则"，他在抗日战争中为革命默默无闻地、忠实勤恳地工作着，到了和平建设时期，他仍然"按照党的原则"工作着。"山药冻在地里没人刨，麦子不浇冻水，人呢，成群结伙到白洋淀摆摊去了，这说什么也不是党的原则。"按照灶火的信条，对于那位支部书记，嘴里同样讲着"党的原则"，并且装腔作势大声疾呼地喊出："党的原则是挖资本主义根子，用现实的话说是限制资产阶级法权。卖柿子，要是让我抓住，没你们好果子吃！"可是当天夜晚，他的儿子二旦却扔下队里浇地的水泵不管，推着柿子下了雄县。而在这时，这支部书记对灶火的回答却是："人不能倚老卖老，眼下是……"从这里可以看出，灶火心目中的"党的原则"，以及他对"党的原则"的态度，与阳奉阴违的支部书记是截然不同的，唯其因为这个不同，才使老区的贫穷面貌难以得到改变。灶火说："共产党没变，党的原则没变。"灶火对"党的原则"的信仰是坚定不移的，因而"共产党没变"，"党的原则"也就不会变。对于灶火来说，当然绝不存在什么"信仰危机"，然而，当人们以"愚忠"的感情、"顶礼膜拜"的态度来对待自己的信仰的时候，那"危机"却在现实生活中产生了。"党的原则没有变"，但是党的原则在革命发展的实践中却不是僵死的、一成不变的东西，谁要是把党的原则看成基督教的教义，以盲目迷信的敬神样的虔诚去对待它，它大概也就成为产生悲剧的原因了。请看：灶火按照"党的原则""当县供销社收购生产队柿子的汽车刚停到村口"，他第一个就往车上倒了 100 斤柿子，而他"忽然发现人们站在村口都用一种奇怪的眼光打量他"，这时，他想的是什么呢？"他想了，要是群众都和党员一般齐，还要党员干什么？"

可是，灶火毕竟有些迷惑不解了，别人把分到的柿子推到外头去卖，灶火却"另有所想"，"眼下大集越赶越热闹"，这在灶火看来，"就不能算党的原则"。于是，现实与灶火心目中的"党的原则"脱节了，这是怎么回事？为了他的 350 斤柿子，他要去找新任支书，他要去找他在独立团时的老战友、现时的县文化局长。然而，就是在他去找"老婆"、县文化局长从容的时候，他意外地碰到了小蜂。小蜂，这个使灶火在自己最初的意识里明确地记下了"党的原则"这一概念的文化人，在新任支书要老灶再卖一百斤柿子给供销社的时候，谁也没想到，她却替灶火说话了，她说：他（灶火）"不打算卖给供销社了，他要自己去赶集，没准儿我还和他一块去哪"。然而我们的灶火是怎么想的呢？"他想：小蜂这种做法符合党的原则吗？"小说写到这里结束了。

二

灶火是人，而且还活着，但是他的"悲剧"却并没有结束，他还是"一直是一个人过"，过去在战争年代，他是在"米粒很少的小米粥里掺上大量的野菜"，而解放 30 年后的今天，他住的屋子，"就是大白天进来，也是伸手不见五指"。他现在吃到了两碗不带野菜的"棒子糌儿粥"了，但他却又养成了"摸黑吃饭"的习惯。解放前自不必说，后来土改翻了身，再后来"当他们县宣布提前进入共产主义"，灶火还是没有点过灯。他的第一个"娘儿们"——"老婆"从容给他介绍的一个寡妇，因为没东西喂养人家，"过来一年就下了山西"。第二个"娘儿们"刚一见面，嫌他瓦罐都空着，就走了。"这会儿呢？""年轻的找媳妇少说还得七八百块呢。"灶火能有这笔钱吗？这就是"党的原则"和"灶火的贫困"的联系，这就是造成灶火"一直一个人过"、白天屋里黑得"伸手不见五指"、晚上不点灯"摸黑过日子""瓦罐都空着"的悲剧。

然而《灶火的故事》还有更深刻的思想意义，那就是造成灶火的悲剧的现象之所以产生，是因为造成灶火以"顶礼膜拜""奉若神明"的愚忠感情对待党的原则的更深一层缘由，即是文化教养方面的原因。"愚忠"在某种意义上来说，也就是愚昧，《灶火的故事》中十分形象地阐明了这一思想：

1965 年，灶火托人从县里买了一个三个管的半导体收音机，但是，他"买半导体开始只是为了听响儿，听什么响儿？听电台报时的嘀嘀响"。后来，他终于对这个小盒子有了其他兴趣，这就是里面那些各式各样的歌曲和唱段，然而最新的《泉水叮咚响》却使他听起来迷惑了："泉水我见过，后山涧里有好几处，可为什么是叮咚响呢？我怎么听不出来？"至于"泉水能给战士捎信儿"，他就"觉着更荒唐了，泉水能喝能浇地，难道还会捎信儿"？于是他"一下对这个小匣子失去了兴致，干脆'咔哒儿'关掉，缩进被窝睡觉"。而后来当他听说小蜂有个女儿在部队文工团，是唱歌的，而且也唱过《泉水叮咚响》的时候，他问小蜂："我正要问你，水怎么还能捎信儿呢？"作家小蜂对于这个问题"没有一点儿思想准备"，她无法回答。

　　还有关于"老灶"的一些"爱情"方面（其实是不能称作爱情的）的描写，对于灶火这样一个人物，是何等的深刻呀！灶火背小蜂过河，"忽然感到一种从未有过的感觉""他清楚地感到有一部分突起的地方紧贴着他的背，不对，不是紧贴着，是紧挤着""灶火一下子不知所措了，脚下也变得不稳当起来。他恨不得立刻把她放下，一个人赶快跑过河去。好不容易深一脚浅一脚把小蜂背到了对岸，他放下小蜂，也不说话，背起了黑锅就走。小蜂挑起油桶说：'等等我呀！'灶火像没听见一样，还是低着头往前走。可小蜂还是追上了他，说：'你怎么走得那么快？''赶，赶队伍要紧！'灶火喘着说"。这是多么细腻的描写呀！这写的是什么？是一种模糊的性爱意识。关于这一点，还有一处精彩的描写，即灶火第三次在沛河上看见小蜂和李林洗澡的时候，当他看见在河水中洗澡的小蜂和李林，"两个白净的身子在河里一闪"之后，"灶火简直弄不清这是怎么了，半天他才明白过来，他赶紧把脸飞快地转向了一边……灶火的心噔噔、噔噔地跳着，汗水也从脑门上流了下来。他扯下腰里的白毛巾擦汗，手哆嗦着又把衣服扣子解开，背对着河湾，坐在地上，眼睛使劲看着远处……他本来是要弯腰跑下河堤的，可人要是谁都知道身不由己是怎么回事，那么灶火也体验过了……他站了下来，不，更确切点儿说是坐了下来。不仅坐了下来，脖子还僵硬地开始向河湾里转动。一面转动着，他不知怎么想起从头上摘下了他那顶日本军帽，然后用它遮住了脸"。

对于不能自觉地、清晰地明白自己的意识状态的情况，是任谁都有过体验的，但是这不是指的那种最起码的、极简单的意识，这是具有基本的文化素养的人都能够清晰地意识到的，而对于灶火来说，这却只能是"身不由己"。

三

当然，作者在这里并没有写到爱情，没有写到灶火对小蜂是爱呢，是不爱呢，只写到他受到自身心灵的谴责："也许……忽然站起那么一个人，指着他说：'他优点就是有千条万条，可就河湾上那一件事就不够个党员条件。'"当然，并没有发生这样的事，作为他的入党介绍人之一的小蜂，在讨论灶火入党的支部大会上带头举起了手。

然而，灶火的自我谴责却并未从此消失，抗战胜利，他拿到一张复员通知书就回到了曲水。他还是觉着，他的复员和那次事件有关。

对于灶火和小蜂的这一段关系，在作者的笔下写得绝妙至极，既含蓄，又恰到好处，以至最后写到作为作家的小蜂来到曲水，在"吉普车进村后"，就"坚持先进灶火家"，在灶火的家里，"在昏暗的灯光下，她只是努力注意着这个老战士那些细微的动作……是啊，他老了"。

她问他："这些年你一直一个人过？"

他告诉了她，他又问她："那你呢?"

"我比你强。"

而后，小蜂在曲水住了半个多月。在这些日子里，她先使灶火的油腻的被子见了天日，又在竹竿上绑个扫帚，把房顶和墙壁都打扫了一遍，还让几个青年把沙果树伸到窗户上那些枝条锯了下来。还真的和灶火装了一筐柿子推到了集上，卖掉柿子后，小蜂给灶火添了一点儿钱，从供销社买了一条黑羊毛毡子，她亲自把它铺在了灶火炕上。临走时她对他说："腿脚再硬棒也是上了岁数的人了。睡觉时要冲着锅台，这样不得风寒。"

这写的是一种什么感情? 是革命的感情? 同志的感情? 是友谊是爱情? 作者写得如此含蓄，又如此深刻! 作者写得这样令人感动，又这样发人深思! 作者并没写什么"爱情"啊，是啊，他和她能有什么爱情呢? 一个部队文化教员、报社记者、团部文书和一个没有文化的炊事员，一个在北京的女作家和一个深山老峪的贫苦农民，这几乎是绝对不可能的。然而，地位的差别、文化素养的差别就一定不能够有爱情吗? 不，是可以有爱情的。但这爱情的结局不会是美好的家庭，而更多的可能是悲剧。这悲剧产生的原因，归根结底是愚昧，是落后，是文化素养的低下。的确，这不仅是指的灶火的愚昧的悲剧，也指的是并不缺乏个人文化素养的女作家小蜂。为什么这样说? 请看，和小蜂一起参加革命，也就是和小蜂一起在沛河中洗澡的那个叫李林的女同志，在"文革"中坚持说小蜂的知识分子丈夫是"反动学术权威"，小蜂的丈夫因为想不开，死了。也就是这个李林，在有人说小蜂参加革命是怀着不可告人的目的时，她作为知情人非但不出来澄清事实，反而制造舆论说小蜂在战争年代曾和四连一个炊事员有过不清楚的关系，为此小蜂吃了不少的苦，而李林却成为造反派最早结合起来的领导干部。这都是因为什么？就是因为尚未肃清的封建主义余毒，就是因为整个民族文化素质的低下，就是因为落后和愚昧，这难道不正是造成上述悲剧的真正原因吗？

四

《灶火的故事》采用的是现实主义创作方法，贯穿整个故事的中心事件是灶火卖柿子。通过"卖柿子"这一中心事件，把灶火的政治态度、思想观点、人际关系都交代出来了。也是通过"卖柿子"这一中心事件，把灶火对"党的原则"的理解、认识的变化、疑问，贯穿整个作品的始终，成为作品的一条思想主线，灶火凭着自己素朴的感情，僵化教条地理解着、认识着所谓"党的原则"，由于受极左思潮的影响，他把农民赶集卖柿子看成是"走资本主义道路"，他对于党的十一届三中全会以后出现的新事物看不惯，认为"眼下大集越赶越热闹""不能算党的原则"。小蜂没有让灶火第二次把柿子卖给供销社，而跟他把柿子推到集上，这使灶火不理解，因此，他晚上"翻来覆去地睡不着，他想：小蜂这种做法符合党的原则吗"？

灶火这一人物形象是十分鲜明生动的，这一形象具有十分深刻的典型意义。从灶火身上，人们一方面可以看到在二十世纪八十年代初，在我们的现实社会生活中极左思潮流毒之深；另一方面，在这一人物形象身上，人们可以找到造成我们的贫穷落后的原因，这也就使作品具有了极为深刻的思想意义。

作品的故事是流畅、自然的，细节描写也是真实生动、情趣盎然的。"卖柿子"这一中心事件在作品中虽然贯彻始终，但却十分灵动、婉转，绝不黏皮着骨。小说中没有任何说教的语言，但发人深思之处尽在不言中。小说的结尾更是意味深长，启人遐思，这使作品具有更深刻的思想与艺术的感染力。

1981 年 1 月于保定

至丽而雅　大巧后朴

——李文珊小说艺术

　　"大智若愚，大巧若拙"这句话，讲的是人生的哲理，把它应用于文艺理论中来，也很可以反映出艺术创作的辩证规律。看似无心雕琢，实是苦心经营；看似朴素自然，实是至丽至美。读李文珊同志的小说，就让人有一种"清水出芙蓉，天然去雕饰"的感觉，那种蕴含于清淳、娴静中的不尽的情致与丰足的韵味，令人欲迷欲醉。这实在是一种至浓至丽之淡雅，是一种大才大巧之朴拙。

　　读过收入《西天佛地》中的短篇小说专辑《雪域沧桑》里的十篇作品，你会感到作家笔下的每篇作品，写起来都是那么挥洒自如，浑然天成；但你又会感到，每篇作品无论是题旨立意、人物塑造、艺术结构，还是叙写描摹、细节运用、行文用语，都是那么颇着功力而又驾轻就熟，文采丰赡而又出之清淡。

　　《雪域沧桑》里的作品，大都是人物不多，人物关系也并不复杂，故事线索比较清晰，又不乏一波三折的情味。在表现手法上，一般多采用金线穿珍珠的写法，这样，不仅情节发展是脉络分明的，而且人物性格也是鲜明生动的，甚得"简中孕丰腴、淡中藏美丽"的艺术之旨趣。

例如《三等世家之子》，虽然通篇在总体上有一个精细的构思，但它并没有一个贯彻始终的中心事件，而是采用误会法与"以反写正"的技巧，通过一连几个事件，把一个出身于贵族世家、生活中保留着某些旧习惯、有着海外关系的藏族干部、报社翻译处副处长邦色的热爱祖国、追求进步、坚持原则、严于律己、又颇具个性的这样一个可敬而又可爱的人物形象，刻画得真实动人、栩栩如生。又如《多龙小传》，其中也并不单写一个中心故事，情节的发展是由几个晶莹璀璨的珍珠般的小故事串接而成，这些小故事紧密联结、前后照应，加之主线的清晰、分明，所以通篇在艺术结构上显得很为紧凑集中而绝无松散之弊，人物性格也在这颗颗珍珠的闪光中突现出来。主人公多龙的憨厚、正直，受尽了屈辱、压迫，经历了讹诈、欺骗，疾恶如仇的正义感终于促使他采取了惩恶扬善的行动。这是一个从"朗生"到主人的典型形象，而"腊月二十九日的狗"嘎欣杰布，作为一个鄙恶的形象，给读者留下的印象也是很深刻的。

小说固然要塑造人物，但明显的刻意追求往往在作品中留下作家刀砍斧凿的痕迹。当然，高明的作家能够做到"至苦而无迹"，而更胜一筹的大家则能够让人看似全无经营之心，一切似乎皆出天籁，人物则在不经意中活现出来。李文珊作品中的人物就是如此。

《第八级人》中的巧格桑，本是个精明伶俐、爱说爱笑、逗人喜欢的人，但他因说唱"折嘎"揭露、讽刺了"毂卡"领主"祈雨"的骗局，被领主毒打，并被收回差地、没收房屋及一切用具，于是被逼成专靠说唱"折嘎"乞讨为生的流浪艺人。巧格桑不仅"折嘎"唱得好，而且正直善良、敢说敢做，他帮助工作队、"金珠玛"宣传党的政策，他的"折嘎"发挥了巨大的鼓动和战斗作用。他亲身经历了新旧社会两重天，新社会他翻身作了主人，但仍然不忘用"折嘎"这一艺术形式为人民歌唱。作品在曲折、动人的故事情节与巧妙、紧凑的艺术结构中，十分自然地把巧格桑这个人物的诙谐幽默、机智勇敢、热爱人民、热爱生活的性格与形象烘托、映衬出来。其他如《长袖善舞》中对索木南的远见卓识与博大胸怀的表现，以及对小扎西认识转变过程的描写；《核桃庄园旧事》中对苦大仇深、刚强敏慧、女扮男装的姑娘康群梅朵的性格刻画等，也都属于此类。

此外，《长袖善舞》中利用信手拈来的细节来展示人物的感情、心理；《核桃庄园旧事》中那种真实动人、细腻自然、令人入迷的行云流水般的描叙；《船客》的高超的立意、奇巧的结构、新颖的手法等，也都很值得称道。

特别令人赞叹的要属《四郎翁堆和他的影子》。这是一篇具有很深的文化蕴意的作品，它虽然也具有人物不多、故事线索清晰的特点，但它在艺术结构上却较为奇特。在这篇作品中，悬念迭起、波澜层生、跌宕起伏，读来令人心神俱入；它将许多历史、文化、文学知识，根据故事发展的需要，有机地熔铸于情节之中，其中有着关于《格萨尔》这部英雄史诗的精辟论述，又包容着关于《格萨尔》这部伟大著作的流传与创作的调查、发现过程，每处读来都令人心启智开；作品虽是个短篇，但气势博大恢宏，结构精整严密，叙写以一当十，内涵丰富深厚，读来令人品啜不止、余味无穷；它描述景物，寥寥几句，其意其境，如诗如画。如写铁桥村"林中飞云，云中走山，山明水秀，林静花香，旁边还有条大河蜿蜒而过，说是大河，是指它危崖如削，峻岭横空，其实河面并不很宽阔……"，这真如汩汩而出的山泉，自然流淌，行所当行，止所当止。作品中的比喻与歇后语，用得贴切恰适，它们既来自生活，具有民族、地域的特点，又生动形象，具有很强的哲理性。作品描写巴乌嘎登演唱《格萨尔》中《门岭大战》时，说"他金声玉韵，音正腔圆，唱腔如山泉出谷，九曲回环，并且富有浓厚的表现力"，这些文字，何其精辟、准确、优美！读来令人有一种艺术欣赏的满足。作品着墨较多的人物巴乌嘎登，令人感到神秘奇异、如神似仙，连同他学习与演唱《格萨尔》的毅力与才干，都给人留下极其强烈、深刻的印象。着墨不多的跛脚老人四朗翁堆，飘忽而来，飘忽而去，更给人留下无限的遐想。就连那三个追捕小巴乌嘎登的大汉，虽只略略点染了几笔，也让人留下了感情上的记忆。

文如其人。读李文珊同志的作品，如见其人：坦诚、朴素。

但他身居高层领导岗位，洞明种种忠奸嘴脸，阅尽世态炎凉，饱尝人间冷暖，相信他的坦诚是情深意厚的坦诚，他的朴素是世事练达的朴素。坦诚即真，如果说坦诚与朴素是他以往一贯具有的作风与本色的话，那么他过去的坦诚与朴素，或者带有着童真与稚拙的成分，而作为一个作家的领导干部，他的童稚之心该是不为纷繁复杂的政治活动与人事纠纷所淹没，唯其如此，他才能够是一个作家。但无论如何，他今天的坦诚与朴素，终归还是一种历经沧桑之后的返璞归真的坦诚与朴素了。由此而论及其作品，所以我说是"至丽而雅，大巧后朴。"

（原载《文论报》1994 年 6 月 25 日（第 18 期）；《人民日报》1994 年 12 月 15 日以《丽雅巧朴——李文珊小说艺术谈》为名发表。）

民族灾难与传统文明的真实写照

——谈杨润身长篇小说《九庄奇闻》的思想艺术特色

　　在今天的文艺百花园的花丛里，除去有我们早已熟悉的诸多品种之外，还有不少我们不曾见识过的新品种，它们开出的奇花异葩，那香气使我们一时感到陌生，但我们不认为只有熟悉了的花才是好花，而让人一时感到生疏的花就是妖种。事实上，有的新花一出现，就叫人喜爱，一些曾经使人陌生的花今天也已逐渐为人们所熟悉、所欣赏。任何一个新品种，无论是刚刚培育出来的，还是从外城引进来的，都需要有一个被认识的过程。

　　然而，有人却出于对某些新花的偏爱，认为我们原有的花都要不得了，牡丹过时了，菊花退化了，芙蓉、水仙也太土气了……因此它们统统要被取而代之了，这倒不禁使我们认真地思忖起来，牡丹何尝过时？它的品种日益增多，菊花的品种至今已多达数百个，芙蓉、水仙越来越赢得人们的喜爱……固有的花的品种，美的，我们就保留它、繁育它；退化了的，我们就使它更新、换代；失去审美价值的，我们就淘汰掉它，我们绝不抱残守缺，还要奉为"国宝"。当然，由于管理上的种种原因，我们园中的花有一些不可凋谢的花凋谢了，还有一些花却延缓了它们的更新、换代过程。而这，并不等于说我们所有的花都毫无价值。

当然，文学作品中出现的许多新内容、新形式、新手法，有它们一定的美学价值，但在我们传统的文学作品中，也还有很多宝贵的东西未被挖掘、认识和整理出来。我们不必妄自菲薄，认为只有外来的东西才最好。我们不搞国粹主义，但我们也不认为"只有外国的月亮才是圆的"。我们的中国的文学，寻"根"总不会寻到外国去的。

"不薄'洋'花爱国花"，我是抱着这样的观点，来读杨润身同志的长篇小说《九庄奇闻》的。

一

如果说当前有不少文学作品的立意与手法上，都极力追求"时髦""走红"与"打响"的话，那么，长篇小说《九庄奇闻》显然别是一种"老成持重"的姿态。如果说当前不少作家接受外来影响，很注意在创作中表现直感、梦幻与潜意识的话，那么，《九庄奇闻》的作者杨润身则仍然重在"再现"生活。重在表现直感的作品自有其新的发现与创造，而重在"再现"生活的作品，那思想的力度与艺术的感染力却也未必就略逊一筹。《九庄奇闻》没有采用目前常见的"时空颠倒与交叉"的手法，也没有对环境与人物进行扭曲、变形的描写，但写得很有特色。

在我国历史生活的某个特定历史时期内现实生活本身就充满了颠倒与交叉——人妖颠倒与是非颠倒、好事与坏事的交叉。小说《九庄奇闻》虽未表现作家主观感受的时空颠倒与交叉，却真实地再现了生活中的这种颠倒与交叉，在一个特定历史时期内，生活中的人物有的飞黄腾达、浮肿膨胀，有的备受艰难、挨压被挤。事实上，所谓"再现"并非自然主义地照抄生活，从这种意义上讲，任何"再现"型的作品中也有"表现"的成分，绝对的"再现"型的现实主义作品是没有的。《九庄奇闻》在对人物的精细刻画中，就渗透着作者对人物的认识与评价，并通过对人物性格的塑造，"表现"了我国几千年来的文化传统中，得以使我们民族发扬光大的精华，以及窒碍人民思想解放的糟粕。

小说写的是1979年年初，党的十一届三中全会精神，像春天的阳光普照大地，华北平原上的村庄，大都感受到了春光与暖意，但是，坐落在太行山麓、滹沱河畔的九庄，却仍然是雪封冰冻，寒气袭人，这岂不奇怪？小说《九庄奇闻》的"奇"字，就从这里说起。

"疙瘩怎么又活了？"这是小说故事发端的一句话，也是贯穿于书中的一条主线。这句话引出一连串的故事情节。"疙瘩"是什么？是九庄村一个已经死去四十多年的恶霸地主的外号，这个

"疙瘩"生前是九庄村的活阎王、土皇帝。他欺压百姓、逼租逼债、私吞公款、奸人妻女、作恶多端，因此被抗日民主政府判了死刑。因为他的耳朵上长了一个肉疙瘩，所以群众就给他起了这么一个外号。但是这个死去四十多年的"疙瘩"怎么能和二十世纪七十年代末、八十年代初的现实生活联系在一起呢？原来，"疙瘩怎么又活了"这句话，不过是小说中的一个人物——社员张乐乐无意中喊出来的。张乐乐清晨到村边拾粪，由于心头郁闷、精神恍惚、眼花缭乱，把蹲在"疙瘩"坟头上的一只灰狼当成了"疙瘩"，于是喊出了上面这句话。但是，这喊声传到了九庄九队队长高羽巴的耳朵里，于是，在"四人帮"流毒尚未肃清、"以阶级斗争为纲"的口号仍然被某些人奉为经典的年月里，这句话就引出了一连串的风波。

高羽巴这个"阶级觉悟特别高"的生产队长，听到"疙瘩怎么又活了"的喊声，"发现"了"敌情"，要抓阶级斗争"新动向"了：啊，直到今天还有人想搞"复辟"，竟盼着旧社会的恶霸地主"疙瘩"还阳，何其反动！何等猖狂！于是，他开始追查"反动分子"了。胆小怕事的社员张乐乐，万没有想到这句话招致了偌大祸端，他不敢承认这句话是他喊的，但是不承认就要被停工、被罚工分，这就等于把他的一张嘴巴给挂起来了。为了解脱张乐乐的困境，小说的主人公华满山站出来主动承担了责任。华满山是个很早就参加革命工作的老干部，1959 年在他担任县委代理书记期间，因为坚持实事求是、反对浮夸蛮干，结果被打成

"右倾机会主义分子"，被"双开"回家。"文革"期间，他这个"戴着帽子"的"牛鬼蛇神"，又遭受了极大的磨难。那么，这个在政治上被打入"另册"的华满山，为什么要冒着再遭批斗、迫害的风险，挺身而出为张乐乐解围呢？如果说他因为与张乐乐"交情够厚""敢为朋友做出牺牲"，这因素虽则也有，但更主要的是，党性仍存、革命情操未泯的华满山，从严酷的现实中看到，死去多年的"疙瘩"，在今天的生活中又复活了。

复活了的"疙瘩"是谁？小说开头并未一下点明，作者巧妙地以含而不露的笔法，把笔墨转移到华满山与书中的另一个人物姜红牛的对垒上。姜红牛是个在"四人帮"横行时期窃夺了九庄村党支部书记大权的党内蠹虫，如果张乐乐承认喊出了"疙瘩怎么又活了"这句话，姜红牛可能并不当作一回事，但对于华满山来说就不同了。姜红牛不像高羽巴那样，把戴着帽子的华满山看得无足轻重，也不像大队秘书王顺喜那样，把华满山看成永世难以翻身的"倒霉蛋"。当姜红牛听了高羽巴的汇报，他"明爽的眼珠发了暗，油亮的红嘴发了白"，他一时竟"忘记了他的地位与权势"，立刻带着王顺喜亲自登门去见华满山。当他问华满山："你想让他（指疙瘩）还来人间啊？"华满山说："他来不来不由我想不想。"此时，"姜红牛的喉咙里好像塞了点儿什么，干吐两口，鼻孔里'吭吭'哼了数声……"这里十分形象、十分含蓄地写出了姜红牛的内心空虚。下面写到王顺喜拍着桌子问华满山："你看见疙瘩干什么？"华满山回答："我看见他朝着他的坟墓走。"这句一语双关的话，使神经"衰弱"的姜红牛先是"酸苦兼有"地"吭吭"两声，继而气急败坏地大动肝火，他"脸皮难看得像抹了一层灰土，眼睛难看得如同死羊的眼睛似的"，这就更进一步写出了姜红牛的内心世界的空虚。

作者赋予"疙瘩怎么又活了"这句话以多样的功能，它既展开了故事，又为全书设下"悬念"，埋下整个故事的伏线；这句话还画龙点睛地暗示了作品的主题。

随着故事的推进，这句话的三个层次的含意自然而然地一步步展示出来：（1）张乐乐开始喊出这句话，原属无意；（2）华满山承担了喊这句话的责任，是有意的，因为他看出了这句话里所隐藏的含义，即"如今坏人又当道了"！（3）姜红牛顺水推舟地借这句话来抓"阶级斗争"，"醉翁之意不在酒"，是要置华满山于死地以保护自己，继续窃据他那"支书"的位置。总之，作者在这句话的艺术安排与意蕴发掘上，是颇具匠心的，使它发挥了"一箭数雕"的作用。

二

揭露活着的"疙瘩"的丑恶嘴脸，反映"四人帮"给我们民族造成的深重灾难，歌颂人民群众在党的十一届三中全会精神感召下所进行的斗争，这就是作者在长篇小说《九庄奇闻》中所要表现的主要思想内容。

在"文革"期间走了"红运"、当了官的姜红牛，在"四人帮"倒台两年多以后，他的淫威还依然笼罩着九庄村，这说明新一代"疙瘩"的存在并不是孤立的。姜红牛在抓到"党、政、人、兵、财"五权之后，还成了"公社革委会"委员与公社供销社的领导班子成员，他不光受到公社党委书记丘魁的器重，还与供销社主任巴吉林攀上了"干亲"。进了县城，他是县水利局副局长端木吉的座上客，还是县革委黄副主任的贵客。在这些人大权仍然在握的时候，姜红牛当然是有恃无恐的。

姜红牛是怎样结起这张难以撕破的"关系网"的呢？原来，"文革"期间，在姜红牛还担任大队民兵营长的时候，他就与当时在"反修大渠"工地任总指挥的造反派"高参"、后来的县革委副主任黄某勾结在一起，贪污了国家两千多元钱的水泥和一千多元钱的木料，姜红牛还与水利局副局长同流合污，贪污了国家的水利贷款；公社书记丘魁家里要盖房，姜红牛派生产队的拖拉机把集体的砖瓦、木料、石灰给他送到家里，分文不收，还派木匠、石匠去帮工，由生产队记工分。丘魁盖完五间瓦房，把剩余的砖瓦木料卖掉，还净赚了五百多块钱的现款。姜红牛的女儿认了公社供销社主任巴吉林当干爹，姜红牛就从巴吉林那里一下开回一千斤售猪奖励化肥票；巴吉林还给公社书记丘魁开了一千斤，属于姜、丘、巴关系网上的人，一共开出了一万五千斤化肥票，每斤化肥票到生产队可兑换一斤小麦，这样，九庄三队的一万五千斤小麦，一下子就被姜红牛等人侵吞了，社员群众则大大降低了口粮标准……这张关系网越结越紧，他们各自利用手中的权力，狼狈为奸，干了许多见不得人的勾当。

姜红牛吃请受贿，贪赃枉法，安插亲信，拉帮结派，滥施淫威，打人捆人，私带枪支，恫吓群众，奸淫妇女，无恶不作。就是这样一个家伙，却长期窃据着九庄村的党政领导权，这可不是旧社会的恶霸地主"疙瘩"真的又活了吗？

姜红牛之流走"红运"，我们党的好干部和人民群众自然就要遭厄运。社员张乐乐原来是个"乐天派"，但是在"四人帮"的爪牙们的迫害下，他笑不出来了。他土改时分的"疙瘩"的三间瓦房被姜红牛强夺去了。儿子庞斗被姜红牛唆使犯罪后，又被落井下石，判了十年刑，张乐乐的妻子菊花也因劳累成疾而死。他土改时分得的家具没了，他买的"飞鸽"自行车也"飞"走了，他的破旧的小屋里，炕上只有一床补丁的破被子……姜红牛让担任生产队拖拉机手的红土娃给他画一张"避邪"的老虎，红土娃没有给他画；姜红牛让红土娃给他家白拉集体的砖，红土娃没有给他拉。于是红土娃就成了"存心和无产阶级革命路线对着干""故意破坏批邓运动的坏人"，被迫交出了驾驶执照。红土娃画了一幅题名为《畅想曲》的画，姜红牛说他这是宣扬"疙瘩又活了"，被弄到大队部审问，拳打脚踢。

华满山是个关心群众疾苦的好干部，但是执行极左路线的上级领导却把他打成"右倾分子"，对他进行批判，并且开除了他的党籍和公职。"文革"开始，他在大大小小的会上被批斗过二百多次。抗日战争时期的民兵英雄丁贵武，因为他作风正派，敢于为群众伸张正义，主持公道，被群众称为"铁包公"。这个"铁包公"，在"文革"中被打成了"叛徒""走资派"，受尽了污辱，在"牛棚"里曾两次自杀，被难友救活，一个"铁包公"变成了"泥包公"……

啊，这是人民的灾难，党的灾难，民族的灾难啊！

但是，人民群众并没有停止斗争。青年红土娃向地委写了揭发姜红牛等人罪行的信；妇女社员王秋菊也暗中写信向丁贵武诉苦；姜红霞被姜红牛强奸了，她起而揭发、控诉姜红牛的罪行；华满山断言新生的"疙瘩""正在走向坟墓"，他不顾个人安危，一直坚持与姜红牛斗争。党的十一届三中全会的春风终于吹到了九庄，人们再不能容许新生的"疙瘩"继续为非作歹了，在华满山的鼓励下，丁贵武也不再继续甘当"泥包公"了，失去了尊严的张乐乐也挺起了腰杆！作品以细腻的笔墨，形象地写出了"四人帮"流毒，揭露新生"疙瘩"的罪行，贯彻党的十一届三中全会精神所进行的艰苦斗争。

三

《九庄奇闻》中的人物，正、反两方面的壁垒是很分明的，这无疑是中国传统小说塑造人物的方法。这种方法不大注意对人物深层意识的"逆反因素"的揭示，往往给人以简单化之感。这固然有其不足之处，但这种方法也自有其长处，那就是人物性格刻画的清晰性与鲜明性。《九庄奇闻》的作者发挥了传统写法的这一优势，对于一些性格主导性强的人物，作家以明显的倾向性赋予其"定性"，人物的好、坏、善、恶在作品中绝不暧昧、含混，作家对于他讴歌、赞颂的人物倾注着爱与同情，而对于所鞭答与贬斥的人物表现着恨与厌恶，"誉人倍增其美""毁人益加其恶"，这乃是我国传统现实主义小说常用的写法。如果说现实主义文学更强调对现实生活的客观描写的话，那么这种作家强烈的爱憎倾向则具有明显的主观性，这种主观性往往使得作家忽略他笔下人物的性格矛盾性，而只着眼于其主导性方面，这就使得每个人物都有一个基本的确定性。《九庄奇闻》就具有中国传统文学的这种鲜明的美学特征。

华满山是作者倾全力歌颂的人物，这个人物的主导方面是诚实、果敢、乐于助人而不计个人得失，疾恶如仇而不计个人安危，这是一个真正的共产党员的形象。小说写他的出场，是在张乐乐因呐喊了"疙瘩又活了"遭到队长高羽巴胁迫的时刻，他主动承担了呐喊的责任。小说一开始对他进行外貌的描写时，就注意表现出他的气质："他的身架好像挑过千斤担，拉过双吨车，铁橛橛的结实。"他"眼珠儿很黑很亮"，"神态不卑不亢"。这既写了华满山的特殊身份，又暗示出他的特殊经历。在写华满山出场时，小说写到他在周围人物身上所产生的种种不同反映，如群众的惊愕、高羽巴的轻狂等，这就使华满山的形象得以凸现出来。小说一方面把人物放在现实生活中进行刻画，另一方面又结合着历史的叙述，描写人物性格发展的过程，增强人物的立体感。华满山原来是个"豁命干"的好干部，因为他在"跑步进入共产主义""人有多大胆，地有多大产"的年代，坚持党的实事求是原则，结果犯了"错误"。小说通过这些具体的描绘，写出了华满山宁折不弯的倔强性格，在描写他与姜红牛的交锋中，既表现了他善于发动群众，又展示了他置个人安危于不顾、敢于挺身而出的崇高精神。在写到他与田瑞英初次见面"相亲"时，他从田瑞英打碎一个竹壳暖瓶的张皇神情中，敏锐地发现了田瑞英因家中穷困所迫、出来"骗婚"的隐秘，他的诚恳态度感动得田瑞英向他亮出了"心底话儿"，他赠送二百元钱和二百斤粮票给她，并且让出暖屋热炕给她休息，自己钻进冷草房中过夜，更使田瑞英感激涕零。华满山的这种仗义行为与纯洁高尚的道德情操，是受我们民族传统文化熏陶的一种优良本色。作为一个真正的共产党员（尽管此时他在组织上已被开除出党）的特殊品质，还表现在他虽身处逆境，却从不气馁，心里仍然时刻装着群众疾苦。他对田瑞英家乡执行极左路线的基层干部表示气愤；他设法帮助张乐乐医治心灵上的伤痕，洗净他精神上的污垢；他苦口婆心地开导丁贵武，使这位一度成为"泥包公"的革命干部又恢复了他的"铁包公"的本色；当华满山恢复了工作，重新担任县委书记的时候，他帮助过路的病人推车，背送下乡干部过水坑，他仍然甘心做人民的"老黄牛"。作品所塑造的华满山形象，尽管还不够丰满，但基本还是一个成功的典型。

如果说在华满山身上，也具有中华民族传统文明色彩的话，那么更能反映这种传统文明色彩的人物，当属田瑞英。

田瑞英这个人物形象，是在中国几千年的封建文化熏陶下，在长期贫穷、落后的中国社会成长的典型的乡村妇女形象。田瑞英年轻时长得秀眉丽眼，模样俊俏，但是，她的命运、遭际，并不像她的容貌那样美好，她的内在性格更是充满了复杂的矛盾。作为一个有夫之妇，他因家中贫困而出来"骗婚"，又因遇到了"忠厚人"华满山而说明真相，她对华满山解囊相助所表示的钦敬与感激，表明她是善良与诚实的。她原来的丈夫死后，就来到九庄，想与华满山结合，因听说已经有人给华满山介绍了对象，她这才嫁给了姜二秃，与姜二秃结婚后，她与他也能够相亲相爱。田瑞英心灵手巧，无论本族、外姓，有人请她裁衣、剪花，她都有求必应，因此与四邻八舍众乡亲相处得十分融洽。她是一个温柔、善良、勤劳、贤惠的女性，在她身上有着中国女性的传统美德，但是，生活的磨难与命运的安排，也在她心灵上造成很深的创伤。姜二秃为人诚实、憨厚，但却又狭隘、多疑，对于田瑞英与华满山以往的关系，他是知道的，田瑞英跟他赞美过华满山，使他老大不快，他甚至无端地担心田瑞英对华满山怀有旧情，为了彻底割断华、田的前情，他要替田瑞英"还债"——还清华满山过去送给田瑞英的钱和粮票；还表示要与戴着"帽子"的华满山"划清界限"，姜二秃要封闭住田瑞英心坎上对华满山的情谊，田瑞英心里是明白的，这应该说是有伤她的自尊心与内心感情的事儿，但是心灵的创伤使她麻木不仁了，她回答姜二秃说："……你说应该归还他就归还他……咱们无非是紧巴点儿。"从这种隐忍与宽容中，我们似乎看出"三从四德"的黑影。田瑞英在婚姻与家庭问题上，只有道德上的"完善"而无感情上的满足，这是一种心理的畸形，这种心理畸形使她没有对于习惯势力的抗争，没有对于执着爱情的追求，有的只是逆来顺受、随和忍让的"妇道"，这是我们民族传统旧文化的历史积淀，是封建道德观念在闭塞的中国山村妇女身上留下的阴影。所以在田瑞英这一人物身上，既有着中华民族传统美德的可爱方面，又有着心理畸形与听凭命运安排的可悲方面。

但是，田瑞英毕竟不是生活在封建社会的中国，她并没有麻木到愚昧无知与浑浑噩噩的地步。难于得到快乐的人，只要寻求到一点点快乐就感到幸福与满足。田瑞英第一次结婚后的"幸福"没能维持多久，就因丈夫的贫病致死而丧失。她第二次与姜二秃结婚，自然也谈不上什么"爱情"，但她仍然感到满足，她根本没有再去寻求更美满的幸福而与华满山结合的念头。但即使她的这种微弱的幸福感也不能持久，女儿红霞被姜红牛糟蹋，丈夫姜二秃又中了"邪"，怀疑妻子的不贞，田瑞英被逼进了黄连洞，有苦难言。一波未平，一波又起，姜二秃终因邪火太盛，喝酒过多而摔死在龙头垴下，田瑞英又经受了一场更大的磨难，而这场磨难又不仅仅是女儿受害与丈夫丧生，封建家庭势力陈腐的伦理道德观念和神权迷信思想。姜二秃之死本来是姜红牛等人一手制造的，为了置华满山于死地，姜红牛等人借机制造了华、田通奸的谣言。姜二秃死后，姜红牛等人不准村里的木匠给他做棺材，又发动家族势力阻止姜二秃入葬，还扬言要为屈死的姜二秃申冤报仇，还派大队秘书王顺喜找到田瑞英，灵前逼供。在这种险恶的情势面前，一个普通的家庭妇女怎么能够顶得住？真像"千条绳索拴在腿上，万个枷锁套在脖子里"。她欲悲无声，欲哭无泪。可是在这无比巨大的压迫之下，却使她滋生出无比巨大的反抗力量，她看清了这一切都是冲着华满山来的，姜红牛要把私通华满山、气死姜二秃的罪过钉死在她身上，这样华满山也就会被置于死地，永世不得翻身。这倒使她反而冷静下来，她心里的爱与憎越来越激烈、越来越明晰，她要把无限的悲哀与怨恨压在心底，她要挺起腰杆来干！

田瑞英的觉醒与反抗，得到了华满山、丁贵武等人的支持与鼓励，于是，一个传统文化熏陶下的中国女性的灵魂升华了，这是田瑞英这一人物内在性格发展的必然结果，是新的时代精神力量感召的必然结果。田瑞英这个人物的性格塑造，是对于我们民族传统文明熏陶下的当今农村女性形象的真实写照，在作品所真实地"再现"出来的生活内容之中，这一人物的思想内涵是十分深刻的。

小说中所塑造的另一个具有较大思想内涵的人物形象，是张乐乐。作为特定历史时期的变态型人物，张乐乐这一形象具有很深刻的社会意义。张乐乐不是英雄人物，也不是如姜红牛之类的坏人，他是个普通老百姓，是个"小人物"。张乐乐身上似乎有着阿Q精神，但是新社会的张乐乐毕竟又不是旧社会的阿Q，他是由于极左路线所造成的民族灾难里产生出来的新型阿Q，他是在特定历史时期的扭曲了的现实生活中，被同时扭曲了的复杂、矛盾的人物典型。张乐乐原来是个爱唱爱跳的乐观向上的人物，但是在十年动乱中，由于"四人帮"的爪牙姜红牛的迫害，张乐乐的儿子斥斗入狱，妻子菊花病故，房屋室院被侵吞，家具财物被变卖，张乐乐孤身一人，到了吃没吃、穿没穿的地步。他身穿一身灰不灰、蓝不蓝，数不清有多少块补丁的"棉衣"，"面皮干皱"，脑袋"就像一个皮球放在了两肩之间"，他腰杆挺不起，说话有气无力，"两脚上又好似挂着两个铁锤"，这个在旧社会"受尽了恶霸地主疙瘩的剥削压迫"的穷苦农民，到了二十世纪七八十年代的社会主义中国，竟和半殖民地半封建的旧中国的阿Q相差无几！更为可悲的是，照说，这个处于饥饿边缘的张乐乐是再也笑不出声、唱不起歌了，但是，在姜红牛给儿子办喜事的日子，张乐乐不但借钱送礼，而且还强颜欢笑，为姜红牛家的宾客们唱喜词、扭秧歌，"比秧歌班里的丑角演唱的还要丑"，他居然还越耍越来劲儿，越蹦越卖力，越唱越逗乐，旋五花、打飞脚，一下子摔得嘴里流出鲜血……张乐乐太善良了，他讨好姜红牛是想求姜红牛保释儿子早点儿出狱，他哪里知道，儿子斥斗犯法、判刑，完全是姜红牛唆使与陷害的结果！但是，张乐乐心中的自尊并没有泯灭，十一届三中全会的阳光终于融化了他凝冻了的血液，党的"拨乱反正"的春风终于吹拂掉他心上的尘垢，在华满山的启发与鼓励下，他的性格中的正直与欢乐的本色又得到了恢复，被错判重判的儿子出狱了，姜红牛的丑恶面目暴露了，张乐乐又欢欢快快地唱起来，扭起来了。被扭曲了的历史又反了正，被扭曲了的人物性格也回归了原貌。在张乐乐的生活历史与性格变化中，烙印着特定时代的特殊痕迹。

小说对丁贵武、姜红霞、红土娃及姜红牛、王顺喜、高羽巴、肉蛋娘等一些人物形象的塑造也都是较为成功的，他们都给读者留下了较深的印象，这里不再一一分析了。

长篇小说《九庄奇闻》的艺术结构是十分严谨的，故事也很曲折动人，充满浓厚的生活气息。看得出来，作家对他所描写的生活是极熟悉的，创作态度也是十分严肃的，作品中哪怕是一个情节和细节的安排，都是经过通盘考虑，煞费苦心的。整个作品读起来如行云流水，没有窒碍、蹇涩与疏漏之处。作者以现实主义的创作方法，再现了二十世纪七十年代末八十年代初我国农村的生活现实，展示了一幅特定历史时期中国农村的生活画卷。但是，可能由于作者创作思想偏于保守的缘故，作品还未能从更新、更深的角度来把握人物与塑造人物，如果作者能够留心一下新时期文学创作中的一些新观念、新方法，也许就能够在作品中更大限度地发挥传统文学所具有的优势，从而使其美学特色更独特、更鲜明、更有光彩，使作品的思想更加深刻，而不仅仅停留在特定历史时期的"再现"方面，还能放在整个历史发展的长河中去进行观察和表现。此外，作品的艺术情趣也许会更新颖、更活泼，从而克服我国传统文学中那种定型化、单纯化的弊病，使人物性格的多重性、多层次性得到展示。今天，文学观念在不断变革，现实主义文学也不能原地踏步，这要求我们的作家不断开拓自己的艺术视野，不断丰富自己的知识领域，以更好地反映新的生活，写出更好的作品，使我们的传统文学的花朵，在今天的文艺百花园中越开越鲜艳，越开越美丽！

（原载《长篇小说报》第 8 期，花山文艺出版社 1986 年 5 月出版。）

短篇小说中的 "小道具"

——兼谈杨苏《绿谷》

　　戏剧舞台上要有道具，高明的剧作家和有才能的导演从来都不忽视舞台上任何一件小道具的作用，他们绝不把小道具看成是剧中的无足轻重的小事。话剧《胆剑篇》中的一把镇越神剑，《小足球队》里的一件球衣，《丰收之城》和《汾水长流》中都有的烟袋，等等，这些小道具都在观众心目中留下了深刻的印象。作为一件道具，它们虽然都很微小，但却不是多余的或可有可无的，它们关乎着整个剧中故事情节的发展，人物性格的刻画。剧作家和导演要能够从一件小道具本身发掘出它与剧中故事情节的前后左右、人物关系的四面八方的联系，从而能够贯串始终，起到穿针引线的作用。

　　在短篇小说中，细心的作者也常常不忽略任何一个细节、任何一个小物件的描绘，他们在小说中安排一个或几个小物件，表面看来似乎信手拈来，但实际上却经过了仔细选择，反复考究，使它起到像戏剧中的小道具一样的作用。文艺作品中所谓刻画典型，不单是指人物、性格、事件、环境，同时也指细节（小物件也是细节的一种），只有运用经过精心选择的、具有典型意义的细节，才能更好地完成刻画典型环境中的典型性格的任务。因此，细节在文艺作品中，特别是在容量不大的短篇小说中，绝不是无关紧要的，鲁迅曾经说："只要在头上戴上一顶瓜皮小帽，就失去了阿 Q。"可见，一篇小说中，有时看来是一件无关宏旨的小物件，如果安排得不恰当，就可以影响到人物的典型性格的塑造，以致损害了作品的思想意义，这时，它就不是无关紧要的"小节"了。

实际上，短篇小说中运用得好的"小道具"，由于具有典型意义，它是经过作者精心选择的，所以它不仅关乎着人物性格的刻画、故事情节的发展，并且扭结着人物间的关系，还能使作品在结构上前后相呼应。此外，它有时还能起到表明时代背景、环境气氛，暗示出作品思想意义的作用。它具有极强的表现力，成为小说中不可分割的血肉。

鲁迅在小说《故乡》里面，写到作者少年时候，有一年家里举行大祭祀，很郑重，"正月里供祖像，供品很多，祭器很讲究，拜的人也很多，祭器却很要防偷去"。于是引出少年闰土，这一年使到他家来管祭器，而后来写到作者回到故乡搬家，把"凡是不必搬走的东西，尽可以送他（指闰土），可以听他自己拣择"，而闰土拣择的几件东西中就有作为祭器的"一副香炉和烛台"，这和前面闰土管祭器的事互相照应。其实还不止于此，在小说里面，作者写道："我想到希望，忽然害怕起来了。闰土要香炉和烛台的时候，我还暗地里笑他，以为他总是崇拜偶像，什么时候都不忘却。现在我所谓希望，不也是我自己手制的偶像么？只是他的愿望切近，我的愿望茫远罢了。"请看，这一下"香炉和烛台"就具有了多么深刻的思想意义，焕发出多么辉耀的光彩！更有，前面写到"一个十一二岁的少年，项带银圈"的闰土，等到"我"（即作者）见到了他，又写他"颈上套一个明晃晃的银项圈，这可见他的父亲十分爱他，怕他死去，所以在神佛面前许下愿心，用圈子将他套住了"。而后来写中年闰土带了他的儿子水生到鲁迅家里来，水生"正是一个廿年前的闰土，只是黄瘦些，颈子上没有银项圈罢了"。这里岂止写水生没有银项圈而已，这里不是还暗示出闰土家道破落，从而使我们窥见当时中国辛亥革命失败后，农村经济破产的暗影吗？这种在具体的形象中存着深刻思想的艺术手法，小中见大，颇能见出伟大作家的造诣匠心。这两件"小道具"都起着刻画这个人物性格、描绘人物形象的作用，并以此来烘托出当时半殖民地半封建的旧中国这个时代气氛，挖掘出其社会意义。

今天也有些短篇小说的作者，在作品中对于一些细节的处理也都是一丝不苟的。一个小物件的安插，能够起到"小道具"的作用。尽管它们有时不能达到像鲁迅先生的作品那样和谐、完美、不露痕迹的境地，但也有些较成功的例子，值得予以注意和推许。如杨苏的短篇小说《绿谷》（载《边疆文艺》1962 年 9 月号），叙述景颇族老人麻姜腊一家过新米节的故事，其中对于"新米饭团"的描写，就颇谨严，很有特色。小说中"新米饭团"的第一次出现，是在麻姜腊老人和他的妻子楠真之间发生冲突的时候。按照景颇族的传统习惯，为了感谢谷魂和预祝丰收，过新米节时要在一个细竹条编的花篮边沿插上鸡冠花、缅桂花和茶花的叶子，在花篮里摆上旱谷、田谷、糯谷等粮食和蔬菜的种子，但今年就是缺绿谷。麻姜腊老人似乎以为这算不了什么大事，而楠真却把这事看得非同小可：

"什么话？你说皂核大的事，要我自己去找！谁给你包香喷喷的新米饭团？……"

就这样，两个人因为绿谷问题吵了一架。而后，他们的儿子——合作社社长腊干回到家里来：

……楠真拿着一个刚出笼的新米饭团，喜滋滋地从屋里走出来岔断他（指腊干）的话说道：

"你们看看，今年这新米饭团，香喷喷，甜丝丝的。她叽叽喳喳说了这话，就把这饭团递到腊干手里。腊干撕开裹着饭团的芭蕉叶，那饭团绿中透白，扁扁的新米，像一小片片绿碎玉，散发出新米饭的甜味和核桃花生仁的香味儿。腊干瓣下一半递给麻姜腊，但麻姜腊庄严地捋了捋胡子，沉下一副脸色，没有去接，他是在生老伴儿的气，为什么不把这第一个新米饭团递给他，却先递给儿子了。他这心事一下被楠真猜着了……"

于是，麻姜腊在"受了妻子的一顿抢白"之后，"伸手把饭团接了。楠真高兴地把双手搭在统裙上，望着腊干津津有味地，小口小口地吃着新米饭团……"这里，一个新米饭团不仅深入细微地表现了楠真的深切的爱子心情，同时展开了麻姜腊与楠真这两个人物之间的感情冲突和矛盾，并通过它把这几个人物紧密地交叉起来。此后，新米饭团的出现总是为着展开故事情节和刻画人物性格的需要，而起着穿针引线、烘云托月的作用。如当腊干离家临走时，楠真叹了一口气说："……酸芭叶子里包着拌核桃牛干巴的新米饭团，肚子饿了就吃……"表现了作母亲的对儿子的关切和疼爱，也表现了腊干热心、负责地对待工作的精神；腊干走后，楠真"回到屋里"，看到"还有够多的事情要做"，其中就有"新米饭团还没有包好"，而她"做这么多事，虽然忙，但她从中得到无限的乐趣，当她想到客人夸奖饭团的味道香……的那些恭维话时，独自不出声地笑了"。这里惟妙惟肖地刻画出勤劳、善良的景颇族老太婆楠真的心理活动；为了描写麻姜腊老人的心情烦乱，屋里"埋在火灰里的新米饭团发出糊味儿来"他也没注意，"待到楠真在外面嚷，麻姜腊才微微直起身子，顺手拾了一根柴棍，把新米饭团从红艳艳的火灰里扒出来，新米饭团外面裹着的油绿的酸芭蕉叶已烧焦了，饭团像火灰一样灼手，这时刻，麻姜腊感到自己的头也跟这刚出火的饭团一样火辣辣地痛，脑子里乱纷纷的，活像有千百万只蚂蚁在爬在抓，不知该怎么办才好"。这个焦煳了的新米饭团，既是故事情节自然发展的一个环节，也是人物性格冲突发展的结果和又一新的发端，它使得小说的故事顺畅地向前进行着，直到最后，作者也还是没有放过新米饭团这一小物件的作用："可新米饭团的香味……却浓烈地从屋子里飘出来，那么香，那么甜。"这样，故事前后相互照应得绵密无间，使得小说的结尾也格外富有诗意。"新米饭团"联结起了人物和故事，充分发挥了它表现人、表现事、表达思想的"小道具"的妙用。作者对这一细节是经过苦心经营的安排的，但却能"至苦而无迹"，达到似乎是信手拈来、信意为之的地步。

也有与上面所举的例子相反的情况，有些短篇小说中的一些"小物件"的安排，不仅不是作品中有生命的部分，而是显得多余，并且破坏了作品在结构上的完整性，尽管在有些时候，作者对它们进行了着意的描绘和渲染，但仍然无济于事，不能使其起到"小道具"的作用。这时候，我们就应当听从俄国作家契诃夫的话："你舍不得去掉这些细节，不过那有什么办法呢！为了完整，只好牺牲它们。"（见《契诃夫论文学》）契诃夫另外在谈到话剧中的布景时说："如果第一幕里您在墙上挂了一管枪，那么在最后一幕就得开枪，要不然就不必把它挂在那儿。"这就是说，戏剧中的小道具必须紧密地服务于剧情的需要，它不是一件随意的

"小摆设"，而短篇小说中的任何细节，包括一个（或几个）小物件的安排，也同样不是任意的点缀，它们要成为作品中有机的不可分割的细胞。

那么，怎样才能在短篇小说中使作为细节的小物件充分发挥"小道具"的作用呢？这需要作者在生活中不断进行深入细致的观察和体验，从一些平常的细小的事物中发掘出较深的思想意义来，在作品的构思中，找出它们与小说中的故事情节、人物性格以及与主题思想之间的多方联系。这样，就使它们在整个作品中运用起来得心应手、左右逢源，具有了较强的艺术生命，使"死物"起死回生，具有"活物"的动作性。

1962 年 7 月

（杨苏，白族，1927 年生，著名作家，原云南省文联副主席，云南省作协副主席。）

作品的历史意识与作家的文学观念

——郑熙亭长篇小说《汴京梦断》（第一部）读后

　　《汴京梦断》（第一部）是近些年来我国历史题材小说创作的一部力作。这部作品的成功，在于它并不是按照作家的某种文学观念，去筛选历史生活，甚至改造历史真实，以适应作家文学观念中的某种所谓"当代意识"；也不是从历史题材中，牵强附会地"发现"或"挖掘"某些适合于作家今天的文学观念的东西，因而把文学搞成某种"比附"或"影射"，而是在于作家以其正确的历史意识，在他所选择的王安石变法这一历史题材中，发现其本身所具有的思想意蕴，与作家自己的文学观念的契合，因此，作家在其作品中所体现出来的历史意识与文学观念，是浑然一体的，这也就是说，作为创作主体的作家的文学观念，在作品中并不是凌驾于历史题材本身之上的东西，而作为创作客体的历史题材内容，也不是游离于作家文学观念之外的东西，它们之间没有丝毫强行捏合的痕迹，而是完全自然的吻合。这也就是创作主体（作家）与创作客体（历史的或现实的题材内容）的契合，一部作品，只有当作家主体的文学观念与他所写的客体题材本身所具有的思想蕴含相统一、相契合的时候，它才可能达到成功。《汴京梦断》选择宋代王安石变法这一历史题材内容，并不是作家硬要拿它来和我们今天的改革开放时代的现实生活相联系，而是因为这一历史题材本身所具有的思想意蕴的丰富性与复杂性，对我们今天的现实生活确实有着许多的借鉴与启示意义，这一点也是不必讳言的。另外还有更重要的一点，就是王安石的变法思想与其实践过程，还有这一历史人物的性格、气质、理想、情操、仕宦遭际，与作家本人的人生体验，有着某种内在的契合，由于这种契合，就会使作家在选择王安石变法这一历史题材，以及选择王安石这一历史人物作为他的描写对象方面，产生无限的激情，乃至欲罢不能的感觉，这对于作品的成功也是至关重要的。作家的理想、思想、感情、经验，从某一历史事件与历史人物中找到了契合点，找到了寄托，找到了进发与表现的机会，这就达到了历史生活的客观意蕴与作家情愫的主观表现的契合。所以郭沫若说："蔡文姬就是我！——是照着我写的。""在我的生活中，同蔡文姬有过类似的经历，相近的感情。"（郭沫若《〈蔡文姬〉序》）

我以为，《汴京梦断》的出版，对当前我国历史题材作品的创作提出了几个值得思考的问题，有加以讨论的必要。

一

　　法国作家司汤达有句名言："一切历史都是当代史。"这句话无论是指当代人所写的既往历史的著作（包括文作品）来说，还是指以往遗留下来的历史典籍来说，可以说都是正确的，因为当代人写历史，不能不具有现实的眼光，亦即当代意识；而今人阅读历史典籍，认识历史事件，也不能不具有今人的眼光，这同样也是当代意识。

　　问题是，许多人对于历史题材的文学作品"古为今用"问题做了狭隘的理解，于是就引起了许多争论。有人反对文学中的"古为今用"，认为那是一种"功利主义"的文学，是庸俗社会学的文学，他们提出了"恢复历史本来面貌"的主张。应该说，这种主张不是完全没有道理，但是自从古典名著《三国演义》把曹操写成"天下奸雄"、把诸葛亮写成半仙之体、把关云长写成忠勇冠天下……那么作为文学作品的《三国演义》就已具有了创作者的强烈倾向、好恶与理想，它已不是"历史的本来面貌"了。其他如把北宋末年水泊梁山宋江等人物写成"一百单八将"的《忠义水浒传》，和把同样这些人物写成反叛朝廷贼寇的《荡寇志》，这种情况就更为明显。

　　《汴京梦断》写宋代王安石变法，它既不能没有历史的真实，也同样不能没有作家个人对这一历史事件及其中的历史人物的理解、认识、评价，即作家个人的"当代意识"与作家主观的"倾向"。关键在于，作家是如何将这二者在作品中达到融合和统一的。

《汴京梦断》极其注意"尊重历史的本来面目"。作家没有用传统小说难脱窠臼的"正反"与"忠奸"的两极观念来写王安石变法，既没有把王安石、吕惠卿等主张变法的人物写成"正"或"忠"，而把富弼、司马光等反对变法的人物写成"反"或"奸"，也没有相反地把王安石、吕惠卿等写成"反"或"奸"，而把富弼、司马光等写成"正"或"忠"，作家能够历史主义地、辩证地认识与表现历史事件与历史人物的丰富性与复杂性，这就大大避免了以往那种以敌我、正反、忠奸等简单化的"两极"观念去套取、删削、改造历史事实与历史人物的弊病。作家甚至在历史事件发生的年月、时间上都非常尊重史料的真实、可信性，绝不主观臆断与更改任何一个有史可查的事件的历史真相。这当然就需要作家认真阅读与分析大量的有关史料，做许多有关调查研究工作。由于作家掌握了丰富的史料，有了充分的史实的准备，所以作家在创作中就能够依照自己的审美理想，"博观而约取"充分发挥自己的艺术想象，进行自己的艺术构思，把史料与"自我"融合、统一，表现于作品之中，这样，作家既不被历史的真实所束缚，又不被众多的史料所役使，而能够进行自己的艺术创造。如果作家不受事实、史料的制约，完全按照作家的艺术想象去创作，那么就会失去历史，所写出来的东西也就不是准确意义上的历史题材的文学作品；如果作家陷入史料堆中不能自拔，完全拘泥于史料与史实的真实之中，展不开艺术想象的翅膀，不能把自己的审美理想与人生体验熔铸进创作之中，那么就会失去"自我"，因而也就失去了文学。《汴京梦断》不因追求历史的真实而失去"古为今用"的丰富、深远的意蕴，也不因追求表现作家的自我情愫与人生体验而将史实"削足适履"甚至歪曲历史，而是使二者达到了融合与统一。

如何进行历史题材作品（包括小说、戏剧、影视等）的创作，历来存在很多争议，呈现为十分复杂的情况。搞历史题材的创作而不认真研究史实、史料，不掌握充分的历史真相，却一味强调发挥作家的能动创造性，一味地进行"自我表现"，只根据一点儿片段残缺甚至道听途说的历史传说，就进行所谓历史题材（特别是历史上确有其人其事的）作品的创作，这样"天马行空"地写出来的作品，有的并不符合基本的历史事实，有的则完全违背历史的真实，更有甚者，是连一般的生活真实都不顾及，这即使对于一般的文艺创作而言也尚需讨论，对于历史题材的创作则很不适宜。

对于历史题材的小说创作，我国古代即有"三实七虚"与"七实三虚"之说，我认为《汴京梦断》属于后者，作品在叙事取材上是实多虚少的，就其"实"而言，它们在史书上可据、可考，固实、固谨；就其"虚"而言，它们在思考上见情、见性，乃真乃灵。前者是创作客体——历史事实之真也；后者是创作主体——作家性灵之真也。只有前者之真则没有文学，而只有后者之真则无历史。因为古人之历史经验与今人之人生体验多有相通者，故有历史题材之创作的文学产生。这种文学又绝非一般所谓的"影射"文学，如果剔除"影射"二字的贬抑的含义，仅就古人与今人生活中情理相通处而言，即使名之为"影射"其实也无不可！

二

《汴京梦断》在人物刻画中，也体现出一种历史意识。何谓历史意识？我认为就是辩证地、发展地写人，写出历史人物的真实面貌，而不是以好坏、善恶、正邪、忠奸等既定的观念去写人。既不是好人、善人一切都好、都善，坏人、恶人一切都坏、都恶，也不是好人、善人从始至终永远都好、都善，坏人、恶人从始至终永远都坏、都恶，历史上的真实人物大都是发展着和变化着的，有的人物性格，有其固定的主导方面，有的人物性格则具有明显的两重性，而还有的人物性格更具有多重性。《汴京梦断》写出了许多人物性格的丰富性与复杂性，这在历史题材的小说创作中是较为难能可贵的。

对于王安石这个人物及王安石在宋神宗支持下所搞变法的看法，历史上存在很大的争议，这一争议至今犹然。但是对于王安石及其变法的争议，有一个不同寻常的现象，那就是王安石不像其他同样有争议的历史人物如秦始皇、曹操、武则天等那样，被否定者视为残暴、奸佞、邪恶的坏人与反面人物，而且这种看法在历史上几乎成为一种定论。但对于王安石，即使是反对他与否定他的人，也主要是在其"变法"方面而不在其人格方面，他们可以骂王安石的变法是"伤国""逆国""病民""害民""变乱旧章""兴害除利"，但他们却无法给他加上"挟势弄权""图谋篡位""威福贪虐""阴毒小人"等罪名，因为王安石是个历史上公认的才子："少好读书，一过目终身不忘，其属文动笔如飞，初若不经意，既成，见者皆服其精妙。"（《宋史·王安石传》）王安石入相之前即政绩斐然："起堤堰，决陂塘，为水陆之利。贷谷与民，立息以偿，俾新陈相易。"（同上）"兴学校，严保伍，邑人便之。"（王称：《东都事略》卷七十九）王安石不作威福："性不好华腴，自奉至俭……世多称其贤。"王安石不是投机钻营之辈："馆阁之命屡下，王安石屡辞。士大夫谓其无意于世，恨不识其面。朝廷每欲俾以美官，惟患其不就也。明年。同修起居注，辞之累日，阁门吏苏救就付之，拒不受。吏随而拜之，则避于厕。"王安石有此品德，所以虽有人托名苏洵作《辩奸论》，指骂他为"大奸"，但无论当世还是后世，并没有人以此作为对王安石的定论，斥骂王安石为奸臣。而且王安石中途罢相，罢相后虽因坚持变法而遭诋毁，但仍非揽权称霸、除灭异己之辈，最终还是"屡谢病求去"。罢相后仍被哲宗加封"司空"，死后"配享神宗庙庭"，后又"配食文宣王庙，列于颜、孟之次，追封舒王"。死后还能享受这等殊荣，说明他绝非王莽、董卓、秦桧、严嵩之类可以被完全否定的宰相，虽然在他死后四十年，至南宋高宗时，被停止宗庙配享、削去"王"封，但事因后世之权相蔡京引起，不能加罪于王安石。所以说王安石这个人物的历史存在，就出现了一个比较奇特的现象，即王安石作为一个有争议的人物，虽然在他任宰相时就有一大批有权有势的人物如富弼、司马光、文彦博、吕诲等极力反对他、骂他，而且在他死后，否定他的力量也仍然很强大，直到近代人蔡东藩，在他的《宋史通俗演义》中，王安石也还在被诬枉着，但王安石却从来也没有被搞臭，被骂倒，这不仅因为他遗留下来的名垂千古的诗文所造就的他的文品令世人无法否定，而且尽管有"拗相公"之称，他的人品与才干也让反对他的人难于指白为黑。至于对"变法"的争议，反对派的看法历来也没有成为定论，因此也更难于成为否定王安石其人的根据。

当然，王安石毕竟是一个有争议的人物，在文学作品中如何塑造这一人物？这一方面离不开历史的客观材料，另一方面也离不开作家的主观评价。《汴京梦断》给予王安石很高评价，作家根据对史料的分析、研究，以理性的肯定和感情的挚爱塑造出了一个全新的王安石形象，应该说，作为一个文学形象的王安石，《汴京梦断》中的塑造是比较成功的。因为作家不仅具有对他笔下的这一人物的爱和激情，而且还具有对这一人物的冷峻剖析。事实上，要写好一个人物，这二者是缺一不可的。

作品在王安石出场前，先做了充分的铺垫，第一章和第二章都是铺垫。第一章《继位风波》写宋神宗继任前国家的经济、政治背景，经济上是"大宋百年之积唯存空簿"，国势贫弱，政治上是外有强敌屡犯边境，内少忠直坚毅干臣。宋神宗继位后，可谓问题成山。第二章"神宗求治"，写宋神宗在强敌犯境、国势贫弱的情况下，极欲改变现状，唯患缺少得力能臣。就在这种背景下，王安石作为治国人才，进入求治心切的神宗视野。这一章第一节，通过三司使韩绛与参知政事欧阳修的谈话，虚写王安石"资质经纬"不凡，是一"赤子"，且更"明达世事""饱学多艺，抱经世之才"。这一章第二节，即写到龙图阁直学之韩维在宋神宗为选贤任相一筹莫展之时，向神宗举荐王安石"情节美行，干练持重，博学广闻，识见高远，诚然王者之佐也"。又介绍他"不好逸乐""但求做事""视功名富贵如浮云"。这一章最后，又写曹太后对国事忧心忡忡，神宗提出任王安石为相，于是在宋神宗雄心勃勃、任人求治的背景下，王安石已呼之欲出了。到第三章"初议变法"一开头，王安石就正式出场了。

有人送王安石"行脚僧"的雅号，说他做官从不高高在上，经常深入基层，调查研究。治平四年（1067年）九月拜翰林学士，出任江宁知府时，"一接大印，就要出巡"，夫人因他大病初愈，还未复原，劝他注意身体，他却答道："既领重任，当勤王事""怎敢娇贵起来"。作品写王安石鞠躬尽瘁，直到在宰相任上，由于日夜操劳，乃至呕血不止，扑倒厅堂。作为一位封建社会的政治家、改革家，他的这种精神是很难得的。王安石的变法主张，以富国强兵为目的，以理财为中心，尽管阻力很大，举步维艰，但王安石在宋神宗的坚决支持下，君臣一致，排除干扰，使"变法"取得了预期的成果：国家财政有了极大改善，边防形势有了明显好转，贫弱的国势有所改观。对于王安石变法在历史上的积极作用与进步意义，史学家们已有了公正的评价，《汴京梦断》也以其形象描绘对此做出了说明。王安石形象塑造成功与否，这一点当然是最根本的，但一个活灵活现、有血有肉的人物形象的出现，单靠写变法的艰难与进展，那还只是观念的演绎与图解，不能完成文学创作的任务。而《汴京梦断》作为一部小说，对于王安石以及其他人物形象，有着许多生动、细致的刻画。如第五章《千秋功罪》第四节写司马光为激烈反对变法的吕诲写的《大宋御史中丞吕公墓志铭》，文中大骂王安石为奸臣，罪不容诛，而王安石得到此铭碑的摹本，却悬之于壁，"公事之暇，再三品鉴"，且赞之曰："司马君实之文，大有秦汉之风""亢直激切，尽所欲言，真西汉之文也"。这不禁使他的弟弟王安国"哭笑不得"，这篇铭文，"无非褒扬吕诲能预见大奸，把王安石骂了个狗血淋头，他居然还有雅兴鉴赏"！王安石的赞赏，又绝非故作姿态，他对安国说"变法非吾家私事。为大臣者，修身洁行，端谨自守，无愧于天。属官与吾争，侍卫挝吾马，百姓犯吾宅，吾果为权臣、大奸，彼等安敢如是？他人言而无罪，有则改之，无则由之，人言不足畏也。千秋功罪，但付后人"。这对于王安石不同于常人的识见与襟怀，写得是何等深刻！又如第七章《朝野呼应》第一节写钻营小人唐坰在吕诲之子吕由庚怂恿与操纵下，在朝堂上向宋神宗面奏，诬陷王安石罪状凡六十条，最后竟请求皇帝"杀安石以谢天下"，对如此狂徒，连"殿前执戟"都"欲搠此僚"，众朝臣更是"怒不可遏，纷纷起奏，纠其渎乱朝仪，请下狱严惩"。在这种情况下，王安石却向皇帝启奏说："狂妄少年，不足责。"这真是"宰相肚里好撑船"，王安石为一个恶毒诬陷自己的小人唐坰讲情，足见其品德之高尚与心胸之坦荡！

作家在满怀激情地对王安石进行肯定与褒扬的描写的同时，并没有对王安石的对立面——反对变法的诸公，一概进行否定与贬抑地描写。如对司马光，第二章写他进"六言"时，描绘他的"为臣子"之道："当讨君上欢心""于是他一改憨直本性，变得聪明起来"。由于"进一言而中君意，即刻换了六品朱服"，从此"接连不断地上书言事"，一年之间，由六品而至四品。第六章第一节写张方平与苏轼在陈州久别重逢，彻夜长谈，在张方平眼中，司马光乃"外示方正君子，内实卑鄙小人"，说他张口闭口骂别人"利欲小人"，但他自己为了"竞进"，"当神宗皇帝继位之初，他三日一疏，五日一言"，"后见中书不得入，便破开脸闹起来"。对于这样一位反"变法"的领袖人物，尽管他在"为官之道"上"竞进"有术，但作者却没把他写成简单的"反面"人物。如第五章第五节写他"专心治史"，"每日著书至深夜，五更即起，发烛又作""为防多睡，还自制警枕"。这又写出他治学专注与勤奋的另一侧面；及至写到夫人为照顾他的起居，给他买了一名侍妾，

"深夜，侍妾到书房陪侍，司马光全然不知"，侍妾置茶于案，司马光以为老仆吕直所为，乃至他"三更困急，合衣上床，见侍妾立于床头，嗔怒道：'大胆！不去侍候夫人，来此作甚?''夫人让妾侍候老爷。''这里自有吕直，夫人不在，尔速去。'"这又写出了司马光在个人生活上严谨的一面。作家能够辩证论人，真实写人，所以在写出一个人物的主导性方面的同时，并不忽略人物的丰富性与复杂性。作家笔下的其他反变法人物，面貌也各有不同。如富弼要"把人间清福享尽"，大兴私人园林，"洛阳园池，无此胜者"，"天下第一"名园之胜，"吾园应兼而有之"。又写他"食犬成癖"，"单说过一个年，富府上下所需食犬，少说也要有数百条"，于是府第之内，专置"狗圈"，四时八节，自有下级僚属奉送而来。及至写"天下第一名园""富郑公园"牡丹花会，可谓写尽了富弼的骄奢淫逸！又如写文彦博怡情养性，鹤发童颜，以无钩钓竿垂钓莲池，却又宠爱美妾，乃至写他的爱妾红杏与他的儿子文及甫不时偷情，揭出了文府丑态。

小说中还有两个着墨较多，写得较为舒展的人物，一为苏轼，一为沈括。第四章写苏轼与苏辙、妻子王润芝、儿子苏迈、乳母任氏一家在汴京清明游春，极见文人情致，才子性格；第五章、第六章都写到苏轼与人论诗，从其论诗见解当中，亦足见其志趣、性情，对于刻画苏轼这一人物，皆非闲笔也。第六章《苏轼外放》更集中笔墨来写苏轼，为欧阳修石屏题诗写其才华横溢为诗神；"扬州夜泊"叙苏轼云帆高挂，一路放歌，饱览名山胜水、古城大郡，写其坦荡胸襟；船到扬州，蒋之奇初邀遭拒，写其凛凛人格；在与挚友张方平、章惇、曾布等的谈话中，特别是在陈州目睹农家受益于"免役法"与"青苗法"，对"变法"认识有所改变，乃至后来义正词严驳斥陈襄列指章惇、曾布为王安石"朋党"，这又写出苏轼之正直，非攀附权势或随波逐流之辈也。写沈括的笔墨，集中在第八章《沈括出访》，一个"知天文，精历术"的"异人""奇才"，"博学而实作"，把执着而真诚的沈括的音容笑貌、风度神韵，活灵活现地展示出来。

作家辩证论人，真实写人，还体现在人物的发展、变化上。蒋之奇"风闻弹人"、污人名节，毁谤、中伤师尊、恩人、元老重臣欧阳修，一副小人面貌，乃至苏轼初到扬州，蒋之奇投帖迎问，为苏轼所不齿。但作家笔下的蒋之奇，至此已是"过而能改，善莫大焉"了，他曾因名利而失足，今在扬州任淮东转运使，颁行新法，兴利除弊，将功补过。其过，刘挚以为"君子之过也，如日月之蚀，肯于自新，足见其诚"。这是辩证察人、由坏变好的一例，还有由好变坏的一例：曾布初时积极支持变法，后争宠擅权、发起内讧，变为阴谋小人，这也是历史小说创作中，在人物塑造上的自觉超越之处。

三

尽管《汴京梦断》在取材上偏重于史实的可据、可考，但这并没有限制了作家在写作中的艺术创造的发挥，无论从作品结构、艺术手法还是语言文字的安排、运用方面，都可以看出作家功力的深厚与笔墨的娴熟，堪称"至丽而自然""至苦而无迹"。

在作品的结构上，前两章的篇幅用来为"王安石变法"做了烘托与铺垫。第三章王安石出场，是写他与钟山定林寺道原长老弈棋，王安石心中有事，不断走神儿，因而一盘残棋未了。而作品结尾，写王安石第一次罢相辞朝，回到江宁，又到定林寺访道原长老，重续七年前的一盘残棋。这种艺术构思上的前后呼应，巧妙自然、余味无穷。又如第二章写韩琦罢相入后宫拜辞太后和皇太后，身穿三年前曹太后特别恩赐给他的一领新袍，引出韩琦与朝廷及曹太后的一段特殊恩怨。而第五章又写太后和太皇太后，赏赐王安石一领袍服。类似这种照应手法，还有第九章写宋神宗把自己所佩玉带赐予王安石，后来又写到太皇太后找出另一条皇家珍藏的玉带送给神宗。似此种艺术处理，既写出事件推进、情节发展，又写出人物之间的复杂关系，因此看似信手拈来，实是作家的苦心经营。

像上面的袍服、玉带之类的细节描写，还可看出作家在艺术上擅长探幽发微的本领。第一次写王安石与道原长老弈棋，由于心不在焉，竟将一枚核桃当作棋子落盘，而后再写他"兀坐出神，把核桃捏碎一枚，再捏一枚……"这种"于细微处见精神"的笔墨还有多处。如第三章写王安石初到京城，与老友曾公亮、韩绛、吴充、司马光会面，将四块徽墨分赠予四位好友，既见其情之深，又见其性之真；既写出文友之交，又写出君子之交。而第七章曾布给病中的王安石送来一盒紫团山人参，王安石"脸争转暗，注视曾布良久"，并唤夫人"取银十两付曾布"。这一细节既表现了曾布的变化过程，也写出了王安石的清廉。这种细节都能写得"小中见大"，因此"细节不细"。

文学作品抓住读者，引人入胜，还需做到有张有弛，张弛间错。第三章写王安石随吕惠卿到崇文院三馆观书，这一情节是为一"弛"，或可视为"闲笔"。但写王安石与张载、沈括等人会面闲谈，感到"为政在人"，而每叹"得人之难"，故"自奉命经划国事，寝不安，食不甘，外示闲适，内实忧心"，今见人才济济，于是"一个变法规模已初具胸中"。这种"张"后之"弛"，实孕育着"弛"后之"张"，看似"闲笔"又断非闲笔。又如第六章《苏轼外放》"扬州夜泊"一节中写一赤脚船娘，又格外不吝笔墨点染描摹："船娘十分可人，赤一双天足，轻盈矫捷，两臂曲伸，腰肢摇动胜似大内教坊采莲舞之女童。"这也是闲笔，但这一"闲笔"又为下一节"平山堂叙旧"中，写苏轼与孙思恭、刘挚、蒋之奇之燕集埋下伏笔。这一节船娘"打扮极其别致，斗笠、蓑衣一色青碧"，刘挚酒后"面红耳热，扯了船娘手，在旁细语"，于是引出船娘的一段冤情，这冤情中又紧扣豪强兼并、侵吞中下层人民财产的事实，这一"闲笔"实则又联系了"变法"更革之正题。至于第七章写王安石扑倒厅堂后，病中与夫人吟诗唱和，实在是忙中偷闲，张弛有致。

文学是语言艺术。《汴京梦断》的语言之美极可称道："窗前云破月来，疏桐弄影，大内沉沉，唯闻更鼓，皇帝复又宽衣睡下，一直睡到旭日临窗。天初暖，晓寒轻，春深人静，隔窗闻莺，一片霞光耀日，屏帐生辉……"节奏错落有致，文辞委婉变化，有如诗赋之美。似这类声情韵律俱佳的句、段，书中随处可见。不仅如此，语言多含哲理之思，且多警策之句，这又是《汴京梦断》中语言的另一特点。第一章写司马光："思来想去，顿开胸襟，大彻大悟了，为官之道，原来如此：'做百事不如进一言，言大事不如言细事，小事尽大力，大事漫尽力，唯守礼治经典，莫论世间实情。'"第四章写宋神宗与王安石论"人心"，王安石道："……人心者，民心也。周公四国皆叛不为失人心，王莽数十万颂功者不为得人心。"还有第八章写沈括、沈辽兄弟的"蔓草"之议、李泌之议、孔子之议，皆极富哲理性，颇能启人心智。

另外，书中自然、巧妙地写人物的作诗、文，论诗、文，评园林，品书法，讲经、谈史都有较高的文化韵味，这使得作品的格调、层次都不同凡响。

如果说这部作品在艺术上也还有不足之处的话，我认为可以指出三点：（1）出场人物太多，许多人物由于召之即来，挥之即去，笔力过于分散，交代过于简单，所以不少人物面目不清。如支持变法的人物有陈升之、张方平、曾公亮、韩绛、韩惟、吕惠卿、曾布、章惇、吕嘉问、薛向、沈括、赵子几等，反对变法的人物大者有司马光、富弼、文彦博、吕公著、吕诲等，其他冯京以下王陶、唐介、吴奎、王珪、陈襄、吕由庚、赵抃、范景仁、范纯仁、刘安世、郑侠等。这么多人物中只有少数人能给读者留下印象，似可对不同类型的人物进行艺术的典型化加工。（2）由于变法抑制了豪强贵族的兼并、盘剥，因此伤害了这些人的切身利益，所以他们极力甚至疯狂地反对变法。作品中对反变法派代表人物的这一实质和核心问题，缺乏典型的、具体的描写，因而对作品的形象化感染力与说服力有所减弱。（3）作品采用文白兼用的写法，文言部分太重，有不少地方对一般读者来说，显得晦涩难懂，这必然会影响到作品的读者面，因而形成一种缺憾。

从作品中可以看出，作家的生活积累与人生体验是丰富、深刻的，作家的艺术功力与笔墨技巧是深厚、娴熟的，因此我们有理由相信，《汴京梦断》第二部将会在艺术上更为圆熟、更为完美，我们殷切地期待着它的问世！

作家的理想与作品的观念

——长篇三部曲《风雨五十载》漫议

《风雨五十载》这部鸿篇巨制，是以作家的真实生活经历为基础写成的，也正像《红楼梦》是以作家曹雪芹的家世、身世为基础而创作出来的一样，我们却不能说《红楼梦》就是曹雪芹的自传，而《风雨五十载》尽管明显地有着作家谢青林个人生活经历的影子，但它毕竟是一部文学作品，其中寄寓着作家的社会理想与审美理想，因此我们也不能把它当作作家的自传来读。《风雨五十载》不是作家个人的传记，而且也不是时下所谓的纪实文学，它是一部具有相当艺术水平的真正的文学作品。我相信，它的巨大的社会认识价值也将与他的艺术审美价值一起，成为我国长篇小说之林中的一部不可低估的作品。

一

《风雨五十载》三部曲，通过对中国北方一个地区以及县、乡、村的五十多年的生活与斗争历程的描写，勾勒出中国近半个多世纪以来的历史演变图景。它是我国从新民主主义革命到实行改革开放的社会主义初级阶段的一部历史发展缩影。第一部《杨柳韶华》，从民国初年的农民自发斗争，到抗日战争，一直写到土地改革与农业合作化；第二部《松竹声韵》，从"反右"一直写到"文化大革命"；第三部《桑榆金秋》，从"文革"后期落实政策、平反冤假错案，一直写到十一届三中全会后改革开放的新气象。对于这样一个漫长的历史时期中的众多政治运动、历史事件，应该如何去表现，也就是说作家应该如何去认识、去评价，如何以形象的手法加以具体的描绘，这显然是难度较大的。过去的文学作品，除去写抗日战争、解放战争等敌我斗争题材，因为阵线分明、是非易辨，争议较小之外，其他无论是周立波的写土地革命的《暴风骤雨》，写农业合作化运动的《山乡巨变》，还是柳青的写农业合作化运动的《创业史》，李准的写合作化与人民公社化的《不能走那条路》与《李双双小传》，以及浩然的《艳阳天》《金光大道》，等等，由于历史时代的局限，这些作品在今天看来几乎都发生了争议。这些争议又几乎都是由于作家在当时历史条件下对现实生活的理解与评价，而引起的作品的社会认识价值与历史认识价值方面的，这自然也就连带了这些作品在文学史上的艺术审美价值问题。而《风雨五十载》对我国半个多世纪以来的所有历史事件几乎都涉及了。如何认识评价它们，以及如何具体表现它们？显然，从事件发生的当时的认识水平来表现，存在很多问题；但对这么长的历史时期中的这么多复杂的事件与问题，要进行公正、准确、科学的评价，这即使是对于今天的历史学家来说，也还是一个没有全部完成的任务，那么对于一个作家来说，要以文学的形式说明它们、表现它们，难度当然就更大了。但是看完这部作品，令人感到这些问题在作品中基本上都被作家化解了。作者既不是从历史上不同阶段的不同政治观念、不同的认识水准出发来表现与描述历史政治事件，也不是以今天的政治观念与思想方法去简单地增删、截取或者去硬套历史的现实生活。作家是以实事求是的、历史辩证的方法和角度，去理解和评价自身经历和体验过的真实生动、丰富复杂的历史现实的生活内容的。不是按照作家的主观观念去增饰、节略、改造、扭曲过的生活，因此也就没有成为某种政治思想、观念或概念的图解。由于内容具有一定的历史真实性和在一定程度上反映了客观的、丰富的生活现实，所以这部鸿篇巨制所呈现给人们的历史生活的思想内涵与文化内涵是丰富的，其社会认识价值与历史认识价值是较高的。

二

《风雨五十载》描绘出这样篇幅广阔的历史生活画卷，写了这么众多的事件，刻画了这么多的人物，但作品却并不令人感到松散、拉杂、拖泥带水，作家比较成功地构筑了这部百万字长篇作品的艺术审美体系与结构框架。正像有人已经指出过的，作品的结构是严谨的，故事是波澜层生而又流畅自然的，思想脉络是错综复杂而又条理清晰的，语言也是清新隽永而又生动优美的。作家原来的文化程度不高，只上过三年小学，后来常年做党政领导工作，当过地区农业局长、县委书记、市政协副主席。对于一位有着这样的生活经历的作家，能够写出这样一部规模宏大的作品，不仅生活内容是丰厚的，而且艺术水平也是较高的，这使我对作家十分佩服。说实在话，在我阅读这部小说的过程中，我的心被紧紧地抓住了，可以说我是一气呵成地看完这部长达百万余言的作品的，有好几次我禁不住流出了眼泪，有好几次我禁不住拍案叫好。故事情节、人物命运都深深地感染了我、打动了我。可以说，这部作品具有很强的可读性。

当今的小说，呈现为多种形态，有的小说没有故事没有情节只写人的心灵感受；有的小说不塑造人物，不刻画性格，只表现人的情绪、意念和精神活动；有的作品打破时空或没有时空观念；还有的作品并不表现作家对生活的评价和倾向，追求所谓"纯粹、客观"地再现生活，超现实地表现生活……这种种不同的文学观念与艺术表现方法，或者都有它们各自产生的道理和丰富文学世界的存在必要，有的也确有他们各自的一定的审美价值。但作为一个人类生存群体之一分子的作家，不论是古代还是现代，也无论是东方还是西方，他都应该既有他自身的人生存在价值。也应有他群体的社会存在价值。因而他不仅应对自身负有责任，也应对社会负有责任，特别是对于我们今天社会主义中国的作家来说，他不应无视历史，脱离时代，撇开人民去写那些与人民的生活没有关系的所谓文学作品。当然，不同作家可以有不同的、多种多样的艺术表现方法，但是无论艺术方法怎样变化，却不能割断文学与人民、与生活的紧密联系。文学作品是表现人民生活的，是为人民欣赏阅读的，因此无论通俗文学还是严肃文学，都应该给广大读者提供营养丰富、质量精醇的精神食粮。我推崇的文学是：它既是传统的，又是时代的；它既是民族的，又是世界的。也就是说，我们的文学既是属于现时代的开放的世界的，又是有着文化承传的民族本位的。《风雨五十载》在形式上无疑是受了我国传统小说的影响，它有章回，有回目，但它接受传统文学的影响，却不仅仅在于形式方面，而更主要的是在于文化底蕴方面。因为它虽有章回的形式却并不模仿传统章回小说的起笔与收束的写法；它吸收、借鉴传统章回小说的情节紧张、脉络明晰、故事性强的具有明显的传奇性的优长，但它却摆脱了过分注意传奇性而忽视人物性格刻画的某些章回小说的桎梏，使得人物塑造在故事情节的推进中进行，而不是沿袭以故事情节淹没人物的套数。所以，《风雨五十载》的创作思路在总体上是更接近于所谓"严肃文学"的，这就是说，这部文学作品一直重在写人，写上下左右的人与人之间的错综复杂的关系，而历史事件、政治事件只是各种人物活动和表现的机会与场所。由于作家抓住了人物塑造这一条纲，所以作品虽然写了五十余年的各种运动、各种事件，但它们都是作为一种载体给人物活动提供了环境、背景、氛围。这种载体既可以烘托人物，显现人物，也可以吞噬人物、淹没人物，这就要看作家的艺术处理本事与艺术掌握方式了。《风雨五十载》写了上至副总理、部长、副部长、省委书记、省长，下至县、区、村长及基层农民等各个层次的人物，塑造出了好与坏、美与丑、正义与邪恶、诚实与虚伪等各种类型、各种性格的人物，其中有不少人物堪称典型，具有鲜明、突出的个性特征。如杨蕾、柳絮、翠竹、李成文、景翠苗及全士杰、王作基、舒今伟等；还有的人物虽然作家着墨不多，但只是寥寥几笔或稍加点染，人物的个性就跃然纸上，给人留下深刻的印象。像《杨柳韶华》后半部中写甄士昌、《桑榆金秋》第二十四回写县委常委陈志康、第二十七回写"猪大王"，等等。由此可见作家的功力。

的确，作家具有深厚的功力，这来自他多年在工作与生活实践中的刻苦学习和广博积累，从作品来看，作家的文化修养、文字基础、思想方法、知识水平及形象思维能力、艺术认知方式等都是过硬的，如果以他固有的文化程度来看，这简直是不可思议和难以令人置信的。这说明，一个人的文化素养、知识水准，并不完全决定于他既往的学历，这已为中外历史上的无数成功者所证明。

《风雨五十载》的语言优美、顺畅，如行云流水，有些章节尤其突出，如第二部《松竹声韵》第一回，可称是一节极妙好文。这一回书写杨蕾初到信邑县，要"领略一下古人'踏雪寻梅'的趣味"：

信邑县地当太行山口，凛冽的西北风从山里挤出来，沿着谷河湾呼啸而下，裹石挟沙，其势很为凌厉。杨蕾兴致所驱，紧紧衣扣，放下灰布棉帽、耳套，步出西城门，沿小路走下了河滩。这沙河源出西山，绕城而过，形成了信邑县城天然的护城天堑。从山里流出的泉水常年不断，夏秋之际，河水涨满，深与岸齐；冬之季，缓缓溪流，浅可没足。杨蕾踩着人们有意铺设的大块卵石，蹦跳着跨到浅溪之上，那肆虐的狂风掀得他趔趔歪歪，好不容易才登上了三清观前上河岸的台阶。

……杨蕾进得山门，就听松涛阵阵，萧萧作响。绕过灵官殿，见苍松古柏，参天蔽日，三清殿前，蜡梅翠竹，生机盎然。摩肩接踵的人群，顶风冒雪围着满枝洁白的梅花，指点评说，饶有兴味……他的目光，从梅的白，转向竹的绿，松的青。那苍松嶙峋的老干，盘曲的虬柯，啸傲寒风的雄姿；那竹刚健的劲节，挺俏的翠叶，飒爽蕴秀的灵气；那梅冰清玉洁，迎风斗雪，破寒而发的清香……松声、竹韵、梅香，撩起他无限的情思……

从叙事转到写景，从写景又到抒情，从抒情而到怀人，写出主人公杨蕾对翠竹姑娘的深深怀念。及至再往后写到他与翠竹的重逢，那情味是何等深浓，那笔墨是何等动人！

类似上述的精彩笔墨，书中还有多处。此外，书中的不少情节，也是写得"至苦而无迹，至丽而自然"的。如第三部《桑榆金秋》第二十四回，写杨蕾在一种复杂的人际关系的背景下，为解决信邑县工厂、农村资金缺乏问题，召开一个研究自己融通资金、成立集资股份公司问题的县委常委会。会上引起争论，不少人持反对意见，因为在当时的政治、社会情况下，成立"集资股份公司"的事是带有冒险性的。弄不好杨蕾就有可能被撤职、被打倒，而就在这时，一向和杨蕾作对、心怀叵测的副书记舒今伟却投了杨蕾的赞成票。十个已表态的常委形成了5:5的态势，只有一向支持杨蕾工作的组织部部长陆志康还没说话，县委秘书梁海已在记录本上记下陆志康的名字，而且在他的名字后"轻松自如地写上'同意'两字。6:5通过，他可以起草文件了"。出人意料的是，陆志康在此关键时刻的表态居然会是："我……弃权。"这不仅在故事内容上是语惊四座的，在艺术处理上也是出奇制胜的惊人之笔，写得真是妙极了！

应该说，作品在吸收、借鉴传统小说的长处的同时，也有意无意接受了传统小说观念中的某些短处。我这里所说的短处，就是指那些不太符合今天审美情趣，不符合已经大大提高了的读者大众的欣赏心理的东西。传统小说在表现敌我、正反、善恶两方面人物时，往往在满足大众读者的"爱之欲其生，恨之欲其死"的欣赏心理方面，采用一些夸张、写意等艺术手法，所谓"誉人不增其美，则闻者不快其意；毁人不益其恶，则听者不惬于心"，"辞出溢其真，称美过其善"。（王充《论衡·艺增篇》）这也就是说写好人是绝对的好，好上加好；写坏人是绝对的坏，坏上加坏。这种对人物的过分理想化的写法，出于传统观念中的"文以载道"和"道德教化"的需要，张扬正义，鞭笞奸邪，倡导"惩恶扬善"，这并没有什么不对，事实上今天文学创作的主流也仍贯穿着这一精神和原则，此即我们常说的对于真善美的讴歌与对于假恶丑的贬斥。当然，反对"长他人志气，灭自己威风"虽然不错，但文学作品要讲求真实，特别是现实主义文学要写出具有主导倾向的真实，而这"倾向"需"不要特别地说出"，不要太直、太露。在这一点上，《风雨五十载》从总体上看都是处理得比较好的，但在第一部《杨柳韶华》的前半部分，则有几处令人感到不足。正像整部作品所写的那样，好人、正确的事物的成长都并不是一帆风顺的，真理战胜谬误、正义战胜邪恶，是与其过程中的困难重重相并行的。革命斗争的胜利是与其过程中艰辛险阻相一致的，如果把成长中的正面人物写得过于"出类拔萃"，比如少年杨蕾的机智勇敢几近全知全能，阴险狡猾的敌人的活动无不在他的预料与掌握之中，这反而不如写出人民在战略上的必胜与在战术上既有挫折又有失败相统一，显得更为真实，特别是写少年杨蕾的成长尤其如此。

三

没有深厚的生活积累，没有对社会、人生的深刻的体验与理解，以及没有相当的文化素养与对文学艺术的鉴赏与创造能力，也就不会有好的文学作品的产生，也就不会有这部《风雨五十载》。

这说的是问题的一个方面。另一方面，人们从现实生活中形成和产生了各种认识和观念（包括对于文学艺术的认识和观念），反过来人们往往又用已形成的认识和观念去观察和认识新的生活领域中的新事物，而此时如果一个人不是自觉地在新生活中加深和印证，以及调整和改变原来的认识与观念，那他就可能会产生旧有的观念与新的生活事物不相适应或格格不入的感觉。事实上，一切认识和观念都来自生活实践，一切新的观念都产生于新的生活事物之中。这也就是说，观念不是外在于生活事物的东西，因此它们也不应该是一成不变的。这一点，对于文学作品来说是尤其重要的。

有的文学作品，缺乏对社会现实生活的客观真实的写照，而往往是从某种思想观念出发，或者直接以某种政治观念或社会观念，强加于作品所描写的现实生活之上，或者强行套取生活，这样的文学作品，不是观念与生活相游离就是观念与生活内容不能完全融合、统一，因而就导致了文学作品的公式化、概念化的产生。

文学作品的观念化问题，不仅过去存在，今天也并未绝迹，只是表现形式有所不同了。比如近些年有些描写历史题材的作品，不是以历史主义的眼光，不是以辩证的、实事求是的方法，而完全是以今天的某些观念去认识既往的历史生活。有些写得较好的作品就不是这样，它们对历史生活的反映，既有今天人们对历史生活的新的认识与理解，同时又不乏历史辩证的、实事求是的眼光，所以这样的作品让人感到真实、可信、好看，而不感到它们有某种观念化的赘疣。因而它们也就具有较高的社会认识价值与艺术审美价值。

《风雨五十载》在表现历史生活方面，就不是用观念化的眼光去看取生活，作家对于不同历史时期的生活内容，无论是抗日战争、解放战争、土地革命、"三反""五反"、农业合作化，还是"文化大革命"，抑或党的十一届三中全会以后的改革开放……都具有较强的历史真实性。也就是说，作品在一定程度上避免了观念化的弊病。我之所以说是"在一定程度上"，因为作家也并非已经完全、彻底地摆脱了观念化的桎梏，作家在某种程度上仍然受着自己的认识的局限，这一点是可以理解的。对于五十余年漫长的历史时期中的不同历史阶段和各类事物的认识、理解与评价，即使是专业的政治学家与历史学家，要完全摆脱历史、时代的观念化的认识也并非易事，对于一个长期工作生活于基层党政领导干部岗位上的作家谢青林来说，当然更是如此。然而难能可贵的，就是作家能够对自己亲身参与和经历的各个不同历史时期的政治、生活事件，做出了基本符合历史唯物主义与辩证唯物主义的认识与评价，既具有其正确的世界观、人生观指导下的倾向性，又具有历史主义的客观真实性，而且使这二者在作品中得到了和谐、统一的表现，这是颇为不易的。如果作家的倾向性太强烈了，作品的观念化问题就往往难于完全避免；而完全没有作家的倾向性，对客观现实生活进行不加选择、不加分析的描写，即所谓展现"绝对客观""完全真实"的"原汤原汁"的生活内容，这是不可能的，这种主张其实是虚伪的，是带有欺骗性的。

我们反对文学作品的观念化，但文学作品中又不能没有观念，因为事实上没有无观念的作品，特别是长篇小说这种文学样式更是如此。但任何观念的东西在文学作品中都应该体现为艺术的真实，它既不能超越客观现实生活，又必须符合文学反映生活的艺术规律。而且文学作品中的观念不应该是单一的、直露的，它应该是丰富的、深沉的，尽管它可以有着作家的带有主导性的启发、暗示，但它同时也能够令读者群仁者见仁、智者见智，有着不离大旨的多样性的体验和理解。关于这一点，《风雨五十载》中也是有所体现的。

文学观念的变革与审美意识的更新

——河北省1983—1984年度获奖短篇小说简评

如果说，近些年来，新时期的文学已经发生了巨大的变化，那么，对生活更为敏感的短篇小说创作的发展，从河北的创作现实来说，则是更为明显的，而1983—1984年度的短篇小说创作，与前几年相比较，应该说又有了新的开拓。我想从文学观念的变革与审美意识的更新这两个方面，简谈一下我省1983—1984年度获奖短篇小说的情况。

文学观念的变革，一方面表现在现实生活中的社会观念的变革，另一方面表现在作家对现实生活的社会的与审美的观念的变革，有了这两方面的变革，我们的文学创作的道路越拓越宽，文学内容蕴含的层次也越掘越深。就写改革的作品来说，陈冲的《小厂来了个大学生》，完全没有对现实生活中的改革潮流做一般性的歌颂，而在描写现实生活中重大题材的唱赞歌式的创作，乃是过去"为政治服务"的文学的惯见方式。当然这种反映方式也可以产生出某些不坏的作品，但让文学挤进一条狭隘的死胡同，是绝难出现更多丰富、深刻的作品来的。如果说这就是那一历史时期的一种文学观念的话,《小厂来了个大学生》所体现的则是一种全然不同的新观念,这种新观念表现在作者描写他笔下的改革者形象——年轻的大学生杜萌时,并没有把他写成叱咤风云、所向披靡的人物,尽管小伙子热心于改革事业,对服装厂固有的生产方式的弊病具有尖锐的剖析眼光,但作为一个年轻的改革者,由于缺乏实际工作经验,以及对于传统习惯势力的复杂性认识不足,他的改革计划遭受了挫折。他的幼稚使他跌了跤。因此,这一形象的真实性就使其有了新的典型意义。而作为同样具有新的典型意义的人物形象,厂长路明艳与其他描写改革的作品中反对改革的人物形象相比,则具有更深一层的思想意蕴。路明艳是以积极拥护改革并主动"抢"来大学生杜萌这个"宝贝"等改革者的面貌出现的,但她的小生产者的狭隘、偏私,造成她独断专行、排除异己、墨守成规的习惯与惰性,因而成为改革的巨大阻力。作者通过路明艳这一形象对现实生活的复杂性做了深刻揭示,这是作者以其新的文学观念对生活进行新的开掘的结果。在作品中的另一个人物——诸葛云裳这个追求知识、性格直爽,又不乏狡黠的姑娘身上,也表现出现实生活中当代青年的新人观念的变化。

对于一些起步较早的老作者来说,变革文学观念并非易事,写过《骏马飞腾》的宫克一如今写出了《沉重的爱》,实在是令人可喜的。《沉重的爱》(原载《长城文艺》1984 年第 5 期)表现出作者顽强的、新的艺术追求,作品大胆融合了意识流的表现手法，采用大开大合的艺术结构，不再关心人物的具体的、外部的形象描绘，而专注于人物的内心世界与深层意识的活动过程的揭示，这对于表现一个过去作品中并不陌生的兽医站配种姑娘的精神世界，无疑是更为有力、更为新颖、更为成功的。当然，作品的成功还表现在对于人的价值、事业的价值与爱情关系方面的新发现，以及对于先失败、后成功、最后来一个大团圆结局的模式的大胆突破。对作品的人物来说，获得最后的成功虽然仍有困难，仍有很长的路要走，但却充满信心，坚持在科研的道路上继续探索下去。《沉重的爱》没有像某些采用意识流手法的作品那样去做冗长的铺叙，它的笔墨是很简洁的，看得出作者在进行新的艺术探索时，有着自己的十分严格的标准。但是，从这篇作品中也不难看出因袭的文学观念在作者创作思想上所留下的烙印，这表现在对生活的择取与对思想的开掘上。然而，当别的作者都不太关心这类题材与思想的时候，《沉重的爱》倒反而别有一种新鲜感了。

文学观念的变革还表现在对文学主人公的生活领域的开掘上。汤吉夫的《再会，小镇》（原载《萌芽》增刊1984年第1期）写一位副省长，但却没有直接去写他的繁忙的工作与他在开拓性的工作中的气魄与性格——这样去写一个领导干部，尽管司空见惯，却也未为不可。作家从新的角度去开辟更新、更广的生活领域，以展示人物的丰富性与复杂性。这确是当前文学创作上的一种新的艺术追求，也是因循守旧的文学观念的作者所难以做到的。小说写的是一位副省长从美国访问归来，到一个北方小镇去看望女儿的过程。这里不仅写了这位领导干部与自己的亲家、亲家母、女儿与外孙的亲情，还写了他对个体户饭摊与修表铺的亲历与亲感。把主人公放在这样一个与日常工作所接触的范围截然不同的环境中去刻画，让一个领导干部去体察社会生活中的另一个层次上的甜蜜与辛酸，而又不失一位领导干部为国为民的思想本色与既坚持原则又不乏人情味的道德风范。这一方面表现出文学的内容的拓宽，另一方面也表现出作者在文学观念变革中的新追求和所取得的新成绩。

《"公议院"有棵老笨槐》（原载《人民文学》1984 年第 11 期）这篇作品，从普通人的生活中发现了社会现实的深刻底蕴。勤恳、老实的清洁工老盖头，因为受到表扬而吃尽苦头、历经磨难，特别是当他的事迹在报纸上做了不适当的"拔高"的宣传而给他招来灾祸时，工友中有人捉弄他，有人揶揄他，甚至有人欺侮他，他无力应付，无力反抗，只知默默地干活，以致由于精神的压力与体力的不支而病倒。作者写出这样一个平凡的但又触目惊心的事件，应该说是一个很宝贵的艺术发现，这种现象在各种类型的人们的生活中几乎都可遇到，但过去却很少有人留心它，文学创作更很少有人去问津。作者李伟是位刚刚发表处女作的年轻的新人，他没有沿袭别人写作的现成的主题，没有借用别人写过的某种概念或某种类型的人物形象，也没有照搬别人用过的似曾相识的艺术结构，而在艺术上的饱含辛酸的、带有强烈讽刺意味的独特风格的追求，更显示出这位崭露头角的文学新人的才华。这篇作品从题材、主题、人物与艺术手法等方面来看，都有一个值得注意的"新"字。

近两年来我省短篇小说创作的前进，除去体现在文学观念的变革外，还体现在审美意识的更新上。文学观念的变革，实质上是人的观念的变革，如前所述，这里面有两个层次，一个是作为作家所描写的对象的人的观念的变革，这即是通过对人物形象的塑造所表现出来的社会观念的变革；另一个是作为创作主体的作家的主观观念的变革，这主要表现在作家审美意识的更新上。

铁凝的《六月的话题》（原载《花溪》1984年第2期）的蕴藉深厚和艺术构思的巧妙，以及作品所显示的作者对现实生活的冷峭与严峻的观察、评价，既不仅仅是个艺术构思问题，更不单单是个题材内容问题，而首先是作者的审美意识的问题。曾经有人说，文学创作过程是个非理性过程。我认为，文学创作中的非理性状态是存在的，但是这种非理性的大前提却是理性，也就是说，创作过程中的非理性状态，是在作家对生活进行理性的思考之后，在具体进入创作过程之前理性的制约与统御下才得以出现的。试看《六月的话题》的含而不露、令人思索、耐人寻味的主题思想，及其深层结构的艺术构思，难道可能是非理性状态所能够出现的吗？否！这种匠心独运的"鬼斧神工"式的艺术表现，只是精致的刀砍斧凿而终于不留痕迹而已。而指导作家进行雕凿加工的根据，则是作家的审美意识。铁凝笔下的达师傅身上有

"莫雨"精神——即对某些领导干部的不正之风的抵制与反抗精神，但达师傅毕竟不是莫雨，他并不知道真正的莫雨到底为谁；而真正的莫雨——文化局副局长史正斌的不可名状的心灵世界，却又并不是达师傅身上的"莫雨"精神，也并不是作家所要肯定的"莫雨"精神。史正斌化名"莫雨"揭发文化局局长的不正之风。其目的倒不在于反对人民群众（包括达师傅）所厌恶的不正之风，他只不过是以此作为进行角逐、猎取权力的一种手段。表现这种复杂的生活内容及这种深层的思想意念，又出之以富有深意的艺术构思，这乃是作家新的审美意识的形成而使然。

在李泗的《月照清溪水》（原载《海鸥》1983 年第 8 期）的清丽、淡雅的格调及那种对美的追求中，也充分表明了作者在审美意识上的借鉴与更新。小说着力刻画的杏妹子，从形象到性格，乃至心胸与境界，都是十分美好的。当她对住在她家的房客——一个师范毕业的青年教师所表示的爱情遭到拒绝后，她不思报复、没有嫉恨，她温柔善良而又通情达理，为了自己家乡人民有学习文化教育的机会，她以自己的重大牺牲——趁学校放假之际忍痛离家、匆匆出嫁，来挽留住青年教师。生活中的新的道德观念产生出作者的新的审美意识，而在新的审美意识的指导下，作者又从生活中寻求美、发现美，并编织、融化进自己的作品。杏妹之外，杏妹的父母、偏僻山村的老诚农民汪大爷夫妇，杏妹的弟弟桃哥，还有那位青年教师"我"，以及未出场的"我"的未婚妻娟凤……都是美的，这里面没有写人物之间的矛盾与冲突，更没有尖锐激烈的斗争，没有偏私、妒忌、阴谋与卑鄙。不单是写人、写风光环境也是一样，山是那么美，小溪是那么美，连汪大爷家葡萄架下飘出的炊烟也是那么美……李泗对于阴柔美的追求，有对于前辈作家沈从文、孙犁等人的艺术思想的学习与继承，也有自己对现实生活的独特感受与个性倾向，从而形成了他的新的独特的审美意识，这种审美意识体现在他的《月照清溪水》中，就是这种婉约的、娴静的、别具一格的作品风味。在我省的青年作者中，李泗是创作个性比较鲜明的一个，而他的创作个性无疑受着他自己的新的审美意识的指导。不过我倒觉得，作家个人的审美意识应该更多地吸收时代的、社会的审美观念的营养，李泗学习的路子似乎可以放得更宽，切忌画地为牢，以免使自己的审美追求虽有个性特点，但却失之偏颇。艺术思想在不断发展、变化，作家的审美意识当然更应该在原有基础上不断更新。

《海上，远方的雷声》（原载《收获》1984年第6期）是我省青年作者杨显惠的一篇新的力作。杨显惠擅长写海，他的这篇作品既保持了他的原有的观察细腻的特色，又有新的艺术探求，作品把我们民族的自尊、自强、自信的精神与海的风韵有机地结合起来，既写出了因袭的传统精神负担的烙印，又反映出了新时期渔民的时代风貌，这是一首民族灵魂与大自然无间吻合的雄浑、苍劲的壮歌。老渔民耿成老汉的爱海与葬身大海，既揭示了他对党的十一届三中全会以后的农村经济政策的信赖与拥护，也表现了他的因袭负担的沉重，他对海的挚爱与个性的要强终于使他年老带病的身躯承受不住巨大海浪的冲击，从而熄灭了他的生命之火。而在耿成老汉的孙子海柱身上，则显示了强悍的海的子孙的强悍性格这一新的历史内容。爷爷死了，他没有因伤痛而躺倒，第二天，他又出海了……如果说，邓刚写海富有浪漫主义气息的话，那么，可以说杨显惠写海更具有现实主义特色。但在写海与写人的结合上，也就是通过写海而写出人物的精神气质与性格风貌上，杨显惠并没有墨守传统的现实主义的固有教条。现实主义在发展，我们新时期文学的社会主义现实主义，在作家审美意识的不断更新的进程中，内涵将会更加丰富、深刻与生机勃勃。

近两年来，我省短篇小说呈现出一个崭新的面貌，一个是作者队伍新，仅就这次参加评奖的八十来篇作品看，年轻的新作者比重占百分之八十以上；另一个是内容新，这包括题材领域新，主题思想新，人物形象新，艺术手法新，等等。其中最重要的，还是文学观念新与审美意识新，这从以上对几篇得奖作品的简析中已可略见端倪。

随着"双百"方针真正贯彻执行，我省的短篇小说创作一定会出现一个更加崭新、更加繁荣的新局面。

继承　思索　突破

——韩映山作品阅读随想

作家韩映山的文学生涯，到如今已经走过了三十多年的历程了。近几年来，映山同志的创作更加勤奋，继 1979 年由百花文艺出版社出版短篇小说集《紫苇集》之后，1981 年又由河北人民出版社出版了短篇小说集《绿荷集》。1983 年，他的中篇小说集《串枝红》又由吉林人民出版社出版。此外，他还有不少中、短篇小说新作和一些儿童文学作品，应该说，他的成绩是颇为可观的。

早在二十世纪五十年代，韩映山就已是全国知名的作家，到六十年代，他已出版了《水乡散记》《跃进图》《一天云锦》和《作画》四个短篇集，他的作品在全国曾产生过强烈的反响。但是，过去评论界对他介绍较少，近几年来，关于他的创作研究更显冷落。不错，韩映山的确没有"打响"，从表面看来，他的创作似乎有一种"寂寞"感。但是，这种"寂寞"感倒未必可怕，我们知道，过去像孙犁这样风格独特、影响深远的作家的作品，也曾寂寞了几十年，过去的《现代文学史》上，孙犁的名下只有寥寥几行字，现在，他才越来越为人们所认识，新编的文学史上开了专章来论述他的作品。这比那些曾经或正在轰轰烈烈、名噪一时的作品，生命力不知要强多少倍。文学作品不争一日之短长，要能够经受得住历史的考验。韩映山同志是个有主见的作家，他不怕寂寞，有自己独特的艺术旨趣，在创作上一直孜孜不倦，这种精神是十分难能可贵的。

韩映山同志出生在白洋淀边，熟悉白洋淀生活，少年时期就喜欢阅读文学作品，以后开始学习写作时又较多地受到孙犁的熏陶与培养，因此，他在创作上师承孙犁，成为孙犁的"荷花淀"风格（也有人称为"荷花淀"派）的继承者之一。他的作品，不仅在艺术风格上与他的老师孙犁颇为接近，就连他所写的生活内容也大都没有离开白洋淀，因此，著名乡土作家刘绍棠曾在一次座谈会上说，"作为'荷花淀'风格的孙犁传人，韩映山是最有资格的一个"。

韩映山也和孙犁一样，不大去写什么"重大题材"，也不去正面描写尖锐、激烈的矛盾冲突，更少描写金戈铁马的场面。他的作品大都不是波澜壮阔的历史长卷，而往往是生活中的一朵浪花、一个片段。读他的作品，使人感到如有一股徐徐的清风，夹着水乡特有的馨香气息，不时扑面而来；又如一条涓涓的清溪，时而翻着澄明、晶莹的水花，汩汩而流，行于所当行，止于所不可不止。

文如其人。韩映山本人不苟言笑、不擅辞辩，他写的东西，既不追时髦，也不赶浪头，有自己对生活与艺术的追求，扎扎实实地写生活，而从不去搜寻离奇怪诞的故事和惊险动人的情节。他不求轰动文坛于一时，而求动人情怀于久远，通过对白洋淀生活中一幅幅清新、明丽的风俗画的描绘，写出了水乡的风物美与人情美，地方特色极为鲜明，乡土气息十分浓厚。因此，刘绍棠也把他看作是"乡土派"作家。应该说，韩映山的确学到了孙犁艺术风格的许多特色。用韩映山自己对他的作品所进行的评价来说，他是"按照生活的本来面目，朴素地描绘了一些生活画面，如实地记录了一些常见的人物肖像"。其中，"没有什么叱咤风云的人物，惊心动魄的故事。只不过是些常见的普通人和事，多家长里短，民情风俗，水乡气息，土话村言……作者不希轰动文坛，哗众取宠，只求朴素亲切，真实美善而已"。这些话，表明了韩映山同志的自知与自信。

当然，任何一个作家的创作，都不可能是尽善尽美的，韩映山的作品，也有某些不足。和他所师承的孙犁作品作一比较，我们就会发现，孙犁的作品美而深沉，而韩映山的作品则美有余而深不足，他有孙犁的平易、清淡而少孙犁的含蓄、蕴藉。因此，他的一些作品使人感到力量不够强劲，在人物刻画上，个性也欠鲜明。思想亦觉单薄，特别是他的早期创作即使写得较好的作品中也有这种缺陷。有人说，韩映山的作品，有情、有景，人物差。这与其说是韩映山作品的弱点，不如说正是他的艺术特点，即如他自己所说的，他的作品"都是些小说式的'散文'，散文式的

'小说'"。所以，所谓"人物差"，倒未必是作品的不足，比起现时流行的某些只重作家主体情绪的表现而不刻画人物的所谓"无人物"小说来，韩映山的作品在人物刻画上岂止强于千百倍！我认为，问题在于：映山笔下的人物，还可以在"内在"方面再下些功夫。其实也不单是人物，景物也是一样。在他的作品中，人物与景物都是写得美的。但是这种美，表现于外在的东西多些，而内在的东西还挖得不够深。比如他的短篇小说《绿荷姐》（收入《绿荷集》中）写了一个抗日战争中的妇救会委员、女民兵绿荷，在战争年代给八路军送信、做军鞋、掩护伤员、站岗放哨……解放战争中又积极投入支前工作。解放后结了婚，却又遭到她的"县干部"丈夫的遗弃，而她担任着村里的党支部书记，又当上了全国劳动模范。"文化大革命"中，她被诬陷为"假劳模""假党员"，戴上了反革命分子帽子，受尽了折磨。粉碎"四人帮"以后，组织上为她落实了政策，她又担任了党支部书记，她不计旧恶，一心向前看，为了搞"四化"，她决心学科学，扫"科盲"……无疑，这个绿荷姐是写得很崇高、很美的。但作品只写出了这个人物的美的作为，而没有写出这个人物之所以不计旧恶的内在美的东西，因此不能令人信服地理解这个人物的思想的超脱与意识的自觉，反而可能让人觉得她麻木不仁或感觉迟钝。这样一来，这一人物形象的美就可能产生出与作家创作意图相反的效果，即在外在美掩盖下的内在的不美甚至丑。从这一点来看，可以找出韩映山的作品与孙犁作品的差距。孙犁与映山都有善于发现美，即发现生活美与捕捉生活美，并给予艺术的表现的本领，这似乎即是孙犁荷花淀风格的特点。但孙犁能够从一些初看起来未必美的生活现象（包括人物与景物）中发现出美来，然后表现为作品中的艺术美，如《铁木前传》中所写的"破鞋"满儿，这个人物从生活本身的角度来看当然是不美的，但孙犁却能从现实生活中的这个人物身上发现出诗意，因而在作品中被表现为美，即艺术的美。这种艺术的美不是对生活美的照搬与模仿，而是作家在生活中的发现。作品仅只表现出生活中已有的、现成的美，这种艺术美还仅只是对生活的模仿，作家需要有这样的本事，从美的、不美的，乃至丑的生活现象中，都能发现诗意、发现美，并表现为作品中的艺术美，只有如此，作品才能写得更真实（内在的、质的真实）、更深刻、更美。法国著名雕塑家罗丹曾经说过："因为艺术家感情丰富，不能想象有一件东西不像他自己那样真有感情。在整个自然界中，他认为有一种伟大的意识和自己的意识相适应。没有一个活的有机体，没有一件静物，没有一团天上的云，没有一棵园地上的绿芽，不向他倾吐秘密，蕴藏在一切事物下的无穷的秘密。"我们所说的内在美，就是罗丹所谓的"蕴藏在一切事物下的无穷的秘密"，而这"无穷的秘密"之所以能够被作家认识、发现，从而被挖掘出来、表现出来，首先要求作家"自己的意识"能够与其"相适应"。而这种"适应"，对任何一个作家来说，都要有一个过程，即由原来的不适应到适应，再由原来的适应到新的不适应，再由新的不适应到新的适应。如此循环，才使得每一个作家的创作（乃至整个文学创作）在历史的前进与时代的发展中有所前进、有所突破、有所发展。所以，罗丹所说的"无穷的秘密"之被发现，就是这里所说的"内在美"的被挖掘。作家只有挖掘出生活深层蕴含的"无穷的秘密"，人物的思想境界与景物的丰富"感情"才能得到显示，这就必须由外在美的静止、固定、单纯、浅表向着内在美的运动、变化、复杂、深刻的方向发展。

另外，尽管作家韩映山个人甚至在性格、气质方面也有与其所师承的作家孙犁相近的地方。但由于阅历、学识与修养的不同，他们的作品之间虽然有着明显的师学渊源关系，也终究还是有着不小的差异。一个作家，应该认识自己的特点，学习要"转益多师"，对于一个流派、一种风格，不能只"守"不"破"，要敢于突破，不要怕变，不要怕人家说你"离经叛道"，变是正常的，有变才有发展，无论是自觉还是不自觉。学别人学得很像了，其实也仍然只是"形似"，至于"神似"，则未必"很像"也不必"很像"，因为那样也就没有了"自己"。韩映山同志自己说过："文学流派，绝不是一成不变的，它随着时代的前进、作者生活和思想的变动而变异。比如江河之水，它虽源于山泉，汇于海洋，但中经峡谷、港湾、淀泊、苇荡，其溪流水色，也不会是相同的。"

的确，历史在前进，时代在发展，生活变化了，人们的思想意识与审美情趣也有所不同了，用二十世纪五六十年代的思想观念与艺术方法来认识和表现八十年代的生活，就会显得不很适应，因而就存在一个观念更新与方法变革的问题。韩映山过去的作品，大都是歌颂新生活、新人物的，很注意表现生活中的"笑声"，几乎没有什么"悲哀"，所写的少数几个"中间人物"，也只是作为正面人物与光明面的陪衬。而"文革"以后的作品，则有了明显的突破。例如在短篇小说《田珍小传》（收入短篇集《紫苇集》）中，他写了像汪风这样的机会主义分子的"两面派"嘴脸，还写了"造反派"的坏头头苟二耀这一类型的人物。在《月色朦胧》中，又写了违法乱纪的白局长和不务正业的侯三，甚至还写了田珍(《田珍小传》)被逼致疯与伍老槐(《残阳如血》)被炮轰惨死的悲剧。这对于"荷花淀"风格的本色来说，也许是一种"背离"，然而这恰恰标志了韩映山在继承"荷花淀"风格上的发展与变化，也是在保持原来特色基础上的突破。这些作品已经不是一味地歌颂和单纯的"笑声"了，而是把热烈的歌颂与尖锐的抨击、深刻的揭露，把欢快的喜剧与无情的鞭挞、沉痛的悲剧结合在一起了，这使得作品的思想向纵深发展了，人物的性格也变得复杂、丰满了。对于以往的单一的、带有理念化、漫画化与某种臆想性的思想与人物模式，表现出了不小的突破。当然，对于像韩映山这样一位成绩可观的作家来说，这个突破也还是不够大的。我们可以断言，韩映山的创作水平绝非到此为止，正如刘绍棠同志所说的："映山来日方长，创作也方兴未艾，将会取得更大的成就。"我们期望着他能够在认识自己特点的基础上，有个更大幅度的发展与前进。

　　造成韩映山作品的某种局限性的原因，可能与他的视野的局限有关，作家自己说过："我从小生活在白洋淀畔，从未有远离过。"这或者正说明了这一点。一个作家，应该在扎根、蹲点、解剖麻雀的基础上，尽量扩大自己的生活视野。有人曾劝映山同志说，应多出去走走，这不是没有道理的。另外，一方面要开拓生活视野，一方面也要开拓思想领域。映山同志读过不少中国古典作品，也读过不少中国现代作家的作品及一些外国文学作品，但读书的范围似乎还可以更广泛些，理论书、哲学书都应涉猎一下，西方现代派文学作品也可以研究一下，这样可以帮助自己从更多的角度，运用更多的方法来观察、审视新生活与分析、认识新的问题，也可以用更丰富的技巧与手法来表现新的生活、新的思想与新的感受，创造出更新的艺术美来。

　　应该说，映山同志在创作中所遇到的问题，也是我们今天的许多作家和作者们所遇到的问题。我们在这里提出这些问题，丝毫没有认为映山同志的作品艺术价值略低的意思，相反，韩映山同志是位特色鲜明、风格独异的作家。但是，理论不是广告宣传，它不该一味地去唱赞歌，而应该科学地、实事求是地对作家、作品做出认真的分析，这乃是本文作者的初衷。

1984 年 3 月

发生在老根据地的故事

——读申跃中短篇小说《脊骨》

短篇小说《脊骨》（原载于《十月》1981年第1期，后收入作者中短篇小说集《生死恋》中）的作者申跃中说，他想研究一下文昌鱼，研究一下脊椎动物直立起来以后，由于腾出了两只手，可以进行创造性的劳动了，于是，劳动创造人的过程开始了。文昌鱼离开水面爬上陆地，演变成为陆地上的脊椎动物，脊椎动物演变出猿，猿又在劳动中演变出人来。在所有的这些过程中，脊椎骨的作用是不容忽视的。不仅人及能直立起来的猿猴是靠了脊椎骨的支撑，才得以直立起来，就是四脚着地的动物的躯体能够离开地面，也是靠了脊椎骨的作用。

然而申跃中的短篇小说《脊骨》，却不在于说明动物是靠了脊椎骨而站立起来，或人是靠了脊椎骨而直立起来，他说的是我们的国家、我们的民族之所以能够在地球上站起来，自立于世界民族之林，是因为我们有自己时代的、国家的、民族的"脊骨"。更进一步说，这"脊骨"还不仅仅是指骨头，同时还指"骨气"。

我们的国家有脊骨，我们的民族有骨气，而这"骨气"，按照申跃中的说法，就是"魂"，是国魂，是民族魂。作者写《脊骨》的动机，是"长太息以掩涕兮，哀民生之多艰"！是"魂兮归来"脊骨！

"魂兮归来"是《脊骨》的作者发出的裂人心肺的呼唤，虽然这一声呼唤的字眼，并未出现在小说的文字中，但却存在于作品思想中，而这，也正是作者的立意和作品的精髓。

在我们的老根据地，过去有多少令人难忘的、值得回忆的美好的人和美好的事啊！作者写到了五壮士跳崖的狼牙山，狼牙山五壮士的英雄事迹，该是多么令人激动、令人鼓舞啊！作品写道：

> 登上五勇士纪念塔，举目瞭望，东面是辽阔无际的大平原，西面是层峦叠嶂的群山，啊！绵延不断的条条山脉，犹如祖国大地的骨架，而像狼牙山这样的山峰，便是祖国的脊骨了。对！脊骨啊！战争年代的狼牙山五勇士及所有的英烈，又正是我们中华民族的脊骨！他们将与日月争光，与天地长存！

看，这是多么令人骄傲的回忆啊！然而，光是陷入这些美好的回忆是不够的，过去代替不了现实，当"我""默默地仰望着狼牙山上巍然屹立的五勇士纪念塔，忆想着当年无数的英烈，心里无限感慨：你们，你们是当年中华民族的脊骨！中华民族的脊骨！可是现在，现在呢……"现实是，今天发生在我们的老根据地的故事，与作者所写的"脊骨"精神是多么不相称！

《脊骨》写了这样一个中心事件：我们老根据地有"这样一个美丽的姑娘"，她的名字叫桂兰子，桂兰子长得"白白净净的脸蛋，水汪汪的一对大眼儿，窄溜溜的两道儿眉，要多秀气有多秀气，要是再穿上两件时兴的衣裳，比天津北京那电影演员也不在以下"，就是这样一个姑娘，竟无辜地"为的一宗转亲，三户人家扯着尾巴挂着腮，打不清的罗罗架"，从而使她为自己的哥哥负着八百元的彩礼债。这就造成了桂兰子的青春的不幸，产生了桂兰子的爱情的悲剧。这悲剧，似乎是"转亲"事件所造成，但"转亲"实质上跟"换亲"一样，都是为了不花"彩礼"而能够结婚。"换亲"或"转亲"——这种应该归于中世纪时代的事情，之所以能发生在今天，发生在解放三十多年以后的新中国，发生在我们的革命老根据地，这又是什么原因呢？作品中的"我"在吃派饭时遇上的"老乡"、一个中年家庭妇女的话，对这个问题说的是何等的透辟啊！

老解放区又怎么样？还不是穷的过！娶不起媳妇就拿闺女换呗！

原来是这样一个字：穷！

"我们这里靠河沿"，生活还算是好的，"再朝上走，成年到头吃绿疙瘩，里头没有多少玉米面，叫'燕儿飞'疙瘩。那树叶儿还支棱着，就像小燕儿张开翅膀的样子"。这就是我们的老根据地人民的生活！更可惜了我们的晚辈儿孙，他们也跟着受罪啊！孩子们平时也吃不上什么。熬菜也只是甩上点儿盐。就是愿意到姥姥家去。去了就不愿回来。孩子的爸爸哄孩子们："走吧！回家叫你们吃肉。"大一点儿的孩子说："是啊，吃肉，咱家里那肉都长在树上了，一篮子一篮子地往下摘。"这是多么令人心酸的描绘啊！

是穷，造成了农村的买卖婚姻、包办婚姻，以及诸如"换亲""转亲"等现象。在这样的婚姻形式里，哪里谈得上什么真正的爱情？哪里谈得上什么由真正的爱情而结合成的美满的婚姻和家庭？桂兰子在她父母和王家、李家议定的这场"转亲"婚姻中，是要嫁到李家去的，因为当时桂兰子还年轻，正在上初中，所以虽然爹娘硬叫桂兰子答应下来，却须过几年再跟李家儿子完婚。可是，"人大心也大了"，桂兰子在学校有了自己的所爱，她要的是真正的爱情，于是她否定了爹娘为她议定的"转亲"的婚约，她宁肯负担起为给哥哥"转亲"而需付出的八百元彩礼债。她在龙爪山敬老院当临时工时，把每月四十元的工资除了交九元钱的伙食费外，余下的钱全部捎回家去，一个月一个月地凑，为了自己真正的爱情和自由的婚姻，她决心给哥哥还清娶亲的彩礼钱，她要求她的恋人，为了还清这笔债务，先帮她这一步，先不要操持盖房，"将来我跟你睡窝棚也行"。当她的恋人说起他也要去当副业工时，纯洁无瑕的桂兰子是多么高兴啊！"是啊，净是咱们的活路儿。以后你做梦我就该笑了……"然而一个天真淳朴的姑娘，哪里会看到在她的生活道路上除去赤裸裸的妖魔鬼怪之外，还有乔装打扮的魑魅魍魉？在"表叔"金局长的屋子里，她发出了急迫的哀求："别！表叔，你别！表叔……别……"要不是"我"的两声咳嗽，桂兰子险些陷入魔掌了。

接踵而来的是进一步的不幸，桂兰子在敬老院的临时工作被辞掉了。当她又一次与她的恋人在南山上相会时，她的哥哥、兄弟拿着棍子上山来了，她的恋人在逃跑的路上一脚蹬空，摔下山崖去了。桂兰子吓得晕了过去。打这以后，桂兰子疯了似的，"说哭就哭，说笑就笑，又摸电，又上吊……"桂兰子在精神上受到如此深重的创伤之后，悲剧并未就此终结，人家说她是"风落梨"，不是"鲜桃鲜果"了。于是，她被嫁到了几百里外的狼牙山来。

桂兰子的家乡，在革命战争中，是党中央和毛泽东同志曾经居住过的地方啊！而狼牙山，也是个老区，是个具有光荣革命传统的地方啊！两地相距几百里，桂兰子大概该算离开虎口，来到"乐土""福地"了吧？然而我们看见，这儿的乡亲们吃的是"掺了麸皮和细糠的白薯面饼"，这比那"燕儿飞"、比那"绿疙瘩"似乎要强些了？这就是我们的英烈们曾经用鲜血染红的土地啊！我们的人民曾经在这里付出过巨大的代价，可换来的是今天的贫穷！是桂兰子的悲剧！

是因为有一批像作品中所描写的金局长及焦局长那样的党的干部吗？让我们先来看看这个县民政局的金局长，究竟是怎样一位"党的干部"吧！

这个金局长，是桂兰子"八竿子打不着的""表叔"，他在一次下乡吃派饭的偶然机会，看到了模样不错的桂兰子姑娘，谁知他是出于对人民群众疾苦的关心，还是别的什么目的，他竟然应下要给桂兰子安排一个工作。就是这位金某人，为了所谓"扩建和翻盖城西龙爪山敬老院"，设下了因"没弄到茅台"，只好"凑合"而连连向地区民政局的焦局长们道歉的宴席，但在这次宴席上，西凤、五粮液、竹叶青这些名酒都有，二十多道菜，把两张对接起来的方桌上摆得满满的。为了向地区多要几个钱，他在酒宴桌前，"以主人和主席"的身份，举杯祝敬老院的老人们健康长寿。然而在饭桌旁，却并没有一个敬老院的老人，倒是金局长在客人们喝得"脸色红的更红了，白的更白了"的时候，他一会儿搀来一个白发苍苍的老大爷，走到饭桌前郑重地对客人们说："这位老人今年八十八岁了，抗日战争中两个儿子在战场上牺牲了。今天听说焦局长和地区的领导同志们来了，心中非常高兴，来向大家敬一杯酒！"一会儿，他又搀来一位白发苍苍的老奶奶，说："这位老奶奶今年九十二岁了，抗日战争和解放战争中，两个儿子和一女儿在战场上牺牲了。今天听说焦局长和大家来了，心里十分高兴，来向大家敬一杯酒。"

这个"金局长"终于"大功告成"，捞到了一万五千元的款子。然而，这场戏还在演出中，他不但在宴会中以领导和长辈的身份，命令桂兰子来给他们斟酒，还在他们酒足饭饱之后，叫桂兰子来给焦局长一行唱山西梆子。而到了晚上，这位"领导兼长辈"竟兽欲发作，要奸污桂兰子……

再请看看那位地区民政局的焦局长的嘴脸吧！他在宴会上喝得醉眼蒙眬之后，还总算清醒地知道金局长摆酒设宴的目的："你灌死我也是这么回事，说真的，赶快说真的！到底翻盖扩建敬老院还差多少钱？""张大嘴，就这一回了！""一万五！多一个子儿也不给了。"原来，"工作"要在酒席宴上才谈得成！这哪里是党的干部在审批基建预算？分明是两个商业经纪人在谈生意！说真是"财神爷"驾到，看你敢不烧香上供？享受了你的香火，填了自己的肚皮，我就可以"慷国家之慨"！

难道"焦局长""金局长"们这样的人，是我们党的干部的形象吗？当然不是，他们是败坏我们的党风的典型形象，这种形象，又确实是我们今天的现实生活中的某些党员干部的真实写照！作者写出这类形象，并非要诋毁我们的党，而是要通过针砭弊端，以求恢复我们党的优良传统，端正我们的党风！

中篇小说《脊骨》，写得是那么自然浑成，不着痕迹，却又是那么情思抑郁，无限深沉！作者的笔墨既放得开，又收得拢。尽管骨骼与血肉构成了一个有机的机体，但由于作者像一位高明的医生做手术时那样，由于医术的高明，手术刀能够运用自如，所以在对机体进行解剖与复原时，既不见粘皮着骨，也不见骨肉分离。且作品的中心思想又是用对中心事件的反对而体现出来的。这种手法从总体上说似乎并无大的突破，但从具体来看，又不能不说是较为新鲜的。

可贵的探索　有益的启示

——读长篇小说《望婚崖》

一

《望婚崖》（作者奚青，上海文艺出版社 1980 年 11 月出版）是一部反映地质战线生活的长篇小说。

小说通过地质部三六八地质大队参加北方抗旱找水战斗，在我们面前展开了一幅丰富多彩、复杂多变的生活画卷。作者把笔墨较为集中地放在一〇一钻井队的活动上，故事和人物的矛盾冲突也都围绕着这个机台的活动而展开。从整部小说所展示的紧张而有回旋、激烈而有舒缓的情节中，从贯彻始终的严肃、深刻而又情趣盎然的主题思想中，我们看到了现实生活的复杂性与人物性格的多重性，应该说，这是一种可贵的探索。

小说的主人公之一，一〇一机台小机长邱铭，是个令人喜爱、个性鲜明的英雄人物，作品所塑造的这一人物形象是较为成功的。邱铭是个双烈士遗孤，二十岁上下年纪，长得中等个子，虎眉虎眼，一身格楞楞的肌肉，像豹子一样劲健。他脸庞上还带着明显的孩子气，但他在工作的时候，脸上却"没有半点儿笑容，那严肃的神情和指挥若定的气魄，简直就像战场上一位威仪如铁的将军"。他聪明好学，性格倔强，勇于坚持原则，出于对党和人民事业的负责精神，以及对工作的极端热忱，他不怕"穿小鞋"，敢于批评领导的错误思想，敢于顶撞上级的错误决定。小说满怀激情地歌颂了这一英雄人物，但却没有把他写得简单化、概念化。如写邱铭养八哥，养小鹰，逮鸟，具有浓厚的生活气息。这一方面表现了人物丰富的精神世界，另一方面也映照出人物的纯真个性与崇高志趣。小说写他一气之下从大队技术员梁梦手中接过钻孔布置图及打钻负伤，在叫天岭支书大爷家里养病；到野猪岭找物探分队搬兵；决心自学地质科学知识；研究钻机改革；探二仙井，以及与化验室姑娘小关的龃龉和与兰子的恋爱，等等，都能充分地表现出人物的性格特征。

　　小说对三六八地质大队队长夏涛的形象塑造，也是很有特色的。夏涛是个部队出身的干部，四十二三岁，精明干练而又和蔼可亲。他工作作风扎实，注重调查研究，十分熟悉业务，连地质科技术员梁梦也自知唬不住他。作者写夏涛这个人物在小说中的几次出场，借鉴了我国优秀古典小说的艺术手法，处理得是颇具匠心的。如夏涛第一次出场，是在一〇一机长小邱夺了梁梦的钻孔布置图之后，以大队技术员梁梦为一方和以一〇一机组为一方的矛盾白热化的当口，与物探分队女技术员柳华一起，突然出现在一〇一的帐篷口的。这里写夏涛为解决矛盾而来，既突兀，又合理，使读者读到这里，在紧张中有舒一口气的轻松之感。夏涛这个人物耳聪目明、深入基层、心中有数，以及他不仅很会处理业务问题，还很善于做思想工作。所以写夏涛的第一次出场，就使得这个人物形象熠熠闪光。夏涛第二次出场，是在三六八大队书记马守田与组织科黄科长、技术员梁梦与欧阳舒"甩老K"输了牌，蹲下硕胖的身子钻桌子的时刻，"门开了，夏涛一身风尘走进来"。这一次，作者是有意把两位领导——书记与队长对比着来写的，这次写夏涛出场，表现了他考虑问题的慎重与周密，并写出了这一人物的极强的原则性与一心扑在工作上的精神。夏涛的第三次出场，是在梁梦独自一人跑到杏花潭钓鱼时。这一次，通过写夏涛会钓鱼而写出他的部分历史与他崇高的思想情操，以及他做工作的细心与耐心。第四次夏涛出场是在电话里，小邱从野猪岭搬来了电探组，到叫天岭搞电探找水，这件事是在未经大队马书记同意的情况下干的，一〇一机台及电探组的女将们为了抗旱找水，牺牲休息时间，不辞辛苦、满腔热情地工作着，但他们却得不到马书记支持。这时，他们是多么盼望夏队长到来呀！在人们还没有见到他面的时候，他从电话里送来了热情关怀与支持的声音。他来了，地质队员们十分高兴，读者读至此处也感到如释重负。这次夏涛的出场写得出奇制胜，并很好地表现了夏涛想群众所想、急群众所急及他与工人群众，与农民乡亲之间同呼吸共命运的亲密关系。

　　小说所塑造的马守田这个人物形象，也是极其真实、极其深刻的。马守田是个何等样的人呢？按照小说中所写的《地质报》作者纪哲的看法是："你说他无私吧，他很虚荣，乃至于向上级弄假；说他自私吧，他高兴了还真掏腰包——说他骄傲吧，他肯于对你侃侃而谈自己的毛病，还主动征求意见；说他虚心吧，却又常常压制群众的正确意见，甚至打击报复——说他圆滑嘛，他常常直言爽语，似乎心里对着嗓子眼；说他耿直嘛，有时又明显的表里不一……总之，这是一个令人很难下笔的既复杂又矛盾的人物形象。"这段话，把马守田这一人物形象的轮廓基本上勾勒出来了。当然，作品中的马守田，绝非这几句概括的语句所能说明的，小说通过具体描写，把马守田这一复杂而又矛盾的人物形象描绘得活灵活现，十分成功。马守田盲目追求钻探进尺，眼里只有上级意图，心中难装群众要求，他只喜欢接受颂扬，而不乐意听到批评，但在他的性格中，还有较为复杂的多重性方面。作者没有把他写成一个简单的否定性人物，他私心较重，缺点不少，但他身上也有很多可爱之处。他也出身于部队，原来曾是夏涛的上级，他具有革命军人的一些良好素质，他在一定程度上也能够认识错误与改正错误，他爱惜人才，有时也能够关心群众生活……总之，马守田是个有血有肉、真实可信的形象。

　　小说中着力刻画的另一个人物，就是女技术员梁梦。如果作个跛脚的比喻的话，梁梦应该是属于《红楼梦》中王熙凤一类的人物。梁梦长得漂亮，风度超逸，养花钓鱼，跳舞作诗，她都擅长。她心性高傲，胸襟窄狭，好虚荣，较浮夸，斤斤计较个人的利害得失，喜欢走上层路线，但却脱离群众。正因为她的这些缺点，造成了她曾贸然做出莲花峪有热矿水的错误结论，以及钻探上的重大浪费，甚至由于追求虚假的钻探进尺，布置一〇一机台原地打两个孔，还制造了一〇七机台"优质高产"假象。尽管她从学生时代到参加工作后，都曾红极一时，并得到个别领导的赏识，但后来却以衰落和失意而告终，最后她终于离开了地质战线，成了林冈市市长曹亦川的掌中玩物。虽然小说末尾点到她也入了党，并当了四清分团副团长，但这却并非预示着她的光明前途，而恰好说明了她的悲剧结局。当然，对于梁梦这个人物，作者也并不是以全盘否定的角度来着笔的，小说中也写出了梁梦追求进步、热爱党、热爱新社会、有理想、有志向、争强好胜、不肯服输等性格侧面。正像对其他几个人物的塑造一样，我们从梁梦这个形象的塑造中，也可以看出小说作者对复杂的现实生活的深刻、全面的认识与挖掘，和对现实生活中的真实人物性格的多侧面的剖析与理解。可以看出作者是以忠于生活真实，并运用辩证唯物主义观点分析现实生活，然后将作者的倾向与理想、作者的爱憎感情，灌注于真实生活与真实人物之中，从而创作出革命的、现实主义的文学作品来的。

小说还较为成功地塑造成了宁局长、余片、柳华、竺颖、欧阳舒、石大爷、兰子，以及蒋明武、潘昭民等一系列鲜明、生动的人物形象。通过对以上这些人物的思想与性格生动的描写，小说讴歌了地质战线上那些热情、豪迈、积极献身于人民建设事业的英雄人物的实干热忱与创造精神，并深刻地提示了个人主义和官僚主义对社会主义事业向前发展的巨大危害，使作品具有很强的思想意义。

二

小说《望婚崖》在艺术上也给我们提出了很多有益的启示。

首先，《望婚崖》并没有把人物的活动局限在机器与科技问题上面，因为那样写，人物的生活面就要小些，作品塑造人物的路子也要窄些。《望婚崖》在写到以邱铭为首的一〇一机台如何开钻、打孔，如何战胜钻探中所遇到的漏水问题与卵石层问题，以及如何研究改进钻头与钻机等技术问题时，作品展现的视野，并没有仅仅停留在钻机队员与钻机的关系上。小说既然要着力写人，那么作为操纵机器掌握科学技术的人，他们的思想、意志、性格、感情等，就可以通过写人与机器、人与科学技术的关系而得到表现。同时，人的全部活动，又并不仅仅限于人与机器、人与科技活动的关系上，还有着其他十分广阔的范围。《望婚崖》除去写一〇一钻井队、物探分队及三六八地质大队的科学技术活动外，还同时写了人与人之间复杂的与广阔的关系。如一〇一机组机长邱铭与副机长庆有、与技术员余征、与伙房大师傅老齐及其他队员之间的关系，以及一〇一机组与一〇七机组、与物探分队之间的关系；一〇一机组与三六八地质大队之间的关系；三六八大队领导马守田与夏涛之间，领导层的马、夏与地质科技术员梁梦、欧阳舒及与大队办公室蒋明武、司机潘昭民之间的关系；三六八大队与《地质报》记者纪哲及地质局宁局长的关系……以上这些还都是地质系统内部的人物关系，小说还写到地质部门与地方、与社会的关系，如三六八地质大队与林冈市，马守田、梁梦和市长曹亦川的关系；一〇一机台与叫天岭大队支书石大爷、兰子，红霞镇的支书来水、白须老人，以及公社和县的领导同志的关系等。作品除写到人物的多方面社会关系外，把人物的活动范围、活动内容也予以充分地展现，如从一〇一机组工地写到静萃山庄，从研究地质技术及开钻打孔写到种"流动菜地"，写到打扑克、养金鱼、吃犒劳、养花、钓鱼、游泳、作诗；写到青年们的恋爱问题；又从人物的现实生活写到人物的历史、出身、经历及其相互关系……这样，随着人物活动天地的广阔，人物的关系也就更加复杂，人物的性格、生活情趣、思想志趣也就充分地表现出来。同时，人物的横的（现实的）与纵的（历史的）线条也得以延伸与交织，这也就使得作品在写人的时候，从深度与广度方面都有了余地。《望婚崖》的创作告诉我们，写工业技术题材的作品，同样时刻不能忘记写人，而既然要写人，除去写好人与机器、人与科学技术，以及围绕机器与科技问题中的人与人的关系外，作者还要在作品（特别是长篇）中千方百计地给人物以必要的更为广泛的活动天地，使人物的思想、志趣、性格、情操等方面的内容得以充分地表现出来，从而使人物形象更突出、更鲜明、更丰满。

　　其次，是关于文学作品中科学技术活动的描写问题。写工业技术题材离不开写科学技术方面的内容，这是因为，人物的思想、性格、情感等，必须通过他们的贯穿性行为与活动才能表现出来。而正面地写工业（及科技）战线生活的作品，其中的人物活动不能不主要地是围绕着机器设备与科学技术问题而展开。所以，如何写科学技术活动的问题，是写好工业技术题材作品的关键。《望婚崖》在这个问题上是解决得较好的，例如小说写到一〇一机台在叫天岭钻孔遇上卵石层，塌了孔，崴了钻，要解决这一技术困难，主要矛盾在钻头上，钻井队员小李说："如果能把现在用的合金硬度再提高两度，当然好多了，进尺也会快得多，可实际上，咱们这次用的合金是最硬的了，又采用了厚壁钻头体，密集嵌焊，解数差不多使到家了。"这里写的是一个技术性很强的问题，一般读者是似懂非懂的。但这时作者写了炊事员老齐的一段话："我琢磨着一件事，焖小米豆干饭，得先下小豆后下小米，因为小豆硬，小米软，只要小豆煮烂了，小米不成问题。"队员小陈受到启发，说："咱们前一段是不分姑娘媳妇，全叫大嫂子！""从习惯上讲，打松散层用合金钻进，打坚硬基岩用钢砂钻进，这个卵石层，从结构上看是松层，但从成分和硬度上看，又都和坚硬岩差不多。因此我提议：咱们改用钢砂钻进！"这样，"硬的能对付，软的也就不在话下了。"这里写的技术问题，因为用了"焖小米豆干饭"的比喻，读者就感到很好理解了，而作者在此又并非单纯为了讲清技术问题，作者着意在写人——连炊事员也在动脑筋，想办法，由于群策群力，一〇一机台找到了克服困难的途径。

由于作者在写技术问题时，紧紧抓住写人的原则，所以人物从来不为技术问题所淹没。如一〇一钻孔塌孔埋钻之后，小邱等人设法提出钻杆，继续开钻，而大队书记马守田这时却派蒋明武来下后撤令，外号叫"半条命"的负责拉水的司机潘昭民又从中作梗，"老半"消极怠工，心想："你邱机长不是能吗？我看你有什么咒念！嘿嘿！你就是把全村的人都叫来'拔河'，也拔不出那硬邦邦的钻杆来……"这时，他发现小邱昏倒并摔伤在井口上，人们纷乱地呼叫着，"小邱'哼'了一声，艰难地撩开眼皮。当他的目光落在钻杆上时，突然一撑身站起来，喊道：'快，钻具松动了，快提钻！'他向前跨一步，伸手去抓刹把，但是一摇晃，再次昏倒了。"在这些文字里，人物的行为动作、思想面貌、人物之间的关系，都是通过技术问题而得到表现的。有时候，通过写技术问题，还能够表现出人物的职业、身份与浓厚的生活情趣。比如在写到地质队物探分队柳华和竺颖她们想叫迷上了"电探"的叫天岭大队支书石大爷的女儿兰子跟她们走，又怕石大爷不放时，"老支书听见了接道：'放不放，她的心思也跟你们走了，这两天，常跟我叨叨什么电猪、电驴的——迷上你们那电探啦！''爹！'兰子羞涩地斜了石大爷一眼，'谁跟你说电猪、电驴了？我说的是电阻和电阻率……'"，这段十分风趣的对话，分明是在写人物、写生活，但实际上又写了科学技术活动内容。

写工业题材与写科技战线的作品，是不该完全躲避科技问题的，但文学作品既然要写人，那么对于不得不写到的科技问题，而读者又感到生涩、难解时，用简略的笔墨，做一番必要的通俗的解释，是应该允许的。如小说在写到"电探"问题时，作者只用了六十多个字对"电探"做了一番深入浅出的说明，然后接着去写人物的活动，这就使读者不至感到隔阂，作品读起来也很顺畅，不失兴味。同时，《望婚崖》在写到科学技术问题时，由于尽量写得有韵味，有情趣，所以并不给人以生疏、费解之感，也使作品的生活气息毫无减弱，甚至成为作品中必不可少的生活内容的一部分，化为作品中的有机的血肉。

过去文学作品中描写科学技术内容之所以成为问题，和作者的生活基础有很大关系。有的作者，原来不熟悉工业（或科技）战线的生活，而为了写这方面题材的作品，作者去体验生活时又浮光掠影，所以写出来的作品，对于人物与科技活动的关系，不是写得不协调，就是对于人物从事科技活动的意义在总体上或在局部环节、细节上理解不深，因此不得不堆砌一些科学技术的名词术语，来掩饰自己生活上的不足，或者借此作为自己已经"十分熟悉"生活的证据而"唬人"。还有由于作者刚刚弄懂一些科技问题的意义，因此不得不做一番讲义式的解释，这就产生了令读者茫然不解或意味索然之感。小说《望婚崖》之所以没有这种情况，是因为作者对他所写的生活极为熟悉，奚青本人就是个水文地质工程师，又长期在地质战线上工作与生活，所以他对于他笔下的人物与科技活动的关系，以及每项技术内容的意义是非常清楚、熟悉的，加之他的文学素养之深厚与艺术功力之扎实，所以在他的作品中绝无卖弄科技知识之嫌，也无洋洋洒洒大段论述科技活动之弊，而这正是一些同类题材作品中所常见的毛病。

三

小说《望婚崖》的写作，表现出作者的艺术才华。无论是塑造人物，还是叙事、写景、议论、抒情，作者在文字上都能放能收、当放则放、当收则收，放则汪洋恣肆、流水行云、淋漓尽致，收则提纲挈领、紧扣主题、不离中心。这说明，小说作者的生活库藏是丰富、充实的，审美观点是正确、清晰的，艺术手法是多样、灵活的。《望婚崖》中，有不少十分精彩的笔墨，如"记者来访"一节，就写得出神入化，情节发展既出人意料又尽在情理之中，作者细针密线、雕镂精工而又不留痕迹，故事跌宕突兀而又自然流畅。小说写《地质报》记者纪哲到一〇一机台采访，赶上大队书记马守田前来与工人一道欢度"五一"。记者去见他，在他的帐篷里没有找到他，在路经伙房附近时，被里头的一位老师傅叫住了，这位老师傅是谁呢？是一〇一机台炊事员老齐呢，还是书中前面交代过的马书记从大队调来和老齐一道来熘炒烹炸的老炊事员呢？作者埋下伏笔，却未加说明，这种安排是十分巧妙的。这位老师傅热情爽朗，谈笑风生，边做菜边向记者介绍情况，写得烘云托月、迷离惝恍、意味无穷。这段文字写记者初遇马书记，很有奇趣。然而更可贵的是，作者写到这里，并没有见好就收、胜即罢兵，而是连出奇兵、连战连胜。接下来写记者去找邱铭。路上遇到个逮鸟的小伙子，记者与他攀谈，向他打听邱铭的情况，邱铭却"顾左右而言他"，这次记者路遇邱铭之"奇"，又不同于初遇马守田之"奇"。这次是记者不知此人即邱铭，但读者是知道的。所以记者越是不知，越是追问，小邱越是躲闪，而读者处于"旁观者清"的地位，就越感到有趣。而前面写记者伙房初遇马守田，则不仅记者不知，连读者也蒙在鼓里。后"奇"不蹈前"奇"之辙，奇而又奇，这种写法，不仅颇有喜剧味道，而且还具有"曲径通幽"之妙，所以当邱铭突然一拍纪哲的肩膀说："你呀，上了当啦！"读者读至此处也禁不住拍案叫绝。同时在这一节里，作者还形象生动地描写了马守田颇通烹调之术，小邱很懂逮鸟之道，这就又十分自然地写出了人物性格的多面性与生活内容的丰富性，从而使这段文字成为一石数鸟、一箭多雕之笔。

小说中的爱情描写，也是很值得称道的。几对青年人的爱情生活，各有各的特色，读来令人感到兴味无穷。作者在写爱情时，也是着力从生活的纷繁复杂性与人物的个性特点方面下笔的。文静、深沉的柳华与热情、诚挚的余征的爱情，不同于直率、泼辣的竺颖与胆小、多虑的欧阳舒的爱情；而邱铭与农村姑娘兰子的爱情，则格外具有一种淳朴、真切的色调；至于别有心术、孤芳自赏的梁梦的爱情道路与见异思迁、水性杨花的化验员小关的爱情周折，以及蒋明武的玩世不恭与潘昭民的低级趣味的所谓"爱情"追求，也都是紧紧围绕着人物的不同性格、不同志趣与不同身份而展现的。特别值得提出的是，在关于爱情问题的具体描写上，对于人物的语言与行动、感情与心理，笔墨可谓是深刻细腻、淋漓尽致的。由于作者的审美情趣是高尚的，所以作品的格调也是纯正的，绝不像某些"时髦"的爱情题材作品那样，看来似乎是"解放思想"的，其实是由于作者并未深入与洞察青年恋人的心灵世界，而且缺乏透辟的理解与分析，所以笔端少有真情实感，只好靠一些生编硬造的想当然的"你追我跑、你藏我找、蹦蹦跳跳、搂搂抱抱"之类的新公式化的浅薄浮表的，甚至是寻求刺激、污染耳目的描写来充塞作品，结果不仅使作品的思想意义难于深刻，也还使作品的审美价值大大减低。而在《望婚崖》中，即使是对一些不正确的爱情描写，也能够给人以健康向上的美感享受，这说明，作者具有高尚的审美情趣，所以能够驾驭不同类型（无论是值得歌颂的崇高爱情还是值得批判的不正确的爱情）的爱情题材。这比之在文艺作品中关于爱情问题的描写上所出现的某种社会效果不够好、某种带有资产阶级自由化倾向的作品来，尤为见出其难能可贵！

小说还善于运用寓意深刻和哲理性强的语言，通过人物的所见、所感，表达对生活的理解与认识。有许多叙事、抒情、议论三者融而为一的笔墨，以及幽默、俏皮的文字，甚至以有韵的散文诗抒发人物（有时其实就是作者）的激情之处，都写得恰到好处。小说中还有些地方写得含而不露，使人产生联想，而不是把话说尽、一览无余，这就使读者有咀嚼、回味的余地。如写关于梁梦与林冈市市长曹亦川的关系，情形就是如此。

　　如果说用"比较文学"的方法来研究文学创作是一种新途径的话，那么我以为用"比较描写"的方法也是进行文学研究且早已并非罕见。如《红楼梦》中写贾宝玉与甄宝玉，写林黛玉与薛宝钗，写尤二姐与尤三姐，写探春与迎春……或则对比，或则并列，其实目的就是在于突现其同异的"比较描写"的艺术手法。《望婚崖》中也采用了这种写作方法，如写马守田与夏涛，写梁梦与柳华，写欧阳舒与竺颖、写兰子与小关……就都是以两两对比的描写，来进行人物的塑造的。这种所谓"比较描写"的方法，作者有时是无意识地应用的，有时则是比较自觉地运用的，这对于凸显人物形象，提示人物灵魂，强化艺术效果，在创作中无疑是很有用也很有效的。

　　《望婚崖》并不是一部尽美尽善的作品，其中所塑造的人物，有的还有一点儿概念化之嫌。在故事的脉络上，横断面展开是充分的，而纵的线条则显得不足，有的人物的历史交代笔墨欠精练，而现实的社会联系则又觉含糊。在写出现实生活的复杂性与人物性格的多重性的同时，也还有不够协调、不够统一的地方。然而，瑕不掩瑜，作为一部描写地质战线题材的不可多得的作品来说，《望婚崖》保持了作者的前一部姐妹篇作品《朱蕾》的特色，在思想与艺术上又有了新的发展，这在我们近几年来的长篇创作方面，无疑是个可喜的新收获。

1981 年

民族风格、现代意识及其他

——长篇小说《韩猛子传奇》漫议

一

中华民族的英雄人物，特别是叱咤风云的战场上的英雄人物，大都有着中华民族传统精神一身正气。这种正气，也是一种美德，说的是一个英雄人物，他是人，但又有着不同于一般人的意志、魄力、勇敢、智慧；"无情未必真豪杰"，英雄人物也有情，但又并非那种浑浑噩噩、庸庸碌碌、卿卿我我、儿女情长之情，他的深挚情感与他作为一个人，同时也作为一个英雄是一致的。写英雄人物，不能为了强调所谓纯粹的"人性"，就把一个英雄人物硬往完全悖逆英雄性格的饮食男女生理本能方面拉，从而把英雄人物写成一个性格分裂症患者，或人为地给英雄人物的行为方面，洒一点儿迎合一般读者的所谓"人情味"的爱情或者性爱的"胡椒面"，这表面看来似乎重视了或加强了英雄人物的人性与人情的描写，实际上是曲解了人性与人情的丰富性、复杂性的内涵，因而失去了准确性与真实性，背离了在一定历史时期与特定社会生活环境中英雄人物性格的自身发展逻辑。时下我们的一些作品，在强调与重视揭示人物性格的复杂性的同时，把正面的、反面的、英雄的、普通的人物都写成正、反、好、坏参半，英雄人物当然也成了"一半是英雄，一半是罪犯"，这种以"人物性格的二重性"的简单公式去写人物，与过去那种"完美无缺"或"好人就是完全的好，坏人就是完全的坏"的人物性格的"一重性"写法一样，都是一种教条，一种公式，都是把人物性格的丰富性与复杂性给予了简单化与庸俗化的理解，只不过它们是各执一端的两极而已。

二

长篇小说《韩猛子传奇》中的韩猛子，作为一个英雄人物，他没有被写得简单化。韩猛子既是英雄，又是人，他是英雄而非神化了的"高大全"式的先知先觉的英雄，是人又非庸人与俗人，他有强烈的爱憎之情。作品中写韩猛子对黄松山的调走，对二黑的失踪，对小豹子（狗）之死，对李吉的犯错误送军法处，以及关于对刘智之死的感受，都是催人泪下的。李吉等三人被他送上军法处，他自己爬到山尖上，"伏在青石板上呼哧呼哧哭了起来"。这是成长起来的英雄，是我军指挥员的英雄性格、原则性与有血有肉、有情有义的人性的统一。

　　韩猛子一听说刘智牺牲了，不由得"眼前一黑"，当他得知刘智的尸体"没抢出来"时，他愤愤地骂了他的政委："你混蛋!"话一出口，他又后悔了，"原谅我吧，我气昏了头。"刘智死了，韩猛子和政委都吃不下饭，看到刘智的遗物，韩猛子睹物思人，"心房在激烈震颤，热血在沸腾，呼吸突然急促起来，真想一下把包袱抱到怀里，紧贴在心口上"。但当他看到政委心里难受得又想哭时，他却强打精神，安慰战友："想开点吧。人死不能复活，哀伤过度，会伤了身子的。"但韩猛子自己终于"鼻子一酸，抑制了半天的泪水再也憋不住了，像山泉般地涌了出来"。而当他看见郭生好、刘虎、李二黑"放声大哭起来"的时候，他却大喝一声："号甚哩? 哭能救活刘智? 你们想叫战士跟着哭吗?"郭生好他们的哭声戛然而止了，韩猛子反倒于心不忍了："原谅我吧，我太不冷静了。"请看，这是何等的深挚之情啊!

　　韩猛子看到在刘智的遗物中，有和刘智相爱的黑妮给刘智的信，信中黑妮说她想要一支枪，想要一块做旗的红布和黄丝线。韩猛子准备了三十支枪、一匹红布和一些黄丝线，他要替刘智偿还黑妮的人情债。但当他得知黑妮也在与敌人的面对面的搏斗中被杀害了时，他要为刘智和黑妮进行合葬，他不怕"要金子要银子"，也要为刘智买一口质量好的棺材，棺材里装上那一匹红布，以及刘智的遗物，埋葬在黑妮的孤坟旁边，他手捧刘智留下的刀和枪，脱帽站在坟前，忘记了时间，迟迟不肯离去。这是多么深挚的情感，多么富有人情味啊! 然而这又和一个英雄、一个团长的性格完全一致。英雄和首长，既不是不食人间烟火的神，也不是不哭不笑的超人，但他的性格与感情的诸多方面，又不像现在的某些作品所写的那样，是与人物的英雄性格相悖逆、相游离的那种所谓"人性"的、"人情味"的东西。

韩猛子不是那种"高大全"式的英雄，也不是那种"一半是英雄，一半是魔鬼"式的英雄，那是在特定的历史时期抗日战争时期的、出身于剥削阶级家庭的、具有深挚的爱国主义激情的革命的民族英雄，这是一个有着定性的、复杂而又有定向的、形象鲜明和性格真实的英雄。

当然，作者在有意识地写好活的、真实的韩猛子时，并非处处都是成功的，关于韩猛子的婚姻与家庭关系的描写，我以为还显得简单化，还有点儿不能令人信服。

作品有的地方写得笔墨简约、点到而已，恰到好处，留给读者想象的余地。如小说里在日军中工作的王翻译，关于他的身世、身份书中都未做详细交代与清晰的描写，但作者很懂得并能够调动与掌握读者的心理，所以他笔下对这个人物既写得模糊、含蓄，但又有一个定向性的启示，给读者在阅读中进行自己的补充、思索（或曰"再创作"）留下了很大的余地。

三

《韩猛子传奇》的确是中国的传统式的传奇性作品，但它又不像有些传奇作品那样在手法上落入俗套。作品不仅有对韩猛子的刻画、描写，还有对黄松山、刘智、李吉、二黑、刘虎等我军指战员的描写，以及对群众周林山、对农村姑娘黑妮的描写，都不是像有些旧传奇作品那样公式化、简单化的。黄松山沉着冷静、胸有成竹、善于做群众工作与思想工作，对同志对群众有高度原则性与宽仁厚爱，因而博得部队官兵真挚、深厚的兄弟式的热爱；刘智的英勇、机智与爱整洁、爱打扮甚至搽脂抹粉的行为、个性等，无不如此。即使写敌人，如写日军驻守温泉镇的中队长秋野，也没有把他写得简单化和脸谱化。秋野是个"想建功立业、加官晋级的"日本军官，但作品又写了他"当一天和尚撞一天钟，有时明知八路军从眼皮子底下过，也不闻不问。他不为同类死亡而伤心，不为自己成了木偶而感到羞耻，只为自己保住了这小镇而庆幸"。他把上司吹嘘"一个月占领中国"看成神话，一点儿都不相信……这就写出了敌方人物的具体个性与复杂性。还有写汉奸女子周洁梅也一样，她追求理想的爱情与性爱的满足，但又并非轻狂浮浪，她工于心计，可以说有手段、有见识、有才干，她爱韩猛子，但她恨共产党，所以她与韩猛子终于是两股道上跑的车，走上了不同的道路，这又写出了爱情问题所具有的复杂的社会性因素。她的政治倾向使她终于走上了当汉奸的可耻结局，这就又表现了形成一个人的人生道路的复杂性与必然性。这种写法，绝非那些一味丑化或概念化、脸谱化的写作手法的作品可比。

四

人物的鲜明性，故事的清晰性，情节的连贯性，细节的牵连、照应，语言的凝练、明畅，都是我国民族化的传统传奇小说的精华。人物性格鲜明而不简单化，故事脉络清晰而不程式化，这又贯串着作者创作中的现代意识与新的观念。

一说到现代意识与文艺创作中的新观念，有人就想到作品思想内容的非理性，故事情节的模糊性，人物性格的无定性，主题、细节、倾向、情感的淡化与泛化等，其实这不是文艺创作中的现代意识与新观念的实质，而是生吞活剥、食"洋"不化的一种表现。

民族传统的传奇性更多地注意于故事情节的逻辑发展与行为动作的外在描写，《韩猛子传奇》的作者在追求现代意识的同时，也注意到对旧传奇小说中人物的思想性格的一重性、单一性的突破，而不是把注意力集中到人物的心理活动，以及潜意识活动的揭示。我国传统文学向来注意以形写神，以动作及外在形态来表现人物的内心世界，这一特点应该保持与发扬。因为并非只有应用"意识流"手法或以大量篇幅直接写人物的意识与潜意识活动，才能表现出人物的精神状态与内心世界，关键还在于作家对于人物的精神与心灵世界的把握，如果把握得准确，那么，用以形写神、以行为动作及外在形态来揭示人物的精神状态、内心世界的方法，就未必比硬性模仿西方现代派文学的直接揭示人物心态的方法差。当然，传统的方法确有不足，文艺创作的方法本来也应该丰富、多样，所以吸收、融合一些西方现代派文学的表现手法，以发展、丰富传统的传奇文学的表现力，也是应该的。作家的创作思想与艺术手法都不能封闭、凝固，而应开放与发展，但任何开放与发展都是在民族传统的基础上进行的，而那种搞民族虚无主义、"彻底"否定传统、全盘西化、一切从头做起的主张是错误的，也是行不通的。

当然，《韩猛子传奇》在突破旧有的传奇文学的创作模式方面，虽然取得了一定的成功，但也还有未臻成熟的地方。如关于韩猛子的婚姻家庭的描写，以及关于周洁梅的性格刻画等，都还缺乏用现代意识做进一步的观照。

五

《韩猛子传奇》作为小说，它又不同于一般的小说作品。通常理解的小说，从人物到故事几乎都是虚构的，有的虽然有明显的生活原型，但作品中的故事、情节、人物已与所据的生活原型不存在必然的、外在的联系了。这是小说不同于传记文学的地方。传记文学要求尊重历史事实，主要事件、人物原则上不能虚构。而《韩猛子传奇》是有生活原型做根据的，它的内容是真真假假、虚虚实实，有传记文学的特点但又不全是传记文学的写法，有小说创作的特点但又不同于一般意义上的小说作品。我不认为作品这样写是不可以的，张辛欣的《北京人》系列、邢卓的《祭日》，以及其他新兴形式如"纪实小说"之类，都在社会上产生了一定的影响，但这终究还是创作方面正在尝试的问题。因此也还是一个需要进一步讨论的问题。我认为，要么是传记文学，要么是纪实小说，要么是一般意义的小说。是传记文学或纪实小说，在主要人物和重要事件方面，原则上不允许虚构，当然可以有充分的想象补充和部分虚构之处，而且，当然还应该有很强的文学性；若是一般意义上的小说作品，生活原型中的人物与事件只能作为创作中的素材。现在的《韩猛子传奇》却很特别，它是小说又未能很好地脱离生活原型中的人物与事件，是传记文学又没有完全遵循传记文学的写法。"韩猛子"所据的人物原型名叫韩增丰，而韩增丰确实有"韩猛子"这个绰号，作品中没有点明"韩猛子"就是韩增丰，生活原型的韩增丰的籍贯是平山县湾子村，在作品中变成了平山县沿河村，但还是没有离开平山县，这就不能不有点儿麻烦。真实的韩增丰与作品中的韩猛子牺牲都在1943年，但地点又从宋营村变成了宋村，这种明显的从历史事实到作品叙述的蛛丝马迹的存在，说明作者舍不得放弃历史生活中真的韩猛子的影响，也就是说作者想要利用一个真的"韩猛子"即韩增丰在抗日战争历史中与在平山一带地区群众中的影响，而又不愿意受真实的韩增丰的真人真事的束缚，以限制自己创作才情的发挥。这样就产生了现在的《韩猛子传奇》，作品的这种写法当然会有争议，有争议并不要紧，现在有一种文学形式叫作"报告小说"，是小说而又是报告，可见也是真真假假、虚虚实实的，这样《韩猛子传奇》当然也可以叫作"传记小说"，是传记也是小说。站在平山地区的立场看，写韩猛子而又不完全是韩增丰这个"韩猛子"，可能会有人反对；站在一般读者的立场看，写小说而又离不开生活原型的人物、事件，可能也会有人摇头。在这种争议中，我以为，如果作品中的主人公韩猛子，作为艺术典型形象是真实可信的，是生动感人的，而且与生活原型中的韩猛子的主要经历与性格品质是统一的，其他人物塑造也能既具有艺术的真实性，还基本上符合特定历史环境下的生活真实性，也就是作品中的主要人物、事件与生活原型中的主要人物、事件可以统一起来，既具有艺术的真实性又具有生活的真实性，既具有历史的可信性又具有现实的思辨性，那么，这部作品当然就可以是成功的。但是在一般情况下的，这一点是难于达到的。"报告小说"也好，"传记小说"也好，这在创作实践中尚属一种探索，在理论上当然也难于马上下定论，我相信创作实践的发展当会做出结论。

《韩猛子传奇》作为一部探索过程中的作品，自当有其一定的文学价值。

莫以成败论英雄

——长篇历史小说《夏王窦建德》代序

一

"胜者王侯败者贼",这在历史上的社会动乱与王朝更替中,只是个无奈的事实,并非确凿的真理。因为在政治斗争中,胜与败受到多种因素的制约,因而是个十分复杂的问题,而战术上的成功与失败往往的确"乃兵家之常事",功败垂成的事在历史上也是屡见不鲜的。因而,客观公正的史学家从不简单地以成败臧否人物、论定英雄。因为一般地讲,成功与失败虽然都有其必然的规律,但也常常包含了偶然性的因素,所以成功者未必都是英雄,失败者未必不是豪杰,特别是失败者绝非必定是"贼寇"。

窦建德者,一代英豪也,即使御用史家以"胜者王侯败者贼"的标准将窦建德目之为"贼"(《新唐书·窦建德传》:"秦王……进据虎牢……设伏道侧,独以数骑,去贼营三里,觉贼出……卒起奋击贼……"将李世民与窦建德之战说成是"王"与

"贼"之战），但对窦建德一生的义烈豪强、恢宏气量、英雄壮举，则终是无法掩盖、无法改易的。

窦建德是中国历史上著名的农民起义军领袖，在隋末的大起义、大动乱中，是取得了很大成功的一位。由于隋炀帝杨广的荒淫无道，天下人心思变，不仅朝廷内部众叛亲离、阴谋迭起，生活在水深火热的底层劳苦大众，更是揭竿而起，全国各地的农民起义风起云涌，其中有名的就有山东邹平的王薄，济南的孟让，章丘的杜伏威、辅公祐，曲阜的徐圆朗，德县的刘霸道、李德逸，清河的张金称，随后又有茌平的韩进洛，曹县的孟海公，益都的郭方预，阳信的孙宣雅，德县的郝孝德，长清的卢明月（原籍河北涿郡）；河北景县的高士达，漳南的孙安祖，河间的格谦，易州的王须拔、魏刀儿，邯郸的杨公卿，卢龙的杨仲绪；山西高平的司马长安，离石的刘苗王，绛郡的敬盘陀、柴保昌，雁门的翟松柏；宁夏灵武的白瑜娑；浙江余杭的刘元进，金华的李三儿、向但子；江西鄱阳的操师乞、林士弘；安徽亳县的朱粲，淮南的张起绪；河南滑县的翟让（瓦岗军初期领袖），开封的韩相国，汲县的王德仁，江苏吴郡的朱燮，晋陵的管崇，下邳的苗海潮；广东高要的陈贞，封川的梁慧尚；陕西扶风的向海明、唐弼，延安的刘迦伦，大荔的孙华……窦建德因家属遭隋朝官吏杀害，率众投奔高士达，后高士达战死，窦建德收集残部，重建义军，被推为领袖。当时全国各地先后起事的义军，有的被朝廷剿灭，有的在互相火并中消亡，有的投奔了朝廷的叛军，有的则与朝廷叛军溃败后的将领联合、结手。隋末叛军对隋王朝打击最大、对义军影响也是最大的，当属隋朝大贵族杨玄感的起义。杨玄感是隋朝首辅大臣、上柱国、尚书令、司徒、楚国公杨素之子，初为大将军、柱国，父死，袭楚国公、迁礼部尚书。隋大业九年（613 年），炀帝第二次发兵侵高丽，他受命驻黎阳（今河南浚县）监督粮运。由于杨广穷奢极欲、横征暴敛、穷兵黩武、好大喜功，营建工程浩大的洛阳东宫，开凿五千余里的南北大运河供其游幸享乐，几次广征兵勇讨伐高丽，弄得人民疾苦异常，民怨沸腾，引发出广泛的农民大起义。杨玄感看到朝廷内部的分化及隋王朝的惨淡前途，又无力阻止杨广的倒行逆施，在农民大起义的感召下，他于公元 613 年起兵反隋。杨玄感的叛变，不仅促使了农民大起义的进一步发动，也对朝廷内部的分化势力产生了鼓舞，因而对隋王朝的威胁很大。虽然杨玄感的叛变终于被朝廷击败，但农民大起义与地方武装割据，也注定了隋王朝灭亡的命运。杨玄感败后，部下的很多人投入农民起义军，这也进一步壮大了农民起义军的力量。

隋朝灭亡前夕，在众多的农民起义军中，发展最快、规模最大的有三支。一是起事于山东章丘，后转战于江淮一带的杜伏威、辅公祏部；一是初以翟让为首领，后以杨玄感叛军失败后来投的世宦出身的李密为首领的瓦岗军；再就是活跃于河北地区、在乐寿建国称王的窦建德部。南方的杜、辅部公元 618 年接受隋越王杨侗封赠，随后又降唐。而李密窃据瓦岗军领导地位后，许多地方官和附近小股义军前来归附，势力大增，但他用阴谋手段杀害翟让后，多用隋朝降官，又向越王杨侗称臣，其农民义军性质已被改变，后又被王世充击败，李密率残部降唐，最后又因叛唐被杀。而窦建德的义军却完全不同。窦建德是地道的农民出身，他因深切了解广大农民的疾苦并亲尝了隋朝官府的欺压迫害，才走上了起义反抗的道路。在他身上，体现出许多底层劳苦大众的优良品德，如淳朴善良、正直诚实，富有正义感，对苦难大众有无限同情心，济困扶危，对官府的盘剥压迫勇于反抗，遇事敢作敢当。而他之所以成为义军领袖并取得很大发展，则又因为他所具有的宽广胸怀与侠肝义胆，以及他的坚毅性格与超常智识，当然还与他自幼随父习武、功夫在身、体格强健等基本条件有关。反之，他没有一般农民身上常见的狭隘与偏私、固执与短视，这使他作为一个农民义军领袖，能够不断学习政治、军事知识，增长才干；能够团结其他义军首领，虚心听取各种意见，做出正确决策；能够真正关心士卒与劳苦大众，得到部下的爱戴与人民的拥护；能够选择使用旧时官吏与其他投诚、俘获人员。这些，都是他高出其他农民义军领袖的地方。他所率领的义军在消灭了鸩杀隋炀帝杨广又自立为帝的宇文化吉之后，势力发展到足以与据守隋东都洛阳、击败瓦岗军，随后又废弃隋朝国号、自立为帝的王世充，以及世宦出身、隋朝臣子、据守太原，在隋王朝土崩瓦解中反隋自立、攻入长安、建国号唐的李渊等相抗衡的有望统一全国的力量之一。但是，作为农民出身的义军领袖，窦建德毕竟有他阶级的与历史的局限性。他出于对隋王朝压迫与奴役广大农民的反抗，在风起云涌的农民大起义的浪潮中投入义军并成为义军领袖，但他的行为并没有一个远大的、明确的目标，也就是说他当初并没有"野心"要彻底推翻隋王朝，统一全中国，建立新政权。另外，随着起义军的节节胜利、发展壮大，他的身上也滋长了骄傲情绪，谦虚谨慎精神减少了，刚愎自用的毛病增长了，听不进逆耳忠言了，容易受投机者的蒙蔽了，是非、忠奸的明辨力不强了。于是乎他听信谗言杀了勇冠三军的大将王伏宝及直言敢谏的忠臣宋正本。祭酒凌敬的几可定国得天下的妙计上策，虽有其妻曹氏的赞同与谏争，亦终不获纳，这样，他的最终的失败就既必然又突然地来临了。由于他以无谓的"信义"亲率大军赴洛阳救援王世充，在虎牢关下与唐秦王李世民相持日久，又不听忠言、受人蒙蔽，终于中计负伤被擒，被唐军押至长安斩首，轰轰烈烈的夏王义军便一朝土崩瓦解了。

窦建德虽然失败了，但在隋末农民大起义的队伍中，他却应该算是最大的成功者。没有其他哪支义军像他那样，在不断发展壮大中，从始至终保持自己的独立性。他既没有像李密的瓦岗军和江淮的杜伏威、辅公祏部那样，曾向隋炀帝被杀前后的杨姓王族称臣，并最后投降李唐接受封赠，也没有像鄱阳林士弘部那样最终被迫降唐。窦建德受伤被俘，直至被杀害于长安，始终威武不屈、视死如归，显示出一位真正的农民义军领袖的英雄本色。窦建德虽然失败了，但窦建德的历史地位，却远在隋末农民大起义的其他义军之上。在《旧唐书》中，他被列在"列传·后妃"之后的第三位，前面的两位是李密和王世充，远在"列传·宗室"诸王之前。在《新唐书》中，他也被列在"列传·后妃、宗室诸王、诸太子、诸公主"之后的李密、王世充之后。但李密与王世充皆隋世宦与旧臣中的野心家，与农民出身的义军领袖窦建德非属同类人物，由此亦可见史家对窦建德的历史地位之肯定。

二

窦建德不愧是中国历史上一位著名的农民起义军领袖，是一位杰出的英雄人物。他的事迹与功业，千秋传颂，青史留名。对于这样一位历史人物，很值得今人进行研究、探讨，特别是以历史主义的眼光，认识和阐释他的成功道路与经验，以及他的失败与教训，这应该说是一个具有特别重要意义的课题。因为历代的农民起义领袖，由于具体历史条件和个人品性素质的不同，都各有其共性之外的特殊的未被认识或未引起重视的历史事实及其思想内涵，窦建德的情况尤其如此。以史为鉴，对窦建德这一历史人物进行新的深入认识、评价、总结与反思，对于我们今天的政治、社会现实来说，是具有一定的思想价值与教育意义的。窦建德的事迹，过去虽然在《隋唐演义》《说唐传》中有所涉及，但不仅过于简略，也带有一定偏见，特别是由于创作者的历史局限性，对历史事件与历史人物的表述与文学性的再创造，缺乏历史主义的分析、认识，所以令人感到遗憾。

我国的历史传奇说部很多，关于历史人物的传奇作品也为数不少，可是描写窦建德生平事迹的传记文学或传奇作品，在窦建德死后至今近 1400 年来却没有一部，这个中缘故，颇耐人寻味。一则，窦建德不是最终的胜利者，对于成为正统的李氏大唐来说，窦建德当然只是一个失败者，这就应了"胜者王侯败者贼"这句话，在一代代更迭、传承的封建王朝的统治下，有谁会去给一个农民起义军首领，即统治者眼中的"反贼"去树碑立传？二则，窦建德在世的隋朝末年以后，又经历了唐、宋、元、明、清等若干个朝代，至今毕竟年代较为湮远了，比起历代的无数农民大起义来说，窦建德的功业或许就并不那么突出，特别是和距今年代较近的如明末农民大起义领袖张献忠、李自成，清末太平天国运动领袖洪秀全、杨秀清，小刀会起义领袖刘丽川、周立春，捻军起义领袖苏天福、张洛行，义和团运动领袖赵三多、阎书勤，联庄会领袖景廷宾等相比，他几乎快被人们遗忘了。但历史的长河奔涌向前、大浪淘沙，任何有意义的事件和有价值的人物，都如披沙拣金般被积淀、被保存下来，历史就是由这些正面的和反面的有意义的事件和有价值的人物构筑而成的长链，对于继续构筑着历史链环的今天和明天来说，以往任何一个环节对于此后环节的意义、价值都不会消失，更不应被淡忘。事实上，窦建德不仅在历史上有其一定的地位，而且其对历史发展的意义、价值，随着今人的重新认识与发掘，其被长期掩蔽与忽略了的东西今日会放射出更加特殊的、耀眼的光芒。同时，在民间，特别是在窦建德的家乡河北衡水一带，他不仅从来不是"贼"，相反，他一直是这一带人民心目中的"神"，民众为他修建庙宇，千百年来一直供奉着他。

现在，终于有一部描写窦建德一生事迹、功业的文学作品产生出来，这就是刘宏勋先生的长篇小说《夏王窦建德》，它弥补了中国文学史，特别是中国历史小说创作的缺憾。

三

长篇小说《夏王窦建德》基本上采用了传统章回小说的表现形式，故事脉络清晰分明，情节演绎顺畅有致，细节穿插妥帖缜密，语言文字生动活泼，可读性较强。

作为历史题材的文学作品，在历史事实与文学艺术创作规律二者之间的关系问题上，究竟应该如何掌握与处置，这在理论与创作实践两方面，至今都是众说纷纭，莫衷一是。有人认为，既然是历史小说，就应以历史事实为根据，而不能无视历史事实，或离开历史事实太远，搞那种无中生有的编造成"戏说"；又有人说，历史小说也是小说，是文学创造，历史内容只是被作家所选取的题材，作家可以对他选取的题材进行艺术的加工、改造和进行大胆的艺术想象与艺术再创造，不必拘泥于历史事实的局限。这种争论，其实还是以往常说的再现与表现的问题。再现是对生活现象（无论是历史的还是现实的）本真面貌的描摹，表现是创作主体利用或选取某一题材表现自己的某种观念、思想、感情、情绪。过去一些人习惯于把这两种创作方法绝对化，认为再现与表现水火不能相容，但古今中外文学创作实践的情况却复杂多变、纷纭万状。不错，的确有种以再现为主要创作方法的文学，现实主义文学就是如此。更极端者还有自然主义；也的确有一种以表现为主要创作方法的文学，直觉主义、印象主义、荒诞派、意识流等文学流派即是如此。但只要经过认真研究，你会发现，任何追求再现的文学作品中，也或多或少会有表现的成分。反之，任何追求表现的文学作品中，也或多或少会有再现的成分。纯粹的再现或表现的文学作品是没有的。因为文学就是文学家作为创作主体对现实生活作为创作客体的认识、理解与感受，他在作品中对其认识、理解与感受予以表现时，不可能没有"这一个"作家而非另一个作家的独特性在内，而这种"独特性"的内涵又不可能完全脱离客观的现实生活而成为一种纯粹的、精神的东西，所以文学作品中完全没有生活客体或完全没有作家主体都是不可能的。

我们今天所看到的古今中外的文学作品，除去以再现为主和以表现为主的之外，就是再现与表现相融合，所占成分各不相同，属于再现与表现之间的过渡地带的作品。当然二者的融合方式与表现方式千差万别，因而文学作品所呈现出来的面貌就是丰富多彩、复杂多变的。以历史（事件或人物）为题材的文学艺术创作当然也有作家如何认识历史、如何表现历史的问题，这也就是历史作为客体与作家（艺术家）作为主体如何融合与如何表现的问题。现时的历史题材的文学与影视作品，在再现（客体历史生活）与表现（主体创作观念）的融合方式与方法方面，就极为不同。

《夏王窦建德》力图真实、准确地再现隋朝末年窦建德率领的农民义军的发生、发展、失败、消亡的历史过程，这部以再现为主的历史题材小说，在作者如何认识与评价他笔下的主人公及其所领导的农民义军的问题上，却表现出创作主体的主观态度，就像《铁冠图》把李自成写成闯贼，而姚雪垠的长篇小说《李自成》把李自成写成义军领袖和英雄人物那样，《夏王窦建德》的作者没有"以成败论英雄"而把窦建德写成贼，在他笔下所塑造的窦建德这一人物形象，也是一个杰出的义军领袖和英雄人物。作家的主体性不仅表现在他对历史事件与历史人物的认识与评价的基本态度方面，还表现在他对历史事件与历史人物的取弃、好恶、爱憎，以及表现方法和艺术技巧方面，所以，《夏王窦建德》绝不仅仅是一部再现历史与历史人物而没有作家主体性自我表现的作品。当然，这部作品基本上还是采用了传统章回小说的表现形式，文字朴实、感情真切，没有那种新潮的时空倒错、大起大落、大开大合、潜在意识、人性本能等现代派手法与观念的运用和展示，但这不表明作家思想观念的守旧或表现方法的因循，相反，这正表明了作家对表述自己的创作意图与创作题材的严肃性。因为要以新的视角表现一个年代湮远、文献资料不足的历史时代与历史人物，不在史料堆中下番寻觅搜求、爬梳剔抉、去粗取精、去伪存真的功夫是不行的。而且这也还不够，还要进行一番细致的社会、地理、民俗与民间传说的调查，这些创作前的准备工作，所需付出的艰辛劳动是可想而知的。没有这样一番扎实的关于素材的认真的准备，要写出《夏王窦建德》这部作品是不可能的，因为这些历史事件与历史人物，虽然可以有创作主体的不同认识、评价，不同选择与扬弃，但却不可以由创作主体天马行空地臆想、编造而产生。

当然，以什么样的思想观念对历史进行关照，这是另外一个问题。现代的文学创作，尽管所写的是历史题材，作家的创作意向（包括审美意向）所体现的思想观念也应是新的、现代的内涵，而不应是或不完全是那个历史时代所固有的内容。但是，你在这个历史题材中所体现出的或所赋予它的思想观念，必须是这一历史题材所能够负载的，即这一历史题材确实具有或这一历史题材通过作家发掘所能具有，或作家赋予它时它完全能够与完全适合承受，只有如此，作品才是既具有现代意识的，又符合历史主义精神的。

近年来有些历史题材的文学艺术与影视作品，把一些新近的乃至时髦的、激进的观念与意识，不适当地强加到历史事件与历史人物身上，令读者与欣赏者感到很牵强，很不舒服，这就使作品失去其自然与和谐的艺术之美。这种以突出创作主体新观念、新意识的自我表现的作品，由于无视或忽略了主体与客体、观念与题材、内容与形式之间的互相融通、互相契合的艺术与美学规律，因而难以成为上乘的或真正具有创新意义的作品。当然，以历史事件或历史人物为题材的各种形式的文学艺术作品，情况也很复杂，不能一概而论。有些作品假借历史的名色，采撷一段史料或一点儿史实，以演绎创作主体自己的某种社会理想、思想观念，或借以抒发创作主体的个人情怀，浇胸中郁结的块垒，只要那一历史题材承载得起，符合艺术创作规律，也可以写出好作品来。不过这类作品已非我们所讨论的严格意义的历史题材的作品了。

《夏王窦建德》应该说是一部严格意义的历史题材的长篇小说，它所塑造的主要人物窦建德，既是历史上的真实的窦建德，又是今天读者希望了解，也乐于接受的窦建德，这是一个既具有英雄人物的定性，又具有一般人性格、情感的复杂性的有血有肉的人物。他是一个伟人，因此他所领导的义军取得了很大的胜利，创立了非凡的功业；他又是一个平凡的人，因此他也有过失、犯错误，甚至是导致最终失败的致命错误。尽管他可以在后世的人民心目中成为"神"，也可以在后世某些封建统治者心目中成为"贼"，但在作品中所塑造的乃是一个伟人与凡人、英雄与常人相统一的真实而又鲜活的人物。小说中的其他人物，有些写得也较为成功，如高士达、曹秀娥、凌敬、宋正本等，此处不能一一细论了。

作品中有不少精彩的笔墨，如开头写窦建德攻占漳南，有巧有智，有细密策划、合理铺垫，情节发展自然、真实；后来写孙安祖之死、写窦建德与曹秀娥的婚配，也都曲折生动、合情入理；

再后写义军与隋帅郭绚之战，高士达与窦建德密谋诈降，而郭绚方面上下人等并不轻信，这就不同于那种粗放、简单的写法，使故事波澜层生、引人入胜。其他如第十三节写高士达欲亲自迎战隋太仆杨义臣；第三十一节写窦建德在消灭了宇文化及之后，关于如何处置被宇文化及霸占的隋炀帝皇后萧氏的问题上，以及萧后将传国玉玺留赠给窦建德的细节上，心理描摹都极细腻逼真、情趣盎然，这对于人物性格的刻画、故事情节的发展，都起到不可或缺的作用。类似的地方在作品中还有许多，恕不一一列举。

即使是一部创作于二十一世纪初的文学作品，《夏王窦建德》采用传统的章回小说的写法也是无可厚非的，作品在一定程度上也体现出创作主体的独立意识与创造性，应该说，这基本上是一部成功的作品。当然，如果我们以更高的标准来衡量，这部作品也并非尽善尽美。

首先，真实地再现历史固然要尊重史实，但作为文学作品，尊重史实只是进行创作的基础与艺术构思的起点，而不能成为文学创造的桎梏，现在的作品中不少地方还显得拘谨，在艺术构思上还不够大胆。其次，历史题材的作品不是为了"复原"历史，事实上历史是永远无法复原的。每个时代的人都有自己时代的人眼中的历史，同一历史人物在不同时代人眼中的形象是不会完全相同的，这就是人们常说的"每个人都有每个人自己眼中的哈姆雷特"，同样，不同时代及同一时代的不同的人，都有自己眼中的孔子、秦始皇、曹操、岳飞、李自成、洪秀全……当然窦建德也是一样。这就是说，对于同一创作题材（无论是历史的还是现实的），不同作家（创作主体）会写出不同的作品，这是很容易理解的。每个作家都以自己的时代、自己的生活阅历、自己的文化素养、自己的智识水准去观照自己的创作题材。所以我想说的是，你今天来写一千四百年前的窦建德，他虽然是历史的，同时也必然是今天的，他应该是与今天的时代、今天的人、今天的生活有关系的，否则人们就不去关心他，也不会去接受他。现在《夏王窦建德》中的窦建德，并非与今天的现实没有关联，但作家自觉地、有意识地强化这种联系，使作品具有深刻的哲理性的思想内涵，对今人有所启迪、有所警醒，使今人感到有意味、有兴趣，这方面显得还不够，就是说，这部作品在社会认识价值与艺术审美价值方面还有可以提高的余地。与此有关，在保持作品固有的艺术风格的基础上，艺术表现方法上还可以更丰富些，以便使人物性格更丰满、故事更生动、情节更感人。

对于一部文学作品的评价，从来是仁者见仁、智者见智。以上拙见，很不成熟，仅供作家与读者参考。权以代序。

壬午仲夏于砺石斋

（原载《夏王窦建德》，刘安勋著，花山文艺出版社2003年2月出版；《当代中国科教文集》收载，《赤子》杂志社2003年9月出版。）

道德风尚与人性美的颂歌

——谈赵新的小说《他还没个媳妇》

在赵新的短篇小说集《庄稼观点》（花山文艺出版社 1982 年 6 月出版）中，那些关于冀西山区农村生活的一个个生动、亲切的画面，给人留下的印象是深刻的。集子中的每篇作品，都具有较为浓厚的生活气息。作者善于结构故事的出色才能，驾驭语言的深厚功力，从这个集子中也可以看得出来。另外，把白描手法与写意手法融会贯通、交错使用，从而写出人物的道德与情操之美来，这是赵新作品的又一显著特色。

集子中的《他还没个媳妇》这篇小说，就是一曲对新的道德风尚与人性美的颂歌。下面，我着重谈谈这篇作品。

读过《他还没个媳妇》之后，不禁使人想起获得全国第二届青年美展一等奖的油画《父亲》（罗中立画）。因为小说中的周老好这一老人的形象，与油画《父亲》中的老人形象颇为相近。从油画中那位老人的古铜色、布满皱纹、沁着汗珠的脸上，我们看到了中国农民的坚毅、宽厚、淳朴、善良的美。同样，从小说

《他还没个媳妇》中，我们也看到了我国当代老年农民身上所具有的那种高尚的道德情操在闪光。

小说中描写的是年轻小伙子周二保，因为娘好骂街，他爱打架，到了二十八岁还娶不上个媳妇，晚上只好听那蟋蟀的吱吱叫声。这个故事，提示了一个当前农村现实生活中存在的、提倡什么样的道德风尚的问题。当前的现实生活中，以"耍胳膊根子"自恃为强者、以"撒泼卖刁"的詈骂自视为有理的人，是常见的。这种人，虽然没有构成犯罪，但很让人厌恶。对待这种人，既不能用强大的威慑力去教训他们，更不能把他们当成敌人，用强力的手段去压服。最好的办法，是提高他们的道德觉悟。在当前的社会生活中，人们所需要的是崇高的道德风尚和情操。因而，也就自然而然地形成了一种对于丑陋风气的道德制约与舆论压力，从而使那些有恶习劣迹的人收踪敛气，得到改造。当然，周二保母子并没有意识到这种力量的存在，难怪他们还在"我行我素"呢。他们很像以"精神胜利法"安慰自己的阿 Q，并不自觉。那么，在当今的社会生活中，新的道德风尚必然要战胜败风恶习，消除生活中一切丑陋的东西。这是大势所趋，人心所向。

然而，这种新风尚的道德力量绝不仅仅是作家心目中的理想或幻想，而存在于现实生活之中的它更不等于简单的行政力量。正像小说中的生产队长周玉山的那股"山药不山药也是有点儿萝卜味"的样子一样，他的行政力量在没有与道德力量合为一体的时候，对于一些陈旧的败风恶习往往是无能为力的。

体现这种新的道德风尚力量的人物是周老好。正像这个人物的名字一样，周老好是个"老好人"。"老好人"往往被人们看作是不前不后、不偏不倚、"抹稀泥"、搞调和的人物。那样的"老好人"，是不会在移风易俗中有所作为的。《他还没个媳妇》中的周老好，是现实生活中存在的"这一个""周老好"，而不是任何人所假设的另外一个"老好人"。这个现实生活中的"周老好"，当二保娘在自家房顶上拍着屁股跳着脚骂街骂得是那样不堪入耳，而且骂的又偏偏不是别人，正是周济、帮扶了他们母子多少年的堂兄周老好一家时，他并没有"老好"到麻木不仁的程度，他"方方正正的脸上，一下子充了血，涨得像鸡冠子；额角上的几条青筋紧绷绷地鼓起来；他的肩在抖，腿在抖；鲜嫩的豆角从他手里掉出来……周老好的脚后跟终于往起一提，猛挥起右手的锄头，对准房上喊道：'你，你，好你哎'！"虽然周老好气愤已极，但他的喊叫仍然不是声色俱厉的。是的，作者笔下的周老好，正是这样一个"周老好"。这样的周老好，是不会按照作品中一些人的愿望，"一甩胳膊，把那明光光的小锄，照那女人的头上砸去"的。那样，也就不称其为"老好"了。还有，当他看到侄儿周二保打了人，骂了人，还扬扬得意、蛮不讲理的时候，他又是不由心头火起，把粗糙颤抖的巴掌猛地扬了起来："当着你大伯，你再说一句！"于是：

众目睽睽，周二保又不甘草鸡，把放下的拳头又举了起来："就是仗，仗凭这个！"

周老好的脸腾地着了火，头也涨了起来。四周遭的人们自动地往后闪了闪，不知谁说了一句："打，多打一下算我的！"

老头子的巴掌扬了几扬又"忽嗒"一声放下了……
……

"我，我，我，"他弯腰捡起地上的小锄，"我找队长告你去！"

人们轰的一声笑了。

人们笑什么？笑周老好果真是个"老好"。这样一个"老好"，难道能够教育和影响好打架、好骂街的周二保母子吗？小说通过形象的情节描写，令人信服地回答读者说：能！

因为周老好这个人物的高尚情操有一种感化人的力量。小说中，有这样一段描写：周老好的老伴，本来就难忍下儿子挨了周二保的打这口气，又挨了二保娘的骂，禁不住训斥两个儿子是"草包"。大儿子玉河回答她："我是怕我爹生气，他不叫我们在外边打架骂人哩！"这段描写，形象地揭示了周老好不叫孩子们在外边打架骂人的心理。这不是写他的软弱怕事，而是写了他这个老好人怎样为人的道德观念。他反对打架斗殴、反对"较之以力"，而主张"教之以理"。在这一点上，老伴和儿子都受到他的熏陶与影响。但他的老伴和儿子，又都不像他，而又都各自是一个鲜明性格的人。小说写道：

> "你们倒是你爹的小子，老老好，小老好，一家子
> 老好！"女人哭了。

写周老好老伴的哭，是合情合理的，她抱着一种委屈感，认为老好是吃了亏的。而儿子呢，虽说是"小老好"，但却毕竟不是"老老好"：

> "娘，"二小子玉水说话了，"你要不怕爹生气，你
> 跟我婶子对着骂去！别光会说我们。"

当然，周老好是不允许他们"以眼还眼，以牙还牙"的。老伴要上房和二保娘对骂，周老好喊她下来："不下来，你也不能给我骂人！骂骂高不了，不骂矮不了，有理儿说理儿……"所以，当他"眼看着老伴要和那破碎的嗓子'接火'"的时候，他挥挥手说："……白叫你跟着我过了三十年，你，你不是我周老好的女人！"这是周老好的灵魂在呼喊，这是周老好的高尚情操的显现！于是，老伴感动了，"嗓子眼里突然一阵发咽，两行热泪滚了下来"。她终于没有骂街，喊出："喜喜——回家吃饭来！你爷回来了！"于是，周老好转怒为笑了，儿子也笑了。这里的"笑"是什么？是高尚情操爆发出来的火花，是人性美的感化力量！

周老好不仅对自己的家人，就是对周二保母子，也同样是教之以理，而非较之以力，动之以情，而非动之以武，这就是周老好这个人物的人性美与人情美的表现，这就是周老好能够教育改造周二保母子的巨大力量之所在。

周老好的"未婚二儿媳"到家里"相亲"来了，二保娘却又上房"跳腾着骂起来"。"周老好听着听着，心里一动，抓个空儿从屋里走了出来。"他去"请她"，她（二保娘）却给了他"白眼"，老头子对她的"白眼"不加理会，还是和颜悦色地"请"她。美好的灵魂、高尚的情操所产生的力量是巨大的，二保娘终于"讪讪地"继而"脸上一红"地说："咳！我这脾气真不好，碰上不顺心的事儿，不骂两句，心里就憋得慌！以后我忍着点儿，大哥也多说着我点儿！"二保母子的开始转化至最后转变，是在周老好的美好灵魂的感召下完成的。周老好最后抱着孙孙走进二保家里，正赶上二保母子在互相"提短"，他们灵魂搏斗的引发者，也是他们的灵魂美的发现、成长、发展的助推者。当周老好发现二保"玩玻璃蛋儿"的那种"破罐子破摔"的想法以后，继续对他"教之以理，动之以情"；当他对二保说："大伯对不住你""我没有把你带好"时，不仅二保母子为之动情，读者也不禁潸然泪下了。

荒诞的真实与真实的荒诞

——《A主任的奇症和白胡子医生》漫议

文学的夸张不是荒诞。"白发三千丈""燕山雪花大如席"，是夸张。

文学的荒诞也不是夸张，孙悟空七十二变、一个筋斗十万八千里，这在现实生活中是本不可能有的事。《聊斋志异》中，作者借说狐谈鬼，"浇胸中之块垒"，别有一番寄托，当然，这也是现实生活中不可能有的事，所以说，这是荒诞。

然而，文学作品中的荒诞，往往具有更大的真实性。我们说《聊斋志异》是现实主义的作品，就在于它具有很强的真实性，这当然不是指生活现象的真实，而是指生活底蕴，亦即质的真实。因此，文学中的荒诞绝非荒唐。"满纸荒唐言，一把辛酸泪。都云作者痴，谁解其中味"，这里的荒唐实在是荒诞之谓也。荒诞而合于情、入于理，别有意味，深于寄托，非无情无理之荒唐可比。

荒诞手法，我国文学中古已有之，西方也有一个名为"荒诞派"的文学流派。近几年来，我们的文学创作受西方现代派影响，荒诞手法的运用已与我国传统文学中的"荒诞"方式有所不同。高行健的剧本《车站》，无疑是受到了贝克特的《等待戈多》的启示，而谌容的小说《减去十岁》虽不能说在形式上与卡夫卡的《变形记》有什么相似，却有其"神似"之处的。

闲言叙罢，且说宫克一的小说《A 主任的奇症和白胡子医生》，作者标明这是一篇"怪诞讽刺小说"。怪诞，是指其形式的荒诞；讽刺，是指其内容的意旨。其实，即使作者不这样标明，读者也自会领略荒诞形式之中的讽刺味道。

这是作者创作上的又一次探索。这两年，宫克一同志一直在探索着。前年，他的《沉重的爱》探索着一种新的表现方法，以意识流的手段，写出了一个年轻女兽医疲病中的梦幻般下意识的活动，表现了主人公对自己事业执着的爱。作者一反过去轻车熟路的写作手法，追寻着一个新的艺术境界，使他的这篇作品荣获了河北省首届文艺振兴奖的短篇小说奖。这对于一个二十世纪五六十年代成长起来的中年作家来说，不是件容易的事情。继而，我们又读到了他的《银色的混沌》（《小荷》1985 年第 12 期），这篇作品固然没有以往的宫克一的影子，也不再是《沉重的爱》的重复，他又登攀着另一层新的境界：迷离的"混沌"中隐含着一种坚韧的意志与一种脉脉的柔情，一种笼罩着血腥气味的默默无言的爱与一种带着血腥气味的隐含于心底的恨。以后，我又读到他的《冬暖》（《长城文艺》1984 年第 3 期）与《板人小史》（《长城文艺》1985 年第 5 期）。读过这两篇东西，又使我想到，一个作家，尽可以去创新、去探索，但"看家本事"也不能全部丢弃。已经掌握了单刀、双枪，当然不妨再去学长矛、短剑，学了长矛、短剑，或者再加上板斧、大棍，是增加了新本事。以熟悉了的东西为满足，死守着"看家本事"不肯再学新东西，这为一个有出息的作家所不取。而且，死抱着"看家本事"不出"家"门，"家"往往也是看守不住的。"家"外的天地大得很，山光水色，日新月异，新的干线要修通，新的航道要开辟，"家"也需要搬一搬；新的规划要实施，旧"家"已不适应新生活的需要，因此也需变变样子，变得更加理想化一些。要建设新的世界，创造新的文学，安于现状、死守"家"门是不行的，所以作家要勇于探索。新的探索就是新的"出击"，要"出击"也需保住自己的"大本营"。"出击"没有"大本营"作根据地，不容易取胜。即使取得一些胜利，"大本营"也不能马上丢弃。这就要做到能攻能守、有进有退，"大本营"可以安身筹策、养息兵马，以图出战制胜。《冬暖》和《板人小史》在写法上似乎创新不多，属于"守"的状态，这种"守"与《沉重的爱》和《银色的混沌》的"攻"——新的探索当然不同，但这里所说的"守"仅仅是指手法，因为作者是在用过去熟悉的写法写着新的生活，所以"守"并不是绝对的。而"攻"则不仅仅是指手法的创新与探索，它还包括其他目标——新的艺术境界，新的思想高度，新的题材领域，新的观察角度，新的性格内容，新的情感层次……

《A 主任的奇症和白胡子医生》是宫克一同志展开的一次新的

"攻击"，这次"攻击"的方法和目标都已不同于以往。我以为，文学的探索，就应该是从一个新的领域到另一个新的领域，"重复自己"非为上策。当然，任何一次新的"攻击"与此前的一次或几次"攻击"之间，也需要有个合于逻辑的内在连续性。应该说，作家这次所展开的对"荒诞"文学的"攻击"战，是既有所得也有所失的。

写 A 主任得了脑后长着一张见不得人的脸这样一种奇症，构思的确十分新奇，十分大胆。就像卡夫卡写一个受排挤的小职员变成一只大甲虫一样，这种大胆、新奇的构思不是为了荒诞而荒诞，亦不是以荒诞而猎奇取异、耸人听闻，而是要更好地揭示现实生活中的一些（特别是一些执权柄者）"两面派"性格表现与本质特征。用荒诞手法讽刺"两面派"人物的恶劣，既奇特而又得体，具有特殊的表现力。写 A 主任的"奇症"是荒诞。小说中所写的城市交通的状况，A 主任的赫赫权势，A 主任眼中见到的现实生活中的江湖骗子等，都是很具体、很真实的，是绝不荒诞的；写"鹤发童颜"的白胡子老头在街头支起白布棚，专治"贪婪症""衰退病""权欲狂""嫉贤癖"等各种奇症，写"鹤发童颜"原来是中央的一位老部长，写老头儿要 A 主任到他的白布棚下去见群众，这又都是很虚幻，很奇异，很不"真实"，因而也是很荒诞的。

这的确是一个新的探索，它不同于以荒诞手法写荒诞生活的那种西方荒诞派作品，像尤涅斯库的独幕剧《秃头歌女》与贝克特的两幕剧《等待戈多》那样，《A 主任的奇症和白胡子医生》在写法上是现实与荒诞的结合，在手段（表现方法）与目的（作品题旨，作家构思时的意念）的关系上也是这样。当然，西方荒诞派文学虽然是以荒诞手法写荒诞生活，但所要表现的生活底蕴即思想内涵却也仍然是"真实"，就这种"质的真实"意义来说，《A 主任的奇症和白胡子医生》与西方荒诞作品也是有其共同之处的。由此可以看出，宫克一的探索虽有借鉴，但非模仿，他有自己的消化与熔铸，这就使得作品形式能够尽量与我们自己的现实生活内容较好地合为一体。

当然，这篇作品也没有达到形式与内容的十分和谐的统一。看来作者在这次的探索中，似乎更多地把注意力放在形式与手法方面了，讽刺的深度与力度都未能达到理想的程度。在作品的构架上，对于白胡子老头——中央的一位老部长，与"两面派"奇症的患者——A 主任之间的自然与必然的联系，还显得弱些；A 主任的司机，作为小说中出场的三个人物之一，着墨不算太少，但他对 A 主任的"两面症"的直觉、感受与评价、态度也都还显得含混不清、未尽其意。因此，作为"荒诞的真实"与"真实的荒诞"这一具有探索意义的艺术类型的作品，就还未能充分发挥其艺术效益——更高层次的审美价值与更深层次的认识价值。

既然文学中的"荒诞"本质上乃是一种真实，那么我倒觉得，《A 主任的奇症和白胡子医生》在具体细节描绘方面的写实手法，似乎还不如用较为虚幻、模糊的手法，或径直用一些同样寓于"荒诞"的情节与细节的描绘手法来写，会更臻于妙境与佳境。

另外，在西方现代主义文学的荒诞派中，在叙写貌似荒诞的生活内容时，寓示给读者的东西，既有其定向性的思考，又有其不固定的、发人深思的广阔的余地。例如《秃头歌女》写一对夫妻互相谈话，坐同一次车、同一节车厢而来，住同一条街、同一旅馆、同一幢楼、同一间房，甚至同一张床，却又互不认识，说是夫妻又不像，所以到底是不是夫妻，他们自己也闹不明白。这么荒诞的生活内容，给读者（观众）的思考喻指了什么样的定向性内容呢？原来是"人与人之间的一切沟通都是不可能的"这样一种思想；还有《等待戈多》写两个像流浪汉的人，等待一个名叫戈多的人。等来等去也没有见到戈多的影子，这两个人为什么要等待戈多，戈多究竟是个干什么的？剧中全无交代。这出戏暗示了人们的有所期待、有所企盼、有着希冀改变自己的处境与现实的一种情绪。但是，这两个戏除去某种定向性的启示之外，更广泛的、启人遐想、发人深思的余地还很大。西方现代派艺术的这一"精髓"，我以为很有借鉴意义。《A 主任的奇症和白胡子医生》所写的"奇症"——"两面派"，在我们的现实生活中表现形式十分复杂，危害极大，作品如果能够以荒诞形式着重揭示这种"奇症"的本质，从而能够给人以更多的启迪，使得作品具有"言有尽而意无穷"的醇厚意味，或者说，加强一下作品意蕴上的模糊性，这对于此类"荒诞"型的作品来说，是完全可能的。

哲学　文化　作家

——读《山寺》随想

　　清代书画家郑板桥写过一个横幅，叫作"难得糊涂"，这个横幅赢得了不少人的喜爱，可以看到许多家庭的室内悬挂着这幅"箴言"的拓片。一方面，这是因为郑板桥的字的确写得洒脱不羁，有一种艺术上的奇趣；另一方面，作为"扬州八怪"之一的郑燮，他的"怪"绝不仅仅在他书法绘画的艺术形式上。艺术形式是表现，他的"怪"首先在于他的认识事物思想之新与评价生活的角度之奇，就是说，他有一种内在的奇气。"难得糊涂"四个字的思想内涵，不是这四个字的意义所能够囊括得了的，这就体现出郑燮不愧为"扬州八怪"之一的"怪"与"奇"之所在。

　　"糊涂"还能有什么可取之处？而郑板桥偏偏说"难得糊涂"，此中实在有一番奥妙，而这"奥妙"就在于它的浓厚的哲学意味。有的人的表现看起来是很精明的，也就是说他初看起来思想上似乎既清楚又明白，是绝不糊涂的，但做起事情来效果却往往不佳，有时结局还很糟糕，这样看来，他其实是并不清楚明白，亦即似智似愚，实在是糊涂的。"难得糊涂"者，其实倒并非真的糊涂，或者说，他内心是既清楚又明白的，但他的清楚明白并不在外表上表现出来，偏能够以"糊涂"的面貌处之，这实在是"大智若愚"的"糊涂"，这种"糊涂"实在也是难能可贵的。记得毛泽东同志在写给罗瑞卿同志的信中曾经有这么两句话："人至察则无徒，水至清则无鱼"，这意思，照我的理解，在某种程度上大概也含有郑板桥"难得糊涂"的思想吧！

以上的一番议论，是因为我在读过短篇小说《山寺》之后有所感而发的。《山寺》（《文论报》1986 年 10 月 1 日，《小荷》副刊第 27 期）写的是一个历尽沧桑的"学者"，到一个深山游览时，在一个南北朝风格的石窟佛殿中所遇所感的故事。佛殿中有个白髯飘胸的老僧在打坐，佛像前放着一个供香客捐钱的陶盆，时近中午，敬香拜佛的善男信女们渐渐离殿而去，佛窟内异常寂静，突然，有一只女人白皙的手朝盛钱的陶盆伸去，这把"学者""从温暖的春天推入刺骨的冰河"，他等待着半眯着眼读经的老僧的大声斥责或小声规劝，然而，"那老僧只睁了一下半眯的眼，又迅速恢复了原状。他的右手伸出来，本来要去翻书的，却停在了半空，僵在了半空，做了个'阿弥陀佛'的姿势"，但他却终于没有出声，"学者"失望了，正想走开，可他刚刚睁开眼睛时，见那女人的手又一次伸进了陶盆去拈那里面的纸币，他"十二万分的不愿相信这是真的"，但更使他惊骇的是老僧，这一回他更感震惊，"只见他胸前竖着的右手一阵痉挛地打抖……他调动了极大的内功，使自己的眼睛和精力全部集中在面前的经文上……他的深沉和他的浅薄，他的坚强和他的渺小，在你（学者）胸中激起了感情的风暴……你（学者）流下了两行热辣辣的眼泪……"。

如果说短篇小说《山寺》有个故事的话，以上大概就是这个故事的高潮了，它的前后起、结部分就是"学者"对"我"讲这次山寺中的见闻与"我"的感触。《山寺》的艺术特色，是并不以写故事为能事的，作者更多的写的是感情的脉络与哲理的思辨。学者为何流泪？为谁而哭？小说中第一个称的"我"回答说，是因为学者意识深层中有一个"怪物"存在。而这"怪物"是什么？"我"只是说它是"对人类社会和人生的深刻的焦虑"（这实在有些"朦胧"），为了这个"怪物"，学者在一九五七年反右与"文化大革命"十年中都"在劫难逃"，他企图摆脱它，它是"与生俱来，也只能与生俱去"的。但是，他"从那老僧身上，从那无以（与）伦比的石窟中受到了某种启示"，他终于"得到了某种理念上的满足"，"找到了一条排遣那怪物的办法"，这就是用"智慧""意志"与"同情之心"去"唤醒广泛的博爱之心"。我们姑且不谈作家的这种哲学思辨的正确性如何，这里想说的是，作家所理解的"广泛的博爱之心"，似乎与郑板桥的"难得糊涂"有着一种内在的沟通，因此它们之间也就有着大致相同（界限相同而层次不同）的含义。

应该说，作者的这番哲学思考是深沉的。当然，深沉的思考所得出的结论未必就都是"颠扑不破"的真理，用"广泛的博爱之心"来作为人生的信条与准则，这个问题的正确与否，当然还需要进一步探讨，但是作为一个作家，他通过对于社会生活的某种形象的描绘，从而寄寓了他对于生活的某个（或某些）方面的思考，以此去作他那追求"人情练达"的文章，探索"洞明世事"的学问，这恐怕是我们的整个文学，以及我们的每个作家都不应排拒的思想吧？

任何文学艺术作品中都不能不包含某种（或某些）想象，这里想有时被表现得很显豁、很直率，有时被表现得很曲折、很深刻，有时又被表现得很朦胧、很晦涩，但无论怎样去表现，作家的创作思想（包括平常所说的作品的思想性与作家的艺术思想）总是存在的，尽管是一幅不大的花鸟、山水小品，其中也会寄寓着艺术家的某种欢欣、愉悦，或某种郁悒、悲伤。但是，有的作家在表现某一（或某些）思想时，是比较自觉的，有时又会呈现为某种自发的状态，而文学作品，特别是小说创作，作家的"自觉"往往强于"自发"，不过在表现方式上，自然也有曲直、晦明、浅深的区别。

从严格的意义上说，每个作家也都应该是个哲学家，试看中外历史上，哪位伟大的文学家不同时是位伟大的思想家呢？《山寺》是一篇强化了哲学思辨的风格独特的作品，但这种哲学思辨既有这篇（或这类）作品的个性，也有着一般小说（抑或各类文学作品）的共性。我感到，这篇强化了哲学思辨的短篇小说《山寺》，其整个格调是比较和谐的，作品的故事与其哲学思辨的核心是熨帖的，作品中的人物（学者、老僧）的气质、性格和他们的语言、动作格调与思维方式是一致的，作品的写作手法与其思想内容是融洽的。总的来看，这篇作品是写得较为新奇又较为自然的。

更为突出的，是作家的哲学思辨与他的艺术思辨的密切的吻合。作品所描写的对象是位学者，应该说，作家对他笔下的这个人物是理解的。他懂得这个人物的思想、感情、兴趣与爱好，他的思想与人物的心理有着较多的共鸣。当然，一个作家本该去写他最熟悉、最理解、最饶兴味，因之也最有感情（无论是爱的、不爱的，还是恨的）的人物，如果一个作家对他笔下的人物缺乏理解与情感，他就不会写好他们，因之也就最好不去写他们。《山寺》的作者对他笔下的"学者"的学识与智慧是很理解的，这是一个高层次的文化水准上的理解，作者懂得学者面对石窟佛殿中的佛像，像欣赏"一首宏大而缠绵、热烈而悲凉的石头交响乐"。他审视着的是一种"凝滞的运动"，他谛听着的是一种"无声的音响"，他体会着的是"每一个音符的情感"，因而，他的心灵深处的"永恒的寂寞"被驱散，他感到了"春天般的温暖"，由于他的智识，他能够同古代艺术家"真诚地交谈"，他能够感知"古代工匠凿进石壁的叹息和欣慰"，他能够以自己的肉体与自己的灵魂"坦率地对话"，这样，他也就能够品尝到无数"新的思想"，因此，他的心才"在搏斗中获得宁静"，他才能够享受到那种只有少数人才能享受到的"最高贵的幸福"。这的确写出了一个

学者的气质，一个高级知识分子的风貌，一个文化素养颇深的
人物。

　　由此可以看出，我们的作家自己如果不具备学者的文化素养
与智识水平，要写好学者的气质、风貌与活脱的学者形象，那是
会遇到困难的，至少难于写得十分内在、十分生动、十分肖似，
因为他不能很好地谙熟与理解他的描写对象。不仅写知识与文化
素养较高的智识人物如此，即使写其他各个领域、各个阶层的人
物，如一般平民、劳动者等，也莫不如此。现实社会的生活内容
中，蕴蓄着民族、历史积淀的文化内容，而作家塑造任何一种类
型的人物形象时，都离不开这样的文化内容，尽管它们的方面可
能不一样，但没有这样的文化知识的积累，你就难于把握住人物，
你的镜头就找不准面对人物的焦距，因为你对现实生活中所积淀
的文化内容知之不深、了解不多、理解不透，那么你对生活的哲
学思考与审美判断当然难免失误。这样，在你笔下所描绘的人物
身上，其所蕴含的社会、历史与文化内容，就可能是浅、薄、单、
偏、狭，而难臻于深、厚、多、全、宽的。当然，我们并不要求
作家笔下的人物面面俱到，但无论哪种类型的人物，你要对他们
进行准确的认识、理解与评价，就都离不开作家的高深的文化素
养，这也就是苏轼说过的"博观而约取，厚积而薄发"的道理。
因此，作家的深厚知识积累，与对事物的明澈洞察，对人物形象
的典型性、单一性（个性）塑造，是密切相关的。而这，又要求
作家不仅具有深刻的哲学思辨能力，同时还要求作家具有卓越的

艺术思辨能力，而这两种能力在作家身上的结合与统一，就构成作为一个作家所具有的独特的高层次的文化知识结构。

作家的高层次的文化知识结构，不仅能使他的作品在思想方面有深入的发掘，而且能使他的作品在艺术上有新的创造。一个作家，总是在不断借鉴、不断吸收新的艺术观念、艺术思想与艺术方法的同时，来创造自己的作品的，因此，当他的旧有的艺术思维方式、旧有的艺术创作方法，在习惯成自然之后，变成一种保守的、自发的能力时，他在艺术上也就僵化了，如果不予打破、不能变革，则他在艺术上也就难于突破、难于前进。《山寺》的作者是在学习与借鉴中前进的，他在作品中对于"通感"的有意识的运用，就足以说明这一点。"白"是颜色，说老僧的须髯"白得可爱"无可非难，但说它"白得智慧"，则是把物质的表象与精神的层次混同起来了，而说"白得嘹高"，则又把视觉界限与听觉界限混淆了。表面看来，这似乎有点儿不伦不类，但在人物对周围环境与事物的感知中，在人们对世界与宇宙的理解中，它们确实又有着某种联系，某种沟通；"运动"而"凝滞"，"音响"而"无声"，这又是几种矛盾现象通过人认识世界的"通感"方式而达到的辩证统一；"时间结成了冰坨，空间无限的凝缩"，这乃是把两类不同性质的事物概念，通过"借代"的"通感"方式联结起来，成为一种形象地表述事物、思想的艺术辩证方法。由此可见，《山寺》的作者是在自觉地进行着某种艺术的尝试与探索的。

一个作家对生活的思考，应该具有哲学家的睿智，这样，他的作品才会深刻；又应该具有历史家的深沉，这样，他的作品才会浑厚。一个作家对生活的审视，应该具有美学家的发现，这样，他的作品才能精美绝伦；还应该具有艺术家的才情，这样，他的作品才能拨动读者的心弦，把人引入忘我的艺术情境。总之，一个作家的文化积累与艺术理解能力，应该是高层次的。

这里，我并不是说，《山寺》是篇十分奇妙而又完美无缺的作品，我想要说的是，这篇作品的确给了我不少启示，而以这种启示为起点，进一步思索一下我们的文学创作问题，把作家的哲学思考与文化层次，以及作家的创作之间的关系联系起来，这样来谈论我们的文学创新与发展问题，或是不无意义的吧！

顺便说到，《山寺》所阐发的思想，或者说是作者的哲学思考，我并不认为就已经得出了正确的结论。问题不在于作品中的人物的迷茫与苦思，也不在于作者在尝试着的"理解"中是否达到拨云见月的结果，我以为要义在于作品应该把读者引入作者自己的思索情境之中，要引导读者在作品所提供的情境中进行更深入的思索，如果不能给读者一种指点迷津的领悟，至少也应给读者展示出一个方向标，而恰是在这一点上，作者现在的思考虽深沉而却未必深刻，深沉得朦胧晦暗而非明晰准确。譬如那"怪物"的所指，至少我个人有百思不解之惑，而那"广泛的博爱之心"如果作为对于小说中所提出的问题的一种解答，至少笔者目前尚不敢苟同。

愿以愚劣之见，就教于《山寺》的作者与读者。

文学：作家对人生的审美探求

——《古巷碧云》序

一

大约在三十年前，那是二十世纪六十年代初的一个春天，我和子亮在家乡县城的一个创作会议上相识。我是刚刚从外地"下放"回乡的一名"业余作者"，他是因病休学在家的中专学生，一个文学爱好者。那时我们都正值二十多岁，可谓是"风华正茂"的热血青年，虽说已初涉世事，但那种"书生意气，挥斥方遒"的气概还很浓厚，刚刚认识，我们就谈得很投机。从此，我们就成了好朋友。

不久，农村搞起了"四清"运动，跟着"文化大革命"的浪潮又席卷全国，这样，我们的联系少了。子亮的家庭出身不好，听说他曾被造反派游街批斗。我呢，因为曾在报刊上发表过几篇小文章，也被人贴出大字报。这一段，我们的日子都不好过，因此也就不通音问了！

"文化大革命"末期，我被调到县里新成立的文艺创作组工作，得知子亮已离乡出走，我很为他捏一把汗，不知他的下落如何，更难想象他的境遇当是如何艰难！没过多久，我的家人转给我一封信，一看字迹，我就知道这是子亮写来的。他向我打问家乡的形势，并告知我他已到了东北大兴安岭，嘱咐我要绝对为他"保密"，当然信封上落款的地址都是假的。从此我们又有了联系。但在当时的形势下，这种联系无论对于他还是对于我，都孕育着某种"危险"，因此绝对是要秘密进行的……

这都已是过去的事情了。一晃，子亮也已到了"知天命"之年了！作为一名文学爱好者，在过去那样的环境里，他是不可能写出什么东西来的！如今，他在北国边城扎根落户了，并且写出了不少作品，有的作品还是在颇有影响的国家级刊物上面世的。他终于成为一个作家！这不能不使我感到兴奋，但同时，也实在让我感慨万端！

二

现在，他的中短篇小说集《古巷碧云》就要出版了，他来信嘱托我写上几句话，这是我无论如何也不能推托的。

《古巷碧云》中所收的作品，可以说是作者个人人生经历的真实写照。从内容上看，作品表现了作者所经历的两个不同时期的生活，一个是他以自己的故乡为背景所描绘出来的生活画面，作者都以"射雕镇"而名之，这一部分作品包括中篇《古巷碧云》《龙种》《贾翠儿》《鹭雀儿传奇》和短篇《发妻》等，可以称之为"射雕镇系列"；另一个是以他离开故乡，来到大兴安岭一带的异乡游子生活，以及边城煤矿、学校的工人、教师等人的家庭、婚姻生活为内容的作品，包括中篇《我也有过风流》，短篇《紫色的草原上》《家丑》《老处女》《业余所长的雅兴》《弯弯的月亮》等，这一部分作品可以称之为"北国边城系列"。第一部分中的《鹭雀儿传奇》写的是这两个不同时期的衔接，所以描绘了两个地域的不同生活风情。

"射雕镇系列"的作品，表现了作者对于故乡的风土、人情、历史、现实的熟悉与眷念，其中既孕育着爱，也孕育着恨。由于作者的偏爱，这部分作品更多地侧重于对既往历史生活的品味，这或者与作者个人的家庭出身和见闻经历有关。《古巷碧云》的主人公唐碧云，出身于射雕镇的一个破落地主家庭，十六岁单枪匹马闯到保定府读书求学，可以说是个新时代的新女性，结果身不由己地做了省府参仪陆方舟的公子、国民党少校处长陆剑雄的夫人，但这对于唐碧云来说，却是个莫大的悲剧，因为陆剑雄不仅在乡下老家早已娶妻生子，而且在保定府军中也早已有他所钟情的摩登女郎，所以他与唐碧云的婚姻只是迫于家庭与社会压力下的一种形式婚姻，甚至在新婚之夜他也未与唐碧云同房，此后更是天各一方。然而唐碧云面对这样一种连"小妾"都算不上的纯属名义婚姻，在当时革命新潮汹涌澎湃、封建残余势力土崩瓦解、国共两党斗争复杂的形势下，作为新时代的一名新女性，而且又有革命青年苏冀光的启发与引导，她却由于自己思想的局限，虽也迸发过冲出樊篱、走向社会、参加革命的火花，但都很快熄灭，终于成为一个没落家庭的可悲的牺牲品。应该说，唐碧云的形象是有一定的典型意义的，她是一个可悲的人物，作者如能充分意识到这一人物的更为深刻的思想蕴含，那么这一人物当会使读者感到更为可爱。

《龙种》写名厨张八与方府七姨太丁香的"爱情"，以及张八对实为他与丁香所生的方府少爷方鸿举的特殊形式的思恋与挂念，是别有韵味的。作品写出了在特定历史时期与特殊关系中的人性与人情。曾任京师九门提督的方七爷娶妻多房，却无子嗣，于是生出"借种"之想，他收了丫鬟丁香做七房姨太，唆使她勾引厨役张八，从而怀孕生下方府公子举儿，由于张八的"下人"身份，所以他对于实属他的亲生儿子却无法尽其为父之爱，但他却无时无刻不在牵挂，他不能名正言顺地去看儿子，他在射雕镇以他的特殊的爱的方式关怀着身居京城方府深宅大院中的亲生骨肉。由于这种不能公开的关系，无论是京城方府中的七姨太，还是射雕镇卖烧饼的张八，都对此种关系讳莫如深又牵肠挂肚，而对此种关系双方（特别是方府七姨太）既要防范于人又在被人防范，这些复杂的人物关系与微妙的人际感情，在作品中都成功地表现出来，当然，七姨太丁香为方七爷生了公子，方七爷达到了他的预期目的，他"有了"后代，他高兴，他把公子的"满月"操办得热闹、隆重，但这些形式在更大程度上是故意张扬、做给人看的，尽管他实际上也是高兴的，但他自己心里明白，这毕竟是"借"来的"种"，他的这种感情的复杂性，在作品中还可以给予更深刻的揭示。还有对于张八与丁香的关系上，丁香究竟是受了方七爷的"借种"之命而以色相去勾引张八呢？还是她对张八真有感情，早想以身相许呢？自从丁香与张八发生关系之后，丁香对于张八的爱情是迫于境遇、不能相会而强行隐忍呢，还是满足于给行将就木的方七爷做名义上的姨太呢？由于作品在这些地方描写还欠清晰，所以多少影响了故事的合理与情节的感人，也影响到人物性格的进一步显现。作者在构思时比较关注故事的传奇性，而较少有意识地刻画性格鲜明的人物形象，在对丰富的生活积累进行选择、运用并融化于作品中时，作者有着自己对生活内容的哲理思考，这一方面如能再加强些，当可以使得生活的真实能更好地升华为美的艺术的真实。

《贾翠儿》也是一篇传奇性较强的中篇作品。射雕镇卖油炸麻花儿的农家姑娘贾翠儿，居然与射雕镇阔少爷出身的燕州县县长唐冠三产生了爱情并结成了夫妻，这似乎是"天方夜谭"，但作品却写得顺情合理，一则是贾翠儿年轻漂亮，又有些"野性"；一则是唐冠三本是个喜新厌旧"见了大鲤鱼就想伸爪子"的拈花惹草之徒，于是一个五十来岁的有妇之夫，和一个不满二十岁的黄花闺女从相约、偷情，直到克服唐姓家族势力的阻挠而正式结合，这中间是很富戏剧性的。作品在结构上很有特色，开头写第一人称的"我"，因不知祖坟上有空缺的"三太爷"究系何人，于是引出了清末举人唐冠三，因民国革命、清朝倒台，从京郊宛平县正堂的位置上跌下来，摇身一变又调任燕州县县长。作者写唐冠三来到燕州上任，所见燕州风光景物、民俗风情，写得很有特色。写到唐冠三骑着高头大马，带了几十个荷枪实弹的兵勇威风凛凛地回射雕镇祭祖，进村后路遇贾翠儿的情景，也描绘得活灵活现、潇洒自如，贾翠儿的出场，可谓落笔不凡，一开头就把她那大胆、泼辣、活脱脱、火爆爆的"野性"性格，连同她那令人迷醉的美丽形象和盘烘托出来了。开初，唐冠三与贾翠儿的偷情，对于唐冠三来说，不过是带有刺激性"野趣"的玩弄女性而已，然而，美丽聪慧的贾翠儿却是个不甘于供人玩弄的女性，也正是通过这样的一些细节，作者把贾翠儿既有"野性"，又有心机，善于运用火候、把握分寸，迫使唐冠三不得不答应正式娶她为妻，这样一个有胆量、有办法的少女性格，十分突出地刻画出来了。应该说，这一点对于作品来讲是难能可贵的，如果作者能够循着这一脉络，在贾翠儿的性格上做进一步开掘，作品一定还可以更增光彩、更臻完美，看来贾翠儿的性格还可以在故事的推进中一以贯之地予以发展和深化，当她与唐冠三在天主教堂正式举行婚礼而成为县长夫人之后，一个聪慧而具有"野性"的农村女子，对县长大人的官职的影响当是完成人物性格塑造的广阔天地；而出身高门、中过举人的年近五旬的唐冠三，与大胆聪颖但却没有文化素养的卖麻花的年轻村姑的结合，这种从猎奇的"爱情"开始的婚姻，一定会有很多的新的故事、新的矛盾冲突。贾翠儿深居县衙"南宅"之后，那种如虎离山、如鱼离水的自由失落感，以及她作为一个普通的淳朴农民为民请命的性格本色与思想基础，都是构成作品强烈的戏剧性效果与发展、完善人物性格的机会，如果作者在这方面再给予足够的注意，作品的传奇性一定会更强。一个作家，不仅要具有对生活、对人物的感性印象与认识，还要有对生活、对人物的理性的理解与判断，因而作家也就有了对生活、对人物的哲学层次的把握，而要在作品中展示丰富、深刻的思想蕴含，有了作家的理性之光的照耀，亦即有了作家对现实的深入开掘与把握，则作品的力度也就大大加深。

三

"北国边城系列"作品，表明作者由对于既往历史生活的回忆与品味，进入了对于现实生活经历的切身体验，从而迈向了一个更新的审美境界。

中篇《鹡雀儿传奇》，从内容上看，是从"射雕镇系列"向"北国边城系列"的过渡；从故事发生的时间上看，也正从"过去时"逐步转向"现在时"。如果说，"射雕镇系列"作品主要是写作者根据老人"讲古"而听来的间接生活内容的话，那么，"北国边城系列"则更着重写作者的直接经历与亲身体验。《鹡雀儿传奇》尽管是从北京解放前后写起的，但鹡雀儿的射雕镇生活与她的出关经历，及其出关以后的生活，显然已融进了作者本人的经验感受。作品描述鸂雀儿与自家长工冬青的爱情，以及她对管家姚三黑子的憎恶。写出了鸂雀儿敢爱敢恨、敢作敢为的性格侧面；描叙鸂雀儿夜走房山董家窑、只身闯关东，又写出了她灵活机变、敢冲敢闯的性格侧面；描叙鸂雀儿与郭存林倒卖烟叶，在博克图与几个无理挑逗的林场工人周旋的过程，还写出了她有智有勇、通情达理的性格侧面；还有写她面对村长徐大彪审讯的沉着机智，写她对郭存林的挚爱及对孩子的慈爱，写她对故乡射雕镇的眷恋与对年轻时恋人冬青的怀念等，都说明鸂雀儿这个人物形象是鲜明的，性格是突出的，这显示出作者塑造人物的才干。作品中郭存林这个人物，在全国解放前夕以有病为由退役还乡，没有随军南下，似可以进一步写出其必然性来。此外，郭存林本是个正直善良、乐于助人的人，他家乡有父母及老婆孩儿"一大爬拉人"，他舍弃家人，与鸂雀儿姘居闯荡，并长期共同生活直到年老故去，作品对此也应有更为合理的、有力的交代。我以为，作家思维的细密，人情世事的练达，对于作品的成败得失有着不可忽略的意义，而更主要的，还有作家在作品中究竟要表现一种什么样的人生体验？要写一种什么样的人性与人情？这一作为作品灵魂的东西，首先需要作家思考清楚，而后把握住它。作品，应该是作家对人生的审美探求。当作家对作品能够达到这种宏观的把握时，作家与作品也就可以进入真正的文学境界。

中篇《我也有过风流》也是一篇意味醇厚的作品，其中写了"我"在长白山下的"盲流"生活经历，作品比较成功地塑造了

"马姐"这个人物。马姐真名冯秀娟，原是辽南北票矿山把头冯占山之女，母亲是个妓女，号为"黑牡丹"，辽沈战役后，冯占山出逃，黑牡丹改嫁给"二人转"名艺人相满仓，冯秀娟随继父学艺，取艺名"相春花"，后因坏人"二腰刀"整死了相满仓，想强行占有相春花，相春花在无奈中被逼进行反抗，杀死了"二腰刀"，连夜出逃，隐姓埋名，也成了长白山的"盲流"，即是"马姐"。"我"与马姐由相遇、相识，乃至相爱；"我"与马姐为生存而奋争，奔波。从在砂石场卖苦力到倒烟叶、倒猪娃，其间经历了多少艰险、困厄与趣事、奇遇，又经历了多少爱的深挚、疯狂与爱的歧路、纠葛！"我"终于未能与马姐结合，在"我"考入鹤城师院，学完四年课程毕业后，与法院院长的外甥女儿、"我"同校同届的英语系女生结婚了，而马姐，因"二腰刀"案被判了刑，两年后出狱回到长白山下，当了砂石场的副场长……这是一个十分动人心魄的故事！如果说上述几篇作品在成功的基础上都还存在一些明显的问题，那么这篇作品，在结构上却是较为严密的，故事的叙述、描写也自然顺畅，如行云流水。不仅马姐这个人物刻画是成功的，"我"与马姐的命运结局，也是出人意料而又合乎情理的。作品的生活实感很强，非有亲身生活经历，是绝然写不出的。当然，作者还可以有对自己体验过的生活的更深一层的品味，这样也就可以使读者从作品中"品"出更深一层的"味儿"来。

在几个短篇中，《远山》与《弯弯的月亮》是写得较好的。《远山》写小村养儿峪的普普通通的故事、家事，但写出了传统伦理道德的因袭负担与现实人性的矛盾冲突，作品写陈大狗与二弟妹孀妇杏儿的爱是写得自然合理的，而写陈大狗对待二弟妹杏儿与三弟妹桃儿的关系上也是真实可信的。作品提出了一个现实生话中的伦理道德问题，但作者并没有解答这一问题，作品结尾的一个"唉"字的叹息是很有余味的。《弯弯的月亮》写一个民办教师屈民，在教学工作中认真负责，具有创造性和奉献精神等可贵的品质，这是一篇歌颂性的作品，但文字写得自然流畅，情节生动真实，具有一定的感人力量。其他如《家丑》写一种爱国主义精神，在美与丑的议论上是意味深长的。《老处女》写出了矿工爱矿与自强精神。还有《紫色的草原》《业余所长的雅兴》等也都有可观之处。

纵观子亮的作品，可以看出：他的生活功底是扎实的，作品的谋篇布局是苦心经营的，语言也是富有特色的。他的短篇，大都有较为明显的立意；他的中篇，生活内容大都很丰厚，也有了一定哲理层次的观照。这表明作家在驾驭题材，开掘生活方面已有了相当的功底。

子亮取得这样的成绩是令人高兴的。我相信，在今后的创作实践中，子亮当会不倦探索，孜孜以求，在对人生的审美沉思中，升华到艺术文学的更高层次。

1993 年 6 月 15 日于石家庄

（原载《传奇·传记文学选刊》1993 年第 1 期。）

漫话"譬喻"

——兼谈小说《开课》的不足之处

　　文艺作品中刻画形象、描绘景物、抒写情怀，常用譬喻。譬喻，对于作家塑造准确、鲜明、生动的艺术形象有很大的帮助，恰当地运用譬喻，能够加深作品说服人、感染人的力量，还能使作品含蓄、有余味、充满诗意；但是，如果譬喻运用得不恰当，不仅不能为作品增辉，反而会使作品减却光彩，使人觉得累赘。

　　鲁迅先生的作品，凡用譬喻处，必能充实和丰满艺术形象，绝非可有可无，更没有人工雕砌的痕迹，尤其是用在作品的节骨眼上，贴切、生动，加深了读者的印象。例如在《故乡》中，描写尖刻的豆腐西施杨二嫂张着两脚站立的姿势"正像一个画图仪器里细脚伶仃的圆规"；描写诚实朴素的中年闰土的手"像是松树皮"；在《阿Q正传》中，描写阿Q喝了两碗空肚酒之后的得意之情，舒服得"如六月里喝了雪水"；在《白光》中，描写幻觉中的白光"如一柄白团扇，摇摇摆摆的闪起"；在《兔和猫》中，形容白兔弹跳而起的轻盈之状"像飞起一团白雪"；在《社戏》

中描写少年鲁迅回望月色之下，灯火中的戏台"漂渺得像一座仙山楼阁"，等等，这些譬喻，通过读者的联想，使借以譬喻的形象与作品中所要描绘的形象互相印证，相辅相成，给人造成栩栩如生、历历在目的亲切印象。

最近读了淡墨同志的小说《开课》（《边疆文艺》1961 年 12 月号），看到其中运用譬喻之处是很多的，有些地方运用得恰到好处，清新颖脱、别开生面，使作品增色不少。例如小说开始描写清晨的天边"变成了茶花般的颜色"，后面写"星星闪着一双双激动的眼睛"来侧写小说主人公柏新叶的内心激动的情感，以及借"微风吹皱一池春水"之景，反衬"在柏新叶心中却掀起了更不平静的巨浪"等。但是，却也有许多地方，运用譬喻过多，使形象臃肿、杂乱。比如在写柳教授读着柏新叶的"字迹秀丽"的讲稿时：

> 一看到它，那些字好像变成了无数灿烂的鲜花；又像一股汹涌澎湃的激流……

在这样接连两个譬喻之后，接着又是一连三个譬喻：

> 和园丁看着自己栽培的幼苗开出了鲜花，农民在秋天开镰收割那金黄的谷子，渔人捞起满网跳跃的鱼虾时的感情有什么两样呢？

形容教室的安静时也是一连两个譬喻：

> 像静寂的秋夜没有虫鸣，像寂静的山林没有松涛的喧啸……

说柏新叶专注地读书时：

> 好像蜜蜂钻到了花丛中，贪婪地吸吮着科学的乳汁不再飞开……她是一块干涸了的土地，书本上的每滴知识的细雨都被她吸收了。

当然，文艺作品中应用譬喻多一些，如果是出于塑造艺术形象的客观需要，本来也是无可厚非的事情，同时只要是生动、贴切，每一次都有新意，不怕多次运用；有的为了使形象的刻画层层深入，或是进一步展示所描绘的事物的本质，连续用譬喻，也是完全可以的。但是，如上所举的几个例子，就并非出于这样的需要，又像鲜花，又像激流；又是园丁的鲜花，农民的谷子，渔人的鱼虾；蜜蜂吮乳汁，土地吸雨水；像秋夜，像山林……我看这些地方，有的应用一个譬喻就已不少，有的竟可以一个不用，形象反会显得真切而朴实无华。但作者却是两个三个地一连串运用，使得读者的头脑中壅塞不堪，眼前也万花缭乱，读着这些譬喻，反而使人忘记了作者原来所要说明的东西是什么了，所谓

"美言不信",这就不仅无助于形象的塑造,而是有损于形象的塑造了。

为什么要用譬喻?因为作者所描摹的对象,常常可能是读者所不知或不熟悉的事物,而借以譬喻的,就应该是为一般读者所熟悉的东西,如果作者所描绘的本来就已经是人们所常见的事物,那么,再用譬喻,就成为画蛇添足了;但即使作者所叙写的东西为读者所陌生,而这一譬喻也是人们所少见的事物,那么作者的目的还是难以达到的。小说《开课》中,说老教授把他的"比珠宝"更为可贵的时间和精力花在柏新叶这个成绩不好的学生身上,是"叫一个高级的修表匠人去打毛铁";说"那些亲切的目光即刻变成了许多无形的鞭子,她感到无限的痛楚"。这类譬喻既显得做作,也缺乏感人的力量。

譬喻贵新颖,所谓新颖,就不应该是别人反复用过的东西。当然,我们不能苛求每个作者在运用譬喻时,都必须出于自己的创造,但即使沿袭别人的譬喻,也应在熔铸于自己的作品中时,赋予新意,即如陆机《文赋》中所说:"袭故而弥新""沿浊而更清"。但在小说《开课》中的某些譬喻,应用一次就已觉得不新鲜,而作者却反复沿用。如开始说老教授读柏新叶讲稿"觉得"越读越新鲜,讲稿的文字是那样的优美:"简直可以和最好的诗章比美。……这是一个新走上教育战线上的新兵用心唱出的第一支歌。"用诗和歌比喻讲稿,虽然平庸无奇,用一次也还未尝不可,但当老教授竖耳听柏新叶讲课时,又是:"简直是激情的倾泻,是诗的朗诵，是激动人心的歌唱。"而后来形容池水喷射水花时，还是，"真是一个诗才旺盛的诗人，不断吐出诗句般的水花"。对于具有诗情画意的事物，作者翻来覆去地用诗和歌来譬喻，味极淡薄，也少含蓄，本来是具有诗情画意的意境，反被作者的解释所冲淡了。这样的譬喻就使人感到枯燥、腻人。

此外，小说中有些譬喻也欠准确，如说屋里平静"好像连空气也凝聚在一起了"；说学生注意听讲是"从脑里伸出几千只记忆的手"，以及"那映入眼帘灯光，忽然变成了一摊鲜红的血"，等等，读起来感到与形象游离，不能令人信服。

这篇短文，并不是小说评论，因此绝无否定小说的成就之意，我以为，小说《开课》在选取题材上，人物性格的刻画上，以及许多细节的描绘上，都有独到之处，但是在这里所谈到的运用譬喻这一点，我觉得是这篇小说的不足之处。

1962 年 2 月

（原载《疆边文艺》1962 年第 6 期，署名"卯文"。）

论笔记小说《女才子书》的作者与写作年代

——兼与林辰等几位先生商榷

一

《女才子书》又名《女才子》《女才子传》《女才子集》《十才女传》《美人书》《情史续传》《闺秀佳话》《名媛集》等，这是一部自清初以后有着多种刻本，并产生过较大影响的文言笔记小说。

《女才子书》较早的坊刻本名题为《美人书》，又题为《情史续传》《情史续刻》《情史续编》，这是因为明末著名小说家冯梦龙曾编辑了一部名为《情史》的书（此书又名《情史类略》《情天宝鉴》，冯梦龙在书中以"江南詹詹外史"署名"评辑"，以"龙子犹"署名作"序"），颇为流行。但冯梦龙的《情史》是选录历代笔记小说和其他著作中有关男女情事的记述编纂而成的类书，分为"情贞""情缘""情私""情侠""情豪""情痴"等二十二类，编为二十二卷，而《女才子书》却是包括多篇各自独立成章，并无类别关系的有关男女之情的小说，两本书的性质是不完全一样的，所以《情史续传》一直只作为《美人书》或《美才子传》的别名或副题，至今还没有发现正式题为《情史续传》（"续刻""续篇"）的版本。

《女才子书》题为"鸳湖烟水散人著"，"鸳湖烟水散人"究竟是谁？这在目前还存在着一些争论。有一种意见认为，"鸳湖烟水散人"姓徐，名震，字秋涛，他与编写《后七国志乐田演义》的"古吴烟水散人"，编写《合浦珠》《灯月缘》《梦月楼情史》《鸳鸯媒》及增补、校阅《赛花铃》等小说的"檇李烟水散人"，还有编写《三国志传》《桃花影》的未加地名的"烟水散人"同是一个人，即徐震、徐秋涛。从事明清小说研究的著名学者胡士莹、孙楷第、谭正璧等先生都持此种意见（见胡士莹《话本小说概论》，中华书局，1980 年版，第 622 页；孙楷第《中国通俗小说书目》；谭正璧《中国文学家大辞典》，第 1417 页）；另一种意见认为，"鸳湖烟水散人"不仅与"古吴烟水散人""檇李烟水散人""烟水散人"同是一人，而且连《平山冷燕》《飞花咏小传》《两交婚小传》《金云翘传》《鳞儿报》《画图缘》《定情人》《赛红丝》《人间乐》等小说的编著、题序者"天花藏主人""素政堂主人"同是这个"鸳湖烟水散人"，即徐震、徐秋涛。戴不凡、范志新等同志持此种意见（见戴不凡《小说见闻录》，浙江人民出版社，1980 年版，第 30 页；范志新《天花藏主人即嘉兴徐霞补证》，载《社会科学辑刊》1985 年第一卷，第 157 页）；还有一种意见认为，"鸳湖烟水散人"姓徐，名秋涛，但徐秋涛并不就是徐震，不仅"天花藏主人""素政堂主人"绝非徐秋涛，连"檇李烟水散人""古吴烟水散人""烟水散人"，也不是"鸳湖烟水散人"，他们可能是四个人，即有四个烟水散人，林辰同志持此种意见；另外又有人认为，"鸳湖烟水散人"与"天花藏主人"没有任何关系，完全是两个人，杨力生同志持此种意见（见《明清小说论丛》第一辑，春风文艺出版社，1984 年版；杨力生《关于烟水散人、天花藏主人及其他》）。

关于这几种不同的意见，由于目前尚未发现更为可靠的资料与有力的证据，所以还很难定于一尊，愿做进一步探讨，以期得到更加准确的答案。

二

林辰同志认为，"鸳湖烟水散人"姓徐，名秋涛，这是没有争议的，因为有《女才子书》中的钟斐《序》里的文字为证。但是林辰同志认为，徐秋涛不一定是徐震，他怀疑清乾隆十八年大德堂刻本《绣像女才子书》中的作者自"叙"，在"烟水散人漫题于泖上之蜃阁"题署下的"徐震"和"烟水散人"两方印章中，"徐震"之印可能系伪托。根据就是：《女才子书》卷首绣像后面的"题赞"，分别署有徐渭、汤显祖、董其昌、冯梦龙、徐震等人的名字，名后也都钤有印章，其中徐震之印又与书"叙"之后的徐震之印不同，而且据林辰同志考订，由于生卒年代的原因，徐渭、汤显祖等人是不可能为《女才子书》题赞的，所以这显系伪托，而他们的印章则也显系伪造。既然刻书者能伪托徐、汤、董、冯等人的印鉴，那么自然也可以伪造徐震的印鉴。如果徐震之印是伪造的，那么说"鸳湖烟水散人"徐秋涛就是徐震，倘若没有其他证据，则仅此之据是不足确证的。

林辰同志也注意到，署名"携李烟水散人"校阅的小说《赛花铃》的"题辞"中，在"携李烟水散人漫书于问奇堂"的题署后面，也有"徐震"和"烟水散人"这样两方印章，由于这两方印章与《女才子书》鸳湖烟水散人自"叙"题署后的两方同文印章形制、字迹有所不同，所以他认为这些印章是刻书人随意所刻，不是题署者本人的印鉴。既然如此，如果《女才子书》中的徐震之印乃系伪造，那么说"鸳湖烟水散人"与"携李烟水散人"同是一个人，就是没有根据的。

现在的问题是，即使确证了《女才子书》的徐震之印是伪造的，不等于也同时确证了徐震就不是"鸳湖烟水散人"徐秋涛，如果不能肯定"鸳湖烟水散人"不是徐震，那么，说"鸳湖烟水散人"与"携李烟水散人"不是一个人，论据也就显然不足。

尤其值得注意的是，"携李烟水散人"在《赛花铃》"题辞"中说："予自传《美人书》以后，誓不再拈一字。"这里明白地说出作者曾撰《美人书》，即《女才子传》，那么说"携李烟水散人"与"鸳湖烟水散人"不是同一个烟水散人，显然是说不通的。林辰同志对于这一问题论证说："胡士莹先生认为鸳湖烟水散人的《美人书》作于明末刻于清初（我们认为《女才子书》完成于清顺治十六年，如果此人真的'自传《美人书》以后，誓不再拈一字'，那就是说在整个康熙时代的六十年中他一部书也没有写；如果题辞之言可信，那么，显系《女才子书》（或者《美人书》）以后著作的《珍珠舶》《合浦珠》，以及《中国通俗小说书目》中所著录的《桃花影》《灯月缘》《梦月楼情史》等书，又是谁作的呢？这些书又都署名'槜李烟水散人'（《珍珠舶》系署名'鸳湖烟水散人'，《桃花影》系署名'烟水散人'，别号前未加地名，林辰同志在他的同一篇文章中的另一处也指出过这一点，说'另有一位别号上不加地名的烟水散人曾编《桃花影》'，这显然是自相矛盾的——笔者注），又做何解释呢？"这是林辰同志怀疑"鸳湖烟水散人"与"槜李烟水散人"不是同一个人的有力论据之一。林辰同志的有力论据之二是：《女才子书》的完稿时间"且按顺治十六年来估算，这时的鸳湖烟水散人，至少已经有四五十岁了。到'康熙壬寅岁秋前一日'，即康熙六十一年时，六十年来'誓不再拈一字'的别号改为'槜李烟水散人'的作家，大概已经一百一二十岁了。这位百岁老人竟有'梦中之花已去，而嗜痂之癖犹存'之憾！不仅如此多情，而且还能应'书林氏'之请为白云道人的《赛花铃》'严加校阅，增补至十六回'。难以令人置信"。（林辰《女才子书》附录：《释疑与存议》）以上的两个证据确实似乎是很有力的，但是林辰同志的立论根据，一是"胡士莹先生认为鸳湖烟水散人的《美人书》作于明末刻于清初，而槜李烟水散人为《赛花铃》题辞又明确写着康熙六十一年"。一是林辰同志论断出来的《女才子书》完稿当在顺治十六年。先说前者：查胡士莹先生在《话本小说概论》第十五章第二节"清代的话本作者和说书艺人"中，在"拟话本作者""徐震"条下，加了一条注释，其中称"按《赛花铃》小说有康熙六十一年壬寅徐震题词，己亥（指钟斐《闺秀佳话》——即《女才子书》'序'云'己亥春'之句）当为康熙五十八年"。这大概就是林辰同志所说的槜李烟水散人为《赛花铃》题辞的时间"明确写着康熙六十一年"之谓了。可是胡先生所说的"康熙六十一年壬寅"还是个尚有争议的问题，据大连图书馆参考部编《明清小说序跋选》（春风文艺出版社，1983年版）所载，大连图书馆藏《赛花铃》一书卷首有作者槜李烟水散人题辞，末尾署为"时康熙壬寅岁仲秋前一日槜李烟水散人漫书于问奇堂中"。这里的"康熙壬寅岁"之间并无"六十一年"字样，把"康熙壬寅岁"说成是"康熙六十一年壬寅"，或系胡先生自己的推断，或系他转述孙楷弟先生《中国通俗小说书目》及其《大连图书馆所见小说书目》中著录的大连图书馆藏本《赛花铃》撰著人项下注："首康熙壬寅（六十一年）徐震题辞"之说，但日本昭和六年《大连图书馆和汉图书分类目录第三编》《赛花铃》刊年项就著录为康熙元年，与孙楷第先生的记述不同，但两个"康熙壬寅"一为康熙元年，一为康熙六十一年，《赛花铃》题辞中的康熙壬寅系指康熙元年而非康熙六十一年，这个问题下面还要论及。林辰同志据胡先生之说而未加复核，故而因错就错了。按照林辰同志推断的《女才子书》完稿时间为顺治十六年，即顺治己亥，此亦即胡士莹先生说钟斐为《女才子书》作"序"的己亥春之己亥，这样，槜李烟水散人称"予自传"《美人书》以后，"誓不再拈一字"，至"康熙壬寅岁仲秋"为白云道人《赛花铃》校阅、增补、题辞的康熙元年，则不是"六十年中他一部书也没写"，而只是三年左右的时间内烟水散人可能没有写书，由于林辰同志以间接材料（胡士莹先生的推断）而不是以直接材料(《赛花铃》原书"题辞"所写明的时间）作为立论根据，以至得出烟水散人"六十年中"未写一书、"一百一二十岁"为《赛花铃》写序，以及说《赛花铃》"题辞"中"予自传《美人书》"句虽与鸳湖烟水散人作《美人书》事暗合，却又"露出了破绽"的推理，乃至得出了两个烟水散人并非一人的一连串的错误论断。还有一点，就是林辰同志既然以胡士莹先生的"康熙六十一年壬寅"作为依据，来说明槜李烟水散人为白云道人《赛花铃》"题辞"为不可能，可是在关于《女才子书》的成书时间问题上，却又不以胡士莹所说的钟斐为《闺秀佳话》（即《女才子书》）写"序"的"己亥春"为康熙五十八年，而以自己的推断顺治十六年作依据，然后再以这样的依据进行论述，那么这样得出的结论，虽然表面看似乎很"有力"，其实是根本站不住脚的。

三

那么，鸳湖烟水散人与槜李烟水散人究竟是不是一个人呢？我认为是一个人。

其一，署名"槜李烟水散人"的《赛花铃》"题辞"作者，既然在此"题辞"中说他曾撰写《美人书》，而林辰同志所指出的"破绽"实际上是不能成立，则这一点足可以作为一个"内证"，证明为《赛花铃》题辞的槜李烟水散人，实际上也就是曾撰写《美人书》的鸳湖烟水散人。同时，据大连图书馆藏清康熙黄顺吉刻本《赛花铃》"题辞"署为"槜李烟水散人"，而封页却又署"南湖烟水散人校阅"，这里"槜李烟水散人"与"南湖烟水散人"实系一人，这是无须我们格外去论断的了。

其二，题署为"槜李烟水散人编次"的另一部话本小说《梦月楼清史》，卷首有幻庵居士的"叙"文，而题署为"鸳湖烟水散人著"的小说《珍珠舶》，卷首亦标有"东里幻庵居士批"字样。"幻庵"为谁？看过《女才子书》的读者当不陌生。因为书中许多回篇之后都附有署名"幻庵"的评语，这就是说，《女才子书》与《珍珠舶》的作者鸳湖烟水散人，与幻庵这个人是过从甚密的，而如果鸳湖烟水散人与槜李烟水散人是两个人，那么"幻庵"势必是既与鸳湖烟水散人有深切交往，并为其书《女才子书》与《珍珠舶》做批注评语，同时又与另一槜李烟水散人情谊甚笃，并为其书《梦月楼情史》写"叙"。这样把鸳湖烟水散人与檇李烟水散人无根据地说成是生活在同一时期，并与同一个人（幻庵）相交往的两个人，这是需要有另外的证据才能讲得通的。这是又一"内证"。

其三，署名"檇李烟水散人"编的小说《合浦珠》之作者自"序"中称："予自早岁，嗜观《情史》，每至绿窗以菁藻离毫罗帐，以珊瑚作枕，却使君于桑陌，嫁碧玉于汝南，莫不揽兹艳异，代彼萱苏。"再看鸳湖烟水散人题《女才子书》别名为《情史续编》，以及署名檇李烟水散人把自己编次的一部书定名为《梦月楼情史》，可谓题名有因，说明檇李烟水散人与鸳湖烟水散人在经历与事迹上的内在联系，可资"内证"二者实是一人。

其四，《合浦珠》作者在"序"中又有"才子名姝，俱毓山川之秀气，故以芝兰为性，琬琰为才"之述，"芝兰"，《孔子家语·在厄》说："芝兰生于深林，不以无人而不芳。"《晋书·谢安传》中有言："譬如芝兰玉树，欲使其生于庭阶耳。"后人因以"芝兰玉树"比喻年轻有为的佳秀子弟。《女才子书》卷四《崔淑》篇中，写崔淑梦中见"当庭玉兰一株，花正艳发"，天妃娘娘将其许配杨藩司，后崔淑之梦应验，她与官至布政使（藩司）的杨汝元婚后同至闽中官署，只见"木兰当窗，玉英初吐"，此亦"芝兰玉树"之谓也。这与《合浦珠》"序"中"芝兰"之述暗合；另，"琬琰"，琬圭和琰圭之谓也。古代帝王所派使者手执之端节也。《玉楼子·立言下》说："殷亡，焚众器皆尽，唯琬琰不焚；君子则唯仁义存而已矣。"又以"琬琰"比喻人的品德或文章辞采之美者，如《南史·刘遵传》说："文史该富，琬琰为心。"在《女才子书》中，有卷九《王琰》与卷十二《宋琬》两篇，琬、琰二字全同，且《王琰》写节行双美、贤而不妒的女子王琰之美德，《宋琬》写风流绮艳之女子情敌，此亦与"琰琬"之述暗合处。以上两端，可以说明，如果鸳湖烟水散人与槜李烟水散人不是同一个人，这种即使在古代小说作者也并非常见熟知的作品故事，人名与文辞典故之暗合，是过于巧合与十分偶然的。若为一个人，作为文史知识之修养，体现于作品中，一脉相承，就十分自然并易于为人所理解了。

其五，《合浦珠》"序"中又有"是以午夜燃脂，选校香奁之计，清晨弄墨，唯誉乡阁之文"，这实际上即是指鸳湖烟水散人编撰《女才子书》之事。又："不谓数载以来，萍踪流徙，裘敝黑貂，徒存季子之舌；梦虚锦凤，遄辞太乙之藜，而曩曩时一种风流逸宕之思，销磨尽矣！"这话与《赛花铃》"题辞"中所说的："予自传《美人书》以后誓不再拈一字……虽梦中之花已去，而嗜痂之癖犹存……此亦予之绮语债深，文魔劫重耳。"都是同一思绪意蕴之言语，且又都与作者先时撰写《女才子书》之事相互照应，亦可知鸳湖与槜李两"烟水散人"实一人耳。

其六，《女才子书》卷十二《宋琬》篇末作者"自记"说"余以一苇访月邻于苕上"，此语与《赛花铃》"题辞"中所说的"盈盈苕水，一苇可杭（航）。焉从白云道人而询旃"，在涉及地点与措辞用语的习惯上，实如出自同一人之手笔，故可见《女才子书》的作者鸳湖烟水散人与《赛花铃》"题辞"者"檇李烟水散人"实是一人。再者，《赛花铃》作者白云道人，我疑他就是《女才子书》中所说的居于"苕上"的"月邻主人"，而为《赛花铃》写"后序"的"风月盟主"，实际就是作者"白云道人"自己，也即月邻主人。理由是：《女才子书》中《宋琬》篇末作者"自记"中说："即得月邻为地主，二三良友，咸携琴载酒而至。尔时，白云在户，松风在窗，茶烟既歇，酒力渐醒，月邻乃箕踞而问余曰，'闻子欲作《美人书》……'及是书草创既就，质诸月邻，月邻啧啧赞赏曰……"。由此可见，"苕上"月邻主人之见识，不在鸳湖烟水散人之下，他托名"白云道人"而撰《赛花铃》，当是可能的。何以说"白云道人"可能系月邻主人之托名？因与鸳湖烟水散人交游甚笃之居于"苕上"者，即月邻，而"风月盟主"为《赛花铃》写"后序"时称："白云道人，苕上逸品，饱诗书，善辞赋，诙谐调笑，恒寄意于翰墨场中。"这一人物，不仅居止与月邻主人相同，其形象，亦与《女才子书》中《宋琬》篇末"自记"中之"为地主"者、"箕踞而问余"的月邻主人无异，而月邻主人的言谈，"请即以美人质于子，不知美人云者，岂建党闺阃间可得而有，抑别具非常色目耶？""子讥我陋，我亦笑子之浅也"，"但恐风流绮艳，业债难销……请为吾子忏悔可乎？"（《女才子书》卷十二，《宋琬》篇后"自记"）此尤与白云道人之"诙谐调笑"性情相合。故以为"白云"即"月邻"也！

　　说风月盟主亦即白云道人，是因为作为《赛花铃》的作者，既请了槜李烟水散人校阅、增补、题辞，而又另请风月盟主写"后序"，而白云道人自己却不置一词，岂非咄咄怪事？且"后序"中说："予故不敢自为娱赏，乞付书林氏，嘱言梓刻，以广其传。"这里"露了马脚"，明明是作者的口吻，即白云道人语气，却非要另署他名，即托为风月盟主，结果"弄巧成拙"、真相毕露了。"后序"又谓"窃料是编一出，洛阳纸贵无疑矣"，此乃为宣传广告之文字耳，若由作者自己出面说出，是不很适宜的，而托名他人言之，则略显得体。还有，白云道人之署名，或出自《宋琬》"自记"中"白云在户"之"白云"二字；风月盟主之"风月"，与"松风在窗"之"风"字，月邻主人之"月"字，恐实是有紧密联系的。

　　其实，林辰同志说："鸳湖烟水散人自述说：他'生于吴，长于吴，足迹不越于吴'，且又以'一郡之胜'为别号，虽曾迁居，仍不离吴地，似无变更别号地址之必要。"说鸳湖烟水散人因不曾离开过吴地，所以就无变更别号地址之必要，这倒也不尽然。明末清初小说家不署真名而署别号者颇多，这是由于一些小说作者在当时的政治历史与社会背景下，不愿抛露真实姓名而使之然，这在当时对于某些作品的作者来说，固然出于某种需要，但对于后来的读者与研究工作者来说，却也造成了一些麻烦，譬如明代小说《金瓶梅词话》一书的作者署题别名"兰陵笑笑生"，至今无从确证究为谁氏，即是一例。由于不愿暴露真实姓名的需要，有的小说家又不仅署题一个固定的别号，而是常常变换别号，这是很常见的事。譬如冯梦龙就有龙子犹、顾曲散人、墨憨斋主人、詹詹外史等许多别名，有时在同一本书中作者署题编撰者、题序者就分用两个别号。所以，烟水散人在不同的著作中变更别号地址称谓，也是容易理解的事。当然，作为明清之际的小说家，题署别号成为一种风气，而这种风气一经形成，人人都署别号、变换别号，这倒也未必都是出于不肯暴露真实姓名的动机，对于某些小说作者来说，恐怕主要是当时风气而使之然的。至于鸳湖烟水散人何以又改槜李烟水散人，这还需从"鸳湖"与"槜李"二地名词汇本身的语义方面来考察。鸳湖，一称鸳鸯湖，又名南湖，在今嘉兴县城东南，旧以东、西两湖相连，若鸳鸯交颈，故名鸳湖，古人亦以鸳湖作嘉兴地名的代称；槜李，古地名，又作醉李、就李，在今浙江嘉兴西南，古人亦以槜李作嘉兴地名之别称。因此，作为嘉兴的别称，鸳湖与槜李原是同义的。既然是同一地名的两个别称，则同一烟水散人变换同一地名之称谓自无不可。这是可以作为鸳湖烟水散人与槜李烟水散人实系一人的"外证"或旁证的。

四

林辰同志根据"烟水散人"之前有无地名及地名的不同，认为有四个烟水散人：其一，鸳湖烟水散人；其二，古吴烟水散人；

其三，檇李烟水散人；其四，别号前不加地名的"烟水散人"。并根据这四个署题不同的烟水散人，在不同著作中有无题辞、叙、序，或题辞与叙、序落款方式的不同，以及前面已经提到的所谓《赛花铃》一书檇李烟水散人"题辞"年代的"矛盾"，认为他们"并非一人"。

其实，烟水散人在上面提到的著作中的题名：不仅是林辰同志提到的四个，还有其一，烟水山人（《赛花铃》，大连图书馆藏；黄顺吉刻本，题"白云道人编次""烟水山人校阅"）；其二，南湖烟水散人（《赛花铃》，同上版本，扉页右上题"南湖烟水散人校阅"）；其三，檇李散人（《合浦珠》，大连图书馆藏，清初刻本署"檇李散人"编）。按照林辰同志的看法，烟水散人可能又不止是四个人了。其实，同一个烟水散人，不仅有变换别号之前地址名称之可能，还有连"烟水散人"题署也加以变换的可能，若说鸳湖烟水散人在《女才子书》中曾自述说"（予）生于吴、长于吴，足迹不越于吴"，故"似无变更别号地址之必要"，现在看来，这已不再成为问题。前述论据，已可证明鸳湖烟水散人、檇李烟水散人实为一个烟水散人，另外需要证明的只有一个"古吴烟水散人"的问题了（别号前不加地址的"烟水散人"，已无须另外加以说明）。

署题"古吴烟水散人"的作品，就目前所能见到的只有《后七国志乐田演义》这样一部小说。在我们至今还找不出有力证据，证明有另外一个"烟水散人"的情况下，仅仅根据别号前所署地名的不同，就判定有两个或几个"烟水散人"，这是未免过于武断的。而且鸳湖、檇李均指秀水（今嘉兴），秀水又属古吴地，作者自己也明确申明他"生于吴，长于吴"，那么既题署过鸳湖，又题署过檇李，还题署过南湖，变换改题为"古吴"，就没有什么不好理解的了。何况，"古吴"之称，在明清小说作者中几乎成了一种"时髦"，我们可以信手拈来的就有：冯梦龙自号"古吴龙子犹"（《石点头》），小说《鼓掌绝尘》作者题"古吴金木散人"，小说《锦香亭》作者题"古吴素庵主人"，小说《世无匹》作者题"古吴发报川主人"，小说《西湖佳话》作者题"古吴墨浪子"……所以，与其没有根据地说《后七国志乐田演义》的作者"古吴烟水散人"是另外一个烟水散人，无如说明清小说作者变换署名是常有的事，更不用说一个同名作者变换别号前的地名称谓了。

林辰同志还从《后七国志乐田演义》一书没有序、叙，"完全不像好发议论的鸳湖烟水散人的风格"这一点，怀疑"古吴烟水散人"和"鸳湖烟水散人"不是一个人。关于这个问题，我们应该看到常有的较为复杂的情况：其一，现存版本的书籍未必是原初版本或完整版本，其中或删、或减、或残、或缺的情形是常见的，再版书和重版书，凡例、题款、插图、叙序等阙如的情形也是很多的，更何况有些书籍仅存零篇碎简，甚或有的有目无书或有书无目；其二，由于种种原因，作者有意不在书中题写叙、序；其三，坊间梓人（书林氏）出于某些原因，有意删除原书中的某些部分……如此种种，说明书无题辞、叙、序，是不能简单

地与作者的著作风格联系在一起的。即如一部《女才子书》，书名
即有九种之多，作者题署有七种之多，而有凡例、绣像、题赞、
叙、序者，如乾隆十八年大德堂刊本《绣像女才子书》（北京图
书馆藏）；笔花杆十二卷本《美人书》（天津图书馆藏）；有凡例、
叙、序而无绣像、题赞者，如凤鸣堂刊本《新镌女才子传》（北
京图书馆藏）；有烟水散人"叙"而无钟斐"序"，有凡例、日次
而无绣像题跋者，如味根斋刊本《十才女传》（北京图书馆藏）；
有叙、序而无"烟水散人漫题于泖上之蜃阁""华亭通家弟钟斐
题"之落款，无绣像、题赞、回目、凡例者如光绪丁丑上海申报
馆仿聚珍版《女才子》（北京图书馆藏）；有回目、无回数，既无
绣像、题赞、凡例，又无回前引言、回后评语，亦无叙、序者，
如《美人书》四卷坊刻本（天津图书馆藏）、齐如山百舍斋藏
《美人书》四卷本……这种现成的复杂情况，足以说明单凭书中有
无题跋、序、叙等来辨别作者风格的不同，是不科学的，也是不
足为据的。

至于林辰同志所说的，在许多个"烟水散人"中，"其中有
的不能排除伪托之嫌"，这从原则上讲是不错的，但是，烟水散人
不是明清之际的小说名家，他的作品，除《女才子书》外，其他
诸书甚为平庸，这样的一位烟水散人，我们至今连他的生平事略
也还弄不清楚，冒充他的署名，就像林辰同志怀疑"徐震"印鉴
系伪造成的一样，究竟有什么意义呢？何况这种怀疑，林辰同志
并未能找出确凿证据加以证明。

孙楷第先生在《中国通俗小说书目》中、胡士莹先生在《话本小说概论》中、戴不凡先生在《小说见闻录》中，都倾向于《女才子书》（或作《美人书》等）《赛花铃》《合浦珠》《后七国志乐田演义》等书的作者与题序者烟水散人，就是同一个烟水散人。此外郑振铎先生、谭正璧先生（在其编的《中国文学家大辞典》中）也和上述几位先生一样，认为烟水散人即徐震、徐秋涛。但这些先生均未对这一问题进行详细论证和说明，所以林辰同志提出问题，进行研究、讨论，这还是很有意义的。笔者在这个问题上着重与林辰同志进行商榷，做如上论述，得出题署几个不同地名的烟水散人实系一个烟水散人，即徐震、徐秋涛，并印证了孙、胡、戴、郑、谭诸先生的看法。

但是，戴不凡先生还认为"天花藏主人"也是烟水散人，笔者对此持不同意见，认为这一问题尚需进一步探讨，因不在本文讨论范围之列，故不赘述。

五

关于《女才子书》的作者，我们现在可以确认为烟水散人，即徐震、徐秋涛。但是关于徐震的生平事迹，我们却不得其详。目前只能知道他是秀水（今浙江嘉兴）人。通过《女才子书》的作者自"叙"中所说"顾以五夜藜窗，十年芸帙，而谓笔尖花足与长安花争丽"之语，可知他年轻时是个颇为自负的书生。至其自述"回念当时,激昂青云,一种迈往之志,恍在春风一梦中耳!虽然,缨冕之荣,固有命焉。而天之窘我,坎壈何极!夫以长卿之贫,犹有四壁,而予云庑烟障,曾无鹪鹩之一枝。以伯鸾之困,犹有举案如光,而予一自外入,室人交遍谪我。以子之太玄,复瓿遗诮,然有侯巴独为赏重。而予弦冷高山,子期未遇,弊裘踽踽,抗尘容于阛阓之中,遂为吴侬面目,其有知我者,唯松顶之清风,山间之明月耳!"由此则可知他屡年科考不中,最后成了个落魄的文人,且晚年生活极为困窘,常遭家人周围人等遗诮,于是散淡江湖,写作小说以自娱,前后共编写了《后七国志乐田演义》《合浦珠》《灯月缘》《梦月楼情史》《鸳鸯媒》《三国志传》《桃花影》《女才子书》等书,还为白云道人增补、校阅了《赛花铃》。

关于徐震的生卒年月,胡士莹先生在《话本小说概论》中认为:"大约生于顺治、康熙年间,到康熙末年还在世。"对此,胡先生在"注释"中说:"钟斐《闺秀佳话》(即《女才子书》)序云:'己亥春,随风而抵秀州……此地有秋涛徐子者,余莫逆友也。'按《赛花铃》小说有康熙六十一年壬寅徐震题辞,己亥当为康熙五十八年。这就是说,《闺秀佳话》写成于康熙五十八年,而康熙六十一年作者又为《赛花铃》题辞,如果作者"大约生于顺治、康熙年间",那么这时的徐震年纪少则五十上下(设或生于康熙之初),多则七十上下(设或生于顺治中晚期,顺治在位十八年,康熙在位六十一年),倘若他于康熙六十一年还为《赛花铃》

题辞，当然就不仅是"到康熙末年还在世"，敢是雍正及乾隆初中期还在世的。因为设若他康熙六十一年时五十岁，至乾隆二十二年他为八十五岁，而设若他康熙六十一年七十岁，至乾隆二年他为八十五岁。按照胡先生的论断，我们可以假设徐震大约生于顺治七年至康熙九年之间，大约死于雍正十三年至乾隆二十五年之间。可是，这种假设问题很多。

其一，胡先生自己在《话本小说概论》中论述到《美人书》时说：

> 此书为齐氏百舍宅旧藏。孙楷第《中国通俗小说书目》未著录。题"鸳湖烟水散人著"，书中"国朝"字屡见，并有"国朝历昌间"字样，知作于未鼎革之前，书中玄字多不缺笔，则刊刻当在清初矣。

胡先生在此中提到的明清"鼎革之变"，是在公元 1644 年（明崇祯甲申十七年、大顺永昌（李自成）一年、清顺治一年）。"玄"字缺笔是避清圣祖康熙帝爱新觉罗·玄烨之讳，"玄字多不缺笔"说明书成在康熙问政之前，即顺治在位期间，《美人书》"作于未鼎革之前"则当在清顺治元年之前。这就是说，《女才子书》（即《美人书》）写成于明末以前，刊刻于清初（顺治在位期间），这与胡先生前面所说的徐震"大约生于顺治、康熙年间"的意见是大相矛盾的，因为"未鼎革之前"作者徐震尚未出生，

《美人书》怎能写出？可见这一说法难于成立。

其二，在《女才子书》中，有两篇作品，故事直接涉及"鼎革之变"及其以后的内容。一为《张畹香》，叙述明崇祯十七年（甲申）春，李自成义军进北京，"遂有彰义门之变"事，跟着又写了"弘光帝（明福王朱由崧）正位南都"，以及"未几，忽值高杰内变"，这都是发生在甲申以后的事。及又写到"间关二载，得免于祸。至顺治三年，始还故址……即又往省买宅……移居白下……其后庚寅岁，复归维扬故居"，这已是顺治七年，"至八年辛卯，又徙秣陵"则已是"鼎革"之后八年的事了。另一篇为《张小莲》，叙述张小莲与丈夫朱匪紫同时无疾而亡，"至五年后，遂有鼎革之变"。这样看来，说《女才子书》"作于未鼎革之前"，则又显然是说不通的。而且作者徐震在《张畹香》篇的"引言"中明确说："予于丁酉岁，尝偕月邻诸子，望月虎丘，酒阑秉烛，各抒异闻。客有备述畹香事者，诸子抚掌称异，皆以为美人之尤，而属余为传，以补《世说》所未载。"此中"丁酉"，乃指甲申之后的"丁酉"，即顺治十四年，作者把发生在顺治十四年的故事写出来，只能在顺治十四年以后，这充分说明《女才子书》的成书时间至少在公元 1657 年以后，而绝非"未鼎革之前"的 1644 年以前。

另外，《女才子书》中的有些作品，虽未直接涉及"鼎革之变"的内容，但作者在前"引"后"跋"中，也有多处涉及写作年代的问题，亦可证明该书不会在"鼎革之前"。如《郝湘娥》

篇"引言"中，作者写道："至丙申岁，余于金闾旅次，有燕客为余言保定郝湘娥事甚悉……但欲为湘娥立传，以附女史之末，而以碌碌嚣尘，至今三载，徒盘结于胸，未能点次其事。"可见《郝湘娥》的写成，当在"丙申岁"三载之后，即公元1656年后三年的1659年，此与作者听说张畹香故事的"丁酉"岁，即公元1657年是前后距离很近的事。由此又可推断《女才子书》成书当在公元1659年前后。书中《宋琬》篇后的作者"自记"中又说："风在戊戌二月既望，余以一苇访月邻于苕上……月邻乃箕踞而问余曰，'闻子欲作《美人书》……'及是书草创既就，质诸月邻……"此中所说的"戊戌"年，当是上述"丙申""丁酉"之后的"戊戌"年即公元1658年，这与上述推断完全映照相合。

其三，随着上述分析，就又需回到作者徐震的生年问题上来。既然《女才子书》成书在清顺治十六年前后，那么按照胡士莹先生说的徐震"大约生于顺治、康熙年间"，即按前已假设的顺治七年至康熙九年来说，到《女才子书》写成之时，徐震最多只有九岁。即使他生于顺治元年，有可能在他不过十三四岁时写出《美人书》，但他这时怎么可能有"回念当时……一种迈往之志，恍在春风一梦中耳""弦冷高山，子期未遇"及"壮心灰冷，谋食方艰"的感慨呢？据此可知，胡士莹先生关于《美人书》"作于未鼎革之前"及作者徐震"大约生于顺治、康熙年间"的说法是不确的，而胡先生在以上两个错误论断的基础上，就又发生了对樵李烟水散人为《赛花铃》撰写题辞的时间理解上的错误。胡先生把檇李烟水散人在《赛花铃》题辞中所署的"康熙壬寅岁"说成是康熙六十一年，把《女才子书》中钟斐"序"中的己亥春说成是康熙五十八年，前已述及实际上这里的"康熙壬寅"乃是指的康熙元年，而"己亥"是指的顺治十六年，正好差了一个甲子轮回。这就是说，《女才子书》中的《张小莲》当写于"鼎革"之后的一二年即顺治二三年（乙酉、丙戌年）；《张畹香》当写于"鼎革"之后的顺治十四年丁酉岁或再稍晚；《郝湘娥》当写于顺治十五、十六年（戊戌、己亥）即公元1658年、1659年，且此篇乃是全书中最后完成的一篇。这样，钟斐作"序"的"己亥"年亦即《女才子书》"草创既就"之后，作者鸳湖烟水散人与钟斐等人会于秀州南湖之上的一年，为公元1659年。而鸳湖烟水散人改署檇李烟水散人为白云道人《赛花铃》题辞的"康熙壬寅"即康熙元年，则是三年之后而非"整个六十年"之后了。

那么，又怎样理解胡士莹先生所说的"齐氏百舍斋旧藏"《美人书》中的"国朝"字样与"玄"字多不缺笔的问题呢？

胡士莹先生所说的"齐氏百舍斋旧藏"《美人书》，即指齐如山《百舍斋所藏通俗小说书录》中关于《美人书》的著录，知"作于未鼎革之前""'国朝'字屡见""玄字多不缺笔"等语，都是齐如山在《书录》中所说，恐非胡士莹先生所亲见。而齐氏百舍斋藏本《美人书》中，亦有《张畹香》与《张小莲》两篇，因这两篇都涉及"鼎革"之变及"鼎革"之后的内容，所以说此书"作于未鼎革之前"还需讨论。胡先生在论及该版本《美人书》

时亦提及"后来坊刻本改题《女才子传》，又名《情史续传》，篇目次序略有更易。申报馆排印本与坊刻本全同"。查现在所知的《美人书》版本题为《女才子传》并另题《情史续传》的，唯有北京图书馆藏清凤鸣堂刊行的版本，书题为《新镌女才子传》，封页上方横栏另题《情史续刻》，其余各版本未见有与胡先生所说的"后来坊刻本"题名相合者。查凤鸣堂本《女才子传》四册十卷，卷次顺序为：小表、杨碧秋（首附李秀）、张小莲（附张丽贞）、王琰（附沈碧桃）、张畹香、陈霞如（附玉娟、小莺）、卢云卿、崔淑、郝湘娥、郑玉姬。此本与齐氏百舍斋藏本《美人书》不同，百舍斋本四卷十回，目次顺序为：郝湘娥、王琰、小表、杨碧秋、张畹香、卢云卿、张小莲、崔淑、谢彩、郑玉姬。二本除顺序不同外，百舍斋本少了"陈霞如"而多了谢彩，且百舍斋本无"附某人"内容。至于申报馆排印本即"光绪丁丑秋八月"由"悔初子"题署的《女才子》仿聚珍版，为四册十二卷，目次为：小青、杨碧秋、张小莲、崔淑、张畹香、陈霞如、卢云卿、郝湘娥、王琰、谢彩、郑玉姬、宋琬。它不仅顺序与凤鸣堂本及百舍斋本不同，而且较凤鸣堂本多了谢彩、宋琬，较百舍斋藏本多了陈霞如、宋琬。若说与坊刻本《女才子传》（凤鸣堂本）"全同"者，唯有清道光丁未夏示根斋本《十才女传》（北京图书馆藏），这一版本除无钟斐"序"文外，其他与凤鸣堂可谓"全同"。而与申报馆本《女才子》近于"全同"者，倒是乾隆十八年大德堂梓刻的《绣像女才子书》，此书亦为四册十二卷，目次亦与申报馆本

《女才子》同，只是大德堂本《女才子书》多了绣像、题赞各八幅及"凡例"四则，且在"叙""序"后面多了题署、落款，可见申报馆本显系根据大德本而来，而后来的上海启智书店铅印本《闺秀佳话》又显系根据申报馆本《女才子》而来，后二种本确系内容"全同"。

前面所述诸版本中，尽管篇目顺序、多少有变化，但却均载有《张畹香》《张小莲》二篇，且内容也都涉及"鼎革"之变及其以后的内容，那么该书各版本当皆非"作于未鼎革之前"者。那么齐氏百舍斋藏本《美人书》中"'国朝'字屡见"字样，似应是"作于未鼎革之前"的有力证据。我认为，这可能是因为《美人书》中的作品写作年代不一，最晚的《张小莲》《张畹香》《郝湘娥》等篇，写成于清顺治十五六年，而有的篇目如《崔淑》《小青》《郑玉姬》等篇，则早于"未鼎革之前"的明末崇祯年间就已写成，故此类篇目中才有"国朝"与"国朝历昌间"字样。至于齐氏百舍斋藏本《美人书》的问世时间，当在清顺治十六七年，而其中"国朝"字样所以仍然得以保留，可能一则因为原稿如此；二则因为当时南明王朝尚未灭亡（南明王朝最后覆灭是清顺治十八年辛丑，即公元 1661 年），身居于我国南方（浙江嘉兴）的作者鸳湖烟水散人与当时刊刻《美人书》的我国南方某地的书坊，都觉得没有必要立即删除书中的"国朝"字样；三则因为当时的清王朝入关不久，仍处于与南明王朝及李自成义军和北方一些少数民族等反清势力的频仍争战之期，根基未稳，尚无精力与余暇顾及文化与坊刻之类的事情（搞"文字狱"之类的文化专制统治是以后的事）。所以，齐氏百舍斋藏本《美人书》虽然刊刻于清初，但仍可以保留明朝遗民的"国朝"之称谓。这是完全可以讲得通的。关于为避皇帝名讳的"玄"字多不缺笔问题，因为书成于清帝康熙爱新觉罗·玄烨即位之前（康熙于辛丑即公元1661年顺治去世之年即位，次年壬寅建元），所以这个问题是容易理解的，而这和说书"作于未鼎革之前"是两回事。

六

弄清了《女才子书》的大致写作年代，回过头再来考察作者烟水散人徐震的生平也就有了较多的根据了。

前面说过，徐震不可能是"生于顺治、康熙年间"的，因为《女才子书》于顺治十六年左右已成书，而书中的某些篇章又很可能在"未鼎革之前"即明末已开始写作或已经写成，那么作者必然是生于明代晚期的人。

根据作者在《女才子书》"叙"中及作者在为白云道人小说《赛花铃》所写的"题辞"中所说，己亥至壬寅，作者的年龄至少当在五十或五十五岁以上了，不然，他不会有"岂今二毛种种，犹局促作辕下驹""回念当时，激昂青云，一种迈往之志，恍在春风一梦中耳！"（《女才子书》自"叙"），以及"虽梦中之花已去，而嗜痂之癖犹存，得不补缀成编，以供天下好奇之士，闲窗抚掌，当亦予之绮语债深,文魔动重耳!"(《赛花铃》"题辞") 等一类的慨叹的。

设若作者为《赛花铃》"题辞"的"康熙元年壬寅岁"时,年纪为五十五岁,则作者当约生于明万历三十五年前后,而于明亡清即的甲申岁时,作者当为三十七岁左右,及《女才子书》于戊戌岁的次年或再次年"草创既就"时,作者当为五十二三岁以上,我想这个推算,大概是不会有悬殊之差的。

作者既然自云"五夜藜窗,十年芸秩",则其参加科考,当在二十岁左右。而以其当初自谓"笔尖花足与长安花争丽",至其"弦冷高山,子期未遇,弊裘踽踽,抗尘容于阛阓之中,遂为吴侬面目"。已是在他屡试不第之后,步入"壮心灰冷"的中年时候,这时的作者当在三十四岁以上年纪。由于"天之窘我,坎壈何极",于是他"唾壶击碎,收粉黛于香闺;彤管飞辉,拾珠玑于绣阃",以女子之生活、情事为内容,写起小说来了,这该是他四十岁左右的事情。如果说《女才子书》中有几篇作品是始作于四十岁之前的明末,即约在崇祯十五年前后,按照前面的推算,那么作者当时正是三十五岁左右的年纪。

是否还可以认为,《女才子书》乃是徐震的尝试之作,或说是他的处女作,其中有些是别人的现成文字稍加编辑、改制而成(如《小青》篇最为明显),也有不少全系出自他的手笔的撰述之作。全书从酝酿、构思到写完前后用了十五年左右光景。而其他的作品,则恐怕大都是在他五十五岁左右所作。徐震的作品为数不少，但其他作品从思想到艺术大都未能超出《女才子书》，诚如孙楷第先生所说："震（即徐震）潦倒文士，以笔墨谋生涯，所编小说杂书，如《合浦珠》《赛花铃》《珍珠舶》等，皆浅鄙无文，斯编（指《女才子书》）所记皆万历以来近事，演以文言，及较为条畅流利，视所为通俗小说实远过之。"由此亦可见徐震在写作《女才子书》时所花的心血与所用的功力都较他以后的通俗小说作品为多、为深。

如果上述说法能够成立的话，则徐震的通俗小说大都写于公元1662年以后。设若他活到八十至九十岁，则其卒年当在康熙二十六年至康熙三十六年之间。这样，徐震就既非"生于顺治、康熙年间"，也不会"到康熙末年还在世"。由为若"康熙末年"他还在世，即需活到一百一二十岁，按其晚年潦倒困窘之状，恐是难以如此长寿的。所以我同意说徐震是由明入清的明清两季人。

关于徐震的居止，戴不凡先生说："徐震可能原是住在泖上（松江），后来才定居嘉兴南湖附近的。"（见戴不凡：《小说见闻录》）林辰同志据此也说徐震曾"迁居"，这一说法也是值得商榷的。徐震自己在《女才子书·谢彩》篇后"自记"说："予读书泖上时……"这说明徐震确曾在"泖上"住过，而他在《女才子书》自"叙"的落款中又标明"烟水散人漫题于泖上之蟫阁"。这说明《女才子书》成书之后，徐震又在"泖上"住过。泖，湖名，在今上海市青浦西南、松江西和金山西北一带。"泖上"不是徐震故里，徐震故里在秀州（嘉兴）鸳湖（南湖）。如果说徐震

"原是住在泖上（松江），后来才定居嘉兴南湖附近"的话，那么在他写完《美人书》（《名媛集》）并为之作"叙"时，既然署名"鸳湖烟水散人"，说明他此时已定居嘉兴南湖，但他何以在写"叙"时仍题署为"泖上之蠡阁"呢？如果说他此时仍未定居于嘉兴南湖，也就是说，他此时仍住在泖上，那么，第一，别号署为"鸳湖烟水散人"怎么解释？第二，钟斐在《美人书》"序"中说："及己亥春，随风而抵秀州，泊于城南湖畔，……余笑曰：'此地有徐子秋涛者，余莫逆友也……'徐子……袖出一编示余曰：'此余近作《名媛集》也，惟子有以序之。'"这里明确地说徐震写作《美人书》时是住在秀州，所谓"此地有徐子秋涛者"更是此意。而作者为此书题"叙"却又在"泖上"，那么，徐震的"鸳湖"之家与"泖上"之居究竟是何关系呢？

我认为，徐震"读书泖上"及为《女才子书》写"叙"于泖上，并不能说明他曾家居于泖上，正像他在为《珍珠舶》写"序"时，题为"鸳湖烟水散人自题于虎丘精舍"一样，恐怕都是客居，他在泖上很可能有世代相交的挚友或过从甚密的亲戚，所以他得以幼年即在那里读书，以后又在那里客居写作。也正像他曾客居"虎丘精舍"一样，"泖上之蠡阁"未必一定是他的家居。试想，鸳湖在嘉兴，虎丘在苏州，泖上在松江，他的家不会总这样搬来搬去，甚至读书时家在泖上，写《美人书》时迁居秀州，为《美人书》写"序"时又迁回"泖上之蠡阁"的。

若说曾从"泖上"迁居他住者，倒是徐震的一个挚友署名

"月邻主人"的人。在《女才子书》中《张畹香》篇后，有月邻主人"评语"说："予家泖上，被贼焚掠殆尽……"这证明月邻主人曾家居泖上。但后来烟水散人说："岁在戊戌二月既望，余以一苇访月邻于苕上……即得月邻为地主，二三良友，咸携琴载酒而至。"这里，又明确地说月邻主人家在"苕上"，此当是其泖上之家"被贼焚掠殆尽"之后迁居于"苕上"，"苕上"者，"苕溪之上"之谓也，今浙江北部东、西两苕溪汇于湖州（今吴兴），流入太湖，故苕上当指湖州一带地方，南宋胡仔寓居于此时曾自号"苕溪渔隐"，当是同一处地方（月邻主人又作"风月主人"，《女才子书》作者自"叙"中曾提及。又作"风月盟主"，即为《赛花铃》写"后序"者，此"风月盟主"实亦即《赛花铃》之编次者"白云道人"。这一问题前面已略提及，当需另外详论，此处不赘）。

关于《女才子书》作者的姓名、身世、居止与生卒年月等问题的探讨，以及《女才子书》的写作过程与写作年代、出版时间等问题的研究，目前还较少有人认真进行，老一辈的孙楷第、胡士莹、戴不凡、郑振铎、谭正璧等先生均曾涉猎，近年来林辰、杨力生、张守谦诸先生可谓着力较多，但许多问题仍无定论。笔者于明清小说研究是个门外汉，如上商榷文字，意在引起专家与更多明清小说研究工作者的注意，以期澄清关于《女才子书》的几个问题，故不揣冒昧，敢就教于方家。

叛逆与桎梏

——简论《女才子书》的思想和艺术

一

《女才子书》是清初的一部文言笔记小说，在历史上曾流传过多种刻本，除题名为《女才子书》外，还有《女才子》《女才子传》《女才子集》《十才女传》《美人书》《名媛集》《闺秀佳话》《情史续传》等许多异名，自清初以来产生过较大的影响。

关于《女才子书》一书的作者与写作年代问题，学界至今仍存异议，我在《论笔记小说〈女才子书〉的作者与写作年代》一文中，专门对这一问题发表了意见，认为署名为"鸳湖烟水散人"的《女才子书》的作者，还以同一署名写过一本小说《珍珠舶》，这个"鸳湖烟水散人"也就是编著过《合浦珠》《鸳鸯媒》《梦月楼情史》《灯月缘》等通俗小说的"樵李烟水散人"，以及编写过《后七国志乐田演义》的"古吴烟水散人"，还有编著过《三国志传》《桃花影》的不加地望的"烟水散人"，这几个烟水散人就是一个姓徐名震字秋涛的人，此人是秀水（今浙江嘉兴）人，约生于明万历三十五年，约死于清康熙三十年。

《女才子书》由于版本繁多，所以不同版本之间在内容上存在差别，如齐氏百舍斋旧藏本《美人书》与清初凤鸣堂本《女才子传》，还有清道光味根斋本《十才女传》，或分四卷十段，或分四册十卷，都演绎了十名才女，但这三种版本所收的人物或排名顺序不同，或有此少彼，都不全同。而清乾隆大德堂本《绣像女才子书》与清光绪申报馆本《女才子》等则都为四册十二卷，其正文目次相同，为小表、杨碧秋、张小莲、崔淑、张畹香、陈霞如、卢云卿、郝湘娥、王琰、谢彩、郑玉姬、宋琬，但这几种版本在书前的绣像、题赞、凡例与其他细目方面存在着明显的差别。

我这里所要对之进行思想与艺术的探讨的，是以大德堂本《绣像女才子书》为主要根据。

二

胡士莹先生在《话本小说概论》中，提到孙楷第先生的《中国通俗小说书目》对《美人书》一书未予著录，孙楷第先生在未完成的《中国通俗小说提要》（第一部分刊发于山西人民出版社1983年出版的《艺文志》第一辑）中却记述了《女才子集》一书，孙先生论及该书的内容时说：

其书记女子凡十二人……人各为传，以一传为一卷，每传有引，每引后复附评论。震（作者徐震）潦倒文士，以笔墨谋生涯，所编小说杂书，如《合浦珠》《赛花铃》《珍珠舫》等，皆浅鄙无文，斯编所记皆万历以来近事，演以文言，及较为条畅流利，视所为通俗小说实远过之。唯其托格甚卑，不脱平话窠臼，议论叙事亦颇为伤于纤佻，如卷三《张小莲》，记吴江女子误奔匪人事，引其叙文中"反经为权"之语，而称之，以为有胆识，谓蔡文姬初适卫仲道，中辱于沙漠，归嫁董祀，而范蔚宗传列女，津津称之，亦惜其才而悲其遇云。按宋以前不以再醮为失节，所举文姬事未尝不是，然文姬改适，非淫奔可比，以此为例，甚为不伦。是其言倡论，不啻为荡检偷闲者张目，亦可谓无忌惮者矣！

孙先生称该书"条畅流利"，又说与作者所写的其他通俗小说相比较，该书"实远过之"，这就是说，对于《女才子书》的艺术性，孙先生是首肯的，但对于其思想性，孙先生却认为它"托格甚卑"，且伤于"纤佻"。

孙先生感到了该书的思想锋芒，但却对它做出了否定性的评价，笔者对此有不同看法。

在《女才子书》的十二篇作品中，列于篇首的《小青》，是一篇古已有之、人皆熟悉的改编作品，作者为什么把它置于篇首？

按照作者自己的说法，是"盖因青以一女子而彼苍犹忌之至酷，矧予昂藏七尺，口有舌，手有笔，而落魄不偶，理固然也"。这就是说，作者慨叹自己怀才不遇，是因遭人忌妒，小青的际遇与诗词正好表现了与他相通的感情。但是，真正能够表现作者思想锋芒的，绝不是《小青》这篇作品，这篇作品是不存在"托格甚卑"与伤于"纤佻"的弊病的。我认为，是由于作者顾虑到当时社会的一般道德伦理观念，惧于群口的"托格"之议，所以才借小青故事发一番一般失意文人常有的牢骚，本意倒未必在于获取读者的一掬同情之泪，而是要掩盖一下作品的真正的思想锋芒，以期使他的作品获许容存于世。

那么，作者的真正的思想锋芒是什么？我以为是他对于传统的礼教与封建道德观念的否定与抨击，这种否定与抨击，对于生活于封建社会时期的作者来说，是需要相当的勇气与一定的见识的。比如前面孙先生所举例的《张小莲》前"引"中的张丽贞的故事所说的，张丽贞为冲破封建婚姻的牢笼而追求自由的爱情与婚姻，结果上当受骗，误奔了匪人，她自己痛哭流涕，后悔莫及，作者通过她的自叙"遗书"，认为她是"固深于情者"，且谓其"故饶文人之致"，非"漫无卓识者"，所以作者以同情之心"深原其误，而悯其痴"，这应该说是可以理解的，但孙先生却以"淫奔"而责之。若谓"淫奔"，蔡文姬两次改嫁事虽可作为别论，但卓文君与司马相如故事，崔莺莺与张生"待月西厢下"故事，恐怕确属淫奔无疑，岂非为"荡检偷闲者张目"之作乎？至于

"宋以前不以再醮为失节"，所以"文姬改适"，非"淫奔"可比，但自宋代"好女不嫁二夫"的节烈观产生以后，回过头来再看文姬之"改适"，岂不也大有伤于"风化"吗？为什么古代的事可以宽容，而且为人"津津称述"，今天却必责之以"失节"与不贞呢？作者以"文姬改适"为例，说明宋以后直至明清的封建礼教与道德伦理观之谬误，可谓切中其弊，又何必拘泥于"改适"与"淫奔"的严格区分，而忽略作者的本意呢？

反对封建社会根深蒂固的"忠君守节""三从四德"等传统礼教，本来是我国五四运动以来旗帜高张的艰巨的反封建任务，应该说这一任务至今七十年来也仍未能彻底完成，所以对于一个明末清初时期的人即能提出如此尖锐的问题，这对于骛于名利、趋于仕宦之途的文人来说，几乎是不可能的事，而"鸳湖烟水散人"的难能可贵之处，我以为也正在这里。

"裔出簪缨"的金陵少女张小莲，与比邻的宦族公子朱匪紫相爱，但因张公不允议亲，于是二人相思成疾，乃至私约幽会，这当然是有悖于当时的社会道德观念与二人的家教的，"有教养"的张小莲与朱匪紫并非不知道这一点，但他们的爱情是深挚的，为了结为终身之好，他们设法重托媒妪，乃至恳于张公的"座师"、南都冢宰某公，迫使张公终于难以推拒，于是有情人终成眷属，张小莲与朱生自此"柳眉晨画，玉盏宵斟"，"婉娈相洽"，偕老而终。这个故事虽然未能摆脱以往的才子佳人套数，但也不失为一曲关于男女青年婚恋的赞歌，作者把张小莲与张丽贞列为同类，其实也只是在追求自主婚姻这一点上：张丽贞"误奔匪人"，落了个悲剧结局；而张小莲的结局是美好的，这又是二者的不同之点。作者写张小莲的故事而以张丽贞的作引，是因为张丽贞故事久已流传，冯梦龙《情史》中，对张丽贞故事评论说："有如此异才，而为奸人所欺，聪明太过，故有好高之累。"而鸳湖烟水散人即在此基础上加以发挥，固然有他自己的识见，但绝非为"淫奔"张目。

《卢云卿》与《宋琬》两篇，都写了私奔，但烟水散人并非写私奔的始作俑者。历史上卓文君与红拂的故事所以不曾遭到"淫奔"之责，是因为这两个女性都有知人识才之能。郎才女貌、互相爱慕、知音艳遇，这在古代小说中，大都不以礼教相责难，且为之"津津称述"。《卢云卿》虽写私奔，但卢氏又颇有中国传统女子温柔敦厚之美德。卢云卿初嫁张汝佳，劝谏嗜酒的汝佳"正宜努力功名"，结果汝佳终因嗜酒过度获疾而亡，这期间，卢云卿不曾有"越轨"之想。此后，她与刘月嵋私奔，既而又恳请张翁与卢翁的宽恕，张翁豁达大度，自言"未能早为出嫁之过"，又得知刘月嵋乃一佳士，欣喜云卿"诚得其所从"，故非但不加责备，而且给予支持。而卢翁初虽自觉难堪，后在张翁劝释与女儿哭求下，父女终于言归于好。这种写法，在过去的一般小说作品中实属罕见。这或可谓出于作者的开明，或可谓出于作者的反传统、反礼教的动机，所以写卢云卿的私奔，没有那种难以自持、偏颇激烈的情绪，而是写得徐缓自然，又很能表现出人物内心世界的美来。《宋琬》则与卢云卿不同，宋琬的私奔，是为了争取自由的婚姻，选择如意的郎君，所以他不听"父命"，是"深于情"者。这是从不同角度来表现的反礼教的作品。

无论是写张小莲的私期幽会，还是写卢云卿与宋琬的私奔，作者都是要写青年男女为追求自由幸福婚姻对封建社会传统礼教的反抗，压迫越强，反抗越烈，杨碧秋以内衣的结襻密缝及揣藏剪刀自卫、王琰以拒淫词挑逗而辞退塾师，都写了人的自由意志与尊严，这从表面看来，似乎一反前述各篇的反道学、反礼教而变为卫道的说教，其实，在争取民主、自由，维护人的自由意志与个性尊严价值这一点上，这两类作品是一致的，只是它们所选择的表现角度有所不同而已。

三

争议较大的是《陈霞如》，该篇写书生崔季文与姨妹陈霞如定亲，婚前与二妹玉娟有染，婚后继续与玉娟私通外，又占有了三妹小莺，于是崔生"一朝而有三美"，作者在叙写这些情节时，全无鄙夷、责贬之词，确有"津津称述"的欣赏，玩味之意绪，这就不仅为一般道学家所难容，也为一般读者所疑问：正耶？邪耶？是耶？非耶？

更有甚者，《陈霞如》所写的崔生谈吐言行，倘若仅仅是才子风流，却也情有可宥，但其轻薄褊狭，又绝难令人同情。例如陈霞如责备崔生与娟、莺偷情之事，崔生说："在他人妻，愿其与我私；若在我妻，则又不乐如是。此乃人之恒情，何相诘难也。"这虽确也属一些薄幸者隐私的真实，但这既说明其感情的不专注，又说明其爱的不深沉，这种玩世不恭的态度，与张生、崔莺莺的西厢月下之幽会，并无共同的旨趣，而且也不能和张小莲、卢云卿、宋琬等人的故事相提并论。

但是，作者是否在"无忌惮"地为"荡检偷闲者张目"？我认为也并非如此。

作者在自"叙"中说："天之窘我，坎壈何极！……予一自外入，室人交遍谪我。……而予弦冷高山，子期未遇……其有知我者，唯松顶之清风，山间之明月耳。"这表明作者感伤孤寂的抗争。在《崔淑》《张畹香》《郑玉姬》等篇中，作者又另辟了蹊径。《崔淑》写书生杨汝元求爱于离婚家居的女子崔淑，后来杨生考中进士后不背前约，终于迎娶崔淑同赴官任。杨汝元即使在没有考取功名之前，以其家道与文才，是不难找一个小康之家的千金小姐作为续弦的，但他却同情崔淑的被害于鄙夫刘子重，并钟情于她，不以"弃妇"而嫌之，且在功名得中之后，仍然守信于自订的婚约，这一方面表现了作者的反门第、反习俗观念，也表现了作者的道德理想，并使二者得到了统一。《张畹香》中写了女主人公择配偶不以今日之富贵和异日之腾达为标准，而以才情和志趣的相同为条件，在这一点上她不仅不听命于父母，且坚持己见，始终如一，这是个颇为独特、很有个性的另类女才子。但写张畹香料事如神而近妖，则又减弱了女主人公的可爱之处。文中对明末农民起义的描写，作者虽非完全站在统治阶级立场上一味贬责义军（也有涉及官军扰掠百姓的切合实情的文字），但终于表明了作者的矛盾与含混思想，表明作者的历史局限性。《郑玉姬》写一良家女子堕入风尘而不泯其志，择其归属，必以"情、才、貌"俱全，而以"情"作为第一条件。郑玉姬自己并未以传统的节操观念而自降身价，宦家子弟吕隽生同样未以习俗见识为轩轾，而以"情、才、貌"为标准，宁肯求其理想中人于青楼妓院之中。试想，以往以"教化冥顽"为己任的"卫道文学"中，有谁这样来写的？文士名流王百毅的风流倜傥，"望族"后裔吕隽生的"不惜青云之步，下践平康"，甚至一郡之长的刺史大人贷金支持吕生的娶妓，个个岂不都是礼教与道学的叛逆者吗？

《杨碧秋》与《王琰》二篇，写了女主人公的坚拒威胁与挑逗，矢志自爱，这当然绝非"托格卑下"者，因为不合于人的自我尊严与自由意志，杨碧秋与王琰二女子都抱定玉洁冰清之操，有一种深深的不为他人理解的苦闷，而这苦闷，郁结为一种情绪、一种思想，潜藏在作品之中，这就更不是一般读者一眼就能看得出来的。所以作者又说："然则是编者，用续绿窗之史，而不当作寻常女传观也……使天下有心人读之，亦尽解相思死耳。"为什么不能把《情史续传》"当作寻常女传观"？作者所希望读者是什么样的"有心人"？他都未加以说明，看来作者是有他的难言之隐的。但对于作品可能遭到某些人的曲解，以及一些封建卫道者们的非难，作者是已经预料到了的，所以他又设问道："凡为有情之所羡，必为无情之所憎。子书固佳，没有伧你含讥，屠沽起诮，则又奈何？"如何回答"伧你"与"屠沽"们的讥诮？作者说："当将若辈置于烟涛孤岛之间……以移彼之冥悟矣！"然而，作者想让读者理解，而又不能明说的"难言之隐"，究竟是什么呢？我以为就在于作者对于强大的习俗势力与传统观念的抗争。对于当时的历史时代所给予人们的精神压迫与思想束缚，作者已经有了本能的反感与自觉的反抗，这说明，作者接受了当时已经在萌生、发展的民主、自由思想的影响，而且有了对现实社会的批判态度，但是，当时处于末期的封建社会虽然已经有了行将衰败的迹象，而黎明前的黑暗却更加深沉，作者在这样的历史社会条件下，还不可能无顾忌地站出来宣扬自己的主张，所以他只能把他的思想在作品中曲折地加以表现，这就是作者所感到的"无知我者"的难言之隐。

作者既然要表现自己追求民主、自由的思想，就要通过他的作品中的人物行动来体现这种思想，来向现实生活中的扼杀人的魂灵、束缚人的性情的封建礼教与传统观念冲击。但是由于作者所处的历史时代的局限，他的反封建、反礼教、争民主、求自由的思想既具有一定的进步性，又具有一定的盲目性。因为作者在当时还不可能具有我们今天这样的认识水平，所以他的思想也就不可能具有辩证唯物主义与历史唯物主义的科学性。我以为《陈霞如》的问题正出在这里。作者的本意，仍然在于反传统礼教、反封建道学，但"矫枉过正"了，写到了令人难以接受的程度。加之作者对一些情节与细节的描写不够允当，所以也就更难达到作者预期的目的了。这样说，并非无根据地为作者曲护与辩解，如作品中写道："所谓'色庄语寡，笑乏倾城'，未足之艳；工女红而不谙吟咏，无谓温雅。其必'才情并丽，丰韵兼优'而谓之美"，这种审美观点，无疑表明了作者力反道学家之说的勇气，与封建的道德伦理说教是大相径庭的。原书篇后所附月邻主人的评语说："（女子）若徒有芙蓉两颊，而不谙风流调笑，亦安得谓之美人？故霞如之醋意不可少，娟、莺之私情不足为玷也。"幻庵的评语说："娟、莺之爱崔生者，盖因其才貌而越礼耳……岂得一霞如并称美人，而秋涛子（作者）亦岂肯合传？读者最要识得此意，文可与言情。"这两个人大概要算是作者的"知音"了，但作者的真意，当然又非此二人所完全说破的，因为作者这样写玉娟与小莺，自己思想上也还有着矛盾，故而他说："白璧微瑕，终难成为娟莺曲护。则吾所取，不无轩轾于其间。"这话说的是再明白不过的，何况作品最后给娟、莺安排了暴尸惨死的下场，这就更进一步证明了作者内心的矛盾。所以，倘或将《陈霞如》责之"为荡检偷闲者张目"，这可就不免要冤枉作者了。

值得特别提到的是《郝湘娥》，这篇作品的故事明显受到了西晋大臣石崇（季伦）爱妾绿珠与环风故事的影响，但郝湘娥故事在人物性格的塑造与艺术表现方法上，却又明显具有自己的特点。郝湘娥是一个婢女，由于她的出众的容貌与超凡的才华，深得窦鸿之宠爱。郝湘娥不以皮相之美为满足，更注重知识与技艺的充实与熏陶，这就更增其美，使她成为一个既有艳丽的容貌，又有不凡的才华；既有惊人的学识，又有超群的气节，这样一个出众的女子。作品通过对郝湘娥的才貌的刻画，以及因其才貌所引起的争端的描写，所反映出来的社会问题也是很深刻的。窦鸿仅一富民，而蓄婢妾数十人，其生活的侈靡奢华，令人咋舌，由此可见当时社会的阶级分化，以及所透露的阶级剥削之重与阶级压迫之深。及至写到朝廷显僚，就更不肯甘败于窦鸿的下风，于是窦鸿横遭冤屈，陷狱至死，可见当时的社会矛盾之深。富豪巨族尚且如此，一般平头百姓的命运，就更可想而知了，这在无意中反映了封建统治阶级的残暴与现实社会的昏暗。在艺术表现上，《郝湘娥》比较注意细节描写，所以人物的性格鲜明、形象生动，故事也娓娓动听，情理令人信服。另外，这篇作品还应用了烘托、反衬、对比等手法，在艺术上显得很有特色。这篇作品对于美与才的颂赞，对于正义与诚实的讴歌，以及对于卑鄙丑恶的鞭挞，对于狭隘、偏私的揭露，都是泾渭分明的。所以，从一般的意义上说，无论是思想性方面，还是艺术性方面，在《情史续传》中，《郝湘娥》都是较为完美的一篇，胡士莹先生所说的齐氏百舍斋藏本《美人书》把《郝湘娥》列为首卷的原因，可能正在于此。

从总体上说，《女才子书》不能说是一部尽善尽美的书。从思想方面看，作品中有不少地方宣扬了宿命论与因果报应的观点，作者在不少篇章中还表现出明显的道家思想及"重道抑佛"的倾向。固然，我们不能以今天的思想水平要求生活于明末清初之际的作者，但我们在这里又不能不指出作者的思想局限与偏颇。另外，在艺术上，各篇目风格不够统一，有的存在着情节与细节的疏漏与矛盾之处，而且不少篇目在立意、构思上都有着明显的借鉴的痕迹（如《张小莲》之于《西厢记》，《郝湘娥》之于绿珠等），这都说明《女才子书》在艺术上尚未达到炉火纯青的地步。

　　然而，《女才子书》的思想棱角是十分突出的，艺术上也还是很有可取之处的。这就是说，它在我国的小说发展史中，还是一部较有价值的书，过去我们对此书的研究还很不够，相信今后它会引起更多的研究者与广大读者的重视。

　　　　（原载《河北师范大学学报》1995 年第 3 期。）

杨朔散文的艺术美

——美文赏鉴漫笔

    杨朔同志在他的散文集《东风第一枝》的"小跋"里说："我在写每篇文章时，总是拿着当诗一样写……"的确，读起这本书中的每篇文章，都感到其味甘醇、脍炙人口，这不仅是一个散文集，也实在是一册优美的抒情诗。

    可是，难道写诗的人，有谁不是"拿着当诗一样"来写他们的作品吗？我想是没有的，不过，我们的确见过不少意味索然的诗，这样的诗实在不能像《东风第一枝》里的散文那样激动人心，感人至深，为什么呢？我想关键之一，大概在于其中缺乏激情，作者没有把自己的充沛的感情熔铸在他所叙述和描写的事物之中，难道没有兴会的纯客观的描绘能够感染读者吗？

    散文究竟应该是怎么一个样子呢？我们至今也还没有找到一个完美的定义。有人说，顾名思义，散文允许写得散一点儿，不必像小说和诗歌那么集中；也有人说，散文忌"散"，它的概括性和集中性一点儿也不亚于诗歌和小说，孰是孰非，我在读过了

《东风第一枝》之后，方才看出一点儿眉目，我觉得以上两种说法，各执一端，都有所偏颇。表面看来，它们似乎是相互矛盾的，其实却不矛盾。散文其名，说明这种文章形式有它散的一面，但这是仅就其形式而言；散文忌散，是说它必须围绕一个中心问题来写，这是就其思想而言。把一些散漫的材料，用似乎散漫的形式写出来，而组成一篇思想性高度集中的文章，这就是散文的"散而不散"的特点吧！

《东风第一枝》里面的二十篇散文中，有一多半是写国际题材的，它们都洋溢着贬抑邪恶、伸张正义、反对战争、热爱和平的强烈感情，迸发着各国人民渴望友谊的心声，弹奏出全世界人民大团结的清音激响，其他写国内题材的几篇，也篇篇充满歌颂新生事物、歌颂劳动和劳动人民的感情，揭示了新生事物的强大生命力和劳动人民心灵世界的美。

杨朔同志的散文，形式是多种多样的，有的近于小说，其中有突出的人物形象，有完整的故事情节；有的近于诗歌，其中有强烈的抒情，有深远的意境；有的介于小说和诗歌之间，虽然有故事和人物，但并不突出和完整，作者也不着力于此；虽然有抒情和意境，但也只是作者所应用的一种手法而已，通过它们来说清一个道理、表明一种思想；有的像游记，但又不止于客观景物自然山水的记述，而是于其中别有寓意。

散文的写法，千变万化，固无定体。有时因为偶然的耳闻目睹，拈来的一事一物，从而引申出一片联想、一番议论，其间借助于故事和人物的叙述和描写，景物和感情的状述和抒发，最后得出一层逻辑推理和一个哲学论断（比如《蚁山》）。有时则先立论点，然后以事作为论据而证之（比如《历史的指针》）。有时以疑问开头，然后步步探求，使人跟踪而至，通过一串互相关联的事物的引证，最后瓜熟蒂落，使所要说明的思想澄明透剔、水落石出地显现出来。如《鹰之国》一篇，开始先立性格说，但并不肯定阿尔巴尼亚人民有怎样一种性格，而是通过描写这个国度的风俗、史事、革命烈士事迹；引证拜伦的诗、革命领导人谢胡的讲话；叙述这个国家解放前后的变化，从荒芜的沼泽到白花花的棉田，从纺织厂、绒线衣回到棉田出产的棉花，从农家女主人的好客，看到她身上穿的花衫，又联想到生产花布的纺织厂，这一系列情节联系起来，一脉相承，自然衔接，写阿尔巴尼亚人民的性格像雄鹰，却并没有提到鹰，令人读后深思而有所领悟。有时又把写景、叙事、抒情、说理熔于一炉，但前三者紧紧围绕后一者，以说理为中心，起到穿针引线，组织材料的作用（如《秋风萧瑟》）。有时把说理完全熔在艺术形象之中而丝毫不露痕迹（如《非洲鼓》）。

　　散文形散而神不散，似乎信笔而挥、漫无边际，实则章法自成。试看《茶花赋》一篇，作者发端从欲求人作画写起，最后又以欲求画作结，其中写出无限的美景，一个景翻出一层情波，景移易而情更加深，见景生情，而情中又引出一番生活哲理，有情节但异常简洁，有人物也是略勾须眉，有知识的传播，但却把知识和哲理相互交织在一起，写一事一物，又并不漂浮在那事物的表面上，而是有新的思想的发掘。《荔枝蜜》一篇也是如此，景中有情，抒情兼叙事，叙事中介绍出丰富的自然和地理知识，同时通过叙事又影射出深刻的思想。《两洋潮水》一篇，是把意义难知的、抽象的思想，用鲜明生动的艺术形象表现出来，这篇散文是一首优美动人的抒情诗，也是一首抒情中寓有深刻思想性的哲理诗，有具体的景物描写，有因景而产生的无穷联想，激情在其中纵横奔突，既不枯燥乏味，也不耳提面命地教训读者，而最后却令人不得不接受作者所阐发的思想。

"文似看山不喜平"，杨朔同志的散文，不同于一般只靠逻辑思维、三段论式的论理文，但散文也要说理，怎样把理说得既深刻又巧妙，从《秋风萧瑟》一篇可窥一斑。《秋风萧瑟》写得波澜起伏，感情荡漾，起兴写秋凉，继之写秋景，进一步写秋游，因秋游长城而缅怀往事，间又引出人物，文中写人物、写对话，突兀而来、出奇制胜，继又自然衔接、绝不生硬。援古论今，有历史传说、有诗事征引，写来娓娓动听，涉笔成趣，从中暗点题目，寓意深远，画龙点睛余味无穷，写青年军人和女孩这两个人物，也颇富象征性，作者的概括故事和选择典型的功夫，以及剪裁、布局的匠心，都隐而不露，可谓"至苦而无迹"。

《渔笛》一篇，简直是一首优美的叙事诗，故事完整、抒情强烈，起笔写一棵树，结尾又回到这棵树，表面看来，似与正文的思想内容不大相干，但却写得自然融洽，稍加思索即可明白作者的诗意的用心。这篇文字，结构得极为奇妙，发端设疑，吸引读者跟踪循迹，于"山重水复疑无路"之际，突现出"柳暗花明又一村"，写景也别开生面、独树一帜，人物出场出人意料，紧紧抓住读者的心弦，故事叙述得曲折有致而又淋漓酣畅，人物描写得生动准确而又情意绵绵，文字简练隽逸，语言个性鲜明，时而夹叙夹议，时而语意双关，诗情葱茏，画意无穷。或者可以把它当作一个短篇小说来看，或者说它实在也是一篇不同凡响的短篇小说。

《雪浪花》一篇的结尾，看来是受了陶渊明《桃花源记》的影响，但《桃花源记》的内容有点儿像虚无缥缈的海市蜃楼，而《雪浪花》却歌颂了社会主义时代的新人新事，从传统和遗产中有所吸收、有所扬弃、有所借鉴、有所发展，这是为我们今天创作出更高质量的文艺作品来所需要的正确批判与继承的态度。

作家孕育了饱满的感情，取得了丰富的素材，在写作时，似乎泛泛而谈，禁不住奋笔直书，拉杂而下，但思想性却必须贯彻始终。《鹤首》一篇，即以友谊的思想红线，穿起了许多人物和故事的珍珠，从悠久的历史中写出了中日两国人民传统的友谊联系，一串五光十色的珍珠，珠粒虽然多，但不凌乱、堆砌，彩色虽繁却井然有序、斑驳绮丽，激越的感情构成文中一股汹涌的潜流，由于感情的纯洁高尚，尽管潜流在激越、汹涌，也还是清明澄澈。当然，这样说，不等于写散文在组织材料时可以不经选择，相反，必须是光彩耀人的珍珠，才能串成光彩耀人的珠串。

　　有的散文，写人物而不以刻画人物为主，有情节而不以描述情节取胜，通过有限的情节和写意的人物而抒展情怀，通过状物写景而发挥议论，但这一切都自然协调、信手拈来而不矫揉造作，如《樱花》一篇，文如平地突泉，滔滔汩汩，不择地流，随物赋形，行所当行，止于可止，毫无拘束，百流汇集而不浑浊。其章法布局、点题立意，都如鬼斧神工，天衣无缝。

　　散文虽散，却要求作者有较高的思想水平和组织能力，不然就不能站得高、看得远，对纷纭万状的生活进行高度概括和集中。尽管散文允许聚事类议，援古引今，但却必须赋予其颖脱的新意，要抓住中心，触类旁通。在"画眼睛"时着力做出细腻描绘，既注意结构布局，又有所剪裁和修饰，并非没有刀砍斧凿，只是丝毫不露痕迹，像《宝石》《鹰之国》《东风第一枝》等篇，都是如此。经过雕镂而达到自然淳朴，作家的苦心经营于此可见。

　　散文中多有警句，在通篇中起到画龙点睛的作用。《两洋潮水》中有"钢越炼越纯，刀越磨越快"句，用来说明非洲人民在争取民族独立、民主自由的革命斗争中不断成长；《非洲鼓》中有"胜利总是属于最坚强的斗士"句，用来说明只有斗争，才有胜利的思想；《茶花赋》中有"凡是生活中美的事物都是劳动创造的"句，用来歌颂劳动的美和崇高，真是既深刻又形象，使人读后铭记不能忘。类似的警句还有不少，它们都使文章如锦上添花，光彩焕发。

　　散文的调子，跟诗歌一样，既可以写得慷慨悲壮、气度恢宏，笔力遒劲雄健、音调高亢浑厚，也可以写得缠绵悱恻，悠扬婉转，文字清新隽永、笔触细腻有致。既可以唱出时代最强音，也可以谱出生活中的小夜曲。像其他文艺作品一样，散文的园地中也应该百花齐放，反映多样生活，动用多处题材，允许不同形式、不同风格的同时存在。杨朔同志的《东风第一枝》这本散文集，是我国散文园地中一朵又美又新的花朵，它一出版，就获得人们的交口赞誉，它有着独特的风格，写得美，文采好，意高义深而不失之繁缛矫饰，既写了时代潮流中的重大事件，也写了现实生活中的日常琐事，综观全书，杨朔同志的散文笔调情调清丽婉约有余而雄健浑厚不足，但我以为这正是作家的个人风格和特点，我们不能苛求一个作家的作品能够满足所有读者的不同需求。

关于散文，仍有不少问题有待探索，我试结合《东风第一枝》的学习，拉杂地谈了个人的一些琐碎见解，望得到专家及广大读者的指正。

1962 年 2 月于内蒙古包头

文之精粹　美不胜收

——散文集《创造美的世界》初读

我读着它，犹如徜徉在百花园中。这是一本精美的书，不只是说它的装帧设计，更主要是指书的内容；这是一本诗一样的书，书中的每篇作品，都给你展开一个美的世界——外在的现实世界和内在的心灵世界。这是一本洋洋二十六万言、收入三十七位作家的八十余篇作品的散文集。可以说，这是河北新时期以来散文创作的精华，也是我国近几年来出版的散文作品中的一朵异香扑鼻的奇葩。

书中入选的作家，有早已驰誉海内外的名家，也有成绩卓著的年轻作家，他们都以美学家的智慧和心灵，从不同的角度、不同的层面探寻着、发现着人的外宇宙与内宇宙的异彩纷呈的美。主编者以诗一般的匠心为这本书取了一个贴切而又蕴含深厚的名字——《创造美的世界》，这不是书中哪一篇作品的名字，但它又包容了其中的每一篇作品。

本来，散文之属，固无定体。对于既有诗人、小说家，又有编辑、记者，还有画家、政论家……当然也有专业散文作家的散文作品来说，其面貌不同、韵致各异是必然的，然而也正是在这"无法之法"的散文文体中，才最充分地显示出每个作家不同的艺术个性。关于艺术家的创作，现代美学家考夫卡说过这样的话："他创造一个世界，这个世界以这种或那种方式包容了他的自我。艺术家之所以创造，的确不是受人之托，而主要是为了描述和表现他自己的世界的一隅，他在其中的位置，并使之永垂不朽。"需要指出的是，艺术家进行创作，未必是或不应该是为了"表现自我"，但是在艺术家的作品中，却都不期然而然地"以这种或那种方式"，不可回避地"包容"了艺术家的"自我"。的确，我们在《创造美的世界》中，就看到各个熟悉的或陌生的"自我"。

诗人的散文，也总融入深浓的诗情。韦野的《长城梦影》《名城赋》等篇，可谓情牵万里、思接千载，自有一种爱国忧民的境界升华而出；尧山壁的《母亲的河》《理发的悲喜剧》等篇，可谓童心与诗心同在、苦意与柔情相融，那母子亲情与夫妻亲情的甜蜜中也总渗入着艰涩；刘章的《归家忆》《杏子》等篇，写亲情、乡情、友情，那平实中的动人之情，或者只有诗人才能体味，才能写出，才能写得如此入木三分，令人读后久久不能忘怀。

小说家的散文，常常带着小说的特点，即使意在议论、抒情，也总要附丽于委婉、动人的故事叙述与鲜明、突出的形象塑造之中。铁凝的《河之女》《草戒指》等篇，岂止清醇、朗润，更能引人发不尽的联想。散文，特别是小说家的散文，也能构筑出艺术的意象吗？请看铁凝笔下的"一河巨石"和那"一河女人"，以及那句意蕴厚重的"河里没规矩"的村言，它们构筑出来的不正是艺术的"意象"吗？还有那狗尾巴草和麦秆编的草戒指所表现的爱美的乡村少女的美，以及草戒指所蕴含的不可替代的"神圣"，那不也确是一种诗的意象吗？当然，意象是艺术创造的较高境界了，非有哲理与诗才的熔铸、创构，岂能轻易得到！徐光耀的《我的第一个未婚妻》《春潮带雨》等篇，在那如临目前的人物与意趣横生的故事中，总让人感到有种牵人心魂的感情琴弦被拨动，这大概就是这些作品毕竟不同于小说而为散文的道理；做过新闻记者又兼小说家的李文珊，他的作品在议叙相间中总能纵横捭阖，收放自如，议从叙出、叙因议展。《敲钟人今何在》是在臧否人物中针砭并否定着丑，寻绎并肯定着美。《历史的车轮仍然转动着》讴歌了人生的理想与信念之美。

梅洁是位深得散文艺术"三昧"的女作家，她笔下的贺坪峡所生出的那种迫人气势的自然美与盘顶女人的野性美，正是她所发现的巍然峨然而又粗犷朴秀的贺坪峡的本色之美。她以这种对美的独特感悟走向《通往格尔木之路》，走到《遥远的北部湾》，都能从那"亘古与傲岸"中，从那"男儿般深沉的大海"与"女儿般恬静的小岛"中，从防城港那"生生不息的蔚蓝色"中，写出令人惊叹不已的感动来。同是女性作家的张立勤，并非只关注一己的悲欢，她对于生命之美的追求甚为执着，却又绝无时尚青年对于死亡的丑的恐惧。她在《木筏的负载》中，把对于奋发的生命意识的歌赞和对于死亡悲剧的抗争，通过对法国画家席里柯的《梅杜萨之筏》的解读发挥殆尽。诗言志，如诗的散文固亦言志。张立勤的散文可作如是观。

由于郭秋良的情钟燕山与神凝山庄，故有他的《金山岭长城》与《热河冷艳》的豪情与细腻；由于朱增泉的参悟哲理、辨析心态，故有他的《小院杂记》与《剪削人生》的冷峻与深沉；画家韩羽的《豆栅絮语》诸篇，参的是艺术欣赏之禅，悟的是绘画美学之道；理论家郑熙亭的《改革中的苦恼和欢乐》二文，论的是时政的利弊与史鉴的得失；其他诸如郭淑敏的淡淡的郁结，张志春的深深的开掘，韩映山的幽幽的忆念，戴砚田的柔柔的怀恋，马嘶的浩博……诸般自然的、社会的、艺术的、人生的、外验的、内省的美，总之，是美不胜收。在这篇短文里，我无法对"创造美的世界"的每位作家和每篇作品都进行百不足一的评说了。但集子中所有作家的作品，都是中华优秀传统文化的继承与发展的结晶，都凝聚着燕赵大地人文精神与新时期时代精神的精髓和美质，我想这一点是毫无疑义的。

奉献爱心　呵护百花

——尧山壁《带露赏花》读后

　　山壁是诗人，是散文家，但读过他的《带露赏花》之后，可知他还是个评论家。

　　以诗人、作家的眼光评价别的诗人、作家及其作品，往往体现出创作实践的独特角度与备尝甘苦的经验之谈，因此它不同于评论家对诗人、作家及其作品的评论。虽然一些有成就的诗人、作家也常写些评论文章，但他们却未必能称之为评论家。然而，这却又不能一概而论，正像有的评论家本身就是著名作家一样，有的诗人、作家同时也是很有理论素养的评论家，山壁即是如此。

　　作为一位诗人、作家，山壁的评论文章固然体现出其创作实践体验的特点，比如那种对创作体察的真知灼见，行文的优美与笔端的激情，以及如诗的语言之节奏感、律动感等，但他的评论文章却不仅仅是直感式的经验之谈。如果说他认为铁凝的《玫瑰门》"留在你心中的竟是几种女人的生命状态、生命体验、生命情调"，以及"铁凝的目的不是一般意义上的'反映'生活，而是洞察生存"，还没有超出作家的经验之谈范围的话，那么他说铁凝的创作"从审美发展到审丑"，是"审丑创作意向的进一步深化或说是升华"，"审丑，是西方现代艺术中一个比较集中的母题，人类的丑，在某种意义上，已经不属于认识论的问题，而是本体论的问题了"。这就已经不是对作品感性认识的层次，而是抽象的理论认识层次的问题了。又如他在《热爱生命》一文中，谈到新时期文学关于"人"的命题的挖掘时，认为这是"较十七年文学有着实质性进展的主要方面。人的感情和智性获得了双重开放的无限可能性"。

在谈到文学的内容与本质问题时，他认为"真实的赤裸的生命状态永远是构成艺术之本的东西，它既是内容也是赋予内容以完整意义的形式"。对于一些作家"格外倾心的是生命中晦暗的、疲惫的、唯器官"的"原生态的情绪、潜意识、幻觉的排列"的品位不高的作品，"有意弃置了生命中更为坚实有力的理智、健康、远大的精神目标"的现象，"阻断了众多读者通向它的道路"；在谈到艺术形式问题时，对于那种"对叙述学、结构功能的重视，对语言的变构、语感的强调"等舍本求末的着重从"美文"标尺出发追求表面的审美效果的现象，他认为，"艺术品借以流芳后世的关键还不在于表层意义的形式和语言效果"，"艺术手法的嬗变是受惠于创作主体对生存和文化及语言的又一次觉醒。它不是一种调式，而是一种生命的旋律促使他不得不重新寻找称职的乐器"。再如他在评述刘晓宾的诗的虚实结合问题（《酿蜜的蜂》），以及他在《诗与散文》一文中谈诗与散文的本质、特点及其区别问题，等等，都已超越了就作品说作品的纯粹创作实践经验感受的范畴，而达到深层次理论探讨的境界了。这当然足以说明山壁文学理论学养之深厚。

作为诗人，山壁对于诗的理解与评论，是有其特别独到与深刻之处的。在读到朱增泉的《奇想》等新作之后，他"感到诗人已从自发的状态进入了全神贯注的自觉创作境地。他不再只寻求题材本身的意义"，而是"追求更多意义上的对人类生存历史的探究"。他从朱增泉的诗中对于"生—死、永恒—瞬间"的综合把握，以及其诗的形式、结构的重视，感知了体现在其诗中的艺术悖论的"积极的和谐"。他还从朱增泉的诗作中"一种智力空间复杂交错、思辨连贯猛烈"的风格与气骨，所"无一例外地贯通着一种永久性的元素：世纪、永恒和人"的"高峻、明澈"的"大诗"里面，观照到当前诗坛"那种精巧灵动的小诗"这种"一派浅斟低唱的流行病"，这可谓是十分尖锐的、鞭辟入里的见解。《刘向东的启示》是另一篇精彩的诗评，作者结合自己对诗艺的理解与对诗美的追求，给予刘向东诗作以理性的观照，他说："向东的成就，给我最突出的印象是在自觉保持和发展本民族诗歌的优秀传统及民族传统的现代化方面，取得了优异成绩。"对于什么是民族传统？山壁认为那首先是一种文化精神，一种道德的审美理想。他特别注意到刘向东"在许多青年诗人将诗与生活的距离不断拉大的时刻"，"默默恢复着诗与生活的联系，努力从现实生活的土壤中发掘诗意，与此同时，又注重不断调整自己的审美观点，寻求对时代、民族新的审美精神的适应"。他指出在向东的诗集《现实与冥想》中，"生活流、乡土意识被艺术地光大了，而历史感、民族意识和哲理性得到了沉入或提升，对自然美和生活美的感觉几乎都经过了理性的滤沥，更多地参与到了人类经验与本性之中，诗的内视气质、主观性和意象性也明显增强"。这些看法，无论对于向东还是其他诗人乃至广大读者，我相信都会具有深刻的启迪力量。

山壁兼擅散文，他对散文有许多精深的思索。他在比较诗与散文的特点时说："诗是饮酒，体验人生，对世界做情感的反应。散文是咀嚼生活，感悟人生。诗寄托理想，往往是概括的预言。散文面对现实，往往是详细的现实。诗像天真烂漫的少年，单纯、单层次的思维，情绪激动。散文是老成持重的中年，复杂、多层次的思维，思想深沉。"(《诗与散文》)"散文是漫步，优哉游哉；诗是舞蹈，蹦蹦跳跳。诗是吟唱，重抑扬顿挫；散文是谈心，娓娓动听。"(《寻找自己的声音》)"散文毕竟有自己独立的旗帜。"他用这样见解观照散文创作，于是他一下子发现"梅洁的散文一上来就注意主客观相互观照，利用主客体撞击火花照亮自己散文的境界"(《生命之歌》)。于是他一下子就发现张立勤的散文"具有自己特殊的思维方式和情感方式。如一般很少运用单向叙述，而喜欢复合的情感系统结构。常常不看重情节过程、因果关系及其连续性和完整性，以人物心理、时间作情节线索和主要观点，打破时空界限，以心灵为圆心，过去和现在，四面放射，情感大幅度跳跃"（《张立勤的散文创作》）。这些见解，既有宏观的理论概括，又有微观的实践体察，没有创作实践的评论家，是难于写出这样的评论来的。

对于小说、报告文学、儿童文学、杂文等作家、作品的评论，山壁在《带露赏花》中也不乏准确、新颖的见解。这本评论集涉及的面很广，不仅是指文学作品的类别、形式上，还包括作家广泛性上，其中不仅写了铁凝、李文珊、曼晴、申身、戴砚田、谢青林、张学梦、孙桂贞、姚振涵、旭宇、萧振荣、边国政等许多名、老作家，名、老诗人的评论，还写到了有一定成就与初露圭角的中青年作家、诗人五六十人的作品。山壁对于文学事业，包括他本人的创作与整个河北的文学园地，他都奉献出深深的爱心。

《带露赏花》中的评论文章，还表现出一位诗人、作家兼评论家的可贵之处，即他对所有评论对象的客观、公正，不虚饰、不溢美，实事求是。这从他在充分肯定作家、诗人们的优长与成就的同时，准确、如实地指出缺点与不足的文字上，可以令人感受得十分清楚。这说明，山壁不仅是一位文学园地的辛勤耕耘者，还是一位无私奉献的园丁与认真、赤诚的护花使者。

（原载《河北经济日报》1998 年 6 月 18 日。）

诗情蕴哲理　真美出平凡

——谈刘维燕的散文创作

刘维燕这个名字，不少人可能感到陌生。他在散文创作的园地上，只是默默地、辛勤地进行着耕耘，近些年来，他在《农民日报》《中国老年》《河北日报》及一些文艺刊物上，以吴雁之等笔名，发表了二十多篇散文作品，论数量，虽然还说不是很多，但却给看过他的作品的读者，留下了深刻的印象。

著名散文作家杨朔曾经说过自己的每篇散文，都是当成诗一样来写的，刘维燕的散文创作也给人以这样的感觉，他的每篇作品，都充溢着一种真挚的诗情。这种诗情，来自他对生活的无限热爱，来自他对美的执着追求。他热爱生活，是因为他有着对生活真谛的发现；他追求美，是因为他有着对美的灵魂、美的境界的理解。所以，他的散文中的诗情，不是那种对于花草、山水、景物的浮泛的爱恋之情，而是蕴含于对花草、山水、景物中的真情的感触，即对于孕育在生活事物本身的某种思想、哲理的认识与把握。因为有了这种认识与把握，作者对生活的热爱与对美的追求，才能从自发的感性喜爱升华到自觉的理性挚爱的境地，我以为，这才是散文作品中真正的深厚的诗情。

《浪花·浪花》（《河北日报》1985年8月30日）中，作者既写出了海滨崖畔的海浪之美，以及对这种美的热爱与赞赏之情，又没有到此止步，而是继续追踪着更高层次的美，浪花的性格之美、神魄之美、诗意之美。从事物的内在方面去获取生活底蕴的真谛。所以，当作品进一步写道："有的说：'大海的浪花是美的，但它永远属于生活的强者。'有的说：'时代的浪花更是美的；然而，没有投身于澎湃的时代的大潮，就休想抓住它的主旋律。'"这时候，激情中的火花砰然爆发，作品的真正诗情被揭示出来。

刘维燕散文的另一突出特色，是善于发现平凡的人、平凡的事物所具有的美，即小人物的美，普通劳动者的美，不大引人注目的花草、山石、景物与事物的美。作者在《石子之歌》一文里称赞那些普通的石子并没有因为时光的流逝而风化，也没有因为风雪的摧残而憔悴。它们不安于悲剧的命运，执着地追求生存的真谛；在《小泉花》中，称赞它"不贡献"；在《"沁心"茶》中，赞美年逾花甲的车站小茶馆服务员热情、耐心、诚恳、周到地为顾客服务的精神……罗丹说："美是到处都有的。对于我们的眼睛，不是缺少美，而是缺少发现。"从司空见惯的普通人、普通事物身上写出美来，这应该说是刘维燕散文的善于"发现"的特长。

把思想性、知识性、趣味性熔于一炉，并把这三者和谐地寓于情感的抒发之中，这是刘维燕散文的另一特色。刘维燕散文中的思想性，像盐溶入水般地溶化在抒情与叙事、描绘之中，而非"直露"地游离于题材之外，知识性也是在感情的发展逻辑中所必需，而并不给人以"掉书袋"、卖弄渊博之感；趣味性除体现于散文作品的艺术情趣之外；也无不体现在与思想性、知识性互相融会贯通的生动描绘之中。如《百花赋》中，通过写花与生活、养花与陶冶人们情操的关系，表现出今天"把神州大地点染得分外妖娆，流光溢彩"的花一般丰富多彩的生活这一思想。文中写到有关花的历史、习俗、节日，写到各国的国花及我国的传统名花，还有我国古今有关花的文章、诗词等，所以这些有关花的知识，都是围绕着"百花赋"的题目来写的，与爱花的感情、热爱生活的思想紧相熨帖。又如《香菇吟》《葡萄园记》等也都能够在给人以审美愉悦的同时，又给人以知识性的愉快。

刘维燕的散文创作，在题材、思想与艺术方面，都不断有所开拓，并注意克服手法单一、形式雷同的毛病，这是难能可贵的。如《大楼赋》（《河北日报》1985 年 1 月 11 日），相对于作者过去以抒情为主的写法，这篇作品则更多地糅进了叙事的因素，并且注意到情节的安排；又如《花竹吟》，在抒情中又融入了更多的议论成分；《鸡雏小照》则又偏重于对事物形象的生动描绘……这都表明，刘维燕的散文创作，在艺术上是一直进行着不倦的探索的，我们期望着作者更多、更好的散文作品问世。

1985 年 12 月于石家庄

深入生活与超脱生活

——傅新友作品漫议

我早就熟悉傅新友这个名字，知道他老早就在许多报刊上发表过作品。我也早就读过他的作品。我读过他的小说，也读过他的诗；读过他的散文，也读过他的儿童文学作品，我还知道他搞过民间文学研究，写过歌词。总之，在我的印象中，傅新友同志是位文艺战线上的多面手。

傅新友算是一位老作者了，但是我从前却一直无缘见到他，今年二月，他有事到省里来，我们终于有机会见了面。初次见面，他给我的印象，就像他的作品给我的印象一样：质朴、真挚，富有内涵。我还感到他有着一种并不外露的幽默感。

傅新友同志如今已步入中年，对于他多年来所走过的创作道路，做一番总结与研讨，这在当前文艺创作大繁荣、大发展的情势下，不仅对于傅新友同志本人，就是对其他的勇于探索、不断进取的作家来说，也是很有意义的。傅新友同志创作之路的得与失，对于不少中年文学创作者来说，也确实具有某种代表性。

一

　　傅新友同志是个从生活底层中成长起来的作家，由于长期培养出来的情感与习惯，至今他与火热的现实生活仍然保持着密切联系，这与当前一些忽视深入生活、强调"内在体验"的青年作者相比较，这应该是傅新友（及许多其他的中青年作者）的一个先天优长，这一优长，在他的作品所表现出来的炽烈的生活情趣与鲜活的生活气息中，可以让人看得十分清楚。无论是在《红荆洼的天鹅》（《农民文学》1982 年第 6 期）中写"嘎货"等小伙子们洗澡，写巧娥姑娘在水塘边的一蹲、一嗔、一乐，写外村青年大牛到巧娥家"相亲"的过程，写巧娥与嘎货的爱情方式……还是《茶钱》（《新港》文学月刊 1983 年第 11 期）中写茶摊女掌柜的尖刻中的正直等，如果作者没有坚实的生活功底，都是绝然写不出来的。

　　傅新友作品中的语言，尤其具有他自己的独特的美的发掘。生活中的语言矿藏是无比丰富、取之不尽的，每个作家都按照自己的审美趣味进行选取，因此同样是来自生活的语言，在不同的作家作品中风格却各自不同，比如有的人豪放、粗犷、刚烈，有的人婉柔、清丽、纤秾……傅新友的语言风格，是一种从生活中提炼出来，又经过一番似乎并不在意，其实是精心地熔铸后，与整个作品十分协调，又十分突出地运用于其中的，那种与作品的不容分割，那种令人喷饭或令人感到亲切，那种引起思索的警策的语言，是与作者对生活的熟悉、对生活的热爱与对生活的理解分不开的。请看：

"嘎货，戴起手表喽，穿不起裤衩呀！"

"还真是这么回事儿，手表咱有钱买，裤衩坏了，还得求嫂子缝——光棍儿苦哇！哥们儿脱衣洗澡算什么，人家外国还有脱衣跳舞的哩！"

——《红荆洼的天鹅》

这样的语言，不仅有浓厚的生活情趣，而且具有时代气息。

大伙儿嬉笑着，跟头骨碌爬上岸，穿好衣服，到红荆趟子里，听着收音机，支割那绿硕的馋煞驴骡的芦草，砍那既能当柴烧又能熏蚊虫的蒿蓬去了。

——《红荆洼的天鹅》

这真是一幅现代农村生活风情画，令人感到真实、亲切。

"行了你的吧，骡子马架子大了值钱，人架子大了可不值钱！咱可不能刚过两天宽绰日子就眼皮发肿……"这又在幽默中引人寻味、发人警觉。

这些语言的独特处，就在于它们不仅是一般来自生活的歇后语、诙谐语或其他口头语言的运用，也不在于它们的流畅、简洁与风趣，而在于其与通篇作品的和谐、突出与深刻，这往往是有些作者在提炼生活语言时不够注意的。

二

傅新友同志在创作中一直进行着探索。这表现在他克服着以往对生活水平的浅表理解，而增进着对复杂的生活现象的更为深刻的认识与评价，也就是说，作家的"关注"已转向生活的更深层次。作者最近发表的小说《笔锋》（《农民文学》1986 年第 2 期）表明了他这种新的突破。

《笔锋》通过写毛笔生产专业户蒙老魁和他的女儿翠儿在生产当中所遇到的困难，以及解决问题的过程，表现了党的十一届三中全会以后，社会主义新时期农民的思想观念的新变化，作品并不只是简单地歌颂三中全会路线，而是在不露痕迹的歌颂中，触及现实生活当中的实际问题。比如生产出来的毛笔通过外贸公司销往日本，供不应求，但原材料狼毫（黄鼠狼尾毛）却不能满足供应，蒙老魁不能不搞点儿不正之风——给主管收购黄鼠狼皮的畜产公司营业员送点儿礼，即使是这样，也还是"远水解不了近渴"。等到"老鼠胡"毛笔试制成功，一篇《老鼠胡毛笔换回日立电子计算机》的报道给蒙家笔厂传了名，来参观的人把蒙家门槛踩薄了几分，蒙老魁又有了"善门好开，善门难闭"的感慨。这恐怕绝不仅是毛笔生产专业户蒙老魁一个的感慨，大概是许多专业户与"万元户"们都遇到了的问题。这样写使作品的力量大大加强了；这样写，较之泛泛地唱赞歌的作品所触及现实生活的层次也大大加深了。我们的文学不能虚假地粉饰太平，特别是不能把本来是复杂的现实生活给予简单化地反映，而这一点，在过去的许多作品（当然也包括傅新友同志自己过去的一些作品）中往往是存在的。

《笔锋》的突破之处绝不只是表现在这一点上，因为这里的突破说明了作者文学观念的变革，或者说是作者创作思想的突破。而这一突破更主要的还是表现在作品对人物的刻画上。蒙老魁与翠儿父女之间，在对许多问题的看法上都表现出当前时代两辈人之间的矛盾与冲突：长得俊俏、性格泼辣得带点儿"野性"的翠儿，较之能够盘腿坐杜梨木案前，四平八稳得像尊石佛，一坐半晌的父亲蒙老魁，思想要"开放"得多了。没有狼毫，用老鼠胡做毛笔，这在蒙老魁看来，是"老祖宗传下来的狼毫手艺，能掺假闹着玩哩！小孩子懂得什么好赖！"但是翠儿却有点儿"改革"精神，她不太注重虚名，而是更加注重实际，鼠胡毛笔，经过实验，"笔锋柔韧、挺脱，不滑不涩，成色比狼毫的不赖"，她同意生产这种鼠胡毛笔。蒙老魁在迫不得已的情况下，不得不同意使用鼠胡做两三封毛笔，但他却"心里犯嘀咕：一怕外国人挑了眼，二怕对不起老祖宗"，为了弥补心灵上的愧疚，他极力把这几封笔做得成色好些，笔头精工细作，笔杆特地选用凤眼竹，还镶上牛角。而翠儿却背着爹，在鼠胡毛笔杆上端端正正地刻上了"鼠须楷笔"四个字，颇有一点儿改革者理直气壮的情愫，但是蒙老魁却也并非"改革"中的保守典型，而翠儿也没有被写成叱咤风云的改革家。蒙老魁是个十一届三中全会后的老年"专业户"，他的思想上有不少新时期的富裕农民的特征，也有着旧时代因袭的精神负担；而翠儿不仅是个心灵手巧的制笔能手，她还首先是个成熟了的漂亮姑娘。她有着一般少女都具有的追求理想爱情的心理，又有着出于她的个性特征的对爱情的特殊的追求与表现方式。总之，作品写的是生活，是真实，而不是思想观念，不是来自模式的理念。这一点，在对"辩书记"、对"看大学生"长仲、对"雅马哈"的描写中，也可以看得很清楚。"辩书记"对"专业户"的"抓典型"的工作方法与所用言词，颇有点儿"不合时宜"的滑稽之处，作者对她虽也有轻微的嘲弄，但却把她写得很可爱，因而也很有特点。老成、持重的长仲，是个求知欲强、有上进心的农村青年。他不像某些人那样轻薄，在蒙老魁要招他作徒弟、当女婿并且由乡里的"辩书记"亲自作媒的情况下，他不但没有被写成像别的小伙子有可能表现出来的那样"欣喜若狂"，而是远远出于读者的意料——拒婚。作品的这一笔，可以说是"神来之笔"写得奇绝妙绝！这不是作者的故弄玄虚，而是长仲的鲜明个性的深刻表现。敦厚、诚实、"内秀"的长仲，对于自己上"刊授大学"被人挖苦为"看大学生"感到委屈，而翠儿也这样叫过他一次，他的自尊心受了伤害，他要"争气"。他有科学头脑，用鼠胡制作毛笔的主意是他想出来的，他"用眉豆嫁接的黄瓜长成了香蕉"……长仲的性格塑造堪称一个新的典型。城里青年"雅马哈"的形象也刻画得较为突出，不简单化，他的穿着、言谈似乎都很"时髦"，人也带点儿"流气"，还有点儿"吹牛皮"，但他又被写得有正义感，也有才情。这是当前现实生活中另一种类型的青年的活生生和真实形象。

通过这几个人物形象的刻画，我们不难看出作者的道德观念、爱情观念，人物的价值观念的变化，而作者思想观念上的这些变化，无疑使他的作品在探索中有了新的开拓。

此外，文笔的机趣与内在的幽默，也是傅新友作品的一个突出特色。小小说《茶钱》的讥讽之深刻，表明了作者的别具匠心。

<h1 style="text-align:center">三</h1>

从《笔锋》中，还可以看出作者创作思想上的一些"桎梏"。

固然，熟悉生活与热爱生活，是作者的一个先天优长。但是，要更好地从质上把握生活，作者还应把已经熟悉了的生活放入社会生活的总体中，进行系统的认识、评价，然后才能有新的提高。也就是说，作者要更广泛地开拓自己的生活视野，以心灵和情感的方式进行比较，进行梳理，这样作者才能对生活本身有所超脱。

为什么有的作家体验生活的时间不长，却比其他久已沉浸于生活之中的作家写出来的东西更好？为什么有的作家能够把不多的生活内容书写成为篇幅不小而又并非虚无缥缈、言之无物的作品？这原因，除去技巧方面之外（我以为技巧方面远不是主要的），作者善于发现与善于挖掘是重要的方面。所谓"善于发现"，第一是要熟悉生活，第二是要超脱，这是问题的两个方面，它们之间是辩证统一的关系。所谓"善于挖掘"就是不能停留在生活本身的层次之内，而是指要善于以心灵和情感的方式取得生活现象的深广的内涵。从这种意义上说，傅新友同志的作品是有些囿于生活实感了，或者说，作品写得"太实"了些。

太实，则难免过于黏皮着骨。作品写出来的确是厚实的生活，但作品却同时又缺少更"厚实"的表现。所谓"厚实"的表现，即既有生活实感也有心灵的追索，亦即既有实也有虚。例如铁凝的《哦，香雪》生活实感是有的，但生活内容却不是在作品中塞得满满的。或者说，生活内容本身未必很丰厚，但作品却写得很丰厚。《笔锋》所写的生活内容，如果能够从心灵上给予更新的发现与更深的挖掘，也许可以写成一个规模更大的中篇甚至长篇。我所想要说的是，作者要追求更大的突破，可否从作品内容的实处再往"虚处"即心灵与情感的方面发展一下，或者说，作者的创作在"再现生活"方面是弱的，可否在"表现生活"方面再下些功夫，使二者能够结合起来？

创作思想的更新，一方面是对生活的把握与认识的更新，即社会观念（包括思想、道德、伦理、爱情、婚姻、人格、价值等种种观念）的更新。另一方面是审美观念的更新，即对生活的艺术把握方式的更新。《笔锋》在第一方面的更新已初见端倪，这是十分可喜的。但作为作家明确的、自觉的追求，傅新友同志似乎还可进一步深入堂奥。而对于第二方面的更新，《笔锋》应该说还较为不难发现，传统的写法逐渐在变，有的变化还相当巨大。《笔锋》不是完全的传统写法，傅新友同志也不是一个不开拓、甘于落伍的作家，这在前面已经说清楚了。但是，我认为一个作家绝不应以自己已有的开拓与进展为满足，他要使自己的创作奔向更高的境界，他就必须在首先深入生活的同时，也不断提高自己认识生活与感受生活的能力，并努力扩展自己的艺术视野，从自己过去较为熟悉的圈子之外，去汲取新的艺术构思与艺术表现的营养成分。

在这里，我还想指出的一点是：作品中未必不可以有"越轨的笔致"，但格调的准绳时刻不能降低。《笔锋》中关于翠狐的许多描写都是有利于人物性格塑造的，但末尾"手电"的细节却未免有伤雅趣。

1987 年 11 月

卉木耀英华 缯帛染朱绿

——曹继铎散文读后

曹继铎同志一生辛勤笔耕，在散文创作上奋发登攀，取得了十分可观的成绩，发表了散文三百余篇，计一百二十多万字，先后出版了《绿色赋》和《小路情深》两个集子，作品在读者中引起不小的反响。如今他已年届"耳顺"，河北省文联、河北省作协与石家庄市文联、市作协联合召开曹继铎散文创作研讨会，有人说这是为他的散文创作画一个句号，也有人说这是对他既往的散文创作的一次总结，对于他今后的散文创作来说，这不是个句号而是个分号。我以为，即使是句号，也只是前面一句话的结束，并非就没有了后面的另外的话，所以，句号也好，分号也好，都只是一次总结，一次检阅，这无疑会更有益于曹继铎同志今后的创作，也会有益于石家庄市及整个河北省的散文创作。

文如其人。曹继铎的文章的确和他的人一样，洋溢着一股热诚与真挚之情，透露出他忠恳、朴实的为人。他的作品，所写的都是真切的人物、真实的情感、真挚的爱，总之，他所写的都是真情实感。在他的作品中，没有那种泛泛的抒情、空洞的议论、抽象的叙述，无论是叙事写人、抒情论理，他都是通过具体的言行与动作、具体的情节与细节来进行的。作家极善于见微知著，以小写大，小中见大。《岁月的思念》写的是对父亲的怀忆，但作家把笔力集中到一块怀表上来追述、叙写、展开、描绘，这就构成了这篇散文"形散而神不散"的"神"。这块怀表是父亲的"心中宝"，是病中的爷爷拿买药治病的钱给教小学的爸爸买的，父亲佩戴着这块表"夜伴灯眠准备教案，早伴鸡鸣批改作业"，但40多年前，父亲"被日本鬼子无故枪杀在故乡村南的枣林里"，他被杀害时身上还佩戴着这块表。作为父亲的遗物，母亲把它看得"比生命还值重，比金子还珍贵"，她把它交给"我"，使"我"想到父亲对"我"的教诲，想到父亲被杀害的情景，它"激起我对今日幸福生活的珍爱"，它"督促我在前进征途上，永远不要困惑，不要停顿……"。一块怀表，使一篇忆念父亲的文字事有所系、情有所钟，这既是生活真实的提炼，也是艺术构思的妙趣。在曹继铎同志的散文中，这一艺术手法既运用自如，又变化多端。如《小路情深》通过对故乡的乡间小路的回忆，写出对故乡的怀恋与对母亲的忆念；《红枣的回忆》通过写家乡的红枣表现母亲的爱；《一件往事》通过写二舅送"我"的五块钱，写出一个勤劳、俭朴、诚实、憨厚的农民的爱；特别值得一提的是《大雪又飘来》中所写的细节，作者通过写一把被"我"采摘的不熟的花生，写出表嫂对农民劳动果实的珍爱，以及对我的教诲；

通过写表嫂给"我"的"烧枣"不仅写出表嫂的细心、耐心，以及对"我"的慈爱，而且写出了深而且浓的家乡情味与生活实感，特别是通过这样的一些细节，把一个美丽而慈善、勤劳而朴实、矜持而热诚、可敬而又可爱的表嫂——一个农村劳动妇女，描绘得跃然纸上。

作者还善于从平平常常的生活事物中，发现人的美与善良，并在作品中表现为人性与人情的美。如《心中的照片》写出姥姥的慈祥与宽容，《凝固的微笑》写出奶奶的坚韧而执着，《默默前行》写出岳母的争强好胜又能默默奉献、令人敬仰的美好的品德，以及前面提到的《一件往事》中的二舅与《大雪又飘来》中的表嫂等，无不如此。

读曹继铎的书及他的作品，你会感到他的思维的严谨与细密，比如他的散文集《小路情深》，共收 35 篇作品，分为五辑，尽管各辑之间的篇目与篇幅未必均衡，但那都是严格地按照内容的不同而分类的，第一辑十三篇作品，都是写自己的亲人的，从姥姥、奶奶、父亲、母亲、二舅、大哥，写到岳母、表嫂、妻子、弟弟和女儿，在排列顺序中既体现出远近亲疏，又体现出辈分年龄，这表现出作家心目中的一种规范。作家思维的严谨、细密，不仅表现在书中篇目的安排上，也表现在作品的布局与章法上。比如《蓝天情》写对女儿的怀念与亲情，开头写对女儿的怀念，先从"情不自禁地想起女儿在首都机场乘飞机出国的情景"写起，写出依依惜别的亲情：

当女儿乘坐的飞机倏然间飞向蓝蓝的天空，很快变成小小的白点，直至我的目力所不及……一时间，亲人离别的万般情愫，一起涌上心头，我的泪水禁不住滚出眼窝。大约从这个时候起，我对几十年习以为常，甚至无动于衷的蓝天，陡然产生了浓浓的感情。

"蓝天情"的题目已经点出来了。跟着作者写"送走女儿归来的路上"所想起的"女儿的件件往事"，写她苦涩的童年，写她的聪颖好学，写姥姥、奶奶对她的慈爱与教诲，写她的个性与情趣。跟着写到她出国前与家人的团聚与告别，那种温馨的人情味令人感动。下面，再写女儿出国后"我"怅然若失的思绪与感受，写收到女儿从国外打来电话时的甜蜜与惬意。文章的结尾，又写到蓝天，写屋外阳台上"翘首仰望深情依依的蓝天"，这不仅与文章开头相呼应，而且更写出父女亲情中更深一层的境界，这就是："我和女儿虽然相隔万里，但这片属于我和女儿共有的蓝天，却把我们紧紧相连在一起。"这就不是对"蓝天情"这一主题的一般重复与呼应，而是对这一主题的深化。《蓝天情》的起承转合，极有章法又极自然，极具匠心又全不见斧凿痕迹，确是一篇佳作！

一个作家的风格和作品的特色，往往是优长与不足并存。一个偏于豪放的作家，往往少了婉约；一个率直纯情的作家，往往弱于深沉思理。当然，大家之作，则可以汪洋恣肆、博大精深，不偏一格，不拘一体，可此类大家毕竟少有，所以我们不能对有自己风格与特色的作家求全责备。虽然如此，我们却仍应以辩证的眼光正视作家优长之中的不足之处，这对于作家创作的"更上一层楼"，往往大有裨益。有鉴于此，我想对曹继铎同志的散文提出如下几点意见。

首先，曹继铎同志的散文是来自生活的，是生活中的真切经验与深刻感受。许多表现生活美与人性美、人情美的篇章，是源于生活又高于生活的。但使作品中的生活既源于现实生活又高于现实生活，这应该成为作家创作中的自觉意识，唯其有此种自觉与理性，作家的眼界才能更宽阔、更高远，作家对生活中蕴含的人生真谛与美，才能有更多、更深的发现。

其次，散文固然也需要作家构思、谋篇、行文之严谨与细密，但作为文学创作，它应谨而不拘，密而不闭，实而不泥，直而不露，严谨中不乏灵动、泼辣与洒脱，规则中多有变幻的机智、超拔的奇想、虚实的结合。曹继铎同志的散文，直抒胸臆，此非其短，但文贵率直、朴实，也贵含蓄、曲折，可以"蝉噪林逾静，鸟鸣山更幽"，可以"于无声处听惊雷"，可以欲喜先悲、欲左先右……此艺术之辩证法也，未可只是一味地直抒胸臆。《红枣的回忆》就令人有拘泥感。

最后，文学作品的描写贵具体、贵形象，但散文的创作，也应有概括、有抽象；看取生活、事物，既需从微观处着眼，也需从宏观处着眼；作画既求形似，又求神似，有时神似还要重于形似；散文要写人生体验、人性、人情之美恶，故文学中亦有哲学，以哲学的眼光去认识人生、思考人生，就不会仅停留于写一般的人生体验与一般的人性、人情之美，而可以写出更深刻、更宏远的人生意味与令人心灵震颤、令人耳目一新的美。真实的、具体的人（如姥姥、奶奶、二舅、大哥等）可以写出人生体验，虚构的、典型化的人有时更可以表现出百态人性、千般人情、不尽人生。

这些议论，可能流于空泛，不能完全或完全不能适用于曹继铎同志的散文创作，说得不对处，想继铎兄宽厚为怀，当不会怪罪。

淡淡的馨香

——散文集《多味人生》序

　　我过去并不认识李学乾同志。今年三月初，他带一部书稿，专程从河南鲁山来到石家庄，要我看看他的这部书稿，并请我给他写个序言。这事我当时未敢应承，一则手头正有件压手的活儿要干，怕未必有时间阅读他的书稿，这样也就无从给人家写什么书"序"；二则我过去并没有看过李学乾同志的作品，对其人也一无所知，所以无法说出什么中肯的意见。至于泛泛之谈，我向来不愿意浪费别人的时间，去说一些没用的话。

　　李学乾拿出他办的小报让我看，这是一张县办的文学小报，名为《星河》，刊头题字是著名作家魏巍所书，颇俊秀有致，小报八版，胶印，分了许多栏目，为了利用版面，所选用的字号都比较小，但版面安排得很活泼，可谓丰富多彩。翻看内容，既有诗歌、散文，又有小说、民间故事，可谓琳琅满目。我过去编过刊物，也办过报纸，深知其中甘苦。由此我对李学乾同志顿生了敬意。特别是这期《星河》的头版头条，刊登的是他写的一篇访问老作家马识途的文章，又听他谈了曾拜访过刘绍棠、杨沫、姚雪垠、何岩等著名作家，并写出一组有关这些作家的文章，都收进了他带来的这部书稿中。由此，我感到了他对于文学的热爱与追求。在当前全国兴起的"经商热"中，许多颇有名气的作家都在弃文经商，李学乾同志却仍然在别人认为"没有出息"的文学之路上追寻、求索，这实在是难能可贵的。

他的集子名为《多味人生》，收入了他的 59 篇散文作品，从中可以看出他的辛勤耕耘，以及他对文学创作的孜孜不倦的追求。他的作品，文笔流畅，文风朴实，写的大都是他的家乡鲁山一带的山山水水，以及他身边的普普通通的事、平平常常的人，里面反映着他的人生理想和愿望，记录着他的生活历程与思想感情的脉络。他有着一股对于自己家乡，对于祖国的热爱之情。由于他的笔端有爱，所以他的文章不乏情致，又由于他写的都是熟悉的生活、熟悉的人，所以他的文章令人感到真实、亲切、自然、有趣。他的这本集子，就像一丛散发着淡淡馨香的无名小花，它未必异常绚丽，但却也五彩斑斓，它不是名苑贵府中的国色天香，但却更接近现实的人生。

开篇的《远山的呼唤》，写出他对于山的向往，这种向往是通过一种"无中生有"的笔法表现出来的，这使我想到唐代刘蜕的《梓州兜率寺文家铭》，不过刘蜕笔下的"无中生有"，虽然深切沉郁却未免过于消极悲观，不比这篇"呼唤"中所蕴含的一种乐观向上的情调。《那山·那水·那人》中，既有着对人生哲理的探索，又有着充满知识性、趣味性的生活画面的形象描绘；《石人山读石》又有着他的道德理想与人格观念的展示；《长城随想》能够发挥出许多感慨和议论；《郎店村小记》写他自己家乡的历史、变化，从他对新农村新生活气象的描绘中，流溢出一种对于改革开放以来的农村现实的歌赞之情；他的《览物之情，得无异乎》偏重议论，而《桥赋》则偏重联想。作者自己当过教师，《桥赋》中写出了他的家乡的教师们甘于奉献的精神，读来令人油然生敬……

散文虽名曰"散"，但写好却颇不容易，抒情不逊于诗，叙事不亚于小说，议论要准确、深刻，哲理要引人深思，发人省悟，写人要一叶知秋，窥斑知豹，很需得其"阿睹"神髓而略其须发之凝练、简括，而且这各个方面要自然融合，恰到好处，既无定法，又非无法，此中"三昧"，非轻易可以把握。李学乾的散文，已初掠其要旨，有了不错的成绩，当然要深入堂奥，达到炉火纯青的地步，还需不停地跋涉、登攀。作者自己说他的作品"无宏观大论，无惊人之笔"，既是谦词，也是实情，说到"兴之所至，臧否不计"，我倒以为"艺无止境"，还是要不断求索，不断提高，理论思想修养与文化艺术修养愈深厚，"兴之所至"也愈能涉笔成趣、文采斐然。相信李学乾同志会有更新更好的作品不断问世！

那次李学乾同志来我家，因为急着要赶回河南，我们并未作深长之谈。我没有到过鲁山，甚至原来都不知道鲁山县在河南。

这固然是由于我的孤陋寡闻，但鲁山似乎也确没有什么名山大川或闻名特产让人仰慕。不过读了李学乾的《多味人生》，我倒真对鲁山这个地方有了很多了解，甚至也像作者一样，有点儿爱上鲁山了。历史上许多地方的风物因为骚人墨客的文字而闻名中外，我想鲁山也将因为李学乾的书而增加其知名度。李学乾同志临别前殷殷约我到鲁山去看看，我想将来如果能有机会的话，我还真愿意去领略一下李学乾笔下所写过的鲁山风光呢！

1993 年春于石家庄

人间正气　时代风神

——周喜俊中篇故事《辣椒嫂后传》读后

近两年来，文艺创作中有一种"非英雄化"和"消解崇高"的主张，但是，这并非由于在我们的现实生活中没有英雄人物或缺乏崇高精神，事实上，像孔繁森、张鸣岐、徐虎、李国安以及其他在改革开放中涌现出来的英雄人物与先进人物层出不穷，热爱祖国、甘于奉献、大胆改革、勇于创新、尊重科学、奋发图强的精神一直成为我们时代的主旋律。文艺创作要"弘扬主旋律，提倡多样化"，所以，讴歌我们的时代精神，塑造代表我们这个时代精神的英雄与先进人物，正是我们的文艺工作者的责任与使命。

写过《辣椒嫂》的女作家周喜俊，以她的创作实践批驳了"非英雄化"和"消解崇高"的主张，她在新近发表的《辣椒嫂后传》（载《曲艺》1996年第8、第9、第10期）里，写出了改革开放中新农村新人物的浩然正气与时代风神。

问世于二十世纪八十年代初的《辣椒嫂》，曾经给不少读者留下深刻印象，对于当年热心于集体事业的"辣椒嫂"在今日的作为与命运，仍为许多人所关心。《辣椒嫂后传》写出了二十世纪九十年代的"辣椒嫂"的高远的思想境界。对于"懂管理，有文化"的"辣椒嫂"韩华姣来说，在农村实行土地承包到户之后达到个人富裕不是难事，韩华姣的目标是要在新形势下带领乡亲们走共同富裕之路，她"不是池塘的蝌蚪"，她是"大海的蛟龙"，对于大学毕业在县计生委工作的丈夫杨志民千方百计要把她弄到县城工作的努力，她并无兴趣，她要在改革开放的大好形势下的新农村干一番大事业。她的许多想法与作为当初都不被丈夫与公婆理解，但她的坚毅性格与智慧才干又终于取得了丈夫与家人的支持。韩华姣不同于常人的地方，就在于她既自信、自尊，又不因循保守；既有胆有识，尊重科学，善于探索，又不怕吃苦。所以她带头搞起来的养殖业，从初步成功到不断发展，从遭遇种种困难、挫折而又坚韧不拔、百折不挠，到克服道道难关，这都充分展现出改革开放时期新人的浩然正气与精神风采。

韩华姣的作为首先要取得丈夫杨志民的支持，而正是在这一点上，作者写出了一系列戏剧性矛盾与冲突。在留在农村走带领乡亲走脱贫致富之路，还是进城参加工作并与丈夫一起共享小家庭的安详幸福的问题上，韩华姣在取得丈夫的理解与支持后，她又因为在发展养殖业的科技问题上，得到过去曾经倾慕过她的县外贸局干部赵军平的支持，并与之有密切接触的事引起丈夫的猜忌与愤懑，加之韩华姣成为"报上有名，广播里有声，电视里有影"的名人后，更使杨志民有一种"像一头被高贵女人牵着的狮子狗"的"附属品"与"男家属"的屈辱感，而由此构成的夫妻间的尖锐冲突，却在韩华姣的光明磊落与真诚爱抚下，不但完全化解，而且使杨志民采取决心辞掉公职、回乡与韩华姣共同创办事业的行动。这就使人看到韩华姣的凛然正气与胆识智慧的异常感染力。而对于丈夫与女秘书王春晓之间初萌的不正当关系，由于韩华姣的理智与有理、有节的处理，既使杨志民受到教育、保住面子，又挽救与成全了王春晓，真是有情有义，令人折服。

树大招风。走向发达的韩华姣面对为非作歹的"青龙帮"头目牛大横的讹诈与威胁，她的信条是："坏人并不可怕，可怕的是我们不敢和坏人做斗争。"在我们的现实生活中，这一认识无疑是极其深刻的与发人深省的。由于她的这种正确认识与凛然正气，屡屡得手的牛大横这次不仅碰了一鼻子灰，而且最终落得难逃法网、倾巢覆没的结局。

对于官场上的不正之风，是妥协、迁就，还是坚持原则，进行斗争？这也是当前现实生活中常常遇到的问题。谷县长的秘书小胡借机为谷县长的外甥女开服装店筹措资金，要求韩华姣给予"赞助"。就像对付"黑道"上的牛大横的敲诈一样，韩华姣对于这种"白道"上的勒索也不予接受，为此她得罪了胡秘书，胡秘书进而在她最危难之时又给她制造了新的麻烦，但她相信组织，相信领导，在她向谷县长哭诉了真相之后，胡秘书的丑恶嘴脸彻底暴露，因而得到应有的处理。

也正是在太行珍稀动物养殖总公司最危难的时候，一个日本客商山本太郎愿意来这里投资，这的确是"救活企业"的一个"难得的机遇"。当杨志民和李乡长带领公司秘书刘小菊去接这位日本客商时，杨、李二人为了迎合好色之徒山本太郎的口味，刻意地把小菊打扮得像个"三陪小姐"，而当山本太郎来到公司的时候，他竟然在众目睽睽之下凌辱小菊，这使韩华姣怒气满胸，当即厉声斥责了山本太郎。而唯恐气走外国投资商的李乡长和杨志民对韩华姣大为不满，问她："你还想不想要这个公司?"韩华姣义正词严地回答说："我要公司，但更要国格、人格!"韩华姣赶走了日本"财神"，人们议论纷纷，但韩华姣认准了这样一个道理："人越在艰难困苦的时候，越要有骨气。"最后，她依靠党和政府，终于闯过了危难关头。

作家通过描述以韩华姣为代表的改革开放年代中新人物的思想和作为，展示出新时代新人的崇高境界与美好情怀。但是，作家也并没有把她笔下的新人写成"高、大、全"式的超凡入圣的"神"。新的"辣椒嫂"是一个脚踏实地、通情达理、血肉充盈、感情丰富的形象。她从喂养奶山羊的初步成功，到养殖珍稀动物水貂所经历的风险，再到太行珍稀动物养殖总公司的发展，既遇到家人的反对与社会上的阻力，也遇到无数技术上的难关，而她的事业的成功，既由于她的严正与坚韧，也由于她的情感的真诚与丰笃。她爱她的事业，爱她的乡亲与职工；她也爱她的丈夫、儿子。她孝敬公婆，在她最危难的时候坚持为公公的病进行认真的检查与治疗。王春晓是靠关系顶替了韩华姣到县计生委参加工作的"不光彩的角色"。但当落难的王春晓犹疑地来到韩华姣的公司参加应聘面试时，韩华姣亲自迎接了这位曾"挤对过她"的人，当她在热情地接待中听了王春晓不幸遭遇的含泪陈述后，她立即决定留聘王春晓。这一方面说明韩华姣重视人才，另一方面也写出了她的襟怀博大；后来，韩华姣送王春晓去上大学，陌路相逢中曾受过韩华姣救助的刘小菊以感恩的心情来找韩华姣，接替了王春晓的秘书工作。这一方面写出了韩华姣的助人为乐、济困扶危，另一方面也写出了她的诚恳与善良。还有那个过去在生产队里"干活爱投机取巧占小便宜"、曾经忌恨韩华姣的门卫杨滑子，因为在病中得到韩华姣像亲闺女一样的侍候，病后韩华姣还帮他管理责任田，在他年老体弱时又安排他到养殖公司当门卫……无论是家人对她的从不理解、反对到成为坚强后盾，还是王春晓、刘小菊对她的尽心竭力地支持，抑或是杨滑子对她的忠心不贰地呵护，这中间既体现出了韩华姣人格的力量，也体现出她的人情的力量。韩华姣曾与赵军平有过恋情，但她把旧情化为友情。她的理智既博得了赵军平的尊重，也终于获得了丈夫的理解；他处理丈夫的错误与王春晓的迷蒙，是那么理智，那么得体，真正做到了有理、有利、有节，在理智中又充满了深沉、深厚的爱。

　　二十世纪九十年代的韩华姣不失八十年代的"辣椒嫂"的性格本色：坚毅刚直、争强好胜。但改革开放中的"辣椒嫂"又不同于人民公社时期的"辣椒嫂"，她以她的才华胆识与不怕吃苦的精神，使新农村在改革开放的大气候下依靠科学技术走上致富之路。新的"辣椒嫂"形象是生动鲜明的，杨志民、赵军平、公婆老两口、王春晓、刘小菊、谷县长、杨滑子乃至牛大横、胡秘书、李乡长等人物也塑造得各有特色、各见性格。所有主要人物与次要人物的描绘，都有着现实生活的依据。由于作家具有深厚的生活功底，又具有娴熟的艺术表现力，特别是作家构思的精巧，所以作品的故事自然流畅又出奇制胜，情节紧凑又机趣盎然，整个作品思想深刻而又感人至深，具有相当的艺术魅力。

有时候，作品的思想底蕴可以让读者在阅读、欣赏中自己思索而得到，未必都需要作家在作品中全部明示出来，所以作品中有时候不要把话说尽，要给读者留下更多的想象余地，这就要求作家对某些情节尽量写得含蓄些。我以为，作品中有些地方就可以格外注意"曲"和"藏"，这或者可以使作品更加深邃。

1997 年 2 月 28 日

（原载《文艺报》1997 年 4 月 29 日。）

在笑声中向贫穷告别

——喜听广播剧《橛柄成亲》

农村题材的文艺作品，在粉碎"四人帮"后的前几年，有过一段很不景气的局面，这曾经引起过不少人的焦虑。党的十一届三中全会以后，随着农村形势好转，文艺创作方面的情况也发生了新的变化，反映农村题材的作品越来越多，艺术样式也越来越丰富多彩。由河北人民广播电台录制的广播剧《橛柄成亲》，就是近来出现的一部为广大群众（特别是广大农民群众）所喜爱的好作品。

广播剧《橛柄成亲》，是由群众所熟悉的话剧、电影《青松岭》的作者张仲朋同志与河北人民广播电台的江涛同志一起，根据张石山的得奖短篇小说《橛柄韩宝山》改编而成的，作者在原小说所提供的生动的故事与鲜明的人物形象的基础上，又进行了艺术的再创造，按照广播剧的特点，对故事重新加以剪裁，使人物更为集中、突出，并使之更能适应听众（而不是文学作品的读者和电影与电视的观众）的审美需要。

《橛柄成亲》描述了淳朴、憨厚、诚实、正直的青年农民韩宝山的婚事。韩宝山因为生性只会说实话、办实事、脾气倔、认死理，对以前公社干部耿玉京所推行的极左路线很不满意，耿玉京强迫韩家庄生产队的地一律种"晋杂五号"红高粱，把已经出土的谷子苗都给拔了，说高粱是"革命粮"，长在地里"一片戏"，收进场里"红一片"，一天吃三顿红高粱，"从嘴里一直红到心口窝"，还说红高粱"营养价值高""维生素含量大""特别好吃"，谁要说红高粱吃着发涩，谁就是"忘本""变修"，闹得社员家家只有红高粱，而且连红高粱也不够一年的"嚼过"。这一天，耿玉京到韩宝山家里吃派饭，韩宝山就拿这红高粱面饼子和红高粱面粥来"招待"他，弄得他下不来台，骂韩宝山是"一根不透气儿的橛柄"，"怪不得连对象也找不着"。按韩宝山的脾气秉性，说他像根"橛柄"，倒也还差不离，可是要说韩宝山搞不上对象，是因为他那像橛柄一样的脾气秉性所致，这就是戴着极左眼镜的耿玉京的偏见了。韩宝山的淳朴、诚实、憨厚、正直，本来是做人的一种长处，可是，不会说假话，不肯掩饰自己家的贫穷真相的韩宝山，他的这种长处，不仅被耿玉京，也被他的老姑，甚至他的母亲看成是他搞不上对象的原因。其实，倒是石板沟的张大伯，在为女儿选择女婿的时候对韩宝山的看法，说明了事情的真相："按说，这孩子可是实实在在的……唉，就是这日子不好过呀！"

党的十一届三中全会路线的贯彻执行，像温馨的春风吹拂了我国的广大农村。大地解冻、人欢马叫，农村形势好起来了，生产上去了，农民富裕了，过去被颠倒了的是非，现在又恢复了它的本来面目。还是这个韩宝山，因为生活富裕了，他的"橛柄"脾气不但不再是招人讨厌的缺陷，反而成了惹得海棠峪姑娘玉屏和玉屏娘所格外喜欢的优点了。这就是说，本来人们并不喜欢弄虚作假，可是在特殊时期，说假话的人倒反而吃了香、沾了光，不会说假话的"橛柄"韩宝山那时自然也就遭了罪、吃了亏。所以，是党的政策使农村由贫变富之后，才使得"橛柄"韩宝山得到了姑娘玉屏的爱情，并且成了亲。同时，也迫使耿玉京对韩宝山的"橛柄"外号给予"当众平反"。

广播剧《橛柄成亲》，通过韩宝山从搞不上对象到订婚结婚的故事，说明了农村由穷到富的变化，歌颂了当前农村的大好形势。可是文艺作品中的歌颂与暴露问题，表面看来似乎是一对不可调和的矛盾，实际上它们是辩证统一的。这个道理在广播剧《橛柄成亲》中得到有力的说明。如果说过去那些写极左路线和十年动乱时期的文艺作品，在揭露社会阴暗面、暴露生活中的丑恶现象的问题上，存在着某种片面性，造成了某些令人低沉、感伤、难于引人"向前看"的社会效果，那么，在今天的歌颂性作品中，也不能只是一味地叫"好"，把复杂的农村现实生活简单地写成到处"莺歌燕舞""艳阳高照"，而引人盲目乐观。在广播剧《橛柄成亲》中，并没有把变化后的农村写成一切都好上加好、"一片光明"了，极左路线对农村的干扰、破坏所造成的内伤和外伤是十分严重的，这些创伤不可能随着农村经济形势的好转而一下子全部愈合，耿玉京式的人物也不可能一下子就彻底转变。所以海棠峪生产队长打人的事，以及耿玉京偏袒生产队干部、压制群众、不肯主持公道的现象仍然存在，但这种"阴暗面"的性质与暴露极左思潮时期的文艺作品与节目中所写的阴暗面有所不同，《橛柄成亲》中的这一"阴暗面"内容，是与"打倒了'四人帮'，日子好过了，手头上宽裕了，村里好些人都操持着盖房子"，韩宝山家的新房也"很快就盖了起来"，"宝山娘还背着儿子托人买了块手表，准备着给儿子定亲时，送给那没过门的儿媳妇"等一系列光明面，辩证统一地同时存在的。不过，过去是"阴暗面"盖过光明面，韩宝山的淳朴、诚实性格被当成"不透气儿的橛柄"，韩宝山家"车水马龙、门庭若市""成亲"的场合里，耿玉京"心里酸酸的，像吞吃了颗毛毛杏，躲在大队部不好意思出来"，结果还是被"热情"地请到韩宝山家里的酒席上的时候，不得不给韩宝山"当众平反"的原因。

在广播剧《橛柄成亲》中，改编者很好地体现了原作的意图，在对韩宝山这个人物的塑造上，通过一系列表面看来对他似乎是"贬抑"的描述中，实际上却有力地歌颂了他。在耿玉京来他家吃派饭的时候，他"以子之矛、攻子之盾"，用耿自己讲过的红高粱面如何好吃的话，回敬了耿玉京，他也因此被耿玉京"肯定"地称为"一根不透气儿的橛柄"。这里刻画憨厚的韩宝山的性格带有很浓重的幽默感，广播剧也表现得饶有风趣。在"石板沟相亲"这个插曲中，广播剧对韩宝山淳朴、诚实的性格侧面刻画得淋漓尽致。他去相亲，却连件新裤子都不肯换，不愿顺着老姑的意图去学那花言巧语的本事，他有一说一，有二说二，不肯去弄虚作假瞒哄人，这不仅气得他娘几次犯心口疼，连他老姑也气得骂他："也不亏老耿算定你找不上对象，照你这样，打一辈子光棍去吧！"这些话对于韩宝山形象的塑造，乃是用了"欲扬先抑""似贬实褒"的手法，这样，使听众感到人物性格更为鲜明、突出，艺术效果也更为强烈。跟着在广播剧的后面一段，叙述韩宝山给海棠峪玉屏家送柴，以及玉屏挨打后，韩宝山教训打人的生产队长的情节，更是把一个勤劳、热情、正直的青年农民韩宝山，给活脱脱地勾画出来了。

广播剧《橛柄成亲》对于宝山娘、老姑、耿玉京等几个人物的塑造，也是较为成功的，他们的音容笑貌，如在听众的目前。宝山娘盼子成亲心切，却因为穷而急出了心口疼的病；老姑心肠火热，性格泼辣，但在韩宝山的婚事上，却看不到道路崎岖的真正原因；耿玉京作为基层社队干部的形象，是很有典型性的。因为这几个人物形象，确实存在于现实生活之中，所以就使听众感到真实和亲切。

听着《橛柄成亲》的广播，人们笑声不绝。的确，这出广播剧的喜剧效果是很强烈的。剧本的改编者把这个题材处理成喜剧风格，是既看得准，又搞得巧的。在从原著中截取故事片段时，在强调原著中的人物性格特点时，改编者紧紧抓住了其中的喜剧特征，然后从艺术结构、人物关系、性格化的语言、细节的安排上，还有解说词与音乐、效果的配置等方面，都处处有意识地加强其喜剧气氛，所以整个节目富于诙谐、幽默的喜剧色彩，这大大增强了故事主题的感染力。

以喜剧手法反映现实的农村题材，特别是表现党的十一届三中全会以后，形势有了根本好转的农村生活，这是当前写农村题材的文艺作品的一大特色。这一特色的形成，是由于表现农村新生活的作品，要适应我国广大人民群众，特别是八亿农民群众所长期形成的欣赏习惯和审美情趣而使然。广播剧《橛柄成亲》特别适合广大农民听众的口味，就因为它具有民族化、群众化的特点。它的喜剧形式之所以特别适合于表现现实的农村生活，一则是因为在今天的农村形势有了很大好转之后，生活中本身就增添了不尽的欢乐；二则是因为喜剧形式多年来就一直为农民群众所熟悉、所喜爱。像《橛柄成亲》中那种明朗、欢快、风趣、逗笑的调子，广大农民群众感到通俗易懂、乐于接受。

广播剧《橛柄成亲》在电台播放后，受到全国广大听众的欢迎。近几年来，由于电视的逐渐普及，广播剧为一些人所忽视，因此，广播剧的作者少了，质量也有所下降了。殊不知电视目前在城市虽已基本普及，但在我国具有八亿人口的广大农村，距离"普及"的程度却还差得很远，因此，我们现在还不能忽视这部分为数甚广的听众的需要。不仅如此，即使在电视较为普及的城市，广播剧也没有丧失其为广大听众所喜欢的基础，因为当人们乘车、走路、忙家务及许多劳动、工作的情况下，是没有看电视的条件的，这时，收音机里播送的广播剧，就能满足人们的欣赏需要。更何况广播剧的"听"，与电影、电视剧的"看"，又各自有其不同的欣赏趣味与艺术享受呢！所以，对于广播剧的创作，在当前还是十分必要的，应该引起剧作者和有关部门的重视。

1981 年 8 月于石家庄

曲艺创作要有新的开拓

——河北省曲艺汇演观后感

为时八天的河北省 1986 年曲艺汇演，于 12 月 13 日结束了。这次汇演，演出了二十二个曲种计七十四个节目，看了这些节目，感到我省在曲艺创作方面，确有新的开拓，并取得了十分可喜的成绩。

人们常说，曲艺是"文艺的轻骑兵"，但是，反对把曲艺当成"写中心、演中心、唱中心"的工具，因为曲艺也是艺术，它不应该是直接的、简单的宣传。然而在迅速、及时地反映现实生活与表现时代风貌方面，曲艺又确实有着自己明显的优长，有它自己独具的特点。这次汇演的节目，内容绝大多数都是表现我国新时期的现实生活题材的。其中，有讴歌党的十一届三中全会以来新生活中的新人物、新气象的，也有揭露与批判现实生活中的阴暗面与丑恶现象的。所有这些作品，在表现方法上，都对过去那种"直、露"弊病有所克服，并在创作思想上有新的探索。

相声《菜郎新曲》（河北省曲艺团刘文亮、赵新华创作），表现了农村体制改革以后农民走上富裕道路的现实，但作品并没有停留在这一思想的浅表层次上，而是通过写外号"金刚钻"的菜郎舍己为人、济难帮穷，从而赢得爱情与幸福的生活内容，唱出了当代新农民走共同富裕之路的宽广胸怀与崇高精神这样一曲新歌。这个节目充分发挥了相声艺术"说学逗唱"的特长，写得曲折动人又淋漓酣畅。乐亭大鼓《兔为媒》（唐山市代表队邱思成创作），写了两个养兔专业户的一对男女青年，在互帮互学的过程中建立了爱情关系的一件事，表现了新时期农民的致富路上的新的精神风貌。快板书《英雄胆》（石家庄市代表队演出，作者曹淑云、常志），在表现新英雄人物方面，既有对于传统表现手法的继承，又有适应新时代生活特点的新的特定身份与环境，把他写得不同于历史上的打虎英雄武松，故事的发展既激烈、紧张，又贯穿着一种昂扬、豪迈的气概，具有很强的感染力。其他以对口坠子《菊花选婿》（邯郸地区代表队演出，作者武存直），天津时调《桃红时节》（廊坊地区代表队演出，作者赵金山），西河大鼓《争婆婆》（保定地区代表队演出，作者胡常棣），《接站》（衡水地区代表队演出，作者王文生、石用玲），山东快书《雨中情》（唐山市代表队演出，作者王学来）等，在创作的思想深度与技巧上，都有很多可取之处。

针砭时弊与鞭笞丑恶，应该说是曲艺这种艺术形式所擅长的题材。这次汇演中，此类题材的作品确有新的开拓。如群口相声《如此良心》（张家口市代表队演出，作者吴兆生），对于现实生活中一些人以金钱为目的，到处招摇撞骗，坑害群众，危害社会的现象，进行了无情的挞伐。作品的讽刺是深刻的，讥诮是辛辣的，它所揭示的问题，在当今时代具有普遍意义，因此引起了观众的强烈共鸣。这个节目吸收了滑稽剧的一些特点，给每个表演者设计了一个固定的身份，但整个节目的表现方法又不失相声艺术的特点。这个作品在创作上进行了大胆的尝试，具有突出的革新精神，是很值得称道的。再如相声《我要交朋友》（河北省曲艺团演出，作者马云路、刘际）对于思想政治工作中的教条主义与脱离实际的作风，进行了冷嘲热讽。把空头政治所引起的青年的厌烦情绪，与英模报告团的报告在青年中所引起强烈反应两相比照，揭示了要做好青年思想工作，必须注意当前青年思想、生活的特点这一引人深思的现实，作品中没有空洞的噱头，但在一针见血的嘲讽与机智、幽默的语言中，却充满了笑料，这些笑料来自现实生活，而不是仅仅依靠相声的表现手法，因此使观众在欣赏中感到十分亲切，这个作品在创作上的独到之处，也就正在这里。

其他如数来宝《姑娘为啥不爱我》（张家口市代表队演出，作者宋国兴、杨华光），在表现当代女青年在选择对象的标准上，重知识、重才干而不重金钱的新的精神风貌上，手法是很巧妙也颇具匠心的。相声《现眼》（石家庄市代表队演出，作者高树槐），《新药方》（河北省曲艺团演出，作者刘凯），《打毛衣》（邯郸市代表队演出，作者崔陟）等，在鞭笞社会上的不正之风方面，也都是别具一格的。这些作品都没有仅仅停留在对一些不良现象的罗列、展览上，而是在对丑的深刻揭露中，使人看到光明，看到希望，看到事物的对立面——正确的东西，因此也就从对丑的否定中映现出美来。

写历史题材的节目不多，就仅有的几个节目看，除去一两个作品在表现我们民族的传统美德，比如忠于爱情，热爱祖国，英勇、智慧等方面的内容，由于其形式为群众喜闻乐见，在观众中仍具有一定的审美价值外，有的作品在创作思想上也是具有出新之处的。快板书《画眉张力战眉太后》（沧州地区代表队演出，作者卫树谦、刘建文），写旧中国民间艺人"画眉张"以其高超的技艺，赢得群众的喜爱，而在黑暗的社会中却遭到邪恶势力威逼，他不卑不亢，巧胜"眉太后"，又遇险得救的故事，这故事在表现人民的才干技能、智慧、勇敢等内容，以及群众与黑暗势力进行斗争这种思想方面，是不落窠臼的。又如评书《矿工怒砍米字旗》（唐山市代表队演出，作者段少舫）、故事《我爱中国》（秦皇岛市代表队演出，作者刘瑞）、《班侯训马》（邯郸地区代表队演出，作者李广藩、张长岭）等节目，在表现爱国主义思想与人民群众的才智、勇武方面，也都有新特点。

值得特别一提的是保定市曲艺团创作演出的主题曲艺晚会《欢乐的婚礼》，这个节目在我们的曲坛上，有着振聋发聩的作用，我认为这样说是并不夸张的。整台晚会以一对青年人的婚礼为贯穿线，围绕着青年人的恋爱、婚姻、家庭、伦理道德观念、国外婚俗趣事等题目，把相声、数来宝、山东快书、西河大鼓、单弦、戏剧等多种曲艺形式融合，使这个节目既不失曲艺的基本特色，又展现出一种全新的面目，使曲艺这种形式，在目前遭到"冷遇"的情况下，重新又吸引了观众、轰动了曲坛。

当前，多种样式的文学艺术观念都有所更新，曲艺观念的更新也势在必行。如果认为曲艺形式必须保留祖宗留下来的那种样子，不然就是非驴非马，那么，曲艺的革新最多也不过是小打小闹的变化，这当然就根本谈不上什么观念的更新了。但是，当代观众（特别是青年观众）审美情趣的变化、审美水平的提高，曲艺原有的形式，以及它们所能包含的思想内容，于今天的时代显然已不很适应了，因此，我们应该鼓励创造，鼓励变革，从这种角度出发，保定市曲艺团的《欢乐的婚礼》这种大胆的尝试，有着重大意义，应该予以充分肯定。

当然，通过这次汇演，也可看出我省曲艺创作上的不足之处，例如，一般说来，还有不少节目显得粗浅，有些节目虽然在表演上有一定效果，但从创作上讲还缺乏创新精神，呈现出某种保守性，这是个不小的弊病。还有，在注意作品的思想性的同时，对曲艺艺术的娱乐性、趣味性也还应该有所注意，这次汇演，这方面的节目是显得薄弱的。总之，这次曲艺汇演的节目在创作上是有所开拓的，但我们希望，我们的曲艺创作应该有更新的开拓，更进一步的提高。

1986 年 12 月

传统艺术放异彩　书坛群花斗芬芳

——河北省首届工商银行储蓄怀"空中书擂"大奖赛简评

近几年来，随着改革开放形势的发展，人们的艺术观念也在不断地更新、变化。有人认为，我国一些传统的民族艺术形式已经衰老、僵化，因此已不能适应新时期广大文艺欣赏者的艺术趣味而走向灭亡。前两年，曲艺艺术的不景气，也确实使人有过这样的担心。但是，河北省首届工商银行储蓄怀"空中书擂"大奖赛的结果告诉人们，这种担心是多余的。曲艺在今天的百花齐放的艺术园地中非但不会灭亡，而且随着人们的艺术观念的更新，她也在发展、前进，并显示出她所具有的新的、强大的艺术生命力。

这次由河北人民广播电台与中国曲艺家协会河北分会联合举办的"空中书擂"大奖赛，是经过全省各地、市从若干曲种的许多演员与各种题材和许多中、长篇书目中，进行初评、选拔后，推出来二十八名演员与二十八部书目，又经过"书擂"组织单位聘请专家组成的评委会的审听，评议，采取无记名打分投票的办法，选出了参加决赛的十名演员和十部书曲，自1987年10月21日至12月29日，登擂参赛的十部书曲全部播完，最后由广大听众投票评选，决出了"书擂"的获奖名次。

参加"书擂"决赛的书曲，从内容上看，既有反映当前改革现实的，也有表现革命斗争题材的，还有演说古代历史故事或民间神话传说的。从形式上看，既有以说表为主的评书、快板书，也有以弹唱为特点的西河大鼓、乐亭大鼓与河南坠子。在参赛的演员中，既有年过花甲的老艺人，也有中年曲艺工作者，更有青年新秀，真可谓"男女老少英才，竞技同登擂台。书坛纷呈异彩，曲艺新花盛开"。

这次"书擂"博得广大听众的欢迎与好评，是和书目的思想内容与演员的表演技艺分不开的。如演播快板书《续西游记》的演员常志，是我省广大群众比较熟悉的中年演员，他过去演播的快板书《西游记》与《哪吒》等书曲，曾经给人留下较深的印象。由于《西游记》的故事家喻户晓，而《续西游记》的故事则鲜为人知，因此这部书深深抓住了听众的"猎奇"心理。加之这次常志的演播，除保持了他过去的声音浑厚、口齿清晰、节奏紧凑自然的特点之外，又有新的发展，在说表的抑扬顿挫、疾驰舒缓之间，初听时给人以漫不经心、情绪险些失控之感，然而细加品味，会使人恍悟他在运用欲擒故纵、险中取胜、化险为夷的技巧，这使他的表演增添了新的特色，并构成他这部书的演播风格的新颖性与独特性，难怪他能够在这次"书擂"中夺魁。

青年女演员任晓翔演播的评书《节振国》，在语言运用上张弛自如，叙述故事中无奇险、突兀之处偏能"天然去雕饰"，在针线细密之处天衣无缝，在大刀阔斧之处又无斧凿痕迹可寻。技巧的精熟锤炼使得任晓翔能够把一个威武不屈、大智大勇的抗日英雄节振国的形象塑造得活灵活现，如在眼前。因此她与刘晓梅双双获得二等奖。

刘晓梅演唱的西河大鼓《血染莲花》动人心魄，这是一部新创作的书目，内容表现的是抗日战争时期，何建才与姑母何美姑等人为保护国宝玉雕"莲叶托桃"，在古城保定与日寇、汉奸进行曲折斗争的故事，情节紧张惊险，人物生动逼真。而刘晓梅的演唱，洒脱如江河流水，奋激如裂岸惊涛，回旋如云行峰谷，明丽如横空飞虹。她不拘泥于西河大鼓的传统演唱程式，而是根据故事的发展与人物刻画的需要，巧于创新、变换，又能够达到和谐、美妙、流畅、自然，这是她的《血染莲花》给人留下的突出印象。

青年演员李淑珍的西河大鼓《罗成闹胡府》，是传统鼓书《响马传》中的一个段落。李淑珍的演唱风格不同于刘晓梅，她字正腔圆，款款绰绰、落落大方，别具一种西河大鼓传统艺术之韵味。

老艺人李逢春讲的评书《包公铡国舅》，把故事的大开大合与情节的复杂变幻，用沉静平缓的语调及慢条斯理的节奏而出之，风格迥异，具有深厚的蕴藉、含蓄之美与浓郁的机智、幽默之趣，使听众感到如饮醇醪，余味无穷，不是经过在艺术实践中的长期探索，是难于谙熟这一艺术"诀窍"的。

杨洋明也是位老艺人，他的评书《侠姑》讲的是清朝末年中华儿女侠姑等人反洋抗清、爱民救国的生动故事，通篇构架严谨而不滞、铺排细密而不乱，来龙去脉交代得繁简得体，人物的行动、语言描摹得恰如其分。书中险峰迭起、悬念层生，而化解、收束得却干净、利索，足见一位久擅书场的老艺人的深厚功力。

李淑珍、李逢春、杨洋明共同获得了此次"书擂"的三等奖。

此外，何建春的乐亭大鼓《八卦雌雄剑》，既有引人入胜的传奇故事，而且有令人回肠荡气的挚爱之情，加之音乐的浓厚地方色彩得到较好的发挥，使这部书曲更具有了鲜明、独特的艺术韵味。老艺人刘凤栖的评书《飞刀张》具有放得开、收得起，稳健中带豪放，以欲张先弛的手法，随着故事的跌宕起伏，而令听众心驰神往、欲罢不能的特点。其他演员与书目也各有特色，但由于有的"活儿"不能保人，使得很有才华的演员未能得到充分发挥，因此令人产生遗珠之憾！

这次"空中书擂"大奖赛，说明我们民族的传统艺术大有可为，书曲形式不但没有被群众遗弃，反而正在得到更多群众（包括青年在内）的欣赏与喜爱。愿以这次"书擂"大奖赛为契机，把书曲艺术推向更大的进步与繁荣！

1987 年 12 月

中篇鼓书《落花情》漫议

前一段时间，人们到处都在谈论观念更新问题。但是，怎样才算更新？朝着什么方向更新？全盘否定自己民族的传统观念就算更新吗？生吞活剥地引进西方现代派的一些观念就算更新吗？中篇鼓书《落花情》（载《曲艺》1987 年第 3、第 4 期）里提出了这样一个问题，它涉及社会观念、道德观念与爱情观念的更新问题，也涉及艺术观念更新中思想内容的观念更新问题，而更主要的是这篇作品给予这一问题的答案，既具有强烈的时代特征，包含了观念更新的意蕴，同时它所揭示的思想观念，又达到了较高的层次。

剧团副团长陈文清已经是有妇之夫，但他仍然一直觊觎着曾追求过的已婚之妇，年近四十的剧团主演姜丽芳。姜丽芳的丈夫，原剧团导演杨子江，因在"文化大革命"中受迫害（其中也包括受陈文清的暗害）而精神失常了，陈文清乘人之危，妄图在一个疯子的家庭中插足，实现他的非分之想。为此，他有他的对于观念更新的理解。他对姜丽芳说："虽然说你我天天见面，可有些事也不好谈。都怪我思想不够解放，孔老二那一套还把纠缠。"那么，陈文清要怎样解放思想呢？他说姜丽芳"守着疯子吃了不少苦"，"一直得不到家庭温暖"，"她怨咱中国人有传统观念，不像外国人那样乐观。人家交朋友特别随便，感情好不分女和男。不怕别人说长道短，乐了一天算一天"。原来，他要否定中国人的传统观念，是想要追求西方国家某些人主张的性自由，这就是陈文清进行观念更新的目标。于是，他对姜丽芳表示："我对你的感情一直没有变，这也许是天意把咱成全。"于是，他忘乎所以，眼里冒着邪火，抓住了姜丽芳的胳膊："亲爱的，让我好想啊……"当一杯滚烫的开水泼洒在他脸上的时候，我们看到，观念更新竟成为一些人搞流氓行为的理论根据了！

诚然，陈文清的观念更新是令人齿冷的，但是，一个风华正茂的中年女人和一个疯子的"已经死亡了的婚姻"，难道是合乎道德的婚姻吗？道德只有让姜丽芳与疯子杨子江的婚姻、家庭关系长期维持下去，才是合乎永久的道德观念的吗？让我们再来看看姜丽芳的挚友、邻居姑娘朱亚兰对观念更新的见解吧！

朱亚兰也批评姜丽芳说："你的思想太不开化了，还是个文艺工作者呢，满脑袋瓜子的封建意识。""你的思想太守旧，远远地落后于时代的潮流。与疯子一起生活怎么忍受……怎能让一生幸福付东流？"姜丽芳说："现在我尽心尽意地照顾子江，别人还造我的谣言呢。要是提出离婚，别人岂不更咒骂我不道德吗？"朱亚兰说："你与疯子离婚不道德，那么让你守着疯子过一辈子就道德了？……我看不离婚才是不道德呢。"朱亚兰与姜丽芳关于道德观的争论，也提出了观念更新的问题。时代不同了，道德观念不能不有所变化，思想太守旧显然就会落后于时代的潮流，但是，如果姜丽芳与疯子杨子江离了婚，曾经是自己丈夫的疯子杨子江被置于无人照料的境地，这显然也有一个是否道德的问题存在。如何才能两全？姜丽芳最后选择了这样的道路：一方面不能因为恪守旧的道德观而长久维系与一个疯子的已经死亡的婚姻，从而牺牲了自己的幸福与爱情；另一方面又使疯子的生活有人照料，老有所养。这样她就与她所敬重而且相互都有感情的医生王雨春商量好，她与杨子江离婚后，与王雨春重新组成家庭，保证抚养照顾疯子一辈子，这样一来，问题似乎都已经解决了，既符合当时潮流的新的婚姻家庭观念，又符合在现实生活中继承发扬的传统道德观念。《落花情》如果写到这里为止，作品所达到的思想境界也可以暂告完成，并不算低下。

但是，作者并没有就此搁笔，而是把他笔下的人物、把他作品中的人物思想推向了更崇高的境界。

在作品的第一回中，作者就写出，主人公姜丽芳的离婚问题，虽然遇到重重障碍，但最后在法庭上终于获得了批准。而作品在此时却又节外生枝，写到原来与她商量好婚后共同照料疯子杨子江生活的王雨春，突然又提出不同意姜丽芳与疯子离婚的意见来，这可真是奇峰突起，出人意料。

　　然而，这篇书的一大关子，却正是这奇峰突起之后。为什么王雨春又不同意姜丽芳与疯子离婚了？不同意姜丽芳离婚，也就意味着他不再同意与姜丽芳结婚，这也就等于说王雨春变卦了。是什么原因使王雨春从北京回来后改变了主意呢？是背后有人拆台，还是王雨春的母亲、兄嫂不同意他与姜丽芳结婚后抚养妻子的前夫——疯子，抑或是亲友们在北京给他另外找了好对象？这是这篇七万字的鼓书中的若干扣子中的一个扣子，是全书连环扣中的一个大扣子，解开这个扣子，全书的思想意蕴就会豁然显露出来。

　　那么，王雨春究竟为什么不同意姜丽芳与疯子杨子江离婚了呢？因为在王雨春去北京参加一个全国医学方面的学术会议时，有一位来自江南的老中医献出了一个医治精神病的秘方，这个秘方对医治精神分裂症的患者效果极佳，按照这个老中医所介绍的几个治愈的病例，与杨子江的病症很相似。如果杨子江的疯病有治愈的希望，那么，王雨春是因为要得到姜丽芳的爱情而不去给杨子江治病呢，还是为给杨子江治愈疯病而失去自己与姜丽芳的难以寻求到的婚姻幸福呢？在这个关键时刻，如果他为了自己的幸福，对于一个可能治愈的病人而不去管，那么作为一个医生（尽管他不是专门负责治疗精神病的医生），这难道符合一个医务工作者的人道主义精神吗？如果他与姜丽芳结了婚，而同时又给杨子江治病，那么，杨子江病好后发现失去了妻子，而给自己治愈病患的人又恰恰是自己原来妻子的新的丈夫，这无疑会给杨子江一次严重的打击，他一定会旧病复发。在这样严峻的考验面前，经过一番痛苦的思想斗争，王雨春的灵魂净化了，精神升华了，他决定放弃个人的狭隘的幸福，而追求广义的、更崇高的幸福，他要说服姜丽芳不要与杨子江离婚。他要给杨子江治疗疯病。

然而，当王雨春从北京回来见到姜丽芳的时候，她的离婚手续已经办完了。这又是一次异峰突起。在此情况下，王雨春怎么办？他仍然矢志不移，开始了为杨子江治病。接下来，作者可以这样写他的作品：杨子江的病治好了，与姜丽芳复了婚。围绕着王雨春与姜丽芳的关系的谣言烟消云散了，王雨春失去了个人爱情而获得了更高境界的幸福。这样，作者的意图、作品的境界也就达到了。但是，作为书曲，还应具有那种一波三折、那种"这山过后那山拦"的艺术情趣，轻而易举地来到目的地，既不符合艺术的构筑规律，也不符合生活本身的发展规律。书写到高潮，似乎应该进入"转"与"合"的步骤了，而作者却能够实现高潮，又善于强化高潮，这表现出作者的艺术功力，"莫言下岭便无难，赚得行人错喜欢"。在王雨春给杨子江治病的过程中，别有用心的人放出这样的风：王雨春是不是想假借为杨子江治病，存心除掉他的"心病"，置疯了的杨子江于死地，以便他和姜丽芳结婚后，更加美满和谐，不让一个多余的疯子搅扰其间？而这种舆论，又不能不使头脑简单的人信以为真，于是就自然而然地写到杨子江的哥哥杨长河诬陷王雨春与姜丽芳谋害杨子江，带领他的两个儿子对王雨春大打出手。王雨春被打得伤势严重，住进了医院。这样一来，杨子江的病无人继续治疗了，而故事的发展、人物的命运、结局也就更令人担心了。恰在这时，又有一个疯子"失踪"，在这样错综复杂的故事线索的互相缠绕、情节与人物关系的迷离惝恍之中，读者（或听众）不能不深深地沉浸在作品巧妙的艺术气氛之中。

而就在这"山重水复疑无路"之时，王雨春在北京养好伤，与"失踪"了的疯子，现已恢复正常、风度翩翩、潇洒自如的杨子江一起从北京回来了。于是，故事情节峰回路转，呈现出了柳暗花明又一村，杨子江与姜丽芳复婚了。在他们复婚的婚礼上，座上客王雨春的崇高精神及人格得到了人们的理解与爱戴。

"落红不是无情物，化作春泥更护花"，这就是中篇鼓书《落花情》的题旨。而这里面的"情"指什么？难道仅仅是狭义的爱情？不，它的内涵是无比丰富而深刻的，从广义上来说，"爱情"也并非仅指男女之间的性爱，它还包括人们的爱美、爱善、爱崇高等爱的情感，作品所写的王雨春"化作春泥更护花"之情，难道不是爱情？是！这是更臻完善、更加高尚的爱情。因此，这不是"无情"，而是更难得、更少有，因而也更美、更真的人类崇高、伟大之爱情。

《落花情》故事跌宕起伏，出人意料，但又在情理之中，作为"落红不是无情物，化作春泥更护花"这样的书胆所包含的思想意蕴，在作品中需要高超的艺术技巧，才能表现得恰到好处。处理得好，这一思想意蕴就会光华四射，反之，就会黯然失色。应该说，《落花情》的处理是比较好的，顺理成章地把作品的题旨引入到脱颖而出的境界。但我又感到作者的处理还不能说已经达到炉火纯青的地步，因为在写王雨春决定给杨子江治病前的思想斗争时，作者还未能以更为生动、丰满的形象化细节，来表达人物的思想升华过程，从而未能完全摆脱理念化的弊病。

作品在人物塑造上，除王雨春与姜丽芳之外，陈文清与牛桂英这两个人物也是写得较好的。陈文清狡诈、虚伪、卑鄙、无耻的面貌得到较为充分的揭示；牛桂英的嫉妒、自私、刻薄、世故的性格也描摹得很逼真；而对具有当代性格的青年典型人物朱亚兰的塑造，则令人感到还有待加强，在这个人物身上，具有我们这个时代许多青年人身上所具有的正义、正直、大胆、泼辣、敢作敢为的个性特征，她应该成为王雨春的很好的烘托与陪衬，这种作用在作品中写得不够充分。另外，书的结尾处，对于王雨春与朱亚兰未来关系的暗示，也似乎还有某种难以通达之虞，这可能是由于作者在构思中的某点模糊与暧昧所致。

还有，作品的精巧结构（原第八回书"抓流氓"的层叠式的新奇构思）与非噱头主义的风趣语言，以及说与唱的浑然天成的安排，都表现出作品所具有的艺术特色。

《落花情》是目前我国书曲创作中反映现实生活的不可多得的作品，特别是这一作品既有强烈的现实意义，包容了观念更新的思想意蕴，又具有对于优良的民族传统道德观念的继承，且能够更上一层楼，写出了在社会主义精神文明建设中，代表时代精神的人的崇高精神境界。

1987 年 8 月于北戴河

探索、创新、蜕变

——谈中篇评书《锁龙案》的审美特色

近几年来，新评书创作呈现出两种态势，一种是在故事的惊险奇诡上下功夫，或写打斗，或写侦破，或写传奇，以紧张激烈、动人心魄的情节取胜，这大致沿袭了传统评书的路子，在内容上改变为现代人的观察角度与灌注了时代的生活气息，也就是说它们并不完全与传统评书相同，但在艺术上没有太多的创新。另一种是有意识地进行一些评书创作上的新探索，力求有所变革，有所创新。焦广文的评书创作就属于后一种，他的中篇评书《锁龙案》就追求着评书创作审美观念上的变化与发展。

《锁龙案》在评书艺术上所进行的新探索，最重要之处是对于传统评书人物定型化的突破。传统评书在人物关系的设计、安排上，一般都具有敌我分明、善恶分明的特点，而作者（或说书人）的态度大都是爱憎分明、好恶分明的。对待故事内容与事件，传统评书一般是非分明、褒贬分明，作者（或说书人）的态度也是立场鲜明、倾向鲜明的。传统评书艺术的这一特点的形成，有其深远的历史原因与社会原因。评书作为一种大众化的艺术形式，它需要明白晓畅、毫不含糊，加之它历史的形式的说教的义务（正统思想教育与社会道德教育），所以传统评书的这一艺术特点就愈加突出、愈加巩固。当然，传统评书的这一艺术特点不能轻易否定，也难于轻易否定，但是不否定不等于不发展，因为时代发展了，评书的欣赏者（听书人）的文化素质较之过去人人提高了，虽然评书仍然是一种大众化的艺术形式，但现在的"大众"尽管仍然有不少文盲和文化程度较低的群众，但由于现代科学技术的发展和文化传播工具的现代化，他们的文化素质毕竟是非同往昔了，更何况一般社会文化程度还是明显地、大幅度地提高了呢！由于评书欣赏者的文化素质的提高，也就相应地要求新的评书创作在艺术上的提高，这就给现代评书的作家们提出了一个新的任务：如何提高新评书创作的艺术水平，以适应今天的欣赏者的新的需要。

前面所说的新评书创作的两种态势中，第一种虽然也并非无所提高，但缺乏自觉的创新意识，所以提高较慢。第二种则具有了自觉的创新意识，所以有了较明显的提高，但即使是具有了自觉的创新意识，也并不等于说在新评书的创作上就能够有明显的创新，因为在创新的道路上，方法和途径能否找准是很重要的。

《锁龙案》力求在传统评书人物定型化方面有所突破，好人并非绝对的好，坏人也并非绝对的坏，作者汲取了新时期文学创作的一些手法，或者说，《锁龙案》作为一种评书艺术形式，它在创作上熔铸进了文学创作的特点，无论作者是自觉的还是不自觉的，这种借鉴与汲取乃是提高新评书创作艺术水平的重要途径之一。这种借鉴还不仅是指方法方面，更重要的还在于思想观念方面，《锁龙案》的思想观念与生活现实的贴近，或者说是时代感与真实性的增强，是十分明显的，过去绝大多数曲艺作品，包括评书，在思想观念方面，作者的主观意念一般都特别突出，比如《三国演义》是尊刘抑曹的，《水浒传》是倾向以宋江为首的梁山好汉义军而反对蔡京、高俅等一班贪官污吏的。表现革命战争题材与阶级斗争题材的作品是阵线清晰泾渭分明的，这样固然也可以表现出历史与生活事物的本质和人物的主流方面，但作者又容易以一种强烈的思想观念来改造生活内容和歪曲现实真实，这种强烈的思想观念对于表现人们日常的情感生活和人民内部的人物关系，往往形成一种严重的桎梏，而《锁龙案》作为表现当代现实生活内容的评书作品，能够把现实生活的社会相，不带明显主观意念真实地反映出来，这不能不说是难能可贵的。尽管《锁龙案》也是写的一个破案的过程，但它却脱出了一般写侦破故事的窠臼，更多地注意到写人物、写性格，描绘生活真实，探索生活哲理，表现生活情趣，而不是过分地叙写情节的紧张与故事的离奇。

在写人物方面，《锁龙案》既继承了传统评书抓住人物性格特点，给一些人物起个形象、豁朗的外号的表现手法，又绝不将人物写得简单化、概念化，这无论是对于支书任安然的"和事佬",其妻"九岁红"(肖雅丽)的隐蔽与阴毒,还是村主任任静的贪私与恶劣、治保主任鲁大牛的正直与鲁莽;也无论是对于任惠苹的美丽与聪慧、沈爱华的坚贞与智谋……都是如此。可以说,不仅上述人物性格特征十分突出又绝不简单,即使几个次要人物,有的也能在着墨不多的情况下,写出其性格的典型意义来。如写尹贵婷,她高中时追求班团支书任安义,两人定下海誓山盟,但因"文化大革命"中派性观点不同,尹贵婷另寻新欢,在一次武斗中任安义受伤被俘,尹贵婷拿他寻开心,让女同学极其残忍、刻毒地折磨他,乃至把他折磨至疯,而尹贵婷却又假充善人放了他,使他这个后来的"三疯子"始终认为尹贵婷是自己的救命恩人,而这个尹贵婷后来成为县交通局长的夫人,在官场中颇有活动能力,这难道不是一种女性性格的典型?还有写锁龙庄最年轻的支委石头,在开会前闲议时他手舞足蹈,很是活跃,会议开始,由于议论案情,气氛严肃,石头一下子变得"一本正经,不停地察看着每个人的脸色,发言极简短,每句话、每个字都斟酌再三,唯恐洒汤漏水"。仅仅几句话,一个具有典型意义的性格就跃然纸上。

由于作者有着真实的生活感受与真切的生活体验,所以作品令人读后感到十分亲切,如写鲁大牛禀性刚强,不顾私情,自定"土政策",打死不加看管糟蹋庄稼的猪羊,以及村西北场院着火后污言秽语的骂街、议论,这些情节没有切实生活经历的人是绝难写出的。不仅如此,作者在进行细节描写时极富生活情趣:任凤礼的小儿子民民知道妈妈"酸枣棵"骂"老不死"的是指爷爷，骂"死不了的"是指爸爸，骂"小祖宗"是指自己。任凤礼和"酸枣棵"两口子吵架，口骂拳擂脚踢，各不相让，但当劝架的人把任凤礼扯到大门口外时，"酸枣棵"忽然不骂了，挣扎着说："二叔，他还没吃饭哩!"由于作者有着深厚的生活功底，所以他的每处叙述描绘都既富生活情趣，又有根有据、有板有眼，绝非他人可以杜撰得出。如写任凤礼种黄瓜的塑料拱棚，用了多少斤铁棍，多少根杂木杆，多少公斤塑料薄膜，这虽是信手拈来，但胡编乱造者是要露出生活不足的马脚的。

传统评书中有说表、有评议，新评书在说表与评议时也应在内容与形式上有所创新。《锁龙案》中有几处类似传统评书的评议很新颖，不是一般的评说议论，而是对于生活哲理的探索与发现。如从写任惠苹与继母"九岁红"对待男性追求的不同态度而生发出的女性的心理类型，用精彩而形象的语言探讨了某种爱情哲理。还有关于结合沈爱华择偶心理的议论，以及沈爱华与任惠苹二人关于法律与感情关系的议论等，都可以说是评书中"评"的部分较之传统评书叙写方法的创新与提高，这或者也是借鉴与吸收文学形式而来。

前面说到《锁龙案》在审美观念上的探索与创新，表现在人物塑造方面，尽量避免"好人就是绝对的好，坏人就是绝对的坏"那种定型化与简单化的写法，而努力写出人物性格的复杂性，这种新的审美追求在评书创作中无疑是难能可贵的。当然，任何艺术上的探索与创新都不可能一下子就获得圆满成功，在传统评书多年来形成的特点与长处的基础上，要求新的发展，每前进一步都并非易事。焦广文同志在《锁龙案》中所进行的新评书创作艺术上的探索与创新，就表现出这种艰难的蜕变过程的明显痕迹。

作为作品的主人公，任惠苹这个人物形象是作者所着力塑造的。惠苹姑娘二十二岁，高中毕业，有胆量、有心计、有文化、有力气，能言善语，好胜心强，作者还说她"肯于仗义执言，见义勇为"，这应该说是这一人物的基调。但作者没有按照以往的"英雄人物"或"正面人物"的套数去写任惠苹，而是从许多侧面来描写、塑造她的性格。任惠苹有正义感，对于村里任凤礼用塑料大棚种黄瓜的试验很支持、很关心，因为如果这一试验成功，锁龙庄明年的人均收入就能翻一番，可以使村子逐渐脱贫致富，也为回乡知青争了光；在爱情问题上，她属于所谓"封闭型"，她"深知女人的心埋藏得越深，神秘性越强，自己的身价就越高，也就越发引得男性拼命追逐"。她把"在爱情里面，任何计策都是可以原谅的"这句话作为座右铭，这就写出了她绝非那种温柔敦厚型的女性。的确，作者在把她与她的继母"九岁红"肖雅丽两相对照进行比较描写时，说"九岁红"在对待爱情问题上属于"开放型"，说母女俩从情性、风度、教养来看，有"天壤之别"，"九岁红"不仅"擅长风情"，而且作为"锁龙案"的真正作案人，她的面目、品性是无须多说了的。但和"九岁红"有"天壤之别"的任惠苹，作为积极参与破案的人物，她是否就被写成一个完善的人物呢？情况远非如此。任惠苹在与其继母"九岁红"定计"勾引"惩治村主任任静的作为，令人感到姑娘几近"凶狠刻毒"，尽管任静的确是个不良之徒，而惠苹姑娘为了达到与县粮食局局长的儿子、县公安局刑侦科副科长沈爱华恋爱结合的目的，用尽计谋，撒出弥天大谎，而且作者直言不讳地写她"受'九岁红'肖雅丽的影响，任惠苹最感兴趣的是权力"。这当然就不仅是性格并非"温柔敦厚"了。再看她在进县城后的路上对付两个浮浪干部子弟的手段："惠苹……不禁暗生一计，嘴唇一咬眉头一皱，提起自行车轮照定其中一个小胡子的胯下就撞，随即来了个大撒把，伸脚将后轮猛地往外一踹……前轮势必将小胡子挑倒在西面，而后轮则肯定会被小拖拉机轧上，既惩治了小胡子，自己又不担干系，作为受害者，还能让小拖拉机司机赔辆新车！"后来她的对象沈爱华起来制止了两个小青年对她的报复，而她"挣脱身子后……咬牙'啪！'从侧面给了那个叫狗子的小胡子一记耳光"，从她这些所作所为来看，说她恶狠毒辣，大概也并不算过分。最后，弄清"锁龙案"作案人原来是任惠苹的继母"九岁红"，这时，任惠苹并不肯顾及法律的神圣与尊严，如果说她对于沈爱华严格执法的精神与做法开始出于某种目的曾是积极支持与协助的话，那么此时她却绝不理解与原谅。

当然，作者本来也并没有打算把任惠苹写成什么正面人物或英雄人物，但是若说作者本意就是把她写成反面人物，似乎也未必合于作者的初衷。应该说，任惠苹这个人物有她的真实可信性，或者说，她确实是一种类型的人物，是一个典型，但作为艺术创作，作者似乎对他的这一沥尽心血的人物形象存在着把握不准的地方，也就是说，写出了人物性格的复杂性诚属可贵，但忽视了人物的基调也是一种偏颇。

我们固然不能不看到作者更深层的动机，即企图从历史与社会中寻找人物性格与行为所形成的原因。作品的结尾写到严格执法的沈爱华"难以自禁地"扑到"锁龙案"作案人、罪犯"九岁红"的胸前，甚至"终于喊了一声'妈'！这才如释重负，回到桌前掏出钢笔让肖雅丽在拘留证上签字"……作者是不是想告诉读者，"九岁红"之所以作案犯罪，其罪过并不在于"九岁红"，而在于造成"九岁红""悲惨的命运"的社会？作者说"这只好求助于读者诸君"，我以为作者对此问题的思考似乎尚未得出准确的答案，或者说作者本人也许还处在模糊之中，对于这样一种复杂的问题，在艺术创作中进行这样的模糊处理，我是不敢苟同的，这还牵涉到作者的创作观念中，或者说是审美观念中的另一个更为深刻的问题。

我想说的这个更为深刻的问题即是关于作家的审美理想问题。两年前，我国美学与文艺理论界有人提出艺术的"审丑"问题，认为艺术并不都是审美的，甚至主要不是审美的，说什么"审丑"才是艺术的本质，这种理论是受西方现代主义文艺思想影响的产物，在我国没有成什么气候，也不会成为什么气候，但这种理论在那一个时期的创作实践中还是产生了一定的影响的。西方现代派文艺写丑、写恶、写死亡的恐怖之类内容的作品非常之多，我国前几年的文艺作品中也有人写了这一类的内容，但这种作品从实质上讲是一种舶来品，有人称之为"伪现代派"。现实生活中的确有不少丑恶的东西、丑恶的人和事，但又绝非没有光明，没有美好的事物。文艺作品写丑并无不可，但写丑不是为了展览与宣传丑恶，而是为了从反面来写美，因为在作家的审美理想的光照下把假恶丑揭露出来，目的在于审美而绝不是为了审丑。这个问题从中篇评书《锁龙案》来看，也许作者并无自觉的意识，但客观上却表现了作者眼中的假恶丑太多，而真善美太少。假如说从任惠苹身上也让人看不到美的话，那么"九岁红"则更是丑的典型，任静是个"反面人物"之类的形象，支书任安然算不上太丑，但作者写他只是个"名义上的一把手，实际上是聋子的耳朵——摆设"，而且他头上戴着顶绿帽子，实际上也是被写成了小丑一类的人物。沈爱华的父母亲，县粮食局局长和粮局饲料公司经理，"得耳塔"和"雅马哈"，还有那个县委办公室吕主任，以及县政府办公室主任，更不用说交通局局长夫人尹贵婷，都是些令人齿冷之徒。这些作品中的主要人物与权势人物如此，即使一些"小人物"也都被写成邪恶之辈，前面提到的与任惠苹街头发生龃龉的两个浮浪子弟，县委办公室张主任之子方云与交通局长之子狗子不必说了，即使街头那个卖烧饼的掌柜——麻子与卖肉料五香面的掌柜——罗锅，也都被写成"老没出息"的丑类。当然，作品中也写了像公安局局长甄士达这样疾恶如仇、执法如山的人物，但这个人物在作品中分量不大，可以说是无足轻重的。而沈爱华，作为作品中的主人公之一，似乎是作者有意塑造的理想化典型，沈爱华的确是个有理想、有个性，为人正派、严于执法、敢于斗争又善于斗争的人物，但是"单丝不成线"，如果说众多的人物都是丑和恶的典型，而只有公安局局长甄士达和刑侦人员沈爱华是理想化的美的典型，那似乎就有点儿"世皆混浊我独醒"的意味了。当然，作者焦广文同志未必在追求什么"审丑"的表现，但有意无意中受到当时文艺思潮的某些影响，因而不自觉地忽略了作家应有的审美理想的追求，这也是在艺术探索与创新过程中难以避免的，或者说这也表明了艺术观念更新蜕变过程之艰难。

重弹旧曲意翻新

——听重播《双开锁》《送蜜桃》有感

近来，中央人民广播电台重播了我省曲艺作者杨善元的《双开锁》和《送蜜桃》，听来感到虽陈不腐，似旧犹新。

《双开锁》和《送蜜桃》是杨善元同志"文化大革命"前的旧作。《双开锁》最初发表于 1957 年，《送蜜桃》最初发表于 1959 年，这两个段子二十世纪五十年代曾在全国范围内广为传唱。而今天，为什么仍能为人们所欢迎呢？我以为这可以用"曲旧真情在，词陈意翻新"两句话来加以说明。

我们先来分析一下《双开锁》，这篇作品内容也比较简单，人物很少，线条单纯，扣人心弦。《双开锁》的开头写军属张大娘从地里干活收工回到家中，打开房门的铁锁，走进屋中之后，"一掀锅吓了一大跳"，喷香的饭菜都已经做熟了，炕头上还铺好暖洋洋的被窝。这个情节作为开头，使人感到离奇。曲艺作品的开头，就如同用兵打仗，要出奇制胜，"出奇"才能造成悬念，有悬念才能抓住听众，作品接下来，并没有立即着手"解包袱"和"抖包袄", 而是进一步加强和渲染这个悬念。第二天, 张大娘收工回到家, 屋里又已是饭菜齐备、被褥铺好, 这一天, "大娘越想越奇怪, 越怪心里越闷得慌", "房门天天上着锁, 钥匙时时都在我兜里装", 这的确和头一天一样, 但作者写张大娘这两次回家, 是连出奇兵, 而不是重蹈旧辙, 第二回不是头一回的简单重复, 是在重复中有变化, 见新意。这新意在哪里呢? 在于这一回张大娘回家时顺路提了一桶水, 想洗洗衣裳, 可是当她开开门之后, 不仅发现柜子里的衣服洗得干干净净、叠得整整齐齐, 而且连缸里的水也给挑得满满的。写出一桶水可不是可有可无的, 它大有妙用, 这一笔可谓是一箭双雕之笔, 既似信手拈来, 又是义深意厚, 因为这一桶水是要洗衣服用的, 屋中缸里的水不多了, 可这一桶水引出来的, 是屋中缸里的水满满的, 柜里的衣服是干干净净整整齐齐的, 如果没有这一桶水, 何以想起进门先要查看下柜里的衣服? 何以自然而然地引她特别发现缸里满满的水?

张大娘不想信邻居李大娘说什么"七仙女"来帮忙的话, 可又实在想不通是怎么回事, 第三天上工的时候, 她把房门的铁锁换成一把三簧老铜锁, 自己想这回看别人谁还能进屋来? 哪知道, 这天下工回来, 门上的三簧锁"纹丝没动", 可屋子里却又是饭熟菜香、被窝热炕。这一下, 可真把张大娘"装到闷葫芦里去了"。其实何止张大娘, 听众不也都被"装到闷葫芦里去了"吗? 作者写张大娘接连三天回家进屋, 三次各有不同。这第三回, 张大娘一进门, "只见一群喜鹊儿落在房檐上", 这句话也不是一般的点缀闲景之笔，它一方面说明院内安静无人，另一方面还有一层寓意，即"喜鹊登枝"，预示吉祥之意。

为了把事情弄个水落石出，第四天张大娘故意提前下工，悄悄回家来察看"七仙女"的底细，这一回到底弄清楚了，原来是队里的会计张大娘的干女儿翠芳姑娘，从百忙中挤出时间来帮她干零活的。作者写人们关心照顾军烈属，是从写这个与张大娘有着"干娘干女儿"关系的会计姑娘身上体现出来的，而这"干娘干女儿"的关系也正是"双开锁"的秘密所在，这里有着"奥妙""玄虚"，但作者却不是在"故弄玄虚"，当写到张大娘三次回家，"悬念"一再加强，而又同中有异，引人入胜的时候，到了第四次，作者笔锋只这么轻轻一挑，"悬念"即如"冰释"了，但在这里，故事并无"虎头蛇尾"之感，因为作品在"解包袱"时，同时展示出故事的全部思想意义：张大娘为了不给社员群众增加负担，不要社里照顾的补助劳动日，积极参加集体生产劳动，而翠芳姑娘代表社员群众热情地帮助军属干活，这从两方面来说，都放射着新人物、新风尚、新道德的思想光辉。另一方面，"包袱"抖开之后，"七仙女"翠芳姑娘的思想面貌一下子得到了充分展示。这个段子在今天听来，之所以仍然具有新鲜感，就因为它写了社会主义新人的美好心灵。

当前，我们的文艺创作责无旁贷地应当承担起宣传"五讲""四美"的任务，塑造好新人形象，发掘出新人的高尚道德情操与美好心灵，这对于我们现在的曲艺创作来说，尤其需要明确。

下面，再谈《送蜜桃》。《送蜜桃》写的也是二十世纪五十年代的生活，它表现了新社会亲如一家的新型干群关系。故事说的是：县长姚振彪下乡劳动，跟东山公社刘家桥的群众关系十分密切，与社员一起挑粪、浇地，还跟刘大娘学会嫁接果树，并亲自嫁接了十棵蜜桃，以后他又常来刘家桥给桃树除虫浇水。等到桃树结了果，社员们想起了姚县长，让刘大娘代表大伙儿给他送去一篮蜜桃。姚县长拗不过刘大娘与社员们的一片热心，收下蜜桃，却又转送给医院养病的社员吃，病人吃了桃子很受鼓舞，决心病愈后回到生产战线再立功劳。

这个段子故事也很简洁，但感情很饱满，作者抓住"桃"这一条线索，生发开去、层层剥开，思想意义也就随之显现、加深，写来不枝不蔓、简洁中寓深意，有特色。

《双开锁》和《送蜜桃》的共同特点就是作者以充满感情的笔触，使作品具有真情实感。而演唱者又准确地表达和发挥了作品所具有的激情，从而打动听众。之所以永远不失其艺术魅力，就因为由于"情感"的共同性的存在。所以，具有深刻的真实情感的作品是不会随着历史的演变和时间的推移而减低其艺术光彩的。《双开锁》和《送蜜桃》之所以能够长久流传，就是因为作品具有情感的真实。

杨善元同志如今已经年过五旬，算是我省的一名老曲艺作者了。过去，他做过店铺的学徒；参军后，他到过朝鲜战场；以后，他还做过《志愿军一日》的编辑工作，转业以后，他在我省群艺馆做过编辑工作，1963 年，他又回到他的故乡涿县文化馆工作。从二十世纪五十年代初，也就是他到朝鲜参加抗美援朝战争、在部队任文化干事时起，他就开始进行曲艺创作，至今也有三十余年的历史了。三十年来，他发表过大小近二百来个曲艺段子，也写出过像《双开锁》《张勇接线》《送蜜桃》《百里挑一》《金鸡三唱》等思想艺术较强，影响较大的好作品，他的不少作品，曾为全国许多曲艺者名艺人演唱过。

十一届三中全会以来，他决心克服一切困难，鼓足勇气，为社会主义"四化"建设，为社会主义精神建设再卖卖老力气。除修改以朝鲜战争为题材的长篇评书《虎口拔牙》外，他的新作中篇鼓书《七星剑》也已脱稿。杨善元同志老当益壮，将以曲艺创作的新成就，来和广大读者、听众见面。

1980 年 10 月

芦苇丛丛布刀枪

——评《雁翎队的故事》

冀中平原的京、津、保三角地带，有个天然的大湖泊，名叫白洋淀。在抗日战争时期，白洋淀上出了一支闻名的人民抗日武装——雁翎队。关于雁翎队的战斗故事，至今仍在人民群众中广为流传，激励着广大人民群众的革命斗志。

《雁翎队的故事》（第一集，河北人民出版社出版）就是一本描写当时活跃在白洋淀上的抗日人民武装——雁翎队的革命故事集。这是一本颇有特色的故事集。它以清新的格调，赢得了广大读者的喜爱。这些故事，从不同的角度描写了雁翎队的英雄业绩，热情地歌颂了毛泽东同志关于人民战争的光辉思想，歌颂了党领导下的人民武装力量。

这个集子共收十五篇故事，每篇各自独立成章，又都是热情讴歌了同一组英雄——雁翎队的队长任大椴及他的战友们。读这本故事集，使人像读一本别具风味的长篇故事一样，从头到尾，引人入胜，愿意一气读完它。

雁翎队队长任大桅出身于苦大仇深的贫苦渔民家庭。他的祖辈都是富有反抗精神的受苦人。祖父任洛文参加过义和团，当过"二师兄"，曾"带着全乡的穷人，把县城教堂坑害穷人的洋神甫宰啦，给穷人分粮分衣"。后来，他又带人"轰了八国联军的火车"，"手持大刀，一气杀了八个鬼子"。父亲任老耿，受不了恶霸地主熊万财的残酷压榨，带领渔民、猎户，放火烧了熊家渔行的大门楼，砸了那块"急公好义"匾。小时候的任大桅，给地主家扛活，受尽了折磨，吃尽了苦头。他继承了前辈们富于反抗的革命传统，"人小志刚，临危不惧"。他在《砸渔行》里一出场，就撅断了渔霸灌了水银的空心大秤，把熊家渔行砸了个粉碎。

任大桅从一个只知向剥削阶级进行自发斗争的硬汉子，变为一个成熟的革命战士，是在党的培养教育下成长起来的。他在地下党员高老师和当时的学校夫役、后来的雁翎队指导员何涛的帮助下，变成了一名坚强的共产党员。在《旗开得胜》中，任大桅到赵北口找表兄鸭子张侦察敌情。当他听到伪军班长向鸭子张的问话，想到伪军"成天跟鬼子一起祸害中国人"，"激起了满腔愤怒"。他看见伪军送到手边的大枪，本想"捎着走"，"可是他刚要去抄鱼篓里那支撅枪，脑子里便响起了党的教导和群众的嘱托，觉得自己肩上的责任重大，绝不能一冲性儿干事"。他想到不能"因小失大，辜负了党的教导和人民的期望"，于是"他决然地站起身来……"。这时的任大桅，分明已经从一个向敌人进行自发斗争的"硬汉子"，成长为一个自觉的革命战士了。

雁翎队战士来自穷苦渔民群众，又深深扎根于广大的人民群众之中。在故事集中的许多篇故事里，都有深刻、细致的描绘。

《截"华工"》是写雁翎队为了解救被骗入圈套的阶级兄弟，搞清"华工"的上船时间和经由路途，任大桅驾小船来到芦家庄的地下交通站，找到义务交通员芦大婶。在芦大婶和其他革命群众的帮助下，任大桅得到了可靠的情报，圆满地完成了截"华工"的战斗任务。在《夜袭蒲菱口》里，任大桅通过"老堡垒户"郑大娘，弄清了蒲菱口敌军的整个部署，做了周密的战前侦察，胜利地搞掉了敌人，活捉了伪中队长史凤昌。其他如《旗开得胜》《奇袭十房院》等篇，也都很好地表现了雁翎队和人民群众之间的血肉关系。白洋淀的广大群众，为雁翎队取得战斗胜利做出了贡献。

有些篇章，很有故事性。如《贴布告》中，在鬼子的大据点龙口镇的地方党支部书记张喜田，带领十来个民兵"狠砸猛敲"了前来试探他们的川岛等一伙鬼子和特务，又巧妙地把雁翎队的大布告贴到了重兵把守的鬼子小队部门口的墙上，并且把一张纸条机智地塞进了伪侦谍班长孙大麻子的衣兜里，用川岛之手，判处了罪恶昭彰、血债累累的孙大麻子死刑；《提副官》里，公开身份是伪"联保所钱粮秘书"的"乐呵王"王常乐，为了配合雁翎队消灭狡猾的新安伪军司令部副官钱仕之，非常机智、巧妙地引诱敌人上钩就范；《巧取军火船》中，区妇救会干部秋菱，打扮成鸭子模样，灵活机动地打进了戒备森严的新安东关码头，完成了对混在一百多只商业包运船中的四只敌军火船的侦察任务；《老渔民夺枪》里，采莲庄的地下交通员耿大爷，只身一人，凭一杆鱼叉，沉着老练地把五个鬼子置于死地，把缴获的武器送到了雁翎队。故事情节如行云流水，委婉有致，风趣盎然，尤其是《旗开得胜》，这篇故事写到雁翎队在伏击日本鬼子的汽船时一名小战士手中的炭香掉了，正好落在大抬杆的火门上，大抬杆走了火。任大桅在此情况突变的关头，紧锁双眉，眼睛里闪射出犀利的光芒。一群被大抬杆惊起的野鸭飞过，落在西边苇壕里，大桅灵机一动，对何涛说："你照原计划执行！我教汽船过来！"只见大桅抄起雁来手里的鸟枪，直奔鬼子的汽船划去。任大桅就是这样灵活机智、勇敢果断地骗过了敌人，使得战斗能够照原计划进行。

《雁翎队的故事》（第一集）中，对于敌人的描写，也比较好地起到反衬作用。"道高一尺，魔高一丈。"我们的英雄人物面临的敌人，如果尽是些"草包""豆腐"，那么这些英雄形象是难以高大起来的。这本故事集中所写的敌人，有的凶狠残忍，有的诡诈狡猾，有的贪婪无耻。总之，没有被写得简单化。任大桅这一英雄形象，就是在同这些形形色色的敌人展开激烈斗争的风口浪尖上树立起来的。

不过，这本故事集还有其不足的地方，如对任大桅的思想开掘得还不够深；作为故事，我们还希望情节更曲折复杂一些。当然，这本《雁翎队的故事》还仅仅是第一集，我们相信故事集的作者们在总结经验的基础上，在今后几集的创作中，一定能写出更多为群众所喜闻乐见的好故事来。

1978 年 8 月

无情未必真豪杰

——读《三国演义补传》感言

正当人们注目于荧屏上的电视连续剧《三国演义》的时候，我们又读到了一部名为《三国演义补传》的新书，这很引动了人们的兴趣。我国古典文学名著因其读者之广、影响之大，故多有续书，诸如《红楼梦》的续梦、后梦、圆梦、补梦，《水浒传》的全传、后传之类，此类续书多为假借名著之名，或延伸原作、敷衍故事，或阐释原义、以补不足，但大都远逊于原著，有的简直是狗尾续貂，没有多少价值，可供阅读者寥寥。

《三国演义》作为一部举世闻名的长篇历史小说，故事起于刘关张桃园三结义，终于王浚平吴，描写了东汉末年和整个三国时代封建统治集团之间的矛盾和斗争。此书不像其他古典名著，自明初问世以来还很少听说有后续之作。《三国演义补传》并不是《三国演义》的续书，它是在《三国演义》故事梗概的基础上进行了同步的补写，着重在一个"补"字上。补什么？补《三国演义》之缺。《三国演义》有什么疏漏缺失吗？有的。《三国演义》

由于其结构宏大、事件繁复、人物众多，故而对于许多情节与人物的侧面的描叙无暇顾及。而且由于作者罗贯中的"尊刘抑曹"的政治倾向，以及鼓吹封建的正统思想和仁义道德观念，所以有意避开了一些主要人物的爱情婚姻方面的描写。鲁迅评价《三国演义》时曾说道："……至于写人，亦颇有失，以致欲显刘备之长厚而似伪，状诸葛之多智而近妖。"且其"写好的人，简直一点儿坏处都没有；而写不好的人，又是一点儿好处都没有"。这是由于作者创作中的主观意向所造成的对于历史真实选择的偏颇。书中写关羽忠勇义烈，写诸葛亮智略过人，但对于他们的婚姻家庭生活方面却几乎无所涉及。然而书中又多次提到关羽有子关兴，张飞有子张苞，还提到关羽怒拒东吴上门提亲的使者时说："虎女焉配犬子。"这又说明关羽还有女儿。关羽、张飞及诸葛亮等人物都并非不食人间烟火的神仙，也并非只有义而没有情的超人，他们也有他们的爱情、婚姻，以及或温馨幸福、或多灾多难的家庭生活。其他如书中写到的刘备的甘、糜二位夫人，与孙策、周瑜相匹配的大小"二乔"，被视为"祸水"的貂蝉……关于这些陪衬性人物的性格情感、来去行踪，书中也缺乏适当的描写与交代。

《三国演义补传》一书，正是在这一方面"补"了《三国演义》之不足。《三国演义补传》从《三国演义》里所未写及的正史中的零星记载，以及一些笔记小说、民间传说中有关三国人物的野史艳事中，取材、熔铸了《三国演义补传》的故事内容，对于刘备、关羽、张飞、赵云、诸葛亮和曹操、曹丕、曹植父子及孙策、周瑜、孙权等人物的男女情爱和风流韵事与相关人物、事件的来龙去脉，都做了叙述与描绘。

对于近些年来的文艺作品中，无论什么题材、什么内容，都要去写人物的情爱乃至性爱，似乎"力比多"（弗洛伊德"性本能"说）真的成了一切人物的一切行为的真正动因，这在广大读者的欣赏与接受过程中是不被赞同的。但是，对于过去极左思潮时期，爱情成为文艺作品中的"禁区"，人物只能有革命之情而不能有男女情爱，尤其是英雄人物皆为没有七情六欲的、"特殊材料制成"的"圣人"或神仙，这也是人们不以为然的。鲁迅曾说过："无情未必真豪杰，怜子如何不丈夫。"《三国演义》中的刘、关、张、赵、诸葛亮，以及曹氏父子，东吴孙氏兄弟、周瑜，还有吕布等人物，都是三国时期的英雄豪杰，但他们也都有普通人所有的爱情与婚姻、家庭与生活，由于种种原因，《三国演义》对此或略而不提、或语焉不详，给读者造成了某种遗憾。而《三国演义补传》一书正好弥补了读者的这一遗憾，因而此书自有其一定的价值。

例如《三国演义》一开头就写刘关张桃园三结义，但对于关羽如何从山西解良逃到涿郡，并无详述。而《三国演义补传》中写常生（关羽原名）出于义愤，杀死恶霸熊邑，救出杏姑，为避官兵追捕，逃至涿郡（今涿州），以后又在随刘备的征战中于小沛城郊的荒村中与杏姑邂逅，最终又在荆州与携子找来的杏姑成亲。杏姑携来之子即关羽之子关兴。这些情节不仅解开了关羽出逃涿郡与刘备、张飞结识之谜，而且把他的婚姻状况与亲子关兴之事交代得有根有梢、有声有色。书中写诸葛亮与乡贤黄承彦之女、外号"阿丑"的黄婉真的爱情与婚姻，更是合情入理、真实可信。智慧超群、人才出众的诸葛亮何以会爱上其貌不扬的黄阿丑？因为阿丑姑娘知识渊博、心灵手巧，且性格文静温柔，故而令诸葛亮心折，二人互相爱慕、感情日深，这里不仅写出了黄婉真的素养才智，也写出了诸葛亮的人格、境界，同时还交代了"羽扇纶巾"的诸葛亮之羽扇的来历——黄婉真为他特制的定情物。另外，诸葛亮为成全好友崔州平的婚事，巧拒荆州牧刘表妻弟蔡瑁的强拉之婚，这些故事情节都是《三国演义》中所根本没有的，而对于理清人物相互之间的渊源关系，这些内容又都是十分重要的。再有写曹操在宛城钟情于张绣叔父张济的遗孀邹玉容，为了邹玉容而致亲子曹昂与侄儿曹安民丧命，从而引起夫人丁娥的悲痛与斥责，曹操一怒之下休了丁娥，此后曹操又忆起旧情而悔恨，欲与丁娥重归旧好，但丁娥已心灰意冷，坚不和合。此处写曹操心态、情感之矛盾、变化，细腻逼真，令人动容。似这类对于塑造人物性格、交代人物关系、表现人物情操、写出人物境界的具有重要意义的一些主要人物的爱情婚姻故事与男女风流艳情，在书中还有很多，许多地方都写得生动优美、情趣盎然。

《三国演义补传》可读性强，不失为一部有趣有味的文学作品。由于基本情节是与《三国演义》同步进行的，所以难免有些过程的交代是复述性的，《三国演义补传》尽量避免了这种复述，不少地方在艺术处理上很巧妙，但也有的地方在时间的延绵上有断续之感。书中也有些情节描叙得尚嫌粗疏；有的情节，如写吴侯孙权只身出航，翻船落水遇救后，爱上渔女春妹并向她求婚，以及春妹挥毫作画等，又表现出作者艺术想象的主观随意性。另外，如果不是为了迁就某些读者的趣味，作品中的许多描写，审美境界本来可以更高些。

作者谢美生是位勤奋多产的作家，他已有不少长、中、短篇小说与戏剧作品问世，有的还产生了较大的社会反响，相信他的作品今后会更加精益求精，日臻上乘。

1990 年 5 月

曲艺理论研究的新收获

——《西河大鼓史话》读后

　　曲艺艺术是我国具有悠久历史的民族艺术品种，也是广大人民群众所最为喜闻乐见的艺术形式之一。由于它具有深厚的民族性与广泛的群众性等特点，所以这一艺术形式在中华民族的文化沃土上具有很强的生命力。

　　与其他艺术形式相比，曲艺更为接近人民群众，或者说，曲艺是一种属于大众的艺术，但是，由于这种艺术形式过去主要流传于民间，历来对于它的理论研究都很不够，这种情况于今犹然。比如对于文学的研究，光是文学史就已写出了几十部，不仅有古代的，还有现代的、当代的，若干部断代文学史与民族文学史、地方文学史也已出版；属于文学门类的分科史，如小说史、诗歌史等，也有多部相继问世。其他如戏剧史、音乐史、美术史等，也都已有和正有若干专家从事撰著，唯独曲艺艺术理论的专门研究，在我国可以说是寥若晨星，至于曲艺史方面的著述，那更是稀世罕有（大概迄今只有最近问世的一种），说到从事曲艺门类分科史的研究力量，在我国的艺术理论研究方面或则弱得可怜，或则根本没有。然而，就是在这样的情况下，钟声同志的《西河大鼓史话》问世了！

在全国众多的曲艺品种中，西河大鼓是我国主要的地方曲种之一，这个曲种深为北方广大劳动群众所喜爱，在一百余年的历史发展中，它的唱腔活泼流畅，易唱易懂，不但适合于说唱长篇大书，也擅长演唱注重唱工的短篇鼓词，其音乐的表现力极强。它不仅盛行于河北省的城市、乡村，还曾流布于华北、东北、西北，以及河南、山东等省的一些大、中城市和集镇，近几十年来，西河大鼓艺人名家辈出，流派纷呈，其全盛时期，影响遍及中国北部，对实现各地方曲种之间的艺术交流，以及促进我国曲艺艺术的发展，做出了很大的贡献。

任何门类的艺术史研究，都要以这一门类所辖属的具体艺术品种的历史研究为基础，曲艺史的研究也是一样。由于曲艺所包括的说唱艺术形式甚为繁多，诸如评书（评话）、快板快书、相声、大鼓、弹词、牌子曲、琴书、渔鼓道情、杂曲、走唱等，在全国有三四百种，只有对这众多的曲种分别进行具体、深入的调查、研究，理清其门类、系统、主流、支派的演变、发展，进行科学的综合、概括，先弄清各个类别、科目的曲艺形式的历史，才有可能写出一部好的曲艺艺术发展史。从这个角度讲，《西河大鼓史话》不仅对于西河大鼓这一地方曲种自身的研究，而且对于北方各种曲艺形式的发展，都具有巨大意义。就是对于整个曲艺艺术的研究与曲艺事业的繁荣来说，这本书的出版也必将是功不可没的。

钟声同志对曲艺艺术有着执着的追求，他着手对西河大鼓进行全面、系统的研究。为了获取有关资料，他除参加一些有关的会议外，还风尘仆仆、不辞辛苦地走访了许多知名艺人，对西河大鼓的沿革、演变、唱腔、流派、书目等方面，进行全面的搜集、考察、记录、整理，经过他的锲而不舍的努力，终于使这部曲种史——《西河大鼓史话》得以问世。

曲艺是一种雅俗共赏的艺术形式，但究其渊源，曲艺还是民间的艺术、大众的艺术，这就是说，历史上的曲艺艺术从创作到演出，大都出自民间（当然也有文人参与创作，如"子弟书"之类），而对于曲艺艺术史的研究，既要注意到创作、表演者的艺术创造、发明（即曲艺艺术生产）的历史，也需要注意到观众、听众欣赏、接受（即曲艺艺术消费）的历史。从艺术欣赏的角度来说，欣赏者是审美主体，而作品与表演是审美对象（即审美客体），这个问题在以往的艺术史研究中长期被人忽略。钟声同志在《西河大鼓史话》中注意到了这一点，他指出"一切民间说唱艺术，其唱腔总是起源于当地民间音乐。西河大鼓诞生在冀中农村，艺人传说，其唱腔最初也是来源于某些民歌和民间叫卖调"，并以许多实例证明，许多曲艺小段的母体乃是地方民歌，而"任何一个艺术品种，总是历代艺人在人民群众文化创造的基础上，在长期的艺术实践，经过不断探索、革新，逐步发展成型的"，这种认识无疑是十分深刻的，也是难能可贵的。

近些年来，曲艺遇到了困境。形成这种情况的原因是多方面的，有些人在这种情况面前产生了悲观情绪，我以为这是大可不必的。须知曲艺在人民群众中所具有的潜在的、旺盛的生命力并没有消失，曲艺艺术完全可以也一定能够走出困境，走向新的繁荣与发展，其中的关键问题之一，就在于对曲艺理论研究亟待加强。应该说，在当今改革开放的大潮中，与其他异彩纷呈的艺术形式相比较，曲艺艺术前进的步伐的确是慢了些，这原因，即在于不少人对曲艺艺术观念更新的问题缺乏清醒的认识，这就必须从理论上着手解决。正是在这种意义上《西河大鼓史话》自有其不可低估的价值。

当然，这本书也还有"疵"可求，它在史料、史识上已臻佳境，但还缺乏宏观、精博的理论建树，也就是说在史论方面还嫌欠缺，尽管如此，这本书给曲艺理论建设，特别是曲艺艺术史的建设，增添了一块坚实的基石，这是毋庸置疑的。